Peter Gerdes
Ostfriesische Verhältnisse

LEDA

Peter Gerdes
Ostfriesische Verhältnisse
Kriminalroman

1. Auflage 2015
ISBN 978-3-86412-077-0

Leda-Verlag, Rathausstraße 23, D-26789 Leer
info@leda-verlag.de
www.leda-verlag.de

Lektorat: Maeve Carels
Titelillustration: Jutta Gerdes
Druck und Bindung:
Printed in Germany

Peter Gerdes

Ostfriesische Verhältnisse

Kriminalroman

LEDA

Handlung und Personal dieses Kriminalromans sind frei erfunden. Allerdings stand die Realität dabei der Phantasie des Autors hilfreich zur Seite.
Wer sich jedoch womöglich in diesem Text wiederzuerkennen glaubt, der ist nicht gemeint. Höchstens der Autor selbst.

Prolog

Hass ist wie Sex. Du spürst die Hitze, du fühlst das Prickeln, diese irren Wellen von den Fingern bis in die Fußspitzen. Da ist das Schnappen nach Luft. Da ist diese Anspannung, die Lust aus jeder Zelle presst. Wenn der Verstand beiseitetritt, kann der Körper plötzlich Dinge tun, von denen du sonst nur träumst. Dann kennst du keine Grenzen mehr, dann hörst du nicht auf, bis du die Sache auf die Spitze getrieben hast und darüber hinaus. Bis sich die Spannung in einer Explosion löst. Bis die Flut alles überrollt.

Gegen erfüllten Hass ist ein Orgasmus doch ein Witz!

Genug Zeit ist vergangen. Jeder andere Gedanke hat in eine Sackgasse geführt. Nein, anders ist die Sache nicht zu regeln.

Ein Telefon klingelt. Ein Hund bellt. Ein Motorrad fährt vorbei. Ein Pärchen unterhält sich, eine Frau lacht. Eine Schiffssirene aus dem Hafen, dumpf und fern. Leise quietschende Autobremsen. Alles weckt Erinnerungen, alles heizt und nährt den Hass.

Innehalten, die Muskeln anspannen bis zum Krampf. Süßer Schmerz strömt zur Mitte. Am liebsten jetzt, am liebsten sofort!

Nur einen Moment gezögert, schon mischt der Verstand sich ein. Sicher, es gibt sie, die guten Gründe, es nicht zu tun. Argumente. Aber sie haben Pech, diese Argumente. Ihre Zeit ist vorbei.

Hände greifen nach Pistole und Telefon. Eine Tür schwingt auf.

1.

»Hier kannste ja durchschießen!« Der Blasse mit den schütteren roten Haaren zeigte anklagend auf das fast menschenleere nächtliche Panorama der Einkaufsstraße. Hier und dort glänzten nasse Wachbetonplatten im grellen Licht vereinzelter Schaufenster, dazwischen lagen halbe Ladenzeilen im Dunklen. Das Ganze erweckte den Eindruck eines lückenhaften Gebisses.

»Könnte auch am Wetter liegen.« Der Begleiter des hageren Rothaarigen, größer und erheblich korpulenter als der, strich sich ein paar lange graue Haare, die sich aus seinem Pferdeschwanz gelöst hatten, aus dem Gesicht. »Dass es heute so schietig ist, da kann ja keiner was dafür. Da bleiben die Leute einfach weg, das ist reines Pech.« Er zuckte mit den breiten Schultern.

»Unsinn! Siebenmal Mitternachts-Shopping pro Jahr, das ist einfach zu viel«, schimpfte der Rothaarige. »Einmal, zweimal, okay. Aber wenn man das ständig macht, dann ist das doch nichts Besonderes mehr. Nicht mal am dritten Oktober.«

»Dabei ist das doch günstig, dass der Tag der deutschen Einheit diesmal auf einen Mittwoch fällt. So ein verkaufsoffener Feiertag mitten in der Woche sollte eigentlich die Leute locken.«

»Siehst du ja, wie toll das lockt! Und von wegen Feiertag – jedenfalls nicht für die Verkäuferinnen! Dabei ist übernächste Woche schon wieder Gallimarkt, dann ist sogar sonntags geöffnet. Dieser Eickhoff ist doch ein echter Leuteschinder.«

»Ich frage mich, warum der das unbedingt so oft durchziehen will.« Der Dicke nickte in Richtung einiger bereits geschlossener Läden. »Guck mal, gerade erst zehn Uhr, und viele haben schon dicht! Das wird doch auch schlicht zu teuer, so lange offen zu halten, mit Personal und Licht und Heizung und so, wenn deswegen kaum mehr Kunden kommen. So ist das eben, wenn man einen Gaul unbedingt totreiten muss. Dann springen die Leute ab.« Er breitete die Arme aus. »Vielleicht erledigt sich das ja so von selbst.«

»Aber um welchen Preis!« Der Rothaarige war schon wieder auf Hundertachtzig. »Was für einen Eindruck macht das denn hier! Die paar Leute, die sich trotz allem noch anlocken lassen, stehen ja überall im Dunklen und vor verschlossenen Türen, außer bei den Läden, die Eickhoff gehören oder deren Besitzer er in der Hand hat. Das macht natürlich einen verheerenden Eindruck! Und diesen Eindruck, den nehmen die mit, das erzählen sie herum. Das schadet auf Dauer unserem Image, das sage ich dir! Von wegen, Leer, die Einkaufsstadt Nummer eins in Ostfriesland! Auf diese Weise schicken wir unsere Kunden doch praktisch selber in die Einkaufszentren auf der grünen Wiese.«

Der Dicke nickte versonnen. »Stimmt. Außerdem verschiebt sich ja alles durch diese penetranten Nachtöffnungen. An den Tagen, an denen Mitternachts-Shopping angesagt ist, kann man das Vormittagsgeschäft glatt vergessen, weil die Leute einfach später kommen. Aus Kostengründen wäre es besser, erst mittags zu öffnen – aber das geht natürlich nicht, wegen der Stammkunden, die es eilig haben, die wären ja sauer. Und abends trotzdem länger offen halten geht auch nicht, weil von den Mitternachts-Shoppern gar nicht so viele überhaupt bis in die Altstadt kommen; da kostet uns das Personal ja mehr, als es einbringt! Unterm Strich machen wir kleinen Händler auf jeden Fall Verlust bei diesen Aktionen.«

»Genau. Der Einzige, der profitiert, ist Eickhoff selber.« Der Rothaarige seufzte. All diese Argumente waren ihm wohlbekannt, benutzte er sie doch selbst bei jeder Gelegenheit.

Gerade gingen die beiden an Eickhoffs leuchtendem Einkaufspalast vorbei, der alles in seiner Nachbarschaft überstrahlte, auch die kleineren Läden, die alle schon dicht hatten. Hier war tatsächlich einiges los; Gruppen mit prallen Tüten verließen das Gebäude, andere strebten den einladend geöffneten Glastüren zu. Es ging lebhaft und laut zu. Einige der späten Kunden machten einen angeheiterten Eindruck.

»Solche Besuffskis möchte ich bei mir im Laden gar nicht haben«, schimpfte der Dicke halblaut.

»Die wüssten ja auch gar nicht, was sie bei uns eigentlich sollten«, pflichtete der Rothaarige ihm bei. Sein bedauernder Unterton aber ließ vermuten, dass es ihm letztlich doch um jeden Kunden leid tat, der jetzt und hier einkaufte statt tagsüber in der Altstadt.

»Jetzt guck dir das an!« Abrupt blieb der Rothaarige stehen und packte seinen Kollegen am Arm. »Die *Einkaufswelt* hat auch schon zu! Mann, das ist doch der Hammer.« Er rieb sich die Hände. »Wenn selbst dieses Kaufhaus nicht mehr bis Mitternacht offen hält, dann kann Eickhoff einpacken! Der Besitzer ist doch sonst sein treuester Mitstreiter, was Shopping-Events angeht. Wenn der ihm jetzt auch von der Fahne geht, dann gute Nacht. Aber ohne Shopping!«

»Bist du sicher?«, wandte der Dicke ein. »Das Licht dort ist zwar aus, aber guck mal – die Tür ist noch offen.«

»Stimmt. Merkwürdig.« Schon stürmte der Rothaarige los. »Wollen doch mal sehen, was es damit auf sich hat.«

Tatsächlich stand nur noch der äußerste rechte Flügel der Glasfront offen, und gewiss wäre kein Kunde auf die Idee gekommen, das Halbdunkel dieses Verkaufslabyrinths zu betreten, so eindeutig sah es hier nach Geschäftsschluss aus. Trotzdem, je näher die beiden Flaneure kamen, desto deutlicher vernahmen sie Stimmen von drinnen, aus dem Kassenbereich, wo noch eine Lampe brannte. Laute und erregte Stimmen. Neugierig traten sie näher.

»Absprachen sind das, feste Absprachen! Herrgott, du hast die Inserate doch selber mit abgesegnet!« Der Hochgewachsene im grauen Maßanzug verlor soeben seine Beherrschung; seine Gesichtshaut rötete sich bedenklich. »Das ist Verrat, was du hier machst, mein Lieber!«, brüllte er. »Verrat! Du weißt, das lasse ich mir nicht gefallen!«

»Das ist ja Eickhoff«, flüsterte draußen der Rothaarige. Seine Stimme klang ergriffen, als gehe gerade ein lang gehegter Traum in Erfüllung. »Da, schau, zusammen mit seinem Junior! Mann, die geben aber Stoff.«

Der Besitzer des verdunkelten Kaufhauses trat einen Schritt zurück, um dem Schauer von Speicheltröpfchen aus Eickhoffs Mund auszuweichen. Er war kaum kleiner als sein Mitbewerber und nicht weniger elegant gekleidet. »Führ dich hier nicht so auf!«, zischte er den Wütenden an. »Du bist hier immer noch in meinem Haus, verstehst du? Hier wird gemacht, was ich will, basta! Ist ja alles gut und schön mit deinen Ideen und Plänen, und ich unterstütze dich ja auch, solange sie funktionieren. Aber zu viel ist zu viel, verstanden? Und wenn es sich nicht mehr rechnet, dann ist Schluss mit lustig. Hast du etwa gedacht, ich riskiere deinetwegen Verluste? Das kannst du vergessen! Ich mache zu, egal was in der Zeitung stand, und daran wirst du mich nicht hindern.«

»Das können Sie nicht machen! Sie hören doch, das ist Verrat!« Wie ein verspätetes Echo schaltete sich Eickhoff junior ein. Oliver Eickhoff war einen ganzen Kopf kleiner als sein Vater; mit seinem pausbackigen Gesicht und dem blonden Bubikopf sah er deutlich jünger aus als Mitte zwanzig, und obwohl er inzwischen zum stellvertretenden Geschäftsführer aufgerückt war, wirkte er doch immer noch ziemlich altklug.

Der Kaufhausbesitzer würdigte ihn keiner Antwort. »Merk dir für die Zukunft«, knurrte er Eickhoff senior an, »du kannst auf mich zählen, wenn es etwas bringt, was du vorschlägst. Aber wenn nicht, dann nicht. Nibelungentreue gibt es für mich nicht. Spinnerei, sowas! So, und jetzt Schluss mit dem Theater. Raus mit euch beiden, ich will abschließen.«

Die beiden Flaneure hatten mit glühenden Ohren gelauscht. Um bloß nicht zu verpassen, wie Eickhoff senior auf diesen Rauswurf reagieren würde, schob sich der Rothaarige näher und näher an die Türöffnung heran, drängelte schließlich den Dicken beiseite. Der verlor kurz das Gleichgewicht und rumpelte mit der Schulter gegen die offene Türscheibe, die zu scheppern begann.

Drei Köpfe flogen herum, drei Augenpaare spähten ins Halbdunkel. Gegen das Streulicht der Straßenbeleuchtung waren nur die Silhouetten der beiden Lauschenden zu erkennen, aber Eickhoff genügte das. »Schau mal an, Asterix und Obelix auf Horchposten«, höhnte er laut. »Ihr kennt wohl überhaupt keinen Anstand mehr, was, ihr ewig Gestrigen? Schert euch bloß zurück in euer Freilichtmuseum! Bremser können wir hier nicht brauchen. Wenn wir Leer nach vorne bringen wollen, brauchen wir hellwache Köpfe, keine Penner.«

»Genau, Penner!«, echote Eickhoff junior. Sein Kindergesicht, zunächst erschrocken, nahm einen trotzigen Ausdruck an. Er rückte näher an seinen Vater heran.

»He, Moment mal, du … du Pöbelkasper!«, erwiderte der Dicke schwach. Der Rothaarige hakte ihn unter und zog in seitlich weg, so schnell wie möglich außer Sicht.

»Ärgere dich nicht«, beschwichtigte er ihn. »Mann, was wir da gerade gesehen und gehört haben, ist doch Gold wert! Dafür dürfen die uns gerne ein bisschen anpöbeln.« Er zog seinen Begleiter mit sich in Richtung Denkmalsplatz. »Komm, darauf genehmigen wir uns einen!«

Sie entschieden sich für den Außenbereich eines Cafés, wo

der Dicke eine Zigarette rauchen konnte. Sonnenschirme schützten vor dem leichten Regen; obwohl es Anfang Oktober war und der Herbst sich unmissverständlich ankündigte, konnte man noch gut im Freien sitzen, wenn man die Jacken anbehielt. Die beiden prosteten sich zu.

»Und inwiefern jetzt Gold wert?«, fragte der Dicke über seinen Bierschaum hinweg.

Der Rothaarige nahm einen tiefen Schluck. »Erstens«, verkündete er dann, »weil die beiden mächtigsten Mitglieder der Werbegemeinschaft, die bislang allen möglichen Quatsch gemeinsam durchgedrückt haben, uneinig sind. Zerstritten! Und zweitens«, er trank wieder, »weil wir das jetzt wissen! Das können wir hervorragend verwenden, wenn die wieder ihre Riesenwelle machen und uns andere an die Wand drücken wollen. Das wird ihnen künftig nicht mehr so leicht gelingen!«

Der Dicke zuckte die Achseln; er hatte sich wohl mehr erhofft. »Kurzfristig sehe ich noch keinen Nutzen. Unsere Hauptprobleme bleiben doch: die abgehängte Altstadt, die umgelenkten Käuferströme, die mangelnde Unterstützung durch die Verwaltung.« Er schüttete sein Bier in zwei großen Schlucken in sich hinein. »Werben tun sie ja gerne mit unserer malerischen Altstadt, aber wenn es drum geht, uns mal unter die Arme zu greifen, dann erhöhen die lieber noch die Gebühren.«

Kichernd winkte der Rothaarige ab. »Du musst das langfristig sehen! Und da kommt drittens ins Spiel. Nämlich drittens, dass wir die nächste Generation des kaufmännischen Zweiges der Familie Eickhoff nicht fürchten müssen!« Er blies seine hohlen Wangen auf und imitierte den glotzenden Oliver Eickhoff so treffend, dass der Dicke laut lachen musste.

Die gute Laune hielt sich, bis sich die beiden auf den Heimweg machten, zurück aus der wenig belebten

Fußgängerzone in die gänzlich verödete Altstadt. Der Rothaarige, weil er direkt über seinem Geschäft in der Brunnenstraße wohnte, und der Dicke, weil sein Fahrrad in der Rathausstraße stand.

Eingangs der Brunnenstraße blieben sie noch einen Augenblick stehen, um sich das bronzene Modell der Altstadt anzuschauen, das seit kurzem den Büntingplatz zierte. Eine Gestalt hastete mit gesenktem Blick an ihnen vorbei. Der Rothaarige schaute auf. »War er das nicht?«, fragte er.

»Wer?« Der Dicke hob jetzt erst den Blick.

»Na, der Kleine! Der Oliver! Der, der uns vorhin beschimpft hat.«

»Und wenn?« Der Dicke zuckte mit den Schultern. »Hat ja nur seinem Vater nachgeplappert wie ein Papagei. Der Typ ist doch hohl. Willst du ihm etwa nach und ihn verkloppen? Also ehrlich, aus dem Alter sind wir doch raus.«

Sie zuckten zusammen, als sich von hinten ein Motorrad näherte, dessen bollernder Sound von den eng stehenden Häuserfassaden bedrohlich laut reflektiert wurde. »Verdammt, wann wird das hier endlich mal Fußgängerzone!«, knurrte der Dicke, als die Maschine an ihnen vorbeipreschte. Seine Worte wurden vom Lärm aus dem Auspuff verschluckt.

Als es im nächsten Augenblick laut knallte, glaubten der Dicke und der Rothaarige zunächst an eine Fehlzündung. Der Motorradmotor aber lief fehlerlos, brüllte auf und katapultierte die Maschine sekundenschnell bis ans Ende der Brunnenstraße, wo sie mit kreischenden Reifen um die Kurve verschwand. Der Motorenlärm verklang in der Ferne.

Zurück blieb ein anderes Geräusch. Das eines vor Schmerzen jammernden Menschen. Der Rothaarige und der Dicke brauchten einen Moment, um es richtig einzuordnen. Entsetzt starrten sie einander an, dann liefen sie los, der Rothaarige voran. »Das ist wirklich Oliver Eickhoff«, rief er. »Verdammt, alles voller Blut! Aber er lebt noch. Schnell, schnell!«

Der Dicke antwortete nicht. Er hatte sein Handy bereits am Ohr.

2.

»Und? Ist er außer Lebensgefahr?« Hauptkommissar Stahnke war mitten in der Bewegung erstarrt, die tropfende Regenjacke am ausgestreckten Arm, zehn Zentimeter vor dem Garderobenhaken. Nach dem, was er da gerade vom Kollegen Kramer erfahren hatte, lohnte es sich gar nicht, die Jacke aufzuhängen, weil sie ja doch gleich wieder los mussten.

Kramer nickte bedächtig. »Das ist er und das war er, von Anfang an. Die Schusswunde ist nämlich nicht lebensbedrohlich. Mal abgesehen vom Blutverlust, aber es gab ja zum Glück Zeugen, die sofort einen Rettungswagen gerufen haben. Und uns.«

Und zum Glück nicht mich, dachte Stahnke. Immerhin, ein Mordanschlag, wenn auch ein offenbar missglückter – da hätte man auch gleich das komplette Besteck anfordern können. Gut, dass Kramer Rufbereitschaft gehabt und anders entschieden hatte, warum auch immer. Denn Stahnke hatte gestern Abend mit ein paar Segelkameraden gefeiert. Zwar nicht die deutsche Einheit, sondern Saisonschluss, aber Alkohol hatte es reichlich gegeben.

Ob es daran lag, dass er sich immer noch nicht entscheiden konnte, wie nun mit der nassgeregneten Jacke zu verfahren war? Irgendwie fehlte ihm noch Input. »Wohin wurde es denn getroffen, das Anschlagsopfer?«, fragte er aufs Geratewohl.

»In den verlängerten Rücken«, informierte Kramer ihn prompt, ohne eine Miene zu verziehen. »Steckschuss.«

»In den … Allerwertesten?« Jetzt ließ der Hauptkommissar die Jacke doch auf den Haken sinken. Er benötigte beide Hände, um sie sich in die Seiten zu stemmen. »Wie konnte das denn passieren? Also, ich meine natürlich – war es ein Fehlschuss aus größerer Distanz?«

»Wohl nicht.« Natürlich war Kramer wieder bestens informiert. »Die Entfernung war eher gering, so sehen es jedenfalls die Zeugen. Allerdings wurde im Vorbeifahren geschossen, und zwar von einem Motorrad aus. Ein Schuss und dann blitzartig ab durch die Mitte.«

Stahnke pfiff durch die Zähne und ließ sich schwer auf den nächstbesten Stuhl fallen. »Ach nee. So weit sind wir schon? Bei den Amis gibt's das ja öfter. Nennt sich *Drive-by*. Wird gerne von rivalisierenden Banden praktiziert, wegen Gebietsabgrenzungen und so.« Er runzelte die Stirn. »Interessieren sich jetzt schon Kuttenträger für die Leeraner Altstadt?«

»Darauf weist derzeit nichts hin«, antwortete Kramer mit stoischem Ernst. »Zumal das Opfer dieses *Drive-by* kein einschlägig bekannter Krimineller ist, sondern ein wohlangesehenes, wenn auch noch junges Mitglied der Leeraner Kaufmannschaft.«

»So. Na dann.« Der Hauptkommissar ersparte sich einen Exkurs über gewisse Parallelen zwischen krimineller und kaufmännischer Energie. Schließlich musste man hier mal vom Fleck kommen, auch wenn Kramer offenbar ausgezeichnete Vorarbeit geleistet hatte. »Name?«

»Oliver Eickhoff. Sohn von Karl-Friedrich Eickhoff, dem Kaufhaus-Tycoon.«

»Oha.« Und ob man vom Fleck kommen musste, und zwar schnell! Nicht mehr lange, und die gesamte regionale und überregionale Presse würde ihnen auf den Zehen stehen. Sofern dort noch Platz war vor lauter drängelnder Lokalprominenz. »Hast du ihn schon einvernommen? Beziehungsweise: Ist er schon vernehmungsfähig?«

»Nein und ja. Ich dachte, das machen wir zusammen.«

Stahnke nickte beifällig. »Wo liegt er denn, *Borromäus* oder *Kreis*?«

»Kreiskrankenhaus. Beziehungsweise *Klinikum*, wie es ja seit geraumer Zeit heißt.« Kramer nahm es wie immer genau.

Stahnke seufzte und erhob sich. Seine Regenjacke war immer noch nass. Wieder erstarrte er mit ausgestrecktem Arm. »Vom fahrenden Motorrad aus niedergeschossen, ja?«

»Wie schon gesagt.« Kramer verschränkte die Arme.

»Und die Maschine ist unmittelbar nach dem Schuss mit hoher Fahrt davongebraust, richtig? Darf ich deine Worte so interpretieren?«

»Darfst du.«

»Und das Opfer wurde auf welchem Bürgersteig aufgefunden?«

»In Fahrtrichtung rechts. Wieso?« Jetzt merkte man sogar einem Stoiker wie Oberkommissar Kramer an, dass er neugierig war.

Stahnke knickte seine immer noch ausgestreckte Hand im Gelenk ab, als würde er an einem Gasgriff drehen. »Weil alle Motorräder, die ich kenne, das Gas rechts haben«, sagte er. »Was dir übrigens auch bekannt sein müsste, schließlich hattest du doch selber auch mal ein Bike. Wenn man den Griff loslässt, dreht er sich automatisch zurück auf Standgas. Bei voller Fahrt ist das nicht angenehm. Das heißt …«, Stahnke deutet den Griff in die Innentasche einer Jacke an, die er gar nicht trug, »der Täter müsste kurz vor Erreichen seines Opfers den Gasgriff losgelassen, seine Waffe gezogen, gezielt und den Schuss abgegeben sowie anschließend die Pistole wieder eingesteckt haben. Erst danach konnte er wieder Gas geben – und musste vorher auch noch herunterschalten, um wirklich blitzartig, wie du es nanntest, abdüsen zu können. Der eigentliche *Drive-by* müsste sich also in besserem Schritttempo abgespielt haben. So klang mir die Schilderung aber nicht.«

»Das stimmt«, musste Kramer zugeben. »Aber vielleicht war die Waffe ja irgendwie anders platziert? Griffbereiter?«

»Und damit offen sichtbar?« Stahnke schüttelte den Kopf. »Unwahrscheinlich.«

»Oder der Täter hatte den Choke gezogen? Dann dreht der Motor doch höhere Touren.«

»Das erklärt das anschließende sofortige Beschleunigen nicht, wenn der Täter die Hand am Gasgriff nicht frei hat. Es sei denn, er hätte die Waffe sofort fallen lassen. Aber gefunden wurde sie ja wohl nicht, oder?«

»Nein«, bestätigte Kramer. »Dann bleibt eigentlich nur noch eins.«

»Genau. Der Täter muss Linkshänder gewesen sein.« Stahnke klatschte in die Hände.

»Und das wiederum bedeutet, dass er vor seinem eigenen Körper entlang geschossen haben muss, zur falschen Seite sozusagen«, spann Kramer den Faden weiter. »Was erklären würde, warum sein Schuss so schlecht gezielt war.«

»Welche Arschbacke wurde denn getroffen?«

»Die linke. Würde passen.«

»Wie Arsch auf Eimer.« Stahnke griff erneut nach seiner Regenjacke. Diesmal richtig. »Mal hören, was uns der junge Mann selber noch Erhellendes zum Tathergang erzählen kann«, sagte er im Gehen.

3.

»Polizei, ja? Kommen Sie auch schon!«, keifte der blonde Jüngling, kaum dass Stahnke die Tür zum Krankenzimmer geöffnet hatte. »Wird langsam Zeit! Oder fanden Sie es nicht so wichtig, dass man in Ihrer Stadt auf offener Straße seines Lebens nicht mehr sicher ist?«

So also sieht einer aus, der mit einem goldenen Löffel im Mund geboren worden ist, dachte Stahnke. Noch ein halbes Baby und schon stellvertretender Geschäftsführer. Und so hört er sich auch an. Wenn *ihm* das schon derart gegen den Strich ging – was sollten dann die Leute sagen, die so einen Pimpf als Vorgesetzten hatten?

Na ja, wenn sie ihn so sehen könnten, auf dem Bauch liegend, das verbundene Gesäß halb freigestrampelt, das Gesicht nicht nur vom Schimpfen verzerrt, dann würde es diesen Leuten vielleicht schon ein bisschen besser gehen. Selbst Stahnke spürte einen Anflug von Schadenfreude, für den er sich nicht einmal schämte. Kam er hier vielleicht gedanklich in die Nähe eines Tatmotivs?

»Guten Morgen, Herr Eickhoff«, grüßte er betont freundlich und stellte sich und Kramer vor. »Es freut mich zu sehen, dass Sie schon wieder so weit hergestellt sind. Wenn man bedenkt, was Sie hinter sich haben – das hätte ja auch anders ausgehen können.«

Der Hauptkommissar hatte deutlich den Ärger erkennen können, der die helle Haut von Oliver Eickhoffs Gesicht zwischen den schräg hängenden Ponyfransen rötlich getönt hatte. Mit Stahnkes Worten aber war dieser Ausdruck wie weggewischt. Jetzt sprach schiere Panik aus den kindlichen Zügen. Dann wandte sich der junge Mann ab und drückte sein Gesicht ins Kopfkissen.

Veräppeln lässt er sich nicht gerne, registrierte Stahnke. Verständlich. Aufbrausend ist er – wie nicht anders zu erwarten bei solch einem Geldadelsspross. Und Angst hat er. Normal. »Könnten Sie mir den Vorfall bitte aus Ihrer Sicht schildern?«, bat er.

Aus dem Kopfkissen waren halb erstickte Laute zu hören. Dann stemmte sich der junge Mann auf die Ellbogen hoch. »Es war alles ganz normal, eigentlich«, begann er, jetzt ohne Allüren. »Ich hatte noch spät gearbeitet, meinem Vater geholfen, wegen des Mitternachts-Shoppings. Dann musste er noch zu einer Sitzung, zu der ich nicht geladen war. Es hat geregnet, und ich war zu Fuß unterwegs, also habe ich mich ziemlich beeilt. Das Motorrad konnte ich kommen hören, habe mir aber nichts dabei gedacht. Das heißt, doch – ich dachte noch, der soll bloß aufpassen, bei Nässe kann das Pflaster in der Brunnenstraße ganz schön rutschig sein.« Er ließ den Kopf wieder sinken.

»Und dann?«

»Dann.« Schweres Atmen, durch das Kissen gedämpft. »Es war wie ein Schlag. Oder ein Tritt in den ... Plötzlich lag ich am Boden, hatte keine Gewalt mehr über meine Beine. Nach und nach kam der Schmerz.« Er drehte sein Gesicht wieder seinen Besuchern zu; die blasse Haut war rot gefleckt. »Ich habe nach hinten gefasst, und meine Hand war voller Blut. Da hab ich dann wohl geschrien.«

»Konnten Sie das Motorrad erkennen? Irgendein Detail vielleicht?«

Oliver Eickhoff schüttelte den Kopf. »Hab's nur gehört. Vorher. Danach – plötzlich war es weg, keine Ahnung, wie und wohin. Nur an den Sound kann ich mich erinnern.«

»Kennen Sie sich aus mit Motorrädern?«, fragte Stahnke verwundert. Diesem kleinen Stenz hatte er höchstens einen Roller zugetraut.

»Ein bisschen«, sagte Eickhoff junior. »Nicht, dass ich

Ihnen jetzt den Typ sagen könnte oder so. Es war aber irgendein Eintopf. Wenn Sie verstehen, was ich meine.«

Der Hauptkommissar nickte. »Ein großvolumiger Einzylinder-Motor also. Sind Sie sich da sicher? Irrtum ausgeschlossen?«

»Logo«, schnauzte der junge Mann zurück. »Was denken Sie denn? Eine Harley war es jedenfalls nicht, auch keine BMW, überhaupt kein moderner Mehrzylinder und schon gar kein Zweitakter. Nee, das war ein Eintopf, vermutlich irgend so eine Enduro.«

Immerhin etwas, dachte der Hauptkommissar. Auch wenn das für eine Fahndung natürlich nicht reichen würde, dafür gab es von diesem hochbeinigen Fahrzeugtyp denn doch zu viele.

Plötzlich lachte Oliver Eickhoff auf. »Als dann plötzlich Asterix und Obelix angerannt kamen, dachte ich zuerst, die seien es gewesen«, sagte er.

Stahnke runzelte die Stirn. Hatte es den Knaben doch schlimmer erwischt als gedacht? Verfolgt von zwei Comicfiguren, so etwas hatte er auch noch nicht gehört. Aber wieso hatte der Bursche etwas am Kopf, wo ihn die Kugel doch am Hintern getroffen hatte? Litt er unter einer posttraumatischen Verwirrung?

Oliver Eickhoff feixte, als er Stahnkes ratlose Miene bemerkte. »Sie kennen die beiden wohl nicht? Ich dachte, die seien stadtbekannt. Laufen überall rum und meckern, wie die beiden alten Knacker aus der Muppetshow.«

»Möglicherweise bekommen Sie da etwas durcheinander.« Der Hauptkommissar versuchte sich so schonend wie möglich auszudrücken. »Asterix und Obelix kenne ich, und die beiden sind nicht nur stadtbekannt, sondern weltberühmt. Aber Figuren aus der Muppetshow sind sie nicht. Das eine ist eine amerikanische Produktion, während die zwei Gallier ...«

»Wollen Sie mich verarschen?«, brüllte der junge Kaufmann unvermittelt los. Im nächsten Moment verzog er schmerzerfüllt sein gerötetes Gesicht. Seinen linken Arm hielt er angewinkelt an den Brustkorb gepresst. »Asterix und Obelix, so nennen wir die beiden doch bloß. Weil, der eine ist ziemlich klein und rothaarig, der andere groß und dick und trägt einen Pferdeschwanz. Treten immer gemeinsam auf, und der Große dackelt hinter dem Kleinen her. Zwei Kaufleute aus der Altstadt, echte Museumsstücke. Geschäftsgebaren wie vor Kaisers Zeiten, sagt mein Vater immer. Aber wenn etwas verändert oder erneuert werden soll, stehen die beiden da und motzen rum. Echt lästig.«

Endlich klickte es in Stahnkes immer noch leicht weindementem Oberstübchen. »Die beiden haben Sie also dort gefunden, schwer verletzt, wie Sie waren. Haben Polizei und Rettungswagen gerufen. Und Sie haben geglaubt, einer der beiden hätte auf Sie geschossen? Wieso denn das?«

»Na ja.« Oliver Eickhoff hob die Schultern, was ihm anscheinend Schmerzen bereitete. »Wie die da so angerannt kamen … Wir verstehen uns eben nicht so gut, die und wir. Da ist schon manches böse Wort gefallen.«

»Wie böse? Ich meine, gab es Drohungen?«

»Na sicher! Sogar öffentlich.« Der Verletzte versuchte sich mehr auf die rechte Körperseite zu betten. »Stand doch im Frühjahr in der Zeitung. Nachdem mein Vater unsere Mitternachts-Shoppings als ›für den Umsatz so sicher wie ein Elfmeter‹ bezeichnet hatte und dann zum ersten Mal eine dieser Aktionen nicht wirklich erfolgreich war, hat der Asterix doch gehöhnt, Eickhoff sei der Einzige, der per Elfmeter ein Eigentor fabrizieren könne. Da war mein Vater natürlich mächtig sauer und hat ihn einen ›ewig Gestrigen‹ genannt. Darauf hat dieser rothaarig Gnom doch gedroht, er werde ihm schon das Maul stopfen. So war das! Haben Sie das nicht mitgekriegt? Das war doch mehr als deutlich.«

Doch, Stahnke hatte das sehr wohl mitbekommen seinerzeit, und er wusste noch gut, was ihm dabei deutlich geworden war – nämlich, dass es dem Leeraner Einzelhandel schlechter gehen musste, als seine Wortführer zuzugeben bereit waren. Mehr als ein wechselseitiges Gepöbel von Konkurrenten mit mangelhafter Kinderstube hatte er darin ansonsten nicht gesehen. Eine Bewertung, die er vielleicht revidieren würde, wenn Karl-Friedrich Eickhoff angeschossen und bäuchlings vor ihm im Krankenhausbett läge und nicht sein Sohn Oliver. So aber …

Die Zimmertür platzte so abrupt auf, dass Stahnke die verdrängte Luft kühl auf seiner Wange spürte. Der hochgewachsene Mann, der in den Raum stürmte, trug einen grauen, teuer aussehenden Anzug unter einem auswehenden, ebenso kostspieligen Mantel. Der Hals dieses Mannes war ungewöhnlich lang, das Kinn klein, aber vorstehend und in zwei Halbkugeln gespalten, die Lippen wirkten ständig gespitzt. Ein langer Nasenrücken führte hinauf zu einer hohen, in Falten gelegten Stirn. Ein honorig wirkender Mann, das musste Stahnke sich eingestehen. Und doch – sah er nicht aus wie ein Gockel?

»Wer sind Sie denn?«, schnauzte der Mann. »Etwa der Bodyguard? Dann sollten Sie wohl draußen auf dem Flur stehen. Mensch, hier kann ja jeder reinspazieren, wie er gerade möchte! Sie haben ja wohl gar keine Ahnung.«

Wenn der Hauptkommissar noch Zweifel gehegt hätte, dass es sich hier um den prominenten Vater des Verwundeten handelte, dann wären die nunmehr ausgeräumt gewesen. Lag diese Art zu schnauzen eigentlich in den Genen, oder bekam jede neue Eickhoff-Generation die in die Wiege gelegt, quasi als Ausweis der Zugehörigkeit zu einer privilegierten Kaste?

Stahnke tat, was er selten tun musste: Er zückte seinen Dienstausweis und hielt ihn dem großen Gockel unter die

Nase. »Kriminalpolizei«, fügte er erläuternd hinzu. »Wir untersuchen den Anschlag auf Ihren Sohn. Womit hatten Sie denn gerechnet?«

»Mit Personenschutz selbstverständlich«, erwiderte Eickhoff, jetzt in normalem Ton, aber ohne eine Spur von Verlegenheit. »Offensichtlich hat ein Mordanschlag stattgefunden, und sowie der Täter feststellt, dass er nicht erfolgreich war, wird er doch wohl den nächsten Versuch starten. Sehen Sie das etwa nicht so?«

»Wir stehen ganz am Anfang unserer Ermittlungen und sind noch dabei, uns ein Bild zu machen.« Die Forderung nach Personenschutz entbehrte natürlich nicht der Logik. Wieso hatte Kramer das denn noch nicht geregelt? Aber darüber würde er sich ganz bestimmt nicht mit diesem Power-Papa hier streiten. »Haben Sie denn eine Vermutung, wer hinter dieser Tat stecken könnte?«, fragte er stattdessen. »Gab es vielleicht Drohungen oder haben Sie andere Beobachtungen in dieser Richtung gemacht?«

Karl-Friedrich Eickhoff blickte zu seinem Sohn hinüber, zum ersten Mal, seit er das Krankenzimmer betreten hatte. »Natürlich wurden und werden wir bedroht«, konstatierte der Senior. »Seit dem Streit um das große Center in der oberen Mühlenstraße hat das nicht wieder aufgehört. Das richtet sich gegen mich, das richtet sich natürlich auch gegen Oliver. Gegen unsere ganze Familie und alles, was wir uns aufgebaut haben! Man hat uns gesagt, das wäre alles nur Getöse, so sei das nun einmal in der Politik, und Bebauungspläne sind nun eben ein Politikum. Alles nur Gebell, da würde schon nicht gebissen. Aber jetzt sehen wir ja mit eigenen Augen, dass eben doch etwas dahintergesteckt hat. Dass Hunde, die bellen, manchmal auch beißen. Nicht wahr, Oliver?«

Sein Sohn schlug die Augen nieder und nickte.

»Sie meinen also, der Anschlag hätte gar nicht Ihrem

Sohn persönlich gegolten, sondern Ihrer ganzen Familie? Sozusagen, äh, einer für alle?« Stahnke mochte selbst kaum glauben, was er da fragte.

Karl-Friedrich Eickhoff nahm wieder den Hauptkommissar ins Visier, und wenn man seine Physiognomie auch belächeln mochte, so hatte sein Blick doch Kraft. »Jawohl, das meine ich! Wie sollte es auch anders sein? Schließlich habe ich – und damit auch meine gesamte Familie – in den letzten Monaten und Jahren eine Menge Feindseligkeit erfahren! Vieles davon ging unter die Gürtellinie. Und glauben Sie mir, so etwas bleibt nicht in den Kleidern hängen! Ich bin mir sicher, da ist einer dabei gewesen, dem es irgendwann nicht mehr gereicht hat, uns nur zu beschimpfen und zu beleidigen. Den müssen Sie finden, dann haben Sie den Täter!«

Mit ausgestreckter Hand wies Eickhoff senior auf seinen Sohn Oliver, diesmal ohne ihn anzuschauen. »Mein Sohn dagegen hatte doch noch gar keine Gelegenheit, sich Feinde zu machen! In der Schule und auf der Uni war er überall beliebt, das wird Ihnen jeder bestätigen. Und seit er unter mir ins Management eingerückt ist, ist er quasi in meinem Fahrwasser gesegelt. Wer hätte denn einen Grund, ihm nach dem Leben zu trachten, wenn nicht deshalb, weil sein Nachname Eickhoff ist?«

Bisschen früh für solch ein Plädoyer, dachte Stahnke; komm lieber mit Informationen rüber! Wen genau hast du im Auge? Aber noch ehe er den Mund öffnen konnte, walzte eine imposante Frau in Weiß ins Zimmer. »So, meine Herren, wenn ich Sie dann mal hinausbitten dürfte«, rief sie laut; ihr Ton duldete keinen Widerspruch. »Ich muss dem jungen Mann an den Podex gehen, dabei möchten wir doch keine Zeugen, nicht wahr, mein Lieber?« Sie klatschte auffordernd in die Hände.

Oliver Eickhoff lief wieder an, diesmal dunkelrot.

»Ich muss sowieso gehen. Meine Zeit ist begrenzt.« Eickhoff senior winkte seinem Sohn flüchtig zu und wandte sich zum Gehen. Wobei er gleich wieder stoppen musste, denn Stahnkes massiger Körper verstellte ihm den Weg.

»Ich hätte gerne ein paar konkretere Angaben zu Ihren Ausführungen«, sagte der Hauptkommissar. »Würden Sie mich vielleicht in die Polizeiinspektion begleiten?«

»Unmöglich!« Eickhoff hob abwehrend die Hände. »Der Vorstand der Werbegemeinschaft tagt jetzt mit der Bürgermeisterin, die warten sicher schon auf mich. Mit denen habe ich mir schon den größten Teil der letzten Nacht um die Ohren geschlagen. Verstehen Sie, da geht es um viel Geld.«

»Hier geht es um Leben und Gesundheit Ihres Sohnes.« Stahnke machte keine Anstalten, seine Wegblockade aufzugeben. »Und, falls Sie mit Ihren Vermutungen recht haben sollten, um Ihre gesamte übrige Familie einschließlich Ihrer eigenen Person. Also, es liegt in Ihrem eigenen Interesse, dass Sie kooperieren.«

Karl-Friedrich Eickhoff schnaufte tief durch, fand aber offenbar kein stichhaltiges Gegenargument. »Natürlich, es stimmt, was Sie sagen«, lenkte er ein. »Trotzdem, die Sitzung ist enorm wichtig und meine Mitwirkung unverzichtbar. Aber länger als eine Stunde wird das alles wohl nicht dauern. Was meinen Sie, in neunzig Minuten bei Ihnen im Präsidium? Maximal in zwei Stunden?«

Ihr guckt alle zu viel *Tatort*, dachte der Hauptkommissar, während er nickte und beiseitetrat. Von wegen Präsidium! Eickhoff rauschte ohne ein weiteres Wort an ihm vorbei.

»So, jetzt aber auch raus mit Ihnen«, ertönte hinter ihm das Organ der resoluten Krankenschwester. »Ich kann doch die Intimität unseres Jünglings hier nicht freilegen, solange es hier zugeht wie im Taubenschlag! Am besten fange ich erst einmal mit dem Druckverband an. Der ist ja auch schon länger dran, was?«

Beim Zuziehen der Tür erhaschte Stahnke noch einen Blick auf das schmerzverzerrte Gesicht von Oliver Eickhoff und das breite Gesäß der Schwester, die sich an dessen Oberkörper zu schaffen machte. Schnell wandte er sich ab. Er hasste Krankenhäuser – genau genommen hasste er jeden Gedanken an körperliche Beeinträchtigungen, wohl wissend, dass auch er nicht dagegen gefeit war, und das umso weniger, je älter er wurde. Vielleicht hasste er Krankenhäuser gerade deshalb so sehr.

Und das, obwohl seine Freundin in einer Klinik arbeitete. Ein Widerspruch? Darüber mochte er nun überhaupt nicht nachdenken. Eher schon darüber, wie er die nächste Stunde sinnvoll nutzen konnte, mindestens so sinnvoll wie Eickhoff senior. Darüber aber brauchte er nicht lange zu grübeln.

4.

»Einen kleinen Augenblick, ich komme sofort!« Die Stimme kam aus dem hinteren Bereich des Ladens. Woher genau, ließ sich nicht ausmachen, denn der weitläufige Raum war zugestellt mit Regalen, Vitrinen und Kleiderständern. Auch draußen auf dem Bürgersteig und dem Parkstreifen flatterten ausgestellte Jacken und Blusen. Die haben es gut, dachte Stahnke, die sind wenigstens an der frischen Luft. Daran nämlich mangelte es hier drinnen. Licht war dafür überreichlich vorhanden, grelles, gleißendes Licht aus langen Neonröhren, von denen eine flackerte.

Die Stimme war immer noch zu hören, jetzt aber gedämpfter; ihr Besitzer telefonierte offenbar irgendwo da hinten. Weitere Mitarbeiter gab es anscheinend nicht. Ungewöhnlich für ein Geschäft dieser Größe, fand der

Hauptkommissar. Was, wenn es hier einen Kundenansturm zu bewältigen gab?

Den aber gab es nicht. Was vermutlich das Problem war.

Hinten wurde aufgelegt. Schnelle Schritte näherten sich. »So, jetzt bin ich ganz für Sie da. Was kann ich denn für Sie tun?« Eine schmale Gestalt tauchte zwischen den Kleiderständern auf, das Gesicht blass, die Wangen hohl, die halblangen rötlichen Haare schütter; die Augen lagen tief in ihren Höhlen und vervollständigten den Gesamteindruck völliger Überarbeitung. Einen erfolgreichen Geschäftsmann stellte sich der Hauptkommissar anders vor. Aber was nicht war, konnte ja noch kommen – immerhin schien das Feuer in diesen tief liegenden Augen noch nicht erloschen zu sein.

»Nur ein paar Fragen, Herr Dahlmann«, sagte Stahnke und zückte seinen Dienstausweis. »Sie waren ja Tatzeuge gestern Abend, gar nicht weit von hier.«

»Ach so.« Enttäuschung sprach aus der Miene des Rothaarigen. Ein Kunde wäre ihm offenkundig lieber gewesen als ein Kriminalpolizist. »Na, dann schießen Sie mal los. Ich meine natürlich – na, Sie wissen schon. Dieser eine Schuss von gestern Abend, der reicht mir erst einmal für eine Weile.«

Stahnke musterte den bleichen, ausgemergelten Mann, dessen Blick mehr Energie ausstrahlte als seine restliche Erscheinung. Wie kam solch ein Typ dazu, ausgerechnet einen Klamottenladen aufzumachen? Und wieso blieb er derart verbissen dabei, obwohl es doch offensichtlich nicht funktionierte?

So kurz das Schweigen auch währte, für den Rothaarigen war es schon zu lang. »Ich war ja bereits auf dem Heimweg gestern Abend, mit dem Herrn Christiansen, meinem Kollegen«, begann er unaufgefordert zu erzählen. »Der von dem Buchladen gleich da vorne. Wir standen gerade vor dem *Coloniale*, als der junge Schnösel an uns vorbeikam, nicht wahr, Eickhoff junior. Schien es ziemlich eilig zu haben.«

»Bei Ihnen stehen geblieben ist er nicht? Ich meine, weil Sie sich doch kennen, so als Kollegen. Schließlich sind Sie in der gleichen Branche tätig.«

»Der? Bei mir stehen bleiben?« Dahlmann lachte spöttisch auf. »Dafür wäre sich der junge Herr doch viel zu fein! Auf so etwas wie mich schaut man in seinen Kreisen bloß angewidert herab. Für den bin ich doch wie Scheiße am Hacken!« Der Rothaarige grinste so breit, wie sein schmales Gesicht es zuließ. »Entschuldigung, Herr Kommissar. Meine Scherze sind manchmal etwas derb.«

Und dein Lachen ist nicht echt, setzte Stahnke in Gedanken hinzu. Dieser Mann scherzte nicht, er tat nur so. In Wahrheit schien er tief verletzt zu sein.

»Trotzdem haben Sie nicht gezögert, Herrn Eickhoff junior zu Hilfe zu kommen«, sagte er laut. »Die Schusswunde war zwar nicht lebensgefährlich, trotzdem war es gut, dass sie schnellstmöglich versorgt werden konnte. Wäre die Kugel anderswo eingeschlagen, hätte Ihre Reaktion den Unterschied zwischen Leben und Tod ausmachen können.«

Dahlmann winkte ab und schaute zu Boden. »Ach, das war doch selbstverständlich, ich bitte Sie! Wenn man so was heutzutage nicht mehr ganz automatisch täte, wo kämen wir denn da hin? Außerdem, den Anruf beim Rettungsdienst hat ja der Christiansen gemacht. Der hat noch viel schneller reagiert als ich. Und das, obwohl ihn der Typ kurz zuvor ebenso angepöbelt hat …« Der Kaufmann unterbrach sich und blickte erschrocken auf.

»Angepöbelt«, wiederholte Stahnke. »Ebenso wie wen?«

Dahlmann zuckte die Achseln. »Wie mich«, sagte er. »Aber das ist ja nichts Neues. Dass die Eickhoffs und wir von der Altstadt ständig überkreuz sind, das weiß ja nun jeder, der regelmäßig Zeitung liest. Dabei spielt der Kleine nur eine

Nebenrolle. So etwa wie der Papagei auf der Schulter von Long John Silver.« Er lachte wieder, diesmal gehässig. Das wirkte ehrlicher.

»Was war denn der Anlass Ihres Wortgefechts?« Der Hauptkommissar ließ nicht locker. »Wann und wo spielte sich das ab?«

Dahlmann seufzte, dann begann er den Vorfall vom vergangenen Abend im Zusammenhang zu schildern, wobei er den kläglichen Verlauf des Einkauf-Events in der Fußgängerzone in den dunkelsten Farben malte. »Kein Wunder, dass bei denen die Nerven blank liegen«, schloss er. »Wenn die sogar schon aufeinander losgehen! Nach außen spucken sie noch große Töne, tatsächlich aber wissen sie langsam nicht mehr, wie sie der Konkurrenz des Internets und der großen Märkte am Stadtrand noch Paroli bieten sollen. Da regiert einfach die Panik.« Der Geschäftsinhaber breitete bedauernd die Arme aus; seine Miene aber ließ Schadenfreude erkennen. »Eickhoff senior steht natürlich besonders unter Erfolgsdruck, weil er ständig Angst hat, von seinem eigenen kleinen Bruder in den Schatten gestellt zu werden. Karl-Joseph Eickhoff, der Reeder, sagt Ihnen das was?«

Stahnke nickte, ohne richtig hingehört zu haben. Er musste an die Worte von Karl-Friedrich Eickhoff denken, die möglichen Motive für den Anschlag auf seinen Sohn betreffend. Tatsächlich schien sich der Senior durch seine rigide Geschäfts- und Verbandspolitik täglich neue Feinde zu machen, nicht zuletzt im eigenen Lager. Aber waren konkurrierende Kaufleute, mochten sie untereinander auch noch so uneinig oder gar verfeindet sein, als neuzeitliche Pistoleros auf dem Motorrad vorstellbar?

Natürlich waren sie das, stellte der Hauptkommissar fest und war selber überrascht.

Unwillig schüttelte sich Stahnke den Gedanken aus dem Kopf. »Was halten Sie von der Idee, dass der Anschlag auf

Oliver Eickhoff gar nicht ihm persönlich gegolten hat, sondern seiner Familie? Dass der junge Mann sozusagen stellvertretendes Opfer war?« Jetzt, da er sie aussprach, kam ihm die Theorie absurd vor.

Genauso kam sie bei Dahlmann an. »Das hat Ihnen der Alte selber erzählt, stimmt's?«, rief er. »Der Spinner! Lässt wirklich keine Gelegenheit aus, sich aufzuspielen und seine Kritiker ins schlechte Licht zu rücken! Selbst wenn sein eigener Sohn dafür den Kopf hinhalten muss.« Er grinste: »Oder vielmehr den Popo. Ist ja echt die Frage, welches bei dem der edlere Körperteil ist.«

Stahnke musste sich beherrschen, um dienstlich ernst zu bleiben. »Sie glauben also nicht an diese These. Aber wer könnte denn sonst einen Grund gehabt haben, derart auf Oliver Eickhoff loszugehen?«

»Wer?« Der Rothaarige kniff die Augen zusammen. »Eine ganze Menge Leute, davon können Sie ausgehen! Der Kleine ist nämlich nicht so lieb und nett, wie er und sein Vater Sie anscheinend glauben machen wollen. Allein schon, was der für einen Umgang hat! Kein Wunder, dass der Christiansen langsam graue Haare kriegt.«

»Sie meinen den Buchhändler da vorne an der T-Kreuzung, mit dem Sie gestern Abend unterwegs waren? Inwiefern ist der denn von Eickhoff juniors Umgang betroffen?«

»Weil, der Christiansen, der vermietet ja auch«, erläuterte Dahlmann. »Die große Wohnung über seinem Laden. Na ja, das Haus ist alt, abends ist es im Restaurant naturgemäß etwas lauter, da kann er sich seine Mieter nicht wirklich aussuchen, verstehen Sie? Deswegen nimmt er gerne Wohngemeinschaften. Aber mit der jetzigen hat er echt ins Klo gegriffen. Ständig Lärm, ständig Randale, und die Polizei ist auch jede zweite Woche da. Eigentlich wollte Christiansen die Leute längst raussetzen, aber da ziehen ja sowieso ständig welche ein und aus, und jedes Mal heißt es, den Ärger hätte immer nur der gemacht, der jetzt weg sei. Tja, und der Christiansen, der hat eben so ein weiches Herz, verstehen Sie? Deswegen geht der ganze Mist auch immer weiter.«

»Und Oliver Eickhoff soll zu dieser WG gehören?« Der Hauptkommissar klang ungläubig.

»Nein, natürlich nicht!« Dahlmann verzog sein Gesicht. »Als ob der im Altbau wohnen würde! Nee, für den hat Papa ganz was Modernes hochziehen lassen, da draußen im Neubaugebiet an der Grenze zwischen Loga und Heisfelde. Aber der Oliver verkehrt mit den Leuten, die oben beim Christiansen wohnen, und ich schätze, das darf man auch wörtlich nehmen, also von wegen verkehren.« Er zwinkerte anzüglich. »Jedenfalls hält er sich alle paar Nächte dort auf, und wenn mal wieder die Remmi-demmi-Feten steigen, dann ist der Junior auf jeden Fall dabei. Und der Leiseste ist er dann bestimmt nicht!«

»Stößt sich also die Hörner ab«, brummte Stahnke. »Weiß sein Vater davon?«

»Es gibt wenig, was der alte Eickhoff hier in Leer nicht weiß«, orakelte der Kaufmann. »Aber manchmal macht er auch einfach die Augen zu.«

Der Hauptkommissar verzog seinen Mund. Es war ja erfreulich, dass dieser Klamottenhöker hier so geschwätzig war, aber Stahnke hatte keine Lust, sich die Sumpfblüten der ewigen Händler-Rivalität zwischen Fußgängerzone und Altstadt als verwertbare Spuren andrehen zu lassen. Dahlmann und Eickhoff senior schienen nichts anderes im Sinn zu haben, als ständig mit dem Finger auf den jeweils anderen zu zeigen, und das gab hier motivtechnisch keinen Sinn, war doch der eine der Vater des Tatopfers und der andere ein Tatzeuge, der wiederum durch seinen Begleiter alibimäßig abgesichert war. Was also sollte das bringen? Zeit, die Aussage unter Dach und Fach zu bringen. Der

Kriminalpolizist straffte sich. »Erzählen Sie doch bitte weiter, wie sich die Sache gestern Abend abgespielt hat. Ab dem Moment, als Sie den jungen Eickhoff erkannt hatten.«

»Noch einmal?« Dahlmann stöhnte unwillig auf. »Was das wieder an Zeit kostet!« Sein Blick schweifte durch den Laden, und hätte er auch nur einen Kunden erspäht, so hätte er sich bestimmt auf ihn gestürzt, um dieser lästigen Pflicht zu entgehen. Kunden aber gab es keine, und so fügte sich der Kaufmann seufzend in sein Schicksal.

5.

Auch Stahnke seufzte, sobald er den Laden verlassen hatte, und atmete tief durch. Viel hatte er an diesem Vormittag ja noch nicht zustande bekommen, musste er sich eingestehen, trotzdem fühlte er sich bereits erschöpft. Er wurde eben nicht jünger. ›Wir können das nicht mehr so!‹, pflegte sein Dienststellenleiter Manninga regelmäßig zu mahnen, wenn es wieder einmal besonders stressig zuging. Davon konnte jetzt und hier noch überhaupt keine Rede sein, dennoch hatte der Hauptkommissar das Gefühl, dass sein Vorgesetzter auf Dauer recht behielt.

Das ärgerte ihn und trieb ihm das Blut in die Wangen. Schon war der Anflug von Müdigkeit wieder verflogen. So geht das also, schmunzelte Stahnke und blickte auf die Uhr. Das Gespräch mit Eickhoff senior stand an; wenn der sich an die versprochenen neunzig Minuten hielt, käme der Hauptkommissar gerade zurecht, wenn er sich jetzt auf den Weg in die Polizeiinspektion am Hafenkopf machte. Andererseits hatte sich Eickhoff eine Pufferzeit von weiteren dreißig Minuten ausbedungen. Also konnte Stahnke durchaus vorher noch einen Kaffee trinken gehen. Sollte sein Gesprächspartner früher eintreffen, musste der sich eben gedulden. Das tat ihm bestimmt ganz gut.

Zum *Tarax* waren es nur ein paar Schritte – auch noch in die richtige Richtung. Lange hatte das alte *Taraxacum* leer gestanden, nachdem der frühere Besitzer erst pleite gegangen und dann verstorben war. Viele Leeraner hatten diesen Zustand wortreich bedauert, hatte diese Buchhandlung mit angegliedertem Café und Restaurant doch früher als Hort der höheren Kultur in der kleinen Händlerstadt an Ems und Leda gegolten. Doch offensichtlich hatten sich diese vielen Bedaurer nicht häufig genug von der Kultur und ihrem Hort anlocken lassen. Von guten Worten allein aber konnte kein Laden überleben.

Die jetzigen *Tarax*-Besitzer hatten das alte Konzept in neuem Gewand wieder aufleben lassen. Jetzt stand alles unter dem Motto Krimi, und der Laden hieß denn auch entsprechend *Tatort Taraxacum*. Diese Tatsache bereitete Stahnke ebenso leichtes Unbehagen wie die Deko von Geschäft und Restaurant, die aus allerhand Uniformmützen und anderen Polizei-Utensilien, Hackebeilen und Thriller-Plakaten bestand. Der Hauptkommissar hielt nichts von Kriminalromanen, dazu nahm er seinen Beruf viel zu ernst. Und außerhalb der Dienstzeit schaltete er gerne ab, da mochte er nicht ständig an seinen Broterwerb erinnert werden.

Andererseits war er jetzt gerade im Dienst, auch in einer Kaffeepause, da würde das Umfeld ja passen, überlegte er. Außerdem klagte er auf hohem Niveau, denn eigentlich mochte er den urgemütlichen Laden, Krimis hin oder her.

Die beiden abgestoßenen Stufen, die hölzerne, braun gemaserte Tür, der hohe Verkaufsraum mit den vielen hölzernen und gusseisernen Säulen, all das hatte eine besondere, eindrucksvolle und doch heimelige Ausstrahlung.

Die unzähligen Bücher und der andere Krimi-affine Kram auf den Regalbrettern und den Tischen interessierten ihn weniger. Ihn drängte es nach hinten, ins Café.

Andererseits gab es vorne links ebenfalls einen kleinen Tisch mit vier Stühlen, der den Vorteil hatte, dass man von dort aus das Treiben auf Rathaus- und Brunnenstraße im Auge behalten konnte. Warum auch immer. Stahnke zögerte.

»Kann ich Ihnen helfen?«

Er hatte die junge Frau gar nicht kommen hören. Unversehens tauchte sie von rechts in seinem Gesichtsfeld auf, mittelgroß, sehr schlank, mit hinten hochgestecktem, dunkelblond gesträhntem Haar. Eine große, dunkelrandige Brille kontrastierte stark zu ihrer hellen Haut und gab ihr einen intellektuellen Touch. Für eine Buchhändlerin vermutlich Dienstvorschrift, überlegte der Hauptkommissar.

»Ach ja, nee, ich überlege nur ... könnte ich hier vorne auch einen Kaffee bekommen?«

»Aber natürlich. Dafür steht dieser Tisch ja hier.« Sie lächelte, ohne eine Spur von Spott in Miene und Ton. »Ich kann gerne für Sie bestellen, ist ja gerade nichts los hier. Was für einen Kaffee möchten Sie denn? Milchkaffee, Cappuccino, Espresso?«

»Ganz normalen Kaffee bitte.« Stahnke angelte nach einer Stuhllehne.

»Tasse oder Becher?« Die Frau zückte Block und Stift.

»Becher.« Himmel, was wollte die wohl als Nächstes wissen? Er war hier doch nicht bei *Starbucks*!

Die Buchhändlerin aber nickte nur, drehte sich um und ging gemessenen Schrittes nach hinten, Richtung Restaurant.

Stahnkes Blick folgte ihr bis zum Durchgang. Sie war dunkel gekleidet, ihr Top hatte Dreiviertel-Ärmel. Was war das da an ihrem rechten Arm? Ein Tattoo anscheinend, irgendetwas Blaues, sah aus wie ein Kopf. Ein Kopf mit Hörnern. Warum um Himmels willen ließ sich eine junge Frau so etwas in die Haut stechen? In solch milchweiße, zarte Haut noch dazu? Der Hauptkommissar konnte der grassierenden Tätowier-Mode überhaupt nichts abgewinnen. Mode kam, um wieder zu gehen, das war doch ihr Hauptzweck, vielleicht sogar ihr einziger. Was aber machte eine Tätowierte, wenn diese Mode mal out war?

Ach, da gab es ja diesen Schlager. »Bye bye Arschgeweih, ich geb dich zum Lasern frei.« Aua! Aber der Reim war nicht schlecht.

Draußen auf der Straße war immer noch wenig los. Rein geschäftlich schien der Tag noch in der Vorbereitungsphase zu sein. Der Betreiber des *Wohntheaters* dekorierte Antiquitäten und Second-Hand-Kram auf dem Bürgersteig, der Dönermann schleppte Kartons in seinen Grill im Eckhaus. War das überhaupt der Grill-Betreiber? Stahnke hatte den Mann anders in Erinnerung: stämmiger, dunkler, immer ein bisschen schmierig. Der hier machte einen sehr adretten Eindruck. Na, vielleicht nur ein Lieferant. Anderseits hatte er einen Schlüssel.

»Ihr Kaffee.« Die Buchhändlerin hatte sich wieder so lautlos angeschlichen, dass Stahnke leicht zusammenzuckte. Sie stellte den dampfenden Becher vor ihm ab, drehte den Henkel in Griffrichtung, drapierte Dosenmilch und Folien-Keks übertrieben sorgfältig. »Sonst noch einen Wunsch?«

»Nein danke, alles gut.« Der Hauptkommissar erwiderte ihren Blick, wunderte sich über das viele Weiß rund um die Iris. Ein starrer Blick? Oder ein herausfordernder?

Mit der Andeutung eines Lächelns wandte sich die junge Frau um und verschwand hinter dem Kassentisch hindurch im Büro. Wiederum ohne einen Laut.

Ganz so jung, wie ich zuerst dachte, ist sie wohl nicht,

dachte Stahnke, das ein oder andere Fältchen hat sie schon, so rund um die Augen. Wie alt mag sie sein – Ende zwanzig, Anfang dreißig? Oder schon Mitte? Wie auch immer, auf jeden Fall ist sie viel zu jung.

Er stutzte. Zu jung wofür? Was sollte denn solch ein Gedanke? Wo kam der her? Er hatte doch überhaupt keine Absichten, er hatte doch …

Sina. Aha, daher wehte der Wind. Wieder spürte er diese altbekannten Stiche. Und als er den ersten Schluck Kaffee heruntergestürzt hatte, spürte er auch wieder dieses Brennen im Magen. Klar konnte es vom zu heißen Kaffee kommen. Aber das wusste er besser.

Jahrelang hatte er sich diese unkontrollierbaren Eifersuchts-Attacken übel genommen. Musste er sich denn sein Glück mit dieser wunderbaren jungen Frau mutwillig selber vermiesen? Natürlich war es eine *Amour fou*, eine Beziehung, die aus dem gesellschaftlich akzeptierten Rahmen fiel. Er hasste diese hochgezogenen Augenbrauen angesichts der gut zwanzig Jahre Altersunterschied zwischen ihm und seiner Freundin ebenso sehr wie das fette Lachen seiner Macho-Kollegen und deren anerkennendes Schulterklopfen: »Mensch, Stahnke, du musst ja verborgene Qualitäten haben, dass du so ein junges Blut unter Vertrag halten kannst! Hätte gar nicht gedacht, dass du so ein Hengst bist!« Drecksäcke. Manchmal hätte dieser Hengst am liebsten kräftig ausgekeilt.

Aber andererseits schmeichelte ihm solch klebrige Macho-Anerkennung doch auch, obwohl er es sich nicht eingestehen mochte. Und obwohl die Prämissen dieses Lobes auch überhaupt nicht stimmten. Von wegen erfrischender Brunnen der Jugend, in den er nach Belieben eintauchen konnte! Nicht er war die lenkende Kraft in dieser Beziehung. Weit gefehlt! Für Stahnke war Sina die, von der er lernte, an der er sich orientierte. Um mit ihr

Schritt zu halten, musste er sich ständig selber ins Hinterteil treten. Und das tat ihm gut.

Der Jungbrunnen natürlich auch. Und das Eintauchen.

Trotzdem, diese Intervalle von Eifersucht und Misstrauen konnte er einfach nicht unterdrücken. Und egal, gegen wen sie sich richteten – letztlich richteten sie sich doch immer gegen ihn selbst. Weil er deutlich spürte, dass er es war, der hier nicht passte. Der nicht genügte. Da konnte er sich so oft in den Hintern treten, bis der blau anlief, dieses Gefühl bekam er damit nicht weg.

Und solche Gefühle, solche Zweifel färben irgendwann ab, schlagen durch auf die Realität. Verfluchte Dialektik! Selbsterfüllende Prophezeiung nannte man das wohl auch. Oder, blumiger ausdrückt: Zweifel und Misstrauen sind Äxte am Baum der Liebe.

Ich glaub, es hackt, dachte Stahnke. Vielmehr, ich weiß es. Und der da hackt, das bin ich.

Er stürzte den Rest seines Kaffees hinunter. Heiß war der nicht mehr, aber es brannte dennoch.

Wie oft hatte es so gebrannt, wenn er an Sina und ihr freundschaftliches Verhältnis zu ihrem Ex-Freund, dem Journalisten Marian Godehau, gedacht hatte! Dabei hatte Sina diesen Burschen längst weit hinter sich gelassen, fand ihn zwar immer noch unterhaltsam und nett, aber viel zu kindisch. Trotzdem hatte Stahnke sich immer wieder eingebildet, zwischen den beiden etwas wahrzunehmen, das sich zu einem Keil zwischen ihm selbst und ihr entwickeln mochte. Pure Einbildung, gespeist aus dem Schuldbewusstsein Marian gegenüber, dem er seinerzeit die Freundin ausgespannt hatte – was wiederum eine Sichtweise war, mit der er Sina auf gar keinen Fall kommen durfte. »So denken keine Männer, so denken nur Männchen«, würde sie sagen. Und dass sie in Sachen Beziehung immer noch selbst die Entscheidungen träfe.

Oh ja, das traf absolut zu. Hatte er vielleicht davor so große Angst?

Die Tür wurde geöffnet; zwei Paare betraten den Laden. Das eine ging gleich durch nach hinten ins Café, das andere steuerte den Tresen an. Offenbar ging es um vorbestellte Bücher, die schnell gefunden und bezahlt waren. Danach ging auch das zweite Pärchen weiter ins Restaurant.

Stahnke blickte auf die Uhr: schon nach zwölf, die Küche hatte geöffnet. Er musste dringend zu seiner Dienststelle aufbrechen. Die halbstündige Auszeit war bereits vorüber.

Er wollte sich erheben, aber blanke Unlust hielt ihn zurück. Dieser blasierte, arrogante Eickhoff! Musste er sich den wirklich antun? Neue Erkenntnisse waren von einer Unterhaltung mit dem sowieso nicht zu erwarten, jedenfalls nicht, solange er überhaupt nicht wusste, wonach er eigentlich fragen sollte. Auf reine Verdächtigungen und Unterstellungen gegenüber irgendwelchen Rivalen und Konkurrenten der Eickhoff-Familie jedenfalls konnte er gerne verzichten.

Er zückte sein Handy. Zögerte kurz, gab sich dann aber einen Ruck. Dies war ja schließlich keine Mordermittlung!

»Kramer? Ist Eickhoff senior schon da?«

»Allerdings.« Der Oberkommissar klang genervt. »Seit einer Viertelstunde schon. Wartet nebenan. Wenn man das warten nennen kann! Alle zwei Minuten steht er bei mir auf der Matte.«

»Dann behalte ihn das nächste Mal einfach da«, sagte Stahnke. »Übernimm du doch Eickhoffs Befragung, ja? Ich bin hier in der Altstadt zugange. Dafür brauche ich noch ein bisschen.«

»Wofür? Etwa Kaffee trinken in *Taraxacum*?« Kramer klang gereizt. »Was soll ich den Typen überhaupt fragen?«

»Lass dir was einfallen. Du kennst den Fall doch ebenso gut wie ich.« Oder ebenso schlecht, setzte der Hauptkommissar in Gedanken hinzu. Dann schnippte er mit den

Fingern. »Und übrigens, *Tarax* stimmt, aber von wegen Kaffee! Der Laden gehört doch neuerdings diesem Christiansen, du weißt schon, dem Obelix von Asterix. Die beiden haben bekanntlich zusammen die Tat beobachtet, mehr oder weniger. Also, Christiansen muss ich auch noch befragen.«

»So.« Kramer war ein Meister der Untertöne, der jedermann der faulen Ausrede bezichtigen konnte, ohne dass es nachweisbar gewesen wäre. »Neuerdings ist übrigens stark untertrieben, Christiansen gehört das Haus schon seit drei Jahren. Und übrigens, was ist mit der WG? Wenn schon, dann kannst du dir die ja auch gleich vorknöpfen.«

»WG? Was für eine WG?« Stahnke hatte die Frage kaum gestellt, da fiel es ihm wieder ein. »Ach so, die anrüchige Wohngemeinschaft, in der der junge Eickhoff verkehrt haben soll.« Er richtete seinen Blick zur Decke. Jenseits der fetten Balken mussten sie hausen, die wilden Gesellen, die auf den jungen Mann aus reichem Hause solch eine Anziehungskraft ausübten. Vor allem wohl die Gesellinnen. »Na klar, ein Besuch da oben steht auch auf meiner Agenda.«

Der Hauptkommissar beäugte die Deckenbalken noch einmal gründlich: Nein, sie bogen sich nicht. So sehr er auch log.

Kramer holte Luft, kam aber nicht mehr dazu, eine weitere Spitze abzufeuern. Eickhoff seniors laut polternde Stimme fuhr ihm dazwischen. Offenbar stand der mal wieder auf Kramers Matte.

»Na denn, viel Erfolg!«, säuselte der Hauptkommissar und beendete eilig das Gespräch.

Draußen vor dem Fenster quietschten Reifen. Der Fahrer eines tiefergelegten BMWs hatte es offenbar auch sehr eilig. Während der Wagen laut röhrend um die Kurve driftete, erhaschte Stahnke den flüchtigen Eindruck eines jungen, unbewegten Männergesichts hinter der Frontscheibe. Das einzig Lebendige an diesem Gesicht schien die große, verspiegelte Sonnenbrille zu sein, in deren Gläsern sich die Hausfassade krümmte.

Ein Grüppchen kleiner, braunhäutiger Männer wäre dem Kamikaze-Piloten beinahe vor den Spoiler gelaufen. Im letzten Moment hatten sie am Bordstein gestoppt und schimpften dem Raser jetzt hinterher. Touristen, schätzte Stahnke. Bis vor kurzem hätte er sie trotz der umgehängten Kameras noch für Seeleute gehalten, die an einem Rettungslehrgang auf der *Emssturm* teilnahmen. Das langjährige Ausbildungsschiff aber hatte inzwischen den Leeraner Hafen verlassen. Die Handelsschifffahrt steckte in der Krise, wieder einmal. Da rechnete sich derartige Ausbildung nicht mehr.

Dahlmanns Worte fielen Stahnke wieder ein. So, Eickhoffs jüngerer Bruder war also Reeder? Na, da hatte der wohl aufs falsche Pferd gesetzt. Auf ihn musste der Kaufmann also nicht mehr lange eifersüchtig sein.

Vor ein paar Tagen hatte in der Zeitung gestanden, was mit der alten *Emssturm* geschehen sollte. Angeblich wurde sie in die Türkei geschleppt, zum Abwracken. Schade drum! Das mehr als fünfundsiebzig Meter lange ehemalige Fischereiforschungsschiff mit seiner hoch aufragenden Back hatte dem Hafen von Leer rein optisch gut zu Gesicht gestanden.

»Noch einen Kaffee?« Wieder stand die Buchhändlerin so unvermittelt neben ihm wie aus den braunen Fliesen gewachsen.

»Nein danke, aber Sie könnten mir vielleicht eine Frage beantworten«, erwiderte Stahnke, der diesmal nicht zusammengezuckt war.

»Aber gerne, wenn ich kann.« Die junge Frau verschränkte ihre Finger und hob erwartungsvoll die Brauen, den Blick ihrer weit aufgerissenen Augen fest an ihren Gast geheftet.

Was soll das, dachte der Hauptkommissar irritiert, will die mich veräppeln? »Ich würde gerne Ihren Chef sprechen, den Herrn Christiansen«, sagte er. »Ist er vielleicht im Büro?«

»Nein, tut mir leid.« Auch ihr bedauernder Tonfall schrammte hart an der Parodie vorbei. »Herr Christiansen ist vor einer Stunde nach Aurich gefahren. Wir erwarten ihn erst kurz vor Ladenschluss zurück. Die Kasse macht er ja immer gerne selber.« Sie legte eine Hand auf ihren Mund, als wollte sie diese halb vertrauliche Information noch im Nachhinein am Entfleuchen hindern.

»Das ist bedauerlich. Nach Aurich, ja?« Sollte er nach dem Grund fragen? Noch hatte er sich ja nicht einmal vorgestellt.

»Er schaut sich dort Immobilien an. Möglicherweise will er demnächst eine Filiale aufmachen.« Wieder legte sie ihre schlanken Finger an die Lippen: »Das muss nicht unbedingt jeder wissen, jedenfalls noch nicht. Aber Sie sagen das ja sicher nicht weiter, nicht wahr, Herr Kommissar?«

So so, sie wusste also, wer er war! War er in Leer etwa schon derart bekannt? Unwillkürlich glitt sein Blick von ihrem Gesicht über Finger und Hand auf das blaue Tattoo auf ihrem Unterarm. Jetzt zuckte er doch ein wenig zusammen, denn die gehörnte Fratze sah unglaublich diabolisch aus, direkt unheimlich. Auf einem schmalen Banner darunter stand etwas geschrieben. Etwa ein Fluch?

Sie nahm die Hand herunter, ehe Stahnke die Worte entziffern konnte. »Soll ich Herrn Christiansen vielleicht etwas bestellen, wenn er wieder zurück ist?«

Der Hauptkommissar schüttelte den Kopf. »Danke, nicht nötig, ich rufe ihn dann selbst an. Aber sagen Sie, die Wohnung dort oben, da wohnen doch mehrere junge Leute – ob ich dort vielleicht jemanden antreffen kann?«

Ihre Augen wurden schmal. »Keine Ahnung«, versetzte sie knapp. »Letzte Nacht ist dort wohl jemand zu Hause gewesen, wie ich hörte, aber jetzt – das weiß ich nicht.«

»Wie Sie hörten? Von wem denn?«

»Von einem Krimi-Autor, der gestern Abend hier im Laden eine Lesung abgehalten hat. So was machen wir öfter mal, auch kleine Konzerte. Die Künstler übernachten dann immer in der kleinen Wohnung, die nach hinten raus geht und ansonsten leer steht. Als der Autor heute Vormittag abgereist ist, meinte er, vorne sei wohl mächtig Party gewesen letzte Nacht. Erst weit nach Mitternacht habe er schlafen können, und selbst dann habe er noch geträumt, jemand hätte ihm auf dem Kopf herumgetrampelt.«

»So wild, ja?« Da wäre der kleine Oliver Eickhoff bestimmt gerne dabei gewesen, setzte Stahnke in Gedanken hinzu. Typisch Bürgertum, nach außen immer etepetete, aber dann das Verdrängte umso wilder ausleben! Schade für ihn, dass ihn der Zustand seines Hinterteils vom Mitfeiern abgehalten hatte.

Wieder flog die Ladentür auf; die Altstadt hatte sich deutlich belebt, die Kunden gaben sich die Klinke in die Hand. Die Buchhändlerin machte eine Geste des Bedauerns: »Ich glaube, ich werde gebraucht. Wenn ich dann nichts mehr für Sie tun kann ...«

»Danke, alles klar.« Der Hauptkommissar entließ sie mit einem freundlichen Nicken. Schon war die junge Frau Richtung Kassentresen verschwunden.

Stahnke erhob sich, trug seine leere Tasse nach hinten ins Restaurant, wo noch mehr Betrieb herrschte als vorne im Laden, zahlte und verließ das Gebäude durch die Seitentür, die hinaus auf die Terrasse führte. Die Oktobersonne war inzwischen hinter den Wolken und dem klotzigen Rathausneubau zum Vorschein gekommen und bestrahlte die Außentische, von denen viele besetzt waren, obwohl es eigentlich schon zu frisch war, um draußen zu sitzen.

Eine schmale Gasse verband die Terrasse mit der Rathausstraße; dorthin wandte sich der Hauptkommissar, denn da, etwa auf halber Strecke, lag auch der Eingang zur vorderen Wohnung über dem *Tatort Taraxacum*. Unter der Klingel hing ein Pappschild mit den Namen der Bewohner. Ursprünglich mochten es vier oder fünf gewesen sein. Seither aber waren mehrere durchgestrichen und andere, teils kaum leserlich, dazugekritzelt worden, so dass schwer zu erkennen war, wer hier aktuell eigentlich lebte. Von der ursprünglichen WG schien nur noch ein einziger Name erhalten zu sein: Frederik Jaschinsky.

Stahnke presste seinen Daumen auf den Klingelknopf. Oben im Haus ertönte ein Gong, gerade eben noch hörbar. Sonst geschah nichts. Der Hauptkommissar gongte noch ein zweites und ein drittes Mal, ohne Erfolg. Na gut, dachte er. Dann eben später; wegen der Befragung des Tatzeugen Christiansen musste er ohnehin noch einmal wiederkommen. Vielleicht konnte er diesen Besuch ja mit einem weiteren Kaffee verbinden.

Das Gesicht der jungen Buchhändlerin kam ihm in den Sinn. Ebenso die blaue Fratze auf ihrem Arm. Unwillkürlich schüttelte er den Kopf. Dann schaute er auf die Uhr: Mit etwas Glück hatte Kramer das Gespräch mit Eickhoff senior schon erledigt, dann konnten sie beide in Ruhe Mittag essen gehen und das weitere Vorgehen besprechen. Was er selbst tun würde, wusste er schon: sich mal ein bisschen mit der Familie Eickhoff befassen. Wer so dazugehörte, was die so trieben. Nicht nur wegen Dahlmanns Bemerkung vorhin; Karl-Friedrich Eickhoff persönlich hatte ihn auf diesen Gedanken gebracht, durch seine Behauptung, das Attentat auf seinen Sohn hätte sich in Wahrheit gegen die ganze Familie gerichtet. Da gehörte es sich doch, mal nachzuforschen, welche Gründe es dafür geben mochte.

Ob Eickhoff senior das mit seinen Worten hatte erreichen wollen? Sicher nicht. Stahnke lächelte vor sich hin. Gerade deshalb, dachte er. Gerade deshalb.

6.

»Domian, nein! Lass das, Domian! Domian, kannst du nicht hören? Ich will das nicht, verdammt noch mal!«

Die Frau wehrte sich aus Leibeskräften, aber Domian war einfach zu stark. Unmöglich, ihm zu widerstehen, wenn er etwas wirklich wollte. Dann bremste ihn nichts und niemand. Und ein »Nein« schon gar nicht.

»Nein, Domian! Nicht!« Vergebens, sie hatte keine Chance. Sie musste aufhören, sich dagegenzustemmen, zu ziehen und zu zerren, sonst ging es ihr dreckig. Das wusste sie aus böser Erfahrung.

Sie ließ die Leine los. Während die Frau auf dem weichen, glitschigen Boden stolpernd um ihr Gleichgewicht rang, sauste Domian davon, hinter der getigerten Katze her hinein in den modderigen Graben. Während aber die Katze leichtfüßig über den stinkenden Schlamm hinwegsetzte und am jenseitigen Ufer im Unterholz verschwand, platschte der blendend weiße Golden Retriever mitten hinein.

»Ach, Domian.« Die Frau schüttelte den Kopf. Hoffentlich blieb das dämliche Viech nicht auch noch im Modder stecken! Einmal war das schon passiert, und sie hatte Hilfe holen müssen, um das Vierzig-Kilo-Biest wieder auf festen Boden zu zerren. Anschließend hatte sie Stunden gebraucht, um den Hund zu waschen, zu trocknen und zu bürsten, bis jedes Stäubchen und jede Geruchsspur wieder entfernt war. Ihre Tochter stellte sich ja dermaßen an mit dem Hund!

Dabei gehörte der Retriever eigentlich Oliver. Aber der hatte schon lange das Interesse an dem Tier, das ihm sein Onkel geschenkt hatte, verloren. Sich selber um die Töle zu kümmern und womöglich mit Domian Gassi zu gehen, dafür hatte der feine junge Herr natürlich keine Zeit.

»Komm her, Domian! Komm her! Sei ein Braver. Kriegst

auch ein Leckerli.« Auch noch belohnen musste sie dieses störrische Vieh. Das ging ihr total gegen den Strich. Aber was half es, Oliver Eickhoff hatte den Hund in der kurzen Zeit, die er bei ihm verbracht hatte, komplett verwöhnt, und jetzt war Domian mit normalen Mitteln nicht mehr beizukommen. Bestochen wollte er werden, verhätschelt und betütert, bei jeder Gelegenheit. Tja, wie der Herr, so das G'scherr.

Erschrocken schaute sich Antje Baumann nach allen Seiten um. Dass sie diese ungebührlichen Worte nicht etwa laut ausgesprochen hatte, das wusste sie natürlich. Aber vielleicht stand es ihr ja ins Gesicht geschrieben, was ihr da gerade durch den Kopf gegangen war! Wusste man's? Nein, man wusste es nicht. Wusste man nie! Es gab eben doch mehr zwischen Himmel und Erde, als in der Schule gelehrt wurde. So hatte es neulich erst wieder im Fernsehen geheißen. Und in der Kirche auch.

Antje Baumann war Anfang fünfzig; nächstes Jahr würde sie nun schon fünfunddreißig Jahre bei den Eickhoffs in Stellung sein. Sie hatte bereits den Haushalt in der großen Villa in Leer-Loga besorgt, ehe Karl-Friedrich dort das Kommando übernommen hatte. Seit Heinrich-Wilhelm Eickhoff vor einigen Jahren verstorben war, wurde sein Sohn Karl-Friedrich »Eickhoff senior« genannt. Für Antje Baumann klang das immer noch irgendwie falsch. Obwohl, das gab sich, so nach und nach. Karl-Friedrich Eickhoff , früh verwitwet, wurde seinem Vater immer ähnlicher. Außerdem nannte sie ihn sowieso immer »gnädiger Herr«, genau wie seinen Vorgänger, da konnte sie sich nicht verplappern.

Er nannte sie immer »Mädchen«, auch jetzt noch, mit Anfang fünfzig. So hatte eben alles seine Ordnung.

»Domian!« Antje Baumann beeilte sich, dass sie dicht genug an den Graben herankam, um womöglich das Ende der langen, edlen Lederleine zu erwischen. Hoffentlich war die nicht auch ganz verdreckt! Die musste nach dem Reinigen nämlich eingefettet werden, sonst wurde sie beim Trocknen rissig. Und falls der junge Herr das bei einem seiner Besuche im Stammhaus mitbekam, würde er wieder fuchsteufelswild. Auch wenn ihm der Hund ansonsten egal war.

Sie erreichte den Grabenrand und beugte sich vor, die Arme ausgebreitet, um nicht die Balance zu verlieren. »Domian?« Der Hund war nirgends zu entdecken, ebenso wenig wie das Leinenende. Um Gottes willen, das Tier würde doch nicht im Schlamm versunken sein?! Das würde ihre Tochter ihr nie verzeihen, und sie sich auch nicht. Denn verzogen oder nicht, sie hatte dieses trottelige Tier doch ziemlich lieb. Ebenso wie Aylin.

Nein, nichts zu sehen. Zwar dämmerte es bereits, aber einen Hund mit einem derart hellen Fell hätte man doch auf jeden Fall noch erkennen müssen, sogar im Schatten! Es sei denn, das Viech war von oben bis unten schlammgrau eingefärbt, dann konnte sie lange gucken. Und später schrubben.

»Domian? Domian!« Wie aus dem Nichts war der Hund plötzlich da, sprang von der Seite her an ihr hoch, stieß mit seiner nassen Schnauze ausgelassen nach ihrem Gesicht. Natürlich war er von oben bis unten eingedreckt. Vergeblich versuchte Antje Baumann, Domian mit ausgestreckten Armen von sich und ihrer Kleidung fernzuhalten; dadurch verlor sie erst recht die Balance. Schwer plumpste sie auf den weichen Untergrund des Spazierwegs.

»Dreck! Verfluchter Dreck!« Der Rock war hin, die Strümpfe bestimmt auch, und was die Schuhe anging, konnte sie nur hoffen. Die Herrschaft verlangte stets ein tadelloses Äußeres von ihr, und bei dem Lohn, den sie bekam, was das nicht immer leicht. Wenigstens hatten Jacke und Bluse noch nicht so viel abbekommen …

Domian stellte sich direkt vor sie und schüttelte sich ausgiebig. Der Dreck flog ihr nur so um die Ohren – und auf ihre Kleidung. Na toll, jetzt sah sie endgültig aus wie ein Schwein.

Mühsam rappelte Antje Baumann sich auf. Mit der linken Hand schnappte sie sich Domians Leine, mit der anderen zückte sie ihr Handy. So, wie sie aussah, konnte sie unmöglich unter Leute.

»Edwin? Du musst mich abholen. Bitte. Ich hab ein Malheur gehabt.« So knapp, wie es ihr möglich war, schilderte sie Eickhoffs Chauffeur, was ihr widerfahren war. »Du müsstest doch jetzt Zeit haben. Der gnädige Herr ist bestimmt mit seinem Geländewagen los, richtig? Na also. Dann bitte zu dem Parkplatz am Spazierweg, ja, in Heisfelde, du weißt schon, wo das ist. Und beeil dich, ehe mich noch einer sieht.«

Edwin war alles andere als begeistert. »Was gibst du dich denn auch immer noch mit diesem Hund ab? Fütterst ihn auf eigene Kosten durch! Dabei gehört der dem jungen Herrn, und seit der seinen eigenen Bungalow bekommen hat, sind wir für ihn doch gar nicht mehr zuständig! Und für seinen Hund schon gar nicht! Oliver hat jetzt seine eigene Haushaltshilfe, warum geht die denn nicht Gassi?«

Antje Baumann schüttelte den Kopf. Natürlich hatte Edwin recht, leider, aber darum ging es ja nicht. Es ging um Verantwortung. Wenn man die einmal übernommen hatte, dann gab man die nicht so einfach wieder ab. Verantwortung klebte an einem wie Honig. Zumal Aylin so in den Hund vernarrt war.

»Kommst du mich jetzt holen, oder was?«, schimpfte sie in ihr Telefon. »Wenn nicht, dann kannst du deine Klamotten gleich wieder aus meinem Schrank holen, das sage ich dir! Dann schläfst du ab sofort wieder oben unterm Dach, verstanden?«

»He he, nun übertreib mal nicht gleich. Ich komme ja.« Edwin beendete das Gespräch.

Antje Baumann straffte sich. Fünfzig mochte sie ja sein, aber ihre Möglichkeiten hatte sie immer noch.

Sie steckte ihr Handy weg, klopfte ein wenig an ihrer verdreckten Kleidung herum, was sich als ebenso zwecklos erwies wie vermutet, und machte sich auf den Weg zurück zum Parkplatz. Domian hatte sich offenbar ausgetobt und folgte ihr willig. Wenigstens etwas, dachte Antje Baumann. Hoffentlich hatte Edwin genügend Verstand, um mit dem alten Kombi zu kommen, den sie immer zum Einkaufen benutzten. Da lagen alte Decken drin, dann musste sie anschließend wenigstens nicht noch ein ganzes Auto putzen.

Der Knall ließ sie erstarren. Ein Schuss, das war ihr erster Gedanke, ein Schuss, und ziemlich nah noch dazu. Verdammt, wer jagte denn hier, direkt am Rand der Siedlung? Dann erst erwog sie die anderen Möglichkeiten. Eine Fehlzündung, ein geplatzter Reifen, ein Feuerwerkskörper? Nein, nichts davon. Sie hatte ihre Herrschaften schon zu Jagdgesellschaften begleitet, um nach verblasener Strecke einen Imbiss zu reichen. Sie wusste, wie Schüsse klangen, und dies hier war einer gewesen.

Na Gott sei Dank, wenigstens war sie nicht getroffen worden. Vorsichtig ging sie weiter.

Domians Leine straffte sich, und als Antje Baumann sich umdrehte, sah sie, dass der Hund zu Boden gesunken war. Sein dreckverkrustetes Fell nahe der Hinterhand glänzte von frischer Nässe. Mit großen, unendlich traurigen Augen starrte der Golden Retriever sie an. Dann erst begann er leise zu fiepen.

»Domian?« Antje Baumann bückte sich, fasste nach der feuchten Stelle. Unter ihren Fingern pulste es warm, und obwohl es schon fast dunkel war, konnte sie den roten

Schimmer deutlich erkennen. Nun jaulte der Hund, leise und schicksalsergeben. Es war herzzerreißend.

Jemand hatte auf Domian geschossen! Auf ihren Hund, vielmehr auf den Hund, für den sie die Verantwortung trug, die so klebrig war wie das Blut an ihrer Hand. Wer tat denn sowas? Wer schoss denn auf einen unschuldigen Hund?

Motorengeräusch drang zu ihr herüber. War das Edwin mit dem Kombi? Aber so klang es nicht, es klang anders. So, wie es früher geklungen hatte, wenn Olivers merkwürdige Freunde zu Besuch gewesen waren und wieder wegfuhren. Auf ihren Motorrädern! Richtig, das Geräusch kam von einem Motorrad. Und es entfernte sich. Jetzt kam noch ein Quietschen dazu, der Motor brüllte in der Ferne noch einmal auf, dann war es wieder still. Bis auf das Jaulen des Hundes.

»Domian, mein armer Domian. Stirb mir bloß nicht.« Sie riss ein Päckchen Taschentücher heraus, presste es auf die Wunde, um die Blutung zu verlangsamen, und versuchte es mit ihrem Halstuch zu fixieren. Schade drum, das war ihr gutes Halstuch. Aber darauf kam es auch nicht mehr an.

Als Edwin einige Minuten später den Spazierweg mit seiner starken Taschenlampe ableuchtete, fand er Antje Baumann zusammengekauert und schluchzend vor, die Arme um Domian geschlungen. Der Hund lag ganz still, nur seine Rute zuckte leicht zur Begrüßung.

7.

»Hören Sie mal, Herr Christiansen, jetzt müssen Sie aber mal was unternehmen. So geht es wirklich nicht weiter!«

Gerd Christiansen seufzte leise, ließ sein Fahrrad ausrollen und schwang sich aus dem Sattel. Eine Bewegung, die er seit seiner frühen Kindheit praktizierte und die ihm daher auch immer noch halbwegs elegant gelang, trotz seiner Körperfülle. In der Leeraner Altstadt fuhr er grundsätzlich mit dem Rad; Parkplätze waren hier Glückssache. Deshalb war er nach seiner Rückkehr aus Aurich auch zunächst nach Hause gefahren, obwohl es schon fast sieben Uhr war und er sich beeilen musste, um seine Buchhändlerin noch anzutreffen.

Das konnte er nun vergessen. Sein Nachbar hatte ihm aufgelauert, und Christiansen ahnte auch schon den Anlass. Kein erfreulicher, so viel war klar.

Unnötig umständlich schob er sein Rad in die schmale Lohne zwischen seinem Geschäftshaus und dem benachbarten Gebäude, lehnte es gegen die Wand und ließ das Ringschloss einrasten. Danach war die Konfrontation nicht länger hinauszuzögern.

»Dann waren die jungen Leute wohl wieder mal zu laut, Herr Terveer?« Christiansen legte den Kopf in den Nacken und schaute die efeubewachsene, cremeweiß verputzte Mauer seines Geschäfts- und Mietshauses hoch; die beiden großen Sprossenfenster im ersten Stock gehörten zur Küche der großen Wohnung, die er nach langem Zögern an diese WG vermietet hatte. Eine Entscheidung, die er längst bereute.

»Laut ist überhaupt kein Ausdruck.« Der kleine, rotgesichtige Mann bebte vor unterdrücktem Ärger. »Das war ein Radau letzte Nacht, schlimmer als bei den Hottentotten! Erst diese Musik, Sie wissen schon, die so klingt, wie wenn dicke Bleche ausgestanzt werden. Dann kam noch dieses Gebrüll und Gekreische dazu. Und alles lange nach Mitternacht! Irgendwann wurde es mir zu bunt, ich hab mir den Bademantel übergezogen, bin raus und hab bei denen geklingelt, zweimal. Danach war es dann ruhig, aber aufgemacht hat keiner.« Er schnaufte vor Wut. »Es reicht. Es reicht mir wirklich! Greifen Sie endlich durch!«

Christiansen nickte verständnisvoll. Die Beschreibung seines Nachbarn stand wohl für Techno und Hip-Hop, in dieser Reihenfolge. Auch er fand beide Musikrichtungen überwiegend grauenhaft, da brauchte er nicht zu heucheln. Nur zu südafrikanischen Völkern hatte er eine andere Einstellung, aber die hier und jetzt zu thematisieren, schien ihm nicht angeraten. »Ich verstehe das wirklich nicht, Herr Terveer«, beteuerte er. »Letztes Mal habe ich den jungen Leuten doch ganz klar gesagt, was hier in der Altstadt geht und was nicht! Gelbe Karte, habe ich gesagt, ach was, dunkelgelb! Benehmt euch, hab ich gesagt. Noch so ein Ding, und ihr könnt euch eine andere Bleibe suchen!«

»Das war wohl, als deren Besuch nachts übers Dach geklettert und über den Balkon eingebrochen ist, weil er den Hausschlüssel vergessen hatte, was?« Terveers Gesicht lief noch dunkler an. »Meine Frau hätte seinerzeit fast einen Herzinfarkt bekommen, als sie wach geworden ist und das gesehen hat! Bloß gut, dass sie letzte Nacht gar nicht hier war, sondern bei ihrer pflegebedürftigen Mutter übernachtet hat. Also, das sage ich Ihnen, ich hätte diesen WG-Typen damals gleich den Stuhl vor die Tür gestellt.«

Christiansen biss sich auf die Lippe. Jetzt hatte er sich selbst in die Ecke geschwatzt. Mit einer weiteren *letzten Verwarnung* konnte er nicht mehr kommen; diese Karte hatte er bereits ausgespielt. Und sie hatte ganz offenkundig nicht gestochen.

Er musterte sein Haus, die Hände in die Seiten gestemmt, und seufzte erneut. Er liebte dieses Gebäude, hatte es schon früher geliebt, als es noch nicht seins gewesen war. Dann hatte es leer gestanden und wäre vielleicht ganz verfallen, wenn seine Frau und er es nicht gekauft und gerettet hätten. Tja, schön und gut. Um aber solch ein Haus dauerhaft zu erhalten, mussten sämtliche Räume genutzt werden, nicht nur Buchladen und Restaurant, sondern auch die beiden Wohnungen im ersten Stock. Christiansen musste also Vermieter werden. Damit hatte der ganze Ärger angefangen.

Und jetzt war es Zeit für den Befreiungsschlag. Da hatte der Nachbar wohl recht.

Christiansen gab sich einen Ruck, stieg die beiden Stufen zum Seiteneingang hoch und betätigte die Klingel. Von oben war schwach der Gong zu hören. Big-Ben-Sound, das hatte er passend gefunden für ein Haus, das ganz auf Krimi abgestellt war. Krimi, das war immer noch irgendwie englisch, Dartmoor, Themse-Nebel und so. Eigentlich hätte er ja auch selbst in die Wohnung einziehen können; dann wäre ihm dieser Ärger erspart geblieben.

Er klingelte noch einmal. Nichts rührte sich. Waren die Bewohner etwa schon ausgeflogen? Oder lagen sie nach dieser durchzechten und durchtobten Nacht immer noch im Säuferkoma? Abends um nach sieben? Nicht wirklich wahrscheinlich, aber auch nicht ausgeschlossen.

Christiansen war sich gar nicht sicher, wie viele Mieter eigentlich tatsächlich hier wohnten. Vier waren es ursprünglich gewesen, die den Vertrag unterzeichnet hatten, nicht zu viele für diese ungewöhnlich große, verwinkelte Wohnung mit dem riesigen Wohnzimmer. Aber schon sehr bald hatte reges Kommen und Gehen eingesetzt, immer wieder waren neue Gesichter aufgetaucht, andere dafür nicht mehr. Frederik Jaschinsky, der Hauptmieter, hatte auf Nachfragen stets ausweichend geantwortet. Der Vermieter hatte sich damit zufriedengegeben. Die Miete war ja auch immer pünktlich überwiesen worden.

Er drehte sich zu Terveer um und zuckte die Achseln. »Es öffnet keiner«, stellte er überflüssigerweise fest. Problem vertagt, jetzt konnte er sich doch noch dem Tagesabschluss seiner Buchhandlung widmen. Christiansen fühlte sich erleichtert.

Der Nachbar aber machte nicht den Eindruck, als gäbe er sich damit zufrieden. Sein Kinn zuckte auffordernd in Richtung Tür. »Ist doch gar nicht richtig zu«, sagte er. »Gehen Sie doch einfach rauf. Einer von denen ist bestimmt da oben. Dann können Sie's dem gleich direkt ins Gesicht sagen.« Seine verschränkten Arme machten deutlich, dass er vorhatte, die Ausführung dieses Vorschlags bis zum Schluss zu überwachen. Offenbar traute er dem korpulenten Buchhändler nicht allzu viel Konsequenz zu.

Christiansen stupste die schwere Holztür mit den Fingerspitzen an. Tatsächlich, nur angelehnt; geräuschlos schwang sie auf. Der typische, feucht-staubige Geruch nach altem Gemäuer schlug ihm aus dem Treppenhaus entgegen. Heute schien er besonders intensiv zu sein.

»Los jetzt!«, knurrte es hinter ihm. Christiansen gab sich einen Ruck. Einmal musste es ja sein, warum also nicht jetzt?

Die gewundene Holztreppe knarrte und dröhnte unter seinen schweren Schritten. Der bordeauxrote Anstrich, noch keine zwei Jahre alt, sah schon wieder fleckig und verschrammt aus. Christiansen stöhnte erneut, diesmal aber lautlos, denn er hörte Terveer hinter sich her trapsen, und vor dem wollte er sich nicht noch mehr Schwächen erlauben.

Fast fünf Meter waren die Räume im Erdgeschoss hoch; entsprechend lange dauerte es, bis der obere Treppenabsatz in Sicht kam. »Hallo, Herr Jaschinsky? Sind Sie zu Hause?«, rief Christiansen. »Herr Jaschinsky, ich müsste mal mit Ihnen reden.« Als er selber noch Mieter gewesen war, hatte er zudringliche Vermieter gehasst. Wenigstens eine Vorwarnung musste sein.

Hinter sich hörte er Terveer verächtlich schnauben.

Die Treppe mündete direkt in einen Flur, von dem diverse Türen zu den Zimmern, in die Küche und ins Bad führten; Christiansen und sein nachdrängender Nachbar standen also praktisch schon mitten in der Wohnung. Nur eine der vielen baulichen Besonderheiten, die die Vermietung dieser ansonsten attraktiven Wohnung ziemlich erschwert hatten. Der Buchhändler entschied sich für die Küchentür und klopfte.

»Sind Sie irgendwo reingetreten?«, fragte Terveer hinter ihm. »Hier, gucken Sie mal, die Flecken. Macht aber nichts, ist ja sowieso alles dreckig.«

Christiansen schüttelte unwillig den Kopf. Für so etwas war jetzt nicht die Zeit. Die bevorstehende Konfrontation mit seinem unbotmäßigen Mieter beanspruchte seine volle Konzentration. Er klopfte noch einmal, horchte kurz, und als sich wieder nichts rührte, öffnete er die Küchentür.

Die Küche war menschenleer. Ansonsten sah sie genauso aus wie befürchtet: Umgeworfene Stühle, Scherben auf dem Boden, eklige Flecken, offenbar von Speiseresten und Rotwein. Batterien leerer Flaschen standen unter dem Fenster; in der Spüle türmte sich dreckiges Geschirr. Das ärgerte Christiansen. Hatte er diesem Jaschinsky und seinen Kumpanen nicht sogar die Küchenmöbel überlassen, kostenlos? Sah so der Dank dafür aus? Terveer hatte völlig recht, dieser Kerl und seine Mitbewohner mussten hier weg, unverzüglich, am besten heute noch.

Er durchquerte die Küche, wobei er sich Mühe gab, den schlimmsten Flecken auszuweichen. Eine seiner Sohlen klebte sowieso schon, da hatte sein Nachbar, der ihm nach wie vor auf den Fersen war, anscheinend recht gehabt. So langsam ging ihm dieser Rechthaber auf die Nerven. Jetzt würde er dem aber mal zeigen, dass ein Christiansen auch durchgreifen konnte.

»Herr Jaschinsky! He!«

Von dem winzigen Stück Flur hinter der Küche gingen gleich drei Durchgänge ab. Der Abstellraum links stand offen; aus den Augenwinkeln erkannte er ein Chaos aus Kartons und Plastikbeuteln. Geradeaus ging es in eines der Schlafzimmer. Mit Klopfen hielt sich der Vermieter nicht mehr auf. Er riss die Tür auf, stürmte hinein, drehte sich einmal um die eigene Achse, stellte sich auf die Zehenspitzen: niemand, auch in dem geräumigen Hochbett nicht. Aber es gab ja noch genügend weitere Zimmer.

Die dritte Tür führte ins Wohnzimmer, den prachtvollsten Raum der Wohnung, dessen sechs hohe Fenster gerade erst neu gestrichen worden waren. Das edle Parkett hatte Christiansen schleifen und ausbessern lassen. Wäre er doch bloß selber hier eingezogen! Der Himmel mochte wissen, was dieser Jaschinsky mit dem Parkett angestellt hatte.

Christiansen riss die Tür auf und stürmte hinein. Dann blieb er stehen, als sei er gegen eine unsichtbare Wand gelaufen. Terveer rannte ihm in die Hacken, aber der Vermieter stand wie angewurzelt.

Gleich links von der Tür hatte sich ein See auf dem Parkett ausgebreitet. Auf den ersten Blick wirkte er schwarz; nur an den Rändern, wo die Flüssigkeit tief in die Ritzen und die Maserung des Parketts eingesickert war, offenbarte sie ihre wahre Farbe. Rot.

Links von der Tür befand sich auch der Heizkörper, ein mächtiges gusseisernes Ding, dessen Holzverkleidung entfernt worden war. An dieser Heizung hing ein Mensch, ein toter Mensch, Hals und Oberkörper an die Heizungsrippen gefesselt. Die Arme waren ausgebreitet, die Beine ausgestreckt und gespreizt, die Füße nackt und mit blutigen Wunden übersät, ebenso wie die Hände. Christiansen nahm an, dass dieser Mensch Frederik Jaschinsky war. Sicher sagen konnte er es nicht, denn das Gesicht dieses Menschen sah aus wie … Ihm fehlte ein Vergleich, bis ihm die Platte mit den Gulaschbrocken in der Fleischtheke seines Supermarkts einfiel.

Der süßlich-metallische Geruch, der im Raum hing, wurde ihm bewusst. Jetzt wird mir sicher gleich übel, dachte er, und als sich der Brechreiz meldete, war er bereit und kämpfte ihn nieder. Schweiß perlte über seine Stirn.

Etwas streifte ihn an Rücken und Arm. Christiansen zuckte zusammen; fast wäre er zur Seite gesprungen, mitten hinein in den See aus Blut. Gerade noch rechtzeitig merkte er, dass das nur Terveer war, der besinnungslos vornüberkippte und hart auf dem Boden aufschlug.

Christiansen zückte sein Mobiltelefon und drückte 110. Was für eine Schweinerei, dachte er dabei. Den Parkettboden kriege ich bestimmt nie wieder hin.

8.

»Was ist das für eine Hose?«, fragte Stahnke. »Sieht ja albern aus. Was soll das sein?«

»Eine Trainingshose, wie man sie in Fitnessstudios trägt«, erwiderte Kramer. Mit einem Seitenblick auf seinen Vorgesetzten fügte er hinzu: »Solltest du eigentlich kennen.«

Unwillkürlich strich sich der Hauptkommissar über seine Bauchregion, die in den letzten Monaten deutlich flacher geworden war. »Wo ich trainiere, gibt es solch ein Schickimicki-Zeug nicht«, erwiderte er. »Guck dir das doch bloß an, schwarz mit goldenen Stickereien! Wo gibt's denn so was.«

»Geht's noch?« Dr. Mergner hatte mitgehört und baute sich vor den beiden Kriminalbeamten auf. »Wir waten hier im Blut, und Sie beide diskutieren Modefragen! Sind Sie denn schon so abgestumpft?« Seine schmale Gestalt bebte vor Empörung, seine wirren Haare bildeten eine weiße Aureole um seinen Gelehrtenschädel, und seine dicken Brillengläser waren beschlagen. Eine Antwort wartete er gar nicht erst ab, sondern warf sich wieder ins Getümmel der Tatortaufnahme.

Stahnke hatte den erfahrenen Gerichtsmediziner lange nicht mehr so fassungslos erlebt. Richtiger gesagt: noch nie. Dabei hatte er ihn schon tote Kinder exhumieren sehen.

Mit mehreren Kameras zugleich wurde der Tatort aufgenommen, wurde jedes Detail gesichert für spätere Inaugenscheinnahmen, dreidimensional wie konventionell. Stahnke versuchte es auf herkömmliche Weise, die Hände in den Taschen, die Augen und den Verstand aufnahmebereit umherschweifend. Leicht war das nicht.

Der Tote war kräftig gewesen, Oberkörper und Arme auffallend muskulös. Genützt hatte ihm das nichts. Man hatte ihn nach kurzem Kampf überwältigt, laut Spurenlage wohl in der Küche; vermutlich waren ihm dabei das Nasenbein sowie das Jochbein links und die linke Augenhöhle zertrümmert worden. Das linke Auge dürfte bereits bei dieser Gelegenheit zerstört worden sein. Als Tatwerkzeug kam eine dünne Stahlstange in Frage, möglicherweise ein Teleskop-Schlagstock, leicht in der Hosen- oder Jackentasche zu transportieren. In der Wohnung gefunden hatte man jedenfalls nichts Derartiges.

Was dann folgte, dürfte sich über einige Zeit hingezogen haben, nach Mitternacht, als das Restaurant unten bereits geschlossen, gesäubert und verlassen gewesen war. Der oder die Täter hatten Frederik Jaschinsky das Kapuzenshirt vom Leib gerissen, hatten ihn durch den kleinen Flur ins Wohnzimmer geschleift, an den altmodischen Heizkörper gefesselt und ihm systematisch eine Wunde nach der anderen zugefügt, teils mit besagtem Schlagstock, überwiegend jedoch mit einem Messer. Mehrere Rippen waren gebrochen, vermutlich durch Fußtritte mit Stiefeln, deren Abdrücke sich sowohl auf dem Fußboden als auch auf dem Unterhemd des Toten gefunden hatten.

Irgendwann, nachdem Frederik Jaschinskys Gesicht vollkommen zerschnitten und zerprügelt worden war, hatte ein tiefer Schnitt durch die Kehle der Sache ein Ende gemacht. Entsprechend ausgedehnt war die Blutpfütze auf dem Fußboden, in deren Mitte der Tote saß, die Beine ausgestreckt, die Hände ins eigene Blut herabhängend. Offenbar hatte er noch eine Weile gezuckt, während die Pfütze an den Rändern schon zu gerinnen begann. Spuren davon waren deutlich zu erkennen. Ein weiteres grausiges Detail in diesem Szenario des Schreckens.

»Todeszeitpunkt?«, fragte Stahnke, als Mergner wieder einmal an ihm vorbeihastete. Den üblichen bösen Blick ob der Unziemlichkeit dieser verfrühten Frage steckte er regungslos weg.

»Zwischen drei und vier Uhr heute früh. Aber nageln Sie mich nicht drauf fest«, knurrte der Gerichtsmediziner und hastete weiter.

»Das deckt sich mit der Aussage des Nachbarn«, sagte Kramer. »Der will letzte Nacht Geschrei und laute Musik gehört haben, stundenlang. Genau weiß er nicht, wann der Lärm aufgehört hat, aber seine Vermutung lautet auch gegen vier Uhr.«

Heute früh also; inzwischen war es Abend. Der Tote hatte demnach den ganzen Tag über hier gelegen. Beziehungsweise gesessen oder gehangen, wie auch immer. Und er, Stahnke, hatte dort unten gesessen, im Buchladen, direkt unterhalb dieses Wohnzimmers, hatte hochgeblickt und die fetten Dachbalken bewundert.

Der Hauptkommissar wandte sich an einen Kriminaltechniker, der auf dem Parkett kniete und Fußspuren vermaß. »Schon etwas Verwertbares?«, fragte er.

»Normal groß«, erwiderte der Mann. »Jedenfalls der eine. Vermutlich Größe dreiundvierzig. Stiefel, mäßig profiliert, kaum abgetragen.«

»Springerstiefel?«, fragte Kramer. Stahnke hob die Augenbrauen.

Der Techniker schüttelte den Kopf. »Auf keinen Fall, die haben ein völlig anderes Profil. Ansonsten können das alle möglichen Stiefel gewesen sein. Muss ich abgleichen, aber das dauert ein bisschen.«

»Wie viele verschiedene Fußspuren habt ihr denn?«, fragte Stahnke weiter.

»Zwei, definitiv. Die anderen Abdrücke scheinen kleiner zu sein, sind aber sehr verwischt. Da kann ich noch gar nichts zu sagen.«

Der Hauptkommissar bedankte sich mit einem Nicken. »Zwei Täter also«, murmelte er.

»Wenn nicht mehr«, warf Kramer ein. »Überleg mal, dieser Jaschinsky war ein ganz schöner Brocken. Und dann zwei Typen mit Schuhgröße dreiundvierzig und kleiner? Klingt mir untermaßig. Und damit zu riskant.«

»Aber zwei untermaßige Typen mit vorgehaltener Schusswaffe?«

Kramer wiegte den Kopf. »Und warum dann die Kampfspuren in der Küche? Das hätte dann doch wohl eine Schusswunde ergeben müssen. Oder einen Einschuss in der Decke oder der Wand.«

Stahnke war nicht überzeugt. »Wenn es wirklich drei oder mehr waren, wo sind dann die Spuren des Dritten?«

»Vielleicht war dieser Dritte ja etwas cleverer als die beiden anderen und hat besser aufgepasst.«

Stahnke winkte ab: »Das führt doch zu nichts. Zwei

oder drei Täter – die Frage ist doch: Was ist das hier? Ein Racheakt? Eine Hinrichtung?«

»Irgendwer wollte irgendetwas wissen«, sagte Kramer. »Oder etwas haben. Daher die Folter. Sie haben aber nicht bekommen, was sie wollten. Was immer es war, eine Information oder eine Sache – Jaschinksy muss es unheimlich wichtig gewesen sein.«

»Oder er hatte es einfach nicht.« Der Hauptkommissar zuckte mit den Schultern. »Das Ding oder die Info. Und das haben ihm die anderen nicht glauben wollen.«

Die beiden Ermittler schwiegen. Stahnke versuchte sich den Ablauf des Geschehens vorzustellen, versuchte dem Stand der Dinge eine Vorgeschichte und den möglichen Tätern Statur und Gesicht zu geben. Es wollte ihm nicht gelingen. Vor allem die Dauer der Tortur, die das Opfer erlitten hatte, machte ihm zu schaffen. Wenn einer unter Qualen nichts sagte, wenn er nichts herausgab, dann hörte man doch irgendwann einmal damit auf, ihn zu foltern, oder?

»Bestialisch«, zischte Kramer vor sich hin, gerade noch hörbar. Seine Gedanken schienen ähnliche Wege gegangen zu sein. »Wer macht so was? Crackheads? Meth-Monster?«

Wie aufs Stichwort tauchte Kollege Schmatze-Schmitz auf. Seine pure Anwesenheit ließ selbst das riesige WG-Wohnzimmer schrumpfen. »Der Drogenhund ist durch. Keine Spur von Dope in der ganzen Wohnung«, meldete der Oberkommissar, der seine erschreckend aufgepumpte Muskulatur gewöhnlich in der Emder Außenstelle der Inspektion zur Schau trug, wo er sich seinen Spitznamen mit dem ständigen Verzehr von klebrigem Lakritzkonfekt erworben hatte. »Nur im Treppenhaus, vor der Tür zur hinteren Wohnung, hat unsere Lucy kurz angeschlagen. Angeblich sollen da die Künstler übernachten, die unten im Laden auftreten. Was meint ihr – Durchsuchung beantragen?«

»Lass mal, Schmitz«, erwiderte Stahnke. »Eins nach dem anderen. Wir haben hier erst einmal genug zu tun.«

Der Koloss nickte, dann grinste er verschmitzt. »Dafür haben wir etwas anderes gefunden«, verkündete er und brachte eine große Dose zum Vorschein, die sich unter seinem Arm befunden hatte und damit so gut wie versteckt gewesen war. »Hier, guckt mal!«

»Kaffeepulver?« Das Format der Dose kam dem Hauptkommissar bekannt vor, nicht aber der Aufdruck.

Schmatze-Schmitz lachte schallend. »Von wegen! Das ist Protein-Konzentrat. Das macht nicht nur wach, sondern auch stark. In dem Schlafzimmer gleich nebenan ist der halbe Wandschrank voll davon.«

»Das Schlafzimmer des Opfers?«, mutmaßte Stahnke.

Schmitz nickte. »Wir haben natürlich alle Zimmer durchsucht; niemand anwesend, und wie es aussieht, sind alle anderen WG-Mitglieder wohl ausgezogen, teilweise überstürzt, unter Zurücklassung von allerhand Krempel. Was wir in dem mittleren Zimmer, das als einziges einen bewohnten Eindruck macht, an persönlichen Dingen gefunden haben, legt den Schluss zwingend nahe, dass Jaschinsky dort hauste. Na, und dass er dieses Zeug konsumiert hat, lässt sein Äußeres ebenfalls zwingend vermuten.« Der Koloss fuhr sich mit der Hand über den Mund. »Ich meine natürlich seine entwickelte Muskulatur. Nicht das, äh, die … na den Rest eben.«

»Ist das das gleiche Zeug, das du auch nimmst?«, fragte Kramer.

Stahnke warf ihm einen tadelnden Seitenblick zu. Was hatte denn das jetzt mit ihrem Fall zu tun?

Schmatze-Schmitz schüttelte den Kopf. »Das ist Ost-Ware. Hier, guck mal, Aufdruck in kyrillischen Buchstaben! Das Zeug würde ich nur mit der Zange anfassen. Da sind bestimmt nicht nur Proteine aus Weidemolke von glücklichen

Kühen drin! Frau Anna lässt grüßen.« Er grinste breit: »Anna Bolika, ihr versteht?«

»Also doch eine Art von Drogen?«, fragte Stahnke, ohne auf den Scherz einzugehen.

»Nicht wirklich.« Schmitz winkte ab; auch seine Pranke war riesig. »Die Einnahme ist nicht illegal. Jedenfalls nicht, solange man nachher nicht zu sportlichen Wettkämpfen antritt. Wäre ein gefundenes Fressen für jeden Dopingfahnder.«

»Wie auch immer«, gab Stahnke zurück, »bring das Zeug auf jeden Fall ins Labor.«

»Ihr steht hier wohl gut, was?« Einer der weiß gekleideten Techniker zwängte sich mit vorwurfsvoller Miene an ihnen vorbei. Stahnke hob entschuldigend die Hände, nickte Schmitz zu und gab Kramer einen Wink. Zusammen mit seinem Kollegen zog er sich in einen weiteren Korridor zurück, der ganz hinten vom übergroßen Wohnzimmer abzweigte.

Der Hauptkommissar brauchte einen Augenblick, um sich zu orientieren. Suchend blickte er sich um. Konnte es sein, dass sich dieser Korridor wie ein Ring durch die ganze Wohnung zog? Wenn man die Wegstücke mitrechnete, die durch Küche und Wohnzimmer führten, dann war das tatsächlich so. Welcher hirnrissige Architekt plante denn so was?

»Dieses Haus ist etliche Male umgebaut worden«, erläuterte Kramer, der Stahnkes Ratlosigkeit richtig gedeutet hatte. »Jeder neue Besitzer wollte hier seine Vorstellungen umsetzen, und die passten grundsätzlich nicht zu denen seiner Vorgänger. So ist denn auch diese Gruft hier entstanden.« Er deutete auf die Tür des Schlafzimmers, das einmal Frederik Jaschinskys gewesen war.

Mit den Fingerspitzen drückte der Hauptkommissar die Tür vorsichtig auf. Eigentlich überflüssig, dieser Raum war bereits spurentechnisch behandelt worden. »Und woher weißt du das jetzt schon wieder?«, fragte er Kramer, während er in den Raum spähte. Zwei Wände waren schwarz gestrichen, na toll. Hatte hier ein Vampir gewohnt?

»Mein Vater hat seine Lehre bei *Saathoff & Kleinhuis* absolviert«, erwiderte der Oberkommissar. »So hieß der Eisenwarenladen, der früher mal in diesem Haus war. Ist schon Jahrzehnte her.«

Stahnke hörte nicht richtig hin. Was waren das da für Verzierungen an den beiden schwarzen Wänden? Goldene Farbe. Abstrakte Malerei oder reine Deko? Im Zimmer herrschte Zwielicht; das einzige Fenster ging auf den Ringkorridor hinaus. Aha, deswegen also Gruft. Er tastete nach dem Lichtschalter, verfehlte ihn; seine Finger zuckten zurück, als sie die Steckdose unter dem Schalter berührten. Als das Licht endlich brannte, erkannte er, dass die Steckdose geschwärzt und angeschmolzen war – durchgeschmort. Ob sich die gesamte Elektrik in diesem Haus in solch einem Zustand befand?

Dann pfiff er durch die Zähne. »Arabische Schriftzeichen, guck an!« Bei Licht war das eindeutig. Stahnke spürte Gänsehaut auf seinen Unterarmen. Was denn, plötzlich so fremdenfeindlich, schalt er sich selbst. Dann zuckte er die Schultern. War das ein Wunder in Zeiten, da *Allahu akbar* gerne von Mördern gebrüllt wurde?

Nun war aber Frederik Jaschinksy eindeutig kein Immigrant gewesen. Jedenfalls kein Araber oder Türke. »Ein Konvertit«, sagte Stahnke. »Zum Islam übergetreten. Oder glaubst du, der hat sich seine Wände nur aus Spaß so bemalt?«

»Arabische Schrift beherrsche ich nicht«, antwortete Kramer. »Haben wir einen Kollegen, der sich mit sowas auskennt?«

»Bestimmt. Wie heißt denn noch der Kleine von der Fahndung? Der, der immer diese schmutzigen Witze erzählt?«

»Du meinst Nidal? Der ist Kurde. Aus der Türkei. Da

schreiben die eigentlich kein Arabisch. Aber ich frage mal, vielleicht haben wir ja Glück.«

Stahnke seufzte. Warum musste alles immer so kompliziert sein?

Er scannte den Rest des Zimmers mit den Augen. Breites Bett, zerknüllte Laken, Wandschrank offen, Klamotten durcheinander. Hatten die lieben Kollegen hier gepflügt, oder war das schon vorher solch ein Chaos gewesen? Weiter: zwei Sessel, die nicht zueinander passten, auf einem davon eine Sporttasche. Umgedrehte Obstkiste als Tischchen, eine zweite neben dem Bett. Auf beiden standen und lagen leere Flaschen, Bier und Alcopops. Außerdem lagen da Portemonnaie, Schlüssel, ein Handy-Ladegerät, das offensichtlich durchgeschmort war, und ... oho! Ein Butterflymesser. Daneben eine Jeans auf dem Boden. Richtig, der Tote hatte ja eine Trainingshose getragen.

Ob ihm das Butterflymesser etwas genützt hätte?

Neben dem Schlüsselbund lag noch ein einzelner Schlüssel. Stahnke bückte sich. Was war das für ein Schlüsselanhänger?

Kramer kam ihm zuvor: »Ein Transponder.« Das Ding war so groß wie ein Einkaufswagen-Chip und hing mit einem kurzen Kettchen an dem Ring. Der Schlüssel daran schien zu einem Vorhängeschloss zu gehören.

»Was steht denn da drauf auf dem Anhänger?«

»Das ist von einem Fitnessstudio.« Kramer hielt ihm das Ding unter die Nase. »Gar nicht weit von hier. Ich trainiere da auch hin und wieder.«

»*Turbo-Fit*«, las Stahnke. »Das ist doch dieses Billig-Ding, wo sich die ganzen Pickel-Hanseln und die Türsteher aufpumpen! Und *da* gehst du hin?«

Kramer war nicht leicht in Verlegenheit zu bringen, aber jetzt schien er dicht daran zu sein. »Ist eben preiswerter als die anderen Studios. Und die Geräte sind ganz ordentlich.«

»Stimmt, die können ja nichts dafür.« Stahnke fand, dass

es weder Ort noch Zeit war, seinen Kollegen weiter aufzuziehen. Was er bedauerte. »Und, was heißt das jetzt für uns?«

»Hingehen, Jaschinskys Umgang erfragen, Freunde, Kumpel und mit wem er sich eventuell gezofft hat«, rasselte Kramer herunter. »Mach ich gleich morgen.«

»Außerdem müssen wir klären, wer hier eigentlich alles wohnt. Beziehungsweise gewohnt hat, denn die anderen Zimmer machen ja alle einen ziemlich verlassenen Eindruck. Teilweise fluchtartig, wie es scheint. Warum die anderen Bewohner wohl ...« Stahnke unterbrach sich. Dumme Frage! Wenn das da im Wohnzimmer der Gipfel einer absehbaren Entwicklung war, dann verstand es sich von selbst, warum die anderen Mieter sich verdrückt hatten. Trotzdem musste das natürlich abgeklärt werden.

»Machst du das?«, fragte Kramer.

Stahnke nickte. »Da fange ich wohl am besten mit dem Vermieter an. Der steht ja sowieso auf unserer Liste, wenn auch in ganz anderem Zusammenhang.«

Sie schwiegen, die Blicke ineinander verhakt. Zusammenhang? Gab es da einen? Zwischen dem Schuss in den Hintern eines verzogenen Kaufmannsbengels und der grausamen Ermordung eines Islam-Konvertiten?

»Oliver Eickhoff soll hier verkehrt haben«, sagte Stahnke.

»Der Anschlag auf den jungen Mann hat da unten auf der Straße stattgefunden, keine hundert Meter von hier«, ergänzte Kramer. »Damit erschöpfen sich zwar die Übereinstimmungen, aber ich finde, das ist schon etwas.«

»Behalten wir im Auge.« Stahnke nickte. »Umso wichtiger, dass ich gleich mit diesem Christiansen rede.«

»Sitzt unten, in seinem eigenen Lokal«, vermeldete Kramer, gut informiert wie immer. »Hoffentlich ist er nicht schon blau.«

»Das sehe ich dann ja«, erwiderte Stahnke. »Und wen schicken wir in die Moschee?«

»Moschee?« Kramer runzelte die Stirn. »Ist das dein Ernst?«

»Verlass dich drauf«, sagte Stahnke.

9.

Unten im Restaurant war es, gemessen an der Fülle, auffallend still. Unterdrücktes Gemurmel hing über einander zugeneigten Köpfen. Wie bei einer Trauergesellschaft, fand Stahnke, als er das Lokal durch den hinteren Seiteneingang betrat. So fühlt sich das an, unmittelbar nach der Bestattung. Später wird es dann doch meist lauter und bisweilen sogar lustig.

Ob das hier auch zu erwarten war? Vielleicht, schließlich waren die meisten Gäste sicher nicht aus Betroffenheit hier, sondern aus schnöder Neugier. Verständlich, war dies doch vermutlich die grausigste Mordtat in Leer seit dem Machetenmörder. Der hatte sein Opfer übrigens gar nicht weit von hier geköpft und den Kopf dann in einem Rucksack durch die Gegend gefahren, bis er, total zugedröhnt, einen Unfall baute und dabei starb. Von wegen friedliches Ostfriesland! Zuweilen lagen die Verhältnisse hier ganz anders.

Abgetrennter Kopf – dabei fielen ihm die goldenen Schriftzeichen oben an den Wänden ein. Diese Gedankenkette funktioniert in beiden Richtungen: Islam, Islamismus, Terrorismus, grausamer Mord, bevorzugt durch Köpfen. Angesichts der Weltlage fielen solche Assoziationen leicht, fand der Hauptkommissar. Verlockend leicht. Gefährlich leicht.

Mit ausgestreckter Hand stoppte Stahnke eine vorbeihastende Bedienung, deren Tablett mit Bier- und Weingläsern befrachtet war. »Wo finde ich Herrn Christiansen?«

»Im Roten Salon«, antwortete die junge Frau knapp, pustete sich eine Haarsträhne aus der Stirn und hastete weiter. Als sie bemerkte, dass sich der Hauptkommissar nicht vom Fleck rührte, drehte sie sich noch einmal zu ihm um und machte eine deutende Kopfbewegung. Aha, weiter vorne, Richtung Buchladen und dann links.

Der Rote Salon entpuppte sich als mittelgroßer Clubraum, der seinen Namen wohl den halbhohen, bordeauxrot gestrichenen Holzpaneelen an den Wänden verdankte. Die altersschwachen Schiebetüren waren geschlossen. Zwei uniformierte Beamte erhoben sich von ihren Stühlen. Wurde dieser Raum etwa bewacht?

Die beiden Graubärte waren dem Hauptkommissar wohlbekannt. »Schau an, Rieken und van Dieken.« Stahnke legte grüßend zwei Finger an die Stirn. »Was macht ihr denn hier? Und wer ist das?« Aus den Augenwinkeln hatte er noch eine dritte Gestalt in Unform entdeckt, die in einer Nische stand.

Rieken lachte kollernd. »Nun hör dir das an, der fällt da auch drauf rein!«, rief er und stieß seinem Kollegen den Ellenbogen in die Seite. »Dabei trägt die steife Dame da noch das alte Förster-Grün, das ist doch wohl seit Jahren out.«

»Und das senfgelbe Hemd. Da ist es eigentlich schade drum«, ergänzte van Dieken.

Stahnke schaute genauer hin. Was er bei flüchtigem Hinsehen für eine Kollegin gehalten hatte, war in Wirklichkeit eine als Polizistin kostümierte Schaufensterpuppe. Krimi-Christiansen und seine Leute hatten offenbar eine merkwürdige Auffassung von Humor.

»Na schön«, sagte der Hauptkommissar, »jetzt weiß ich also, wieso die Puppe hier tatenlos rumlungert. Aber warum tut ihr das auch?«

»Na hör mal!« Rieken spielte den Beleidigten. »Wir erfüllen hier eine wichtige dienstliche Aufgabe! Und das mit der gebotenen Akribie.«

»Aha. Was du im Sitzen kannst besorgen, das verschiebe nicht auf morgen, was? Könnte mir vorstellen, dass ihr anderswo dringender gebraucht würdet.«

»Tja, kann sein. Aber dienstliche Anweisung ist dienstliche Anweisung, nicht wahr?« Van Dieken schob sein Cola-Glas vorsichtig außer Sichtweite. Ob da wohl wirklich nur braune Zuckerbrause drin gewesen war? Stahnke war sich nicht sicher.

»Anweisung? Von mir aber nicht«, erwiderte er.

»Nee, aber vom Kollegen Kramer!« Rieken warf sich in die schmale Brust. »Er sagte ausdrücklich, dass mit dem Herrn Christiansen heute Abend noch gesprochen werden müsste.« Er deutete mit dem Daumen auf die Schiebetür, hinter deren Scheiben der Umriss eines sitzenden dicken Mannes zu erkennen war, beide Ellenbogen auf einen Tisch gestützt, ein langstieliges Glas vor sich.

Stahnke stemmte die Fäuste in die Seiten: »Und jetzt passt ihr auf, dass der Tatzeuge nicht flüchtet, oder was? Zwei Mann hoch, also echt! Mann, Mann!«

»Ja genau, Mann und Mann«, sagte van Dieken und blinzelte betont unschuldig. »Man kann nicht vorsichtig genug sein. Der Typ da hat die Leiche gefunden, sagt er – das weißt du doch auch, dass diese Finder manchmal in Wahrheit selber die Täter sind!«

»Und zwei Mann sind nicht zu viel«, ergänzte Rieken. »Hast du gesehen, der Herr ist ganz schön groß! Und er hat Gewicht!«

Der Hauptkommissar holte tief Luft. »Wie du vielleicht gesehen hast, trifft beides auch auf mich zu«, knurrte er. »Und wenn ihr mir nicht bald diese Tür hier aufmacht, dann komme ich über euch! Und danach nichts wie weg hier, verstanden? Ich übernehme.«

Rieken und van Dieken fassten übertrieben schwungvoll nach den Türgriffen rechts und links, deuteten je eine Verbeugung an und zogen zeitgleich. Eine schöne Parodie von devoten Subalternen – wäre es geworden, wenn die linke Tür nicht gehakt und Rieken beinahe aus dem Gleichgewicht gebracht hätte. Stahnke trat ein. Hinter ihm rumpelten die Türen wieder zu.

Christiansen hob den Kopf. So vorgebeugt und aufgestützt wirkte er unglaublich massig, fand Stahnke. Wie alt mochte er sein, an die sechzig vielleicht? Dafür war seine Mähne noch ziemlich dicht. Aber eindeutig grau; die paar Farbpigmente, die sich in einigen Strähnen noch finden mochten, reichten nicht mehr aus, um noch den Gesamteindruck von Blond entstehen zu lassen. Friedhofsblond, das ja. Der Kinnbart war schon völlig weiß.

Als er dem Buchhändler in die Augen schaute, fühlte er sich wie bei einem Blick in den Spiegel: wasserblau und hellwach, genau wie seine eigenen! Aber damit erschöpfte sich die Ähnlichkeit auch, fand der Hauptkommissar und straffte sich. Er war nicht nur jünger als dieser Typ, er war auch fitter – inzwischen. Und vor allem sah er ordentlicher aus. Wer trug denn bloß in diesem Alter noch so lange Zotteln?

Der Clubraum mochte etwa fünfundzwanzig Gästen Platz bieten; bis auf Christiansen war er leer. Stahnke ließ sich auf der anderen Seite des Tisches nieder, an dem der Buchhändler saß. »Guten Abend«, sagte er und nickte seinem Gegenüber zu. »Ich würde gerne mit Ihnen reden. Wäre das in Ordnung?«

»Natürlich. Natürlich.« Christiansen richtete seinen Oberkörper auf und strich sich die Haare aus der Stirn. »Möchten Sie etwas trinken? Ich lasse Ihnen gern etwas bringen. Wein vielleicht, oder ein Bier?«

»Vielen Dank, lieber nicht.« Der Hauptkommissar musterte das halbvolle Glas des Buchhändlers, der gleichzeitig Restaurantbesitzer und Vermieter war. »Wie viel hatten Sie denn schon? Ich meine, auf diesen Schock?«

»Ich? Das hier ist mein erstes Glas.« Der Buchhändler verschränkte seine Arme. »Wissen Sie, manchmal trinke ich ja ganz gerne, um den Geist zu beflügeln. Oder ihn zu beruhigen, das kommt auch vor. Aber jetzt ... Alkohol verstärkt die Gefühle, nicht wahr. Und die, die ich momentan habe, die müssen wirklich nicht noch stärker werden. Darauf kann ich gut verzichten.«

Stahnke runzelte die Stirn. Was redet der für ein wirres Zeug, dachte er; klingt, als sei der doch schon blau. Andererseits artikuliert er sauber. Wie auch immer, wir werden sehen.

»Erzählen Sie doch mal«, begann er unverfänglich. »Wie haben Sie den Tatort vorgefunden? Und wie kam es überhaupt dazu, dass Sie die Mietwohnung betreten haben?«

»Freiwillig jedenfalls nicht«, sagte Christiansen. Er berichtete, wie er mit dem Fahrrad eingetroffen und von seinem Nachbarn abgefangen worden war, welche Vorwürfe Terveer erhoben hatte, dass die Haustür nur angelehnt gewesen war. Wie er nach seinem Mieter gesucht und gerufen und ihn schließlich tot vorgefunden hatte, an die Heizung gefesselt, in einem See aus Blut.

Erzählen kann er gut, dachte Stahnke. Das macht wohl der viele Umgang mit Büchern. Während Christiansen sprach, hatte sich der Hauptkommissar den Hergang der Ereignisse in plastischen Bildern vorstellen können, ja müssen, bis der kleine Film in seinem Kopf bruchlos in die Szene mündete, die er mit eigenen Augen gesehen hatte. Hatte sehen müssen.

»Haben Sie eine Idee, was genau da oben vorgefallen ist?« Stahnke wies mit einer Kopfbewegung zur Decke. »Wer Ihren Mieter umgebracht hat? Und warum?«

»Ich wollte, ich könnte«, sagte der Buchhändler. »Was man sich erklären kann, das kann einen nicht mehr so beherrschen, richtig? Aber für das da oben ... nein, wirklich nicht.«

»Was wissen Sie denn überhaupt über Ihren Mieter, den Herrn Jaschinsky?«

»Er war Borussia-Dortmund-Fan.« Christiansen lachte auf, kurz und bitter. »Kriegte immer so ein Fan-Magazin, das steckte oft in meiner Post, und ich hab's ihm auf die Treppe gelegt. Und jedes Mal, wenn Dortmund international gespielt hat, war da oben Remmi-Demmi. Die müssen wohl Sky abonniert haben oder einen anderen Sportkanal. Anschließend war meistens Fete, richtig laut, mit viel Hip-Hop und so. Mein Nachbar, der Herr Terveer, hat sich mehr als einmal deswegen beschwert.«

»So so, Borussia Dortmund.« Stahnke mochte Fußball durchaus, aber jede Form von Fan-Kultur war ihm fremd. Fan kam von Fanatismus, damit war für ihn alles gesagt. »Und was hat der junge Mann so, äh, gearbeitet? Ich meine, von irgendwas musste er doch die Miete bezahlen, oder?«

»Die Miete kam immer pünktlich.« Christiansen zuckte die Achseln. »Jaschinsky war Student an der Seefahrtschule, keine Ahnung, ob er Bafög bezogen hat oder Geld von seinen Eltern bekam. Am Hungertuch genagt hat er jedenfalls nicht. Er hat sich öfter mal Essen ins Haus bestellt, und so ein Motorrad kostet ja auch Geld.«

»Motorrad? Was für ein Motorrad?« Der Hauptkommissar konnte sich nicht erinnern, vor oder hinter dem Haus eins gesehen zu haben.

»So eine Rennmaschine. Das heißt, nicht wirklich zum Rennen fahren, also keine mit Vollverkleidung und so. Mehr so ein *Café-Racer*, aber mit einem gewaltigen Motor. Mit solch einem Ding ist man im Nu von null auf hundert, aber ab hundertsechzig kann man sich kaum noch darauf halten.«

»Verstehe.« Stahnke nickte. Interessant, wovon dieser

Mensch so alles etwas versteht, dachte er. Ob er das wohl auch aus Büchern hat? Jedenfalls konnte er Christiansens Beschreibung eindeutig entnehmen, dass es sich nicht um eine Einzylinder-Enduro handelte. Wäre ja auch zu einfach gewesen: Jaschinsky schießt vom Motorrad aus auf Oliver Eickhoff, der holt sich Verstärkung und rächt sich blutig … Welchen Grund aber hätte Jaschinsky haben können, auf den kleinen Eickhoff zu schießen?

Der Hauptkommissar wusste selbst, dass er zu wilden Spekulationen neigte, und riss sich am Riemen. »Meine Kollegen würden dieses Motorrad gerne näher betrachten«, sagte er dennoch. »Wissen Sie, wo es abgestellt ist?«

Der Buchhändler nickte. »Jaschinsky hatte sich eine Garage zusätzlich gemietet, etwas außerhalb der Altstadt. Zusammen mit ein paar Gleichgesinnten. Wo genau, weiß ich aber nicht. Parkraum ist ja knapp hier.«

»Und was ist mit den anderen Mietern? Außer dem Toten haben wir keinen von denen oben vorgefunden, und die anderen Zimmer machten auch keinen bewohnten Eindruck.«

»Ich muss gestehen, dass ich in den letzten Wochen auch keinen Überblick hatte, wer da oben nun eigentlich wohnt oder nicht«, erwiderte Christiansen. »Ursprünglich bestand die WG ja mal aus vier Mitgliedern – drei junge Männer, eine Frau. Später kam noch eine zweite Frau dazu. Das fand ich etwas viel, ich meine, so viele Zimmer sind es ja nun auch nicht, und das riesige Wohnzimmer wollten natürlich alle gemeinsam nutzen. Aber es war ja ein Pärchen dabei, das sich ein Schlafzimmer teilte, und alle meinten, das sei schon okay. Also habe ich zugestimmt.«

»Seit wann wohnt die WG denn dort oben?«

»Ich müsste den Mietvertrag mal raussuchen … aber ich schätze, unterzeichnet haben wir den vor etwas mehr als einem Jahr. Fünfzehn Monate, über den Daumen.«

»Ja, den Vertrag hätte ich in der Tat gerne«, sagte Stahnke.

»Allein schon wegen der Namen. Oder haben Sie die alle im Kopf?«

»Leider nein.« Christiansen schien verlegen zu sein. »Überhaupt habe ich mich wohl etwas zu wenig um die Zustände da oben gekümmert. Aber, wissen Sie, man hat ja doch allerhand um die Ohren, mit Laden und Lokal und den ewigen Reparaturen an diesem alten Haus. Und dann wollen wir demnächst eine Filiale aufmachen ...«

»Verstehe. Andere Dinge waren wichtiger, solange die Miete pünktlich bezahlt wurde, richtig?«

»Richtig.« Christiansen griff nach seinem Weinglas und nahm einen kräftigen Schluck; seine Wangen hatten sich gerötet. »Möchten Sie wirklich nichts?«

»Na ja, vielleicht ... haben Sie alkoholfreies Bier? Weizen?«

»Aber selbstverständlich.« Christiansen streckte den Arm aus und betätigte einen an der Wand befestigten Klingelknopf. »Unsere neueste Errungenschaft! Dieser Raum liegt ja etwas abseits, da wurden Gäste manchmal übersehen. Jetzt können sie sich ganz einfach bemerkbar machen.«

Die Serviererin, der Stahnke vorhin schon in den Arm gefallen war, erschien und nahm die Bestellung entgegen. Offenbar hatte sie inzwischen erfahren, wer er war, denn sie musterte ihn mit großen Augen. Zu fragen aber traute sie sich nicht.

»Die eine der beiden jungen Frauen ist schon vor einer Weile ausgezogen«, nahm der Buchhändler den Faden wieder auf. »Hatte sich wohl mit ihrem Freund verkracht. Die anderen vier WG-Mitglieder haben ihren Mietanteil mit übernommen, und dabei ist es dann geblieben, bis heute. Ich bin mir zwar sicher, dass zwischenzeitlich noch die eine oder andere Person dort oben genächtigt hat, ich meine, auch für einen längeren Zeitraum. Aber das wurde nie offiziell gemacht.«

»Und wann begann denn nun der große Exodus da oben?«

»Kurz nach den Sommerferien«, sagte Christiansen und lächelte. »Ich orientiere mich immer noch an den Schulferienzeiten. Wissen Sie, meine Frau unterrichtet ein paar Stunden an einer Grundschule, so zur Sicherheit, denn ein Buchladen ist heutzutage ja schon so etwas wie eine bedrohte Art, nicht wahr? Von wegen E-Books und Onlinehandel und so.«

»Klar.« Stahnke nickte. »Aber Sie planen trotzdem, eine neue Filiale aufzumachen. Ist das denn unternehmerisch klug gedacht?«

Christiansen breitete seine Arme aus, und Stahnke stellte fest, dass der Mann eine beachtliche Spannweite hatte. »Ist es, denke ich«, sagte der Buchhändler und nickte sich selber Mut zu. »Weil ich finde, dass wir ein sehr gutes Konzept haben. Buchladen mit Krimi-Schwerpunkt, im Restaurant und Café alles auf Krimi abgestellt, dazu viele Events, die Literatur und Genuss zusammenbringen – das kommt an, bei den Touristen wie beim Stammpublikum. Und weil man das in einer kleinen Stadt wie Leer nur einmal machen kann, müssen wir einfach expandieren! Wenn wir das nicht tun, kommt jemand anderes, klaut uns unsere Idee und macht es selbst.«

Der Hauptkommissar musterte sein Gegenüber: Ziemlich dick, nicht mehr jung, mit dem Habitus eines ergrauten Achtundsechzigers – konnte das ein innovativer Erfolgsunternehmer sein? Aber wie auch immer, seine Sorge war das ja nicht.

Das alkoholfreie Weizen wurde serviert, und Stahnke trank mit plötzlich erwachtem Durst. Schmeckte richtig gut, fand er; den Alkohol vermisste man überhaupt nicht. Irgendeiner seiner Kollegen schwor doch auf diese Sorte – wer war das noch? Richtig, der kleine Nidal, genauer gesagt Oberkommissar Ekinci. Apropos …

»War Frederik Jaschinsky eigentlich schon zum Islam konvertiert, als er hier eingezogen ist?«, fragte der Hauptkommissar. »Oder kam das erst später?«

»Jaschinsky soll Moslem gewesen sein?« Christiansen machte große Augen. »Nicht, dass ich wüsste. Und wenn, dann kein hundertprozentiger. Bei seinen Fußball-Partys wurde jedenfalls immer reichlich Alkohol getrunken. Vielmehr gesoffen. Jaschinsky immer vorneweg.«

Stahnke nickte. Er wusste zwar, dass es unter Moslems umstritten war, ob nun jedweder Alkohol vom Koran verboten wurde oder nur dessen übermäßiger Genuss, aber in diesem letzten Punkt waren sich doch alle einig. Betrinken durfte sich ein gläubiger Moslem nicht, und es schien festzustehen, dass Jaschinsky genau das regelmäßig getan hatte. Galten nicht Konvertiten als besonders streng in der Befolgung religiöser Regeln? Logisch. Es ergab ja auch keinen Sinn, sich einen neuen Glauben zuzulegen, nur um dessen Gebote gleich mal zu ignorieren.

Aber zurück zum Naheliegenden, rief sich der Hauptkommissar zur Ordnung. »Den Mietvertrag bewahren Sie doch sicher in Ihrem Büro auf. Könnten Sie mir den vielleicht gleich mal holen? Oder eine Kopie?«

»Leider nein. Vermietungsangelegenheiten habe ich gesondert abgelegt, und zwar bei mir zu Hause. Dort habe ich noch ein zweites Büro.« Er lächelte entschuldigend: »Schon aus steuerlichen Gründen. Aber wenn Sie darauf bestehen, fahre ich gleich mal rüber und hole den Vertrag.«

Stahnke zögerte kurz, dann nickte er. »Am besten bringen Sie ihn gleich in die Georgstraße, ja? Geben Sie ihn einfach unten an der Wache ab.« Wenn sie fertig waren, gab es auf jeden Fall noch eine Besprechung, wie er Manninga kannte. Der Erste Kriminaldirektor hatte die Leitung der Ermittlung persönlich übernommen, und Stahnke wusste noch nicht einmal, wen er alles in die Mordkommission berufen hatte. Nur, dass Kramer und er dabei waren, und darauf kam es ihm an.

Christiansen leerte sein Weinglas und erhob sich. »Eine ganz neue Erfahrung für mich«, bemerkte er. »Sonst lese ich ja bloß über Kriminalfälle und verkaufe Bücher, die davon handeln. Manchmal schreibe ich auch selber ein bisschen darüber. Aber dass ich jetzt selbst mitten in einem Fall drinstecke – wer hätte das gedacht!«

»Tja, wer hätte das gedacht«, echote Stahnke und bemühte sich, sein Desinteresse an Kriminalliteratur nicht allzu deutlich durchschimmern zu lassen. »Genau genommen ja in zwei Fällen, nicht wahr? Erst der Schuss auf Oliver Eickhoff und jetzt dieser Mord.«

»Zwei Fälle?« Der Buchhändler stand schon an der Schiebetür. »Sie glauben nicht, dass beides miteinander zu tun hat?« Er verharrte kurz; als aber eine Antwort ausblieb, hob er grüßend die Hand und verließ den Raum.

Der ist gut, dachte Stahnke. Als ob das so klar wäre! Nur wegen der räumlichen Nähe, und weil die beiden Opfer sich angeblich kannten …

Zugegeben, das war nicht von der Hand zu weisen.

Das Lokal hatte sich in der Zwischenzeit deutlich geleert, ein Teil der Gäste aber hielt nach wie vor die Stellung, obwohl die Öffnungszeit längst überschritten war. Worauf die wohl warteten?

Draußen auf der dunklen Terrasse saß nur noch eine einzige Person, eingehüllt in einen olivgrünen Parka, und rauchte. Erst auf den zweiten Blick erkannte Stahnke, dass es die Buchhändlerin war. »Na, ist es nicht schon zu kalt zum Draußensitzen?«, fragte er und kam sich dabei reichlich onkelhaft vor.

»Ach was.« Die junge Frau rauchte hingebungsvoll und fixierte ihn wieder mit ihren weit geöffneten Augen. »Außerdem ist es hier draußen gerade viel spannender als drinnen.« Sie zeigte auf die Gasse, die am Vorderhaus vorbei zur Rathausstraße führte und die sie von ihrem Platz aus gut überblicken konnte.

Stahnke trat näher heran. Die Gasse, von der auch die Tür zur Tatort-Wohnung abging, war nur schwach beleuchtet, aber vorne auf der Straße leuchteten grelle Scheinwerfer. Kameras wurden in Stellung gebracht, Blitzlicht-Salven flackerten, Stimmengewirr brandete auf. Ach, die Presse! Auf die hatte er schon länger gewartet. Wer sie wohl informiert hatte? Bestimmt einer der Gäste im Restaurant.

Mehrere Beamte hinderten die Kamerateams am Vordringen; die schmale Gasse kam ihnen dabei zugute. Stahnke erkannte Rieken und van Dieken, die sich der Meute entgegenstemmten. Na, endlich hatten die beiden etwas Sinnvolles zu tun!

»Mal gucken, wie lange es dauert, bis die Leute unseren Hintereingang entdeckt haben«, sagte die Buchhändlerin lakonisch.

Der Hauptkommissar drehte sich um. Na klar, hinten ging es ja auf den Rathausparkplatz hinaus! Zwar gab es dort ein kunstvoll geschmiedetes zweiflügeliges Eisentor, aber das stand offen. Hier würde ein Eindringen weit schwerer zu verhindern sein. »Sie sind doch hier zuständig, quasi«, wandte er sich an die junge Frau. »Wollen Sie das Tor nicht verschließen?«

»Och, warum? Ich lese gerne Zeitung. Und Fernsehnachrichten gucke ich auch.« Sie blickte Stahnke herausfordernd an. Im nächsten Moment löste ein Lächeln ihre provokante Miene auf. »Nee, im Ernst, für dieses Tor habe ich gar keinen Schlüssel. Und solange wir im Restaurant noch Gäste haben, können wir hinten eigentlich gar nicht zumachen.«

Ein kleines Dilemma, in der Tat. Stahnke wippte auf den Fußballen. Die Regionalpresse wusste doch bestimmt, wie man von hinten auf dieses Gelände kam, und die wollte er hier ebenso wenig haben wie die von auswärts.

Schwere Tritte näherten sich von vorne, im Laufschritt. Mehrere junge Polizisten in vollem Ornat stürmten an ihnen vorbei und begannen den Hintereingang zu sichern. Einer schien Stahnke erkannt zu haben und grüßte ihn im Vorbeilaufen mit einem schüchternen Lächeln. Okay, die Sache wäre also geklärt, dachte Stahnke. Offenbar hatte Manninga Verstärkung geschickt. Oder war inzwischen selber vor Ort. Also sollte Stahnke sich mal wieder oben blicken lassen.

Die Buchhändlerin rauchte schon wieder. Sie betrachtete das Geschehen unbeteiligt; hin und wieder huschte ein amüsierter Ausdruck über ihr Gesicht.

»Kannten Sie den Toten eigentlich?«, fragte Stahnke.

»Fred? Ja, natürlich. Er hat ja hier gewohnt, und ich arbeite hier.« Wieder dieser große, alles einsaugende Blick, diesmal unter angehobenen Augenbrauen.

»Fred also.« Stahnke nickte. »Und? Geht Ihnen seine Ermordung denn nicht nahe?«

»Mir?« Ein tiefer Zug. »Nein. Gar nicht.« Sie stieß eine lange Rauchwolke aus. »Er war ein Arschloch.«

Stahnke wartete, aber mehr kam nicht von ihr. Nur dieser große, saugende Blick.

Der Hauptkommissar räusperte sich. »Würden Sie mir darüber vielleicht etwas mehr erzählen? Morgen vielleicht?«

Sie nickte leichthin. »Natürlich. Sie wissen ja, wo Sie mich finden.«

Stahnke nickte und eilte davon. Ihm war plötzlich kalt.

10.

Am nächsten Morgen riss ihn der Wecker zur üblichen Zeit aus dem Schlaf. Nur die Schlafenszeit davor, die war unüblich kurz gewesen, und selbst die wenigen Stunden hatte Stahnke sich nur gegönnt, weil Manninga ihn buchstäblich dazu verdonnert hatte. Der alte Mann konnte immer noch ganz schön laut werden.

Gleich nach der Kaffeemaschine warf der Hauptkommissar seinen PC an, dann fingerte er die Zeitung aus dem Kasten und fand seine Sorge bestätigt: Die Journaille hatte noch rechtzeitig vor Andruck von dem Mord in der Rathausstraße Wind bekommen. Zwar hatte es nur zu einem flachen Mehrspalter oben auf Seite eins gereicht, aber dafür war der Anschlag auf Oliver Eickhoff gründlich ausgebreitet worden, so dass die Zeitung den Eindruck vermittelte, Leer sei derzeit das Zentrum des Verbrechens. Die aktuell zweistelligen Todesopferzahlen des Drogenkrieges in Mexiko waren auf Seite zwei verdrängt worden.

Das war aber noch gar nichts gegen das, was Stahnke im Internet fand. Er fluchte herzhaft in seinen Kaffeebecher. Sowohl die heimische Regionalzeitung als auch *BILD* und andere Blätter hatten in ihren Online-Ausgaben kräftig nachgelegt. Und es gab Fotos! Zum Henker, wer hatte denn da geknipst, abgesehen von den Polizeifotografen?

Wenigstens gab es keine Aufnahmen vom eigentlichen Tatort, vor allem nicht von der Leiche. Bloß Bilder vom *Tatort Taraxacum*, von der Seitengasse mit dem Wohnungseingang und von geschäftig aussehenden Kollegen, deren Gesichter immerhin verpixelt waren. Stahnke schnappte nach Luft, als er auf Innenaufnahmen aus der WG-Wohnung stieß, stellte aber schnell fest, dass es sich um ältere Bilder handeln musste. Wo hatten die Presseleute die wohl her?

Er musste an die Gäste denken, die gestern Abend das Lokal unter der Tatort-Wohnung belagert hatten. Von denen hatte bestimmt jeder ein Fotohandy in der Tasche gehabt. Und bestimmt war der eine oder andere bereit gewesen, für Geld seine Großmutter zu verkaufen. Und wenn es nicht die eigene war, dann umso lieber. Womit die Außenaufnahmen, nicht aber die alten Fotos aus der Wohnung zu erklären waren.

Er schlürfte von seinem Kaffee. Neue Sorte; sie schmeckte ihm nicht.

Stahnke musste nicht auf die Uhr gucken, um zu wissen, dass er es eilig hatte. Trotzdem blätterte er die Zeitung durch; alte Gewohnheit, obwohl das Ding auch immer schlechter wurde. Im krampfhaften Bemühen, jüngere Leser zu gewinnen, um das Sinken der Abonnentenzahlen zu bremsen, warf man alte journalistische Tugenden über Bord, setzte immer mehr auf Boulevard und wurde sprachlich stetig schlampiger. Ein Vergnügen war das kaum noch, dachte der Hauptkommissar und blätterte sich zu den Familienanzeigen durch.

Das Foto eines Schiffs mit grünem Rumpf ließ ihn innehalten. Richtig, die *Emssturm* war ja unterwegs, wurde derzeit in Richtung Mittelmeer geschleppt, ihrer letzten Bestimmung entgegen. Das Zeitungsfoto zeigte das ehemalige Fischereiforschungsschiff hinter einem Hochseeschlepper, anscheinend auf der Ems. Dort konnte doch nicht solch ein Seegang herrschen, dass das Schiff derart viel Schlagseite hatte! Langes Liegen war Gift für jedes Wasserfahrzeug, und die *Emssturm* hatte sehr lange zu Ausbildungszwecken im zugeschlickten Leeraner Hafen gelegen. Kein Wunder, dass sie nicht mehr aus eigener Kraft fahren konnte, sondern geschleppt werden musste. Aber diese Schlagseite …

Sein Handy klingelte. Stahnke stöhnte und griff nach dem Gerät. Konnten die Kollegen in der Inspektion nicht wenigstens warten, bis er geduscht hatte?

»Ja!«

»Hey, mein Lieber, was ist denn das für ein Ton? Bist du so im Stress?«

Es war Sina. An die hatte er überhaupt nicht ... Wann hatte er zuletzt an sie gedacht? Gestern, im Buchladen, als er mit dieser Buchhändlerin sprach, dieser geheimnisvollen Kühlen mit der Sahnehaut.

»Hallo? Hast du die Sprache verloren?«

»Ach was, nee ... Hallo, mein Schatz. Du hast recht, ich hab wirklich Stress im Moment.« Gewöhnlich wirkten ein paar Worte mit Sina gerade in solchen Momenten wie eine kühlende Hand auf heißer Stirn. Jetzt aber, stellte er mit Erstaunen fest, hätte er sie am liebsten weggedrückt.

»Kann ich mir denken. Ich gucke nämlich gerade *RTL*. Sieht so aus, als hätten die eine Kamera direkt vor dem Haus postiert, wo dein aktueller Mord passiert ist. Bist du dort gerade drin?«

»Nee, ich bin noch zu Hause«, entfuhr es ihm. »Wieso Kamera vor dem Haus – sag bloß, die übertragen live! Was denn, in Gottes Namen?«

»Ein Reporter befragt Passanten, hat aber Mühe, überhaupt welche zu finden um diese Zeit.« Sina lachte. »Ziemlich sinnfrei, das Ganze. Neue Informationen hat er offenbar nicht. Aber woher auch, wenn die Polizei noch ganz gemütlich beim Frühstück sitzt.«

»Was heißt hier gemütlich und Frühstück! Weißt du eigentlich, wie spät es letzte Nacht geworden ist?« Ja, sagte er sich, das weiß sie, das hat sie ja alles bei früheren Gelegenheiten schon mitgekriegt. Aber seine Worte strömten parallel weiter. »Hör mal, einen einzigen Becher Kaffee habe ich mir gegönnt! Nennst du das ein gemütliches Frühstück? Und den habe ich nicht einmal genießen können, weil ich ja selbst hier keine Ruhe ...« Jetzt endlich schaffte er es, sich zu unterbrechen. Sein Körper fühlte sich todmüde an und sein Verstand träge, aber seine Nerven waren eindeutig am schlimmsten dran.

»Dann sollte ich dich wohl besser in Ruhe lassen«, hörte er Sina sagen. »Dachte ja nur, du könntest eine kurze Aufmunterung vertragen. Aber belasten will ich dich natürlich nicht.«

Stahnke atmete tief ein. Wenn Sina sarkastisch wurde, war Vorsicht geboten. Aber war das jetzt Sarkasmus gewesen – oder schon wieder Ernst?

»Wenn es dir mal in den Plan passt, kannst du mich ja anrufen, okay? Sprich mir einfach auf die Mailbox. Mach's gut.«

Verflucht, dachte Stahnke, jetzt aber fix die fällige Entschuldigung! Aber ihm wollten die Worte dazu nicht einfallen. Und dann war die Leitung auch schon tot.

Die Uhrzeiger rückten gnadenlos vor, trotzdem hätte Stahnke umgehend bei Sina zurückgerufen, wenn sich sein Handy nicht gleich wieder gemeldet hätte. »Was?«, schnauzte er hinein. Er hoffte direkt, dass sein Vorgesetzter dran war.

Es war aber Kramer. »Gestern am frühen Abend ist schon wieder geschossen worden«, teilte er mit. »Hab's gerade erst erfahren. Eigentlich mehr durch Zufall.«

»Zufall?« Stahnke kippte seinen Kaffeerest in die Spüle, stellte den Becher weg und machte sich auf den Weg ins Bad. »Wieso Zufall? Seit wann sind wir vom 1. Kommissariat nicht mehr die erste Zuständigkeit für Schießereien?«

»Sind wir, selbstverständlich, sofern auf Menschen geschossen wird. Dieser Schuss aber galt einem Hund.«

Ach herrjeh! Stahnke versuchte, die Dusche aufzudrehen, ohne sich den Ärmel seines Bademantels nasszumachen. »Ein Jagdunfall? Oder womöglich irgendwelche Bratzen mit einem Luftgewehr? Dann würde ich ja in der Tat vorschlagen …«

»Nein, die Tatwaffe war eine Pistole, Kaliber 22.«

Der Hauptkommissar pfiff durch die Zähne. »Kaliber 22? Also 5,6 Millimeter, wenn ich mich nicht irre. Das klingt nicht nach viel, ist aber nicht ohne. Mit so etwas herumzuballern, ist absolut kein Spaß.«

»Der getroffene Hund gehört Oliver Eickhoff«, ergänzte Kramer lakonisch.

Stahnke hätte fast das Telefon fallen lassen. »Was? Und jetzt sag bloß noch ... Wurden die Geschosse schon untersucht? Und verglichen?«

»Ja, wurden sie«, erwiderte Kramer. »Und nein, sie sind absolut unterschiedlich. Das Geschoss, das aus dem Hintern von Eickhoff junior operiert wurde, hat Kaliber 7,65. Beide Waffen konnten bisher noch nicht identifiziert werden.«

»Ich bin sofort da«, sagte Stahnke und beendete das Gespräch. Das Duschen würde heute schnell gehen müssen. Die Sache mit Oliver Eickhoff drohte ihm auf die Füße zu fallen, so groß, wie das öffentliche Interesse daran jetzt schon war und erst noch werden würde. Und inwiefern es einen Zusammenhang mit dem Mord an Frederik Jaschinsky gab, musste so schnell wie möglich geklärt werden.

Schuss auf Eickhoff junior, Schuss auf Eickhoffs Hund, Mord an Jaschinsky – wenn das die zeitliche Reihenfolge gewesen wäre, hätte Stahnke angesichts der Bekanntschaft der beiden jungen Männer sofort auf eine Rache-Eskalation getippt und das Alibi des Kaufhaus-Knaben für die Mordnacht überprüfen lassen. Aber das erübrigte sich, denn die Abfolge war ja Eickhoff – Jaschinsky – Eickhoffs Hund, und während des Mordes in der WG-Wohnung lag Oliver Eickhoff bäuchlings im Krankenhaus, kaum dazu in der Lage, einen Muskelmann stundenlang zu foltern und dann zu töten.

Natürlich konnte der kleine Eickhoff auch jemanden für die Drecksarbeit engagiert haben, statt sich selbst die

Hände schmutzig zu machen. Ebenso wie auch Jaschinsky. All das bewies dem Hauptkommissar nur erneut, dass solche Spekulationen zwecklos waren.

Beim Abtrocknen fiel ihm Sina wieder ein. Verdammt, die musste warten. Außerdem würde sie jetzt sowieso nicht mehr ans Telefon gehen.

11.

»Besprechung ist verschoben«, verkündete Kramer, als Stahnke hereinrauschte. »Manninga steckt im Stau. Könnte noch eine halbe Stunde dauern, meint er.«

Stahnke ließ sich schwer auf seinen Schreibtischstuhl plumpsen. Bloß gut, dass Dedo de Beer, ihr direkter Vorgesetzter, zur Kur und damit auf dem Abstellgleis war! Mit Manninga war auszukommen, der ließ ihnen die Zügel locker. »Na gut«, sagte er, »das gibt uns Zeit zur Vorbereitung. Was haben wir?«

»Nicht annähernd genug«, murmelte Kramer. Dass sein Schreibtisch mit Schriftstücken und Notizen bedeckt war, schien ihm nicht zu reichen.

»Genau, immer schön optimistisch bleiben.« Stahnke seufzte. »Fangen wir mal mit Jaschinksky an. Frederik alias Fred. Wer war der Typ? Fußballfan, Feierbiest, Muskelbubi mit Hang zu mutmaßlichen Anabolika und nach Auskunft der Buchhändlerin vom Laden unter der Wohnung ein Arschloch, was noch zu verifizieren wäre. Sonst noch was?«

»So sah er mal aus.« Kramer angelte zwei Vergrößerungen aus einem Ablagekörbchen und reichte sie seinem Vorgesetzten. Bei der einen schien es sich um ein Passbild zu handeln; ein brav gescheitelter Brünetter mit grauen Augen, breitem Mund und kräftigem Kinn starrte ausdruckslos geradeaus. Nichts an diesem Gesicht schien auch nur im Geringsten außergewöhnlich zu sein. Das zweite Bild war eine Party-Aufnahme, vermutlich aus dem Internet, von mäßiger Qualität. Jaschinsky in kunstvoll zerrissenen Jeans und ausgeblichenem Shirt inmitten Gleichaltriger, eine Bierflasche grüßend erhoben, die breite Klappe aufgerissen. Seine wulstigen Arme kamen gut zur Geltung. Jaschinskys Haltung signalisierte Lust an Körperlichkeit, seine Miene war provokant bis aufsässig. Stahnke kannte solche Typen zur Genüge und konnte gut verstehen, wieso die Buchhändlerin diesen hier als Arschloch bezeichnet hatte. Aber war das ein Grund, einen Menschen grausam zu töten?

»Seefahrtschüler war seine zweite Ausbildung«, fuhr Kramer fort. »Jaschinsky hatte bereits eine Lehre zum Mechatroniker absolviert und einige Zeit in diesem Beruf gearbeitet. War auch schon achtundzwanzig, was aber nichts Ungewöhnliches ist. Eine Reihe von Seefahrtschülern sind Umsattler, die schon eine abgeschlossene Ausbildung haben.«

»Wundert mich ja, dass die Seefahrt immer noch so anziehend ist, wenn man bedenkt, wie sich die Zustände an Bord von Handelsschiffen verändert haben!« Stahnke hatte es selber schon mit der Christlichen Seefahrt versucht. Seinerzeit hatte ein Erzfrachter noch vierzig Mann Besatzung gehabt. Und heute – acht vielleicht?

»Manchen zieht es hinaus, manch anderen treibt es«, philosophierte Kramer. »Vielleicht kam er ja an Land nicht zurecht.«

»Wen fragen wir das? Gibt es nähere Angehörige?«

»In Ostfriesland jedenfalls nicht.« Kramer war gut präpariert. »Geboren in Bottrop, Mutter früh verstorben, Vater verduftet, keine Geschwister. Frederik war Heimkind.«

Stahnke nickte. »Wen fragen wir sonst? Wer war der letzte Arbeitgeber?«

»*Klemmer & Co.*, Mercedes-Werkstatt. Pkw und Nutzfahrzeuge. Eine der ersten Adressen in Leer.«

»Gut, da schicken wir jemanden hin.« Stahnke schaute zur Uhr; noch war mit ihrem Chef nicht zu rechnen. »Hat übrigens dieser Christiansen den Mietvertrag der Wohngemeinschaft hereingereicht? Versprochen hatte er es mir.«

Zielsicher fischte Kramer das mehrseitige Dokument aus den Papierdünen auf seinem Tisch. »Und er hat Wort gehalten – hier haben wir ihn. Da stehen die Namen. Darauf wolltest du doch hinaus?«

»Genau.« Stahnke erhob sich und schnappte sich den Vertrag. »Frederik Jaschinsky, Michaela Maurer, Karim Ahmad, Dennis Poppinga. Nanu, warum nur vier? Angeblich soll die WG doch fünf Mitglieder gehabt haben. Drei Männer, zwei Frauen. Eine Frau fehlt.«

»Wer sagt denn, dass es fünf waren?«

»Na, der Vermieter! Der sollte es doch eigentlich wissen.« Stahnke tippte auf Christiansens Unterschrift. »Büchermensch hin oder her, aber bis fünf zählen wird er doch können.«

»Immerhin haben wir jetzt ja drei Namen, außer Jaschinsky. Wenn wir eine dieser Personen ausfindig machen, erfahren wir bestimmt auch den fünften Namen. Und vielleicht auch, warum er hier fehlt.« Kramer machte sich eifrig Notizen; was Stahnke für eine *To-do*-Liste hielt, wurde immer länger.

»War er nun eigentlich Moslem oder nicht?«, fragte Kramer.

»Sein Vermieter wusste von nichts, aber das muss ja nichts heißen«, antwortete Stahnke. »Da werden wir wohl in der hiesigen Moschee nachfragen müssen, wie ich schon sagte.«

»Angeblich gibt es in Leer gar keine«, wandte Kramer ein.

»Glaube mir, es gibt eine«, widersprach sein Vorgesetzter. »Keine mit Minarett oder so, aber die Leute, die dort beten, nennen das Haus trotzdem so.«

»Okay – wenn das das Einzige ist, was ich dir glauben soll.« Kramer lächelte schief. Religionen misstraute er grundsätzlich. Wer den Verzicht auf logisches Denken verlangte, der kam bei Kramer nicht gut an.

»Apropos Haus.« Stahnke fiel auf, dass er eine naheliegende Frage noch nicht gestellt hatte. »Wie sind die Täter denn eigentlich in die Wohnung hineingekommen?«

»Jedenfalls ohne Gewaltanwendung.« Kramer hatte das natürlich schon eruiert. »Das Türschloss des Haupteingangs ist unbeschädigt, also nehme ich an, dass die Täter entweder eingelassen wurden oder aber einen Schlüssel besaßen.«

»Womit die Suche nach den ehemaligen Mitbewohnern ganz nach oben auf die Liste rückt.« Stahnke rief sich das ungewöhnlich hohe Treppenhaus mit der gewundenen Stiege in Erinnerung: »Gibt es einen automatischen Türöffner?«

»Nein. Zum Aufschließen muss jemand die Treppe hinunter.«

»Spion oder Guckfensterchen?«

Kramer schüttelte den Kopf. »Fehlanzeige. So ganz sicher kann man dort also nie sein, wem man die Tür öffnet. Aber ich vermutete sowieso, dass die jungen Leute heutzutage nicht mehr klingeln, sondern Besuche per Handy ankündigen.«

Stahnke schnaubte verächtlich. »Etwa: ›Ich stehe unten vor der Tür, lass mich mal rein!‹?«

»Warum denn nicht? Macht doch Sinn.« Kramer war zehn Jahre jünger als Stahnke; manchmal konnte man das merken.

»Wenn schon, dann heißt es: Das ergibt Sinn«, mäkelte der Hauptkommissar. »Was ich im Übrigen bezweifle. Aber, sag mal: Haupteingang? Gibt es dort mehr als einen?«

»Ja, allerdings. Sogar zwei Treppenhäuser. Das eine liegt zur Seite hinaus, das andere führt direkt in den Buchladen.«

»Was ja nur Sinn macht, wenn der Ladenbesitzer selber

diese Wohnung bewohnt«, sinnierte Stahnke. Er wunderte sich, warum Kramer so hämisch griente. »Was aber ja nicht der Fall ist. Muss Christiansen nicht befürchten, dass ihm seine Mieter nachts heimlich den Laden ausräumen?«

»Tut er vermutlich auch, daher sind die Türen oben und unten auch immer verschlossen. Den für die obere Tür zum Treppenhaus hat nur der Vermieter. Hat er auf Nachfrage so ausgesagt. Und wir haben in der Wohnung auch keinen gefunden.«

Auf dem Gang waren eilige Schritte zu hören, gleichzeitig klingelte das Telefon auf Stahnkes Schreibtisch. »Die Herren bitte in den Besprechungsraum«, ertönte Riekens Organ aus dem Hörer, wie so oft in spöttischem Ton knapp unterhalb der Nachweisgrenze. »Unser aller Chef ist eingetroffen.«

Stahnke und Kramer erhoben sich.

12.

»Klare Kiste. Der Schwertvers.« Nidal Ekinci musterte die goldfarbene Schrift auf den schwarzen Wänden und stemmte die Arme in die Hüften. »›Tötet die Heiden, wo immer ihr sie findet, greift sie, umzingelt sie und lauert ihnen überall auf.‹ Ja, darauf fahren sie alle ab, diese kleinen Loser! Im Leben nichts auf die Reihe kriegen und dann so einen Freibrief bekommen, anderen Menschen das Leben zu nehmen – das finden sie geil. Ich könnte kotzen.«

Stahnke beobachtete seinen jungen Kollegen, der ihm gerade einmal bis zur Schulter reichte, interessiert von der Seite. So hatte er den Mann mit den flinken, wachen Augen noch nie erlebt. Gewöhnlich war der Oberkommissar stets bester Laune oder tat zumindest so, war sich für keinen schwachen Witz zu schade und lachte selber am lautesten darüber. Keiner in der Polizeiinspektion nahm es mit den preußischen Tugenden wie Pünktlichkeit und Ordnung so genau wie der Kurde aus der östlichen Türkei. Ein Musterbeispiel an Über-Integration, fand Stahnke, wären da nicht die konsequente Verweigerung von Schweinefleisch und Alkohol. Aber egal, dachte er, eine Macke hat ja jeder.

Auf jeden Fall war es hilfreich, dass Ekinci sich wider Erwarten doch als der arabischen Schriftsprache mächtig erwiesen hatte. »Was regst du dich denn so auf«, versuchte der Hauptkommissar abzuwiegeln. »Ist doch erst einmal nur Wanddeko. Und außerdem ist Fred Jaschinsky in dieser Sache ja nicht der Mörder, sondern das Opfer. Man kann ihm die Bedeutung der Worte also nicht zum Vorwurf machen. Jetzt sowieso nicht mehr.«

»Wanddeko? Ist das dein Ernst?« Empörung sprach aus Ekincis Miene. »Deko? Hör mal, dies hier ist die Stelle im Koran, wegen der ständig irgendwo auf der Welt Menschen sterben müssen! Und wegen der alle Welt uns Moslems hasst! Der fünfte Vers von Surat at-Tauba, der neunten Sure des Korans. Geht übrigens noch weiter, pass auf: ›Wenn sie sich aber bekehren, das Gebet verrichten und die Almosensteuer geben, dann lasst sie ihres Weges ziehen.‹ Also, knapp zusammengefasst: Entweder die Anders- und Ungläubigen konvertieren zum Islam, oder sie müssen getötet werden. Deutlicher geht es doch kaum. Von wegen Deko!«

»Und das gilt? Ich meine ...« Stahnke kramte in seinem Gedächtnis nach den Resten längst verdrängter Religions- und Konfirmationsstunden. »In der Bibel stehen ja auch schlimme Sachen drin, vor allem im Alten Testament, aber letztlich dominiert doch Jesu Lehre von Friedfertigkeit und Nächstenliebe. Gibt es nicht auch im Koran Stellen, die von Frieden und Toleranz künden?«

»Klar, die gibt's.« Nidal Ekinci lachte unerwartet auf.

»Erinnerst du dich noch an die Karikatur neulich in der Zeitung? Der Koran als Supermarkt, wo jeder findet und bekommt, was er sucht, vom Weisen bis zum Wahnsinnigen? So ähnlich ist das auch wirklich! Allerdings haben sich die islamischen Religionsgelehrten darauf verständigt, bei Widersprüchen auf das Entstehungsdatum der verschiedenen Stellen zu gucken. Das ist nämlich vielfach bekannt. Und wenn das so ist, dann sticht die jüngere Textstelle die ältere aus. Man nennt das Abrogation. Und was soll ich dir sagen – der Schwertvers ist eine verdammt junge Textstelle des Korans!«

»Verstehe. Das Schwert sticht also.«

»Und wie.« Ekinci stöhnte. »Ist das zu fassen? Mir sagt man nach, ich würde schlechte Witze machen, und du haust hier solche Kalauer raus! Voll ungerecht. Immer auf die Ausländer.«

»Die kleinen Ausländer, meinst du wohl.«

»Wenn schon, dann die kleinen hübschen Ausländer.« Nidal Ekinci war schon nicht mehr bei der Sache. Er drehte sich langsam auf dem Absatz und musterte den Rest des Zimmers. »Wie muss man eigentlich gestrickt sein, um in so einem Zimmer zu wohnen? Kein Fenster nach draußen, und dann noch zwei schwarze Wände. Ich würde trübsinnig werden.«

»Genau das war er wohl nicht, der Jaschinksy, nach allem, was man so hört«, sagte Stahnke. »Fußball gucken, feiern und saufen, alles gerne in Gesellschaft.«

»Passt nicht.« Ekinci schüttelte den Kopf. »Weißt du, dass seine Trainingshose auch mit arabischen Schriftzeichen bestickt war? ›Dschihad‹ stand drauf, auf beiden Oberschenkeln.«

Der Hauptkommissar erinnerte sich daran, solche Verzierungen bemerkt, aber nicht erkannt zu haben. »Heiliger Krieg? Mann, ob der gewusst hat, was das heißt?« Stahnke musste sich kurz des Gedankens erwehren, Fred Jaschinskys Mörder könnte der Welt einen Gefallen getan haben.

»Ich glaube jedenfalls nicht, dass *du* weißt, was das heißt.« Nidal Ekinci baute sich vor ihm auf. »Ursprünglich nämlich ist ein Dschihadist einer, der das Böse in sich selbst bekämpft! Einer, der versucht, den rechten Weg zu Gott zu finden, und dabei vor allem auf sich selbst keine Rücksicht nimmt.«

»Im Ernst? Klingt mir ziemlich protestantisch.« Stahnke schüttelte den Kopf. »Wie kann es dann sein, dass sich heute die brutalen Abschlächter von Andersgläubigen so nennen?«

Ekinci zuckte die Achseln. »Tja, wie ich schon sagte, der Koran ist ein Selbstbedienungsladen. Wie die Bibel übrigens auch. Jeder findet, was er sucht. Und eine Anleitung, den inneren Schweinehund zu bekämpfen, sucht derzeit offenbar niemand.« Er grinste: »Höchstens deine Protestanten. Wetten, dass sie damit keine Schnitte kriegen im großen Casting-Wettstreit der Religionen um den Publikumspreis?«

»Von wegen *meine* Protestanten.« Stahnke schnaubte. »Ich glaube an gar nichts, das kannst du mir glauben! Bei uns herrscht Glaubensfreiheit, und ich bin frei von Glauben. Gott sei Dank.«

Der Hauptkommissar merkte es selber, was er da von sich gegeben hatte, noch ehe Nidal Ekinci lauthals zu lachen anfing. »Gotcha!«, krähte der kleine Oberkommissar. »Du kannst den Kriminalisten zwar aus der Kirche herauskriegen, aber nicht die Kirche aus dem Kriminalisten! Was man dir als Kind dort hineingestopft hat, davon hast du lange etwas.«

Stahnke war sauer – nur zum Teil auf sich selbst. »Das ist doch nur eine Metapher«, fauchte er. »Ein sprachliches Bild, verstanden? Das heißt doch nicht, dass ich wirklich so denke!«

»Sprache ist das Werkzeug unseres Denkens, vergiss das

nicht!«, widersprach Ekinci. Gleichzeitig legte er dem Ranghöheren in einer versöhnlichen Geste die Hand aufs Schulterblatt. »Ich glaube dir ja, von wegen Glauben, aber versteh bitte auch, was ich sagen will! Dass nämlich viele Menschen, die aus muslimischen Staaten flüchten, weil sie es mit dem Mist dort nicht mehr aushalten, diesen Mist unweigerlich in ihren Köpfen mit nach Deutschland bringen. Hier geht's ihnen dann besser, so rein materiell, aber natürlich vermissen sie etwas, und sie glauben, der Mist in ihren Köpfen wäre die Lösung gegen Heimweh. Aber leider passt dieser Mist mit dem, was die Immigranten hier so schätzen, nicht zusammen! Nur kapieren das viele nicht.« Der Kurde ballte die Fäuste.

Stahnke war perplex. »Rieken und van Dieken würden sich nicht trauen, so etwas in meiner Gegenwart zu sagen, obwohl ich weiß, wie sie ticken. Und jetzt kommst ausgerechnet du und erzählst mir, dass der Islam nicht zu Deutschland gehört?«

»Was erwartest du?« Ekinci breitete die Arme aus. »Meine Familie war früher mal jesidisch, wie die meisten Kurden. Sie wurde in der Türkei zwangsislamisiert! Glaube mir, ich weiß, mit wem ich es zu tun habe. Ich bin nicht so blauäugig wie viele Politiker hier.« Er riss seine Augen auf: »Guckstu hier? Brrraun, nix blau!« Den TV-Comedian-Akzent beherrschte er perfekt. Jetzt lachten sie beide.

Dann holte Ekinci sein Smartphone hervor und wischte darauf herum. »Hier, schau mal!« Er hielt Stahnke das Display unter die Nase.

Der Hauptkommissar sah einen braungebrannten jungen Mann mit wirren schwarzen Haaren; an seinem nackten Brustkorb konnte man die Rippen zählen. Der Mann hielt die Arme hinter dem Kopf verschränkt. Erst auf den zweiten Blick bemerkte Stahnke den Soldaten, der hinter dem Jungen stand und ihm die Mündung seines Sturmgewehres in den Rücken bohrte. Auch im Hintergrund des Bildes waren Soldaten zu erkennen, außerdem ein sandfarbenes Militärfahrzeug. Und Trümmer.

»Wer ist das?«, fragte Stahnke. Er hatte eine böse Ahnung.

»Das ist Malik«, sagte Ekinci. »Ein Junge aus meiner früheren Nachbarschaft. Mutter aus Bosnien, Vater Albaner, aber hier in Leer geboren. Aufgewachsen überwiegend bei seiner Großmutter, weil seine Eltern sich meist gezofft haben, wenn der Vater nicht im Knast saß. Als er noch zur Schule ging, musste er vorher immer morgens in die Koranschule, früh um vier, kannst du dir das vorstellen? Kein Wunder, dass er ab der achten Klasse im Unterricht nichts mehr gerafft hat. Zweimal hängen geblieben, das war's dann, Abgang ohne Abschluss. Dann war er plötzlich weg. Und gestern kriege ich auf einmal dieses Bild zugeschickt.«

»Wo ist das?«

»Irak. Malik wurde als angeblicher *IS*-Kämpfer gefangengenommen.«

»Und?«, fragte Stahnke. »Ist er einer?« Schon die Erwähnung der Terrorbande *Islamischer Staat* ließ die Wut in ihm hochkochen.

»Wer weiß? Vermutlich. Warum sollte er sich sonst dort aufhalten?« Traurig schüttelte Ekinci den Kopf. »Diese Jungs, diese dummen kleinen Jungs! Sie haben hier doch wirklich die Wahl. Und das ist es nun, was sie wählen!«

Stahnke entsann sich eines TV-Interviews mit der deutschen Mutter eines *IS*-Rekruten, die, voll verschleiert, durchaus verständliche Angst um ihren Jungen äußerte, der in den Irak ausgereist war, um dort für den radikalen Islam zu kämpfen. Und dann hatte sie gesagt: »Natürlich bin ich auch stolz, dass er sich so für seine Überzeugung einsetzt.« Da war Stahnke der Kragen geplatzt. Worauf war dieses dämliche Weib stolz? Dass Menschen gekreuzigt und lebendig begraben wurden, dass man Kinder und Frauen missbrauchte und als Sklaven verkaufte? »Ich hoffe, dein missratener Mörderbengel ist schon tot, blöde Kuh!«, hatte er den Fernseher angebrüllt. Ein kleiner Teil seiner Wut hatte dabei der eigenen Hilflosigkeit gegolten.

»Und du?«, fragte er Ekinci. »Was hast du gewählt?«

»Ich? Das weißt du doch! Die Beamtenlaufbahn, genau wie du. Sicherheit zuerst – typisch deutsch eben. Das Beamtenjäckchen ist eng, aber es hält warm.«

»Ach, das meine ich nicht. Sondern die Religion! Schimpfst auf deine Glaubensbrüder wie ein Rohrspatz, aber zur Moschee gehst du immer noch, stimmt's?«

»Was will man machen?« Nidal Ekinci seufzte. »Wenn sie dich jung kriegen, dann haben sie dich fürs Leben. Und mich haben sie nun einmal jung gekriegt.«

Dazu lagen Stahnke noch eine Menge Fragen auf der Zunge, aber er hatte das deutliche Gefühl, dass es hier zu persönlich wurde. Er suchte nach einer Überleitung zurück zu ihren dienstlichen Pflichten, und das Beste, was ihm einfiel, war: »Apropos jung und Islam – wie ist dieser Malik denn eigentlich von Leer in den Irak gekommen? Ich meine, Familienkontakte dorthin hatte er ja wohl nicht, wenn ich dich richtig verstanden habe.«

»Tja, wie, das frage ich mich auch«, erwiderte Ekinci. »Eigentlich hätte der Typ gar nicht ausreisen dürfen! Trotz seiner Jugend hat er nämlich schon eine beachtliche kriminelle Karriere hinter sich. War schon mehrmals im Jugendgefängnis, und jedes Mal, wenn er wieder raus kam, war er noch radikaler geworden. Seine letzte Strafe wegen Diebstahls hat er nicht angetreten, deshalb steht er auf der Fahndungsliste. Einmal hätten die Kollegen ihn am Leeraner Bahnhof beinahe geschnappt, aber er war einfach zu flink. Ausgereist sein muss er erst danach, und auf legalem Wege hätte das eigentlich nicht möglich sein sollen. Wäre auf jeden Fall sehr riskant gewesen, es so zu versuchen. Also wird ihn wohl jemand geschleust haben.«

»Und wer kommt dafür in Frage?«

»Da ist eine Menge Geld zu holen«, erwiderte Ekinci. »Großes Geld lockt die Großen. Man muss gut organisiert sein. Und völlig bedenkenlos.«

»Du denkst also nicht an ... Leute wie Frederik Jaschinsky?«

»Es gibt überall Häuptlinge und Indianer«, sagte Ekinci. »Jeder Schleuser braucht auch Schlepper. Und Leute fürs Grobe. Warum also nicht einer wie Jaschinsky? Ist nichts als eine Vermutung, aber solange wir nichts Konkreteres haben, ist eine Vermutung so gut wie die andere.«

Die beiden Ermittler verließen das Zimmer mit den schwarzen Wänden und inspizierten ein weiteres Mal die anderen Räume dieser so merkwürdigen verbauten, kreisförmig anmutenden Wohnung mit den zwei Ausgängen, von denen nur einer benutzbar war. Stahnke hatte schon zweimal an der verkehrten Klinke gerüttelt. Fündig wurden sie nicht; alles halbwegs Interessante war bereits zur näheren Untersuchung abtransportiert worden.

Als sie das weitläufige Wohnzimmer erreicht hatten, klingelte Stahnkes Handy. »Die ersten Laborberichte sind eingetrudelt«, sagte Kramer. »Das Zeug in den Blechbüchsen, das Schmitz entdeckt hat, ist tatsächlich mit illegalen anabolen Steroiden durchsetzt. Genau das Richtige für die Türsteherszene und für alle anderen, die glauben, dass Köpfe nur zum Draufkloppen da sind.«

»Meinst du, Jaschinsky hat damit gehandelt?«, fragte Stahnke.

»Schwer zu sagen. Die gefundene Menge ist etwas groß für den Eigenbedarf, aber um richtig Profit damit zu machen, ist es wiederum nicht genug.«

»Okay«, sagte Stahnke. »Was noch? Du sagtest Berichte. Plural.«

»Die Fußabdrücke«, sagte Kramer. »Du weißt, die Spuren von den Stiefeln, mit denen einer der Täter durch das Blut gelaufen ist. Der Profilvergleich hat einen Treffer ergeben. Es handelt sich um Motorradstiefel eines bestimmten Fabrikats.«

»Motorradstiefel?« Mit diesem Begriff verband Stahnke eigentlich Western-Boots. Oder Knobelbecher. Nichts, was zu diesem fein geriffelten Profil passte.

»Stiefel für Motorradsportler«, präzisierte Kramer. »Leichte, schmal geschnittene Dinger mit Reißverschluss und Klettlasche oben. Die Sohlen sollen besseren Halt auf den Fußrasten gewähren.«

»Solche Stiefelchen sind wohl für die rasenden Turngeräte gedacht, was? Diese Rennmaschinen, wo man vorher so ein buntes Ganzkörperkondom anziehen und sich dann vorsichtig in die Aussparungen der Verkleidung hineinfalten muss?«

Bei dieser Vorstellung musste sogar Kramer lachen. »Ja, stimmt! Allerdings sagte mir der Händler meines Vertrauens, auch manche Endurofahrer würden solche Stiefel bei ihm kaufen.«

»Ach nee. Für richtig ausgewachsene Enduros, so wie du und ich sie fahren?«

»Du meinst: erst ich, dann du.« Kramer hatte seine alte Yamaha vor zwei Jahren an Stahnke verkauft. »Ja, auch für ausgewachsene Eintöpfe.«

»Interessant.« In Stahnkes Hinterkopf formte sich eine Idee. »Sag mal, kann sich dein Vertrauenshändler vielleicht an den einen oder anderen seiner Kunden genauer erinnern?«

Kramer machte eine Kunstpause. »An einen auf jeden Fall«, sagte er dann.

»Nämlich?«

»Oliver Eickhoff. Das Kerlchen kennt ja jeder Leeraner Händler. Daran konnte er sich spontan erinnern.«

»Hammer«, entfuhr es dem Hauptkommissar. »Und, wann sammeln wir die Dinger ein?«

»Die Kollegen sind schon unterwegs«, sagte Kramer trocken.

»Ich bin gespannt.« Stahnke beendete das Gespräch.

Nidal Ekinci tauchte aus der Küche wieder auf. »Kommen wir voran?«

»Könnte sein.« Stahnke schickte noch einen Blick in die Runde: »Ich glaube, hier sind wir erst einmal fertig. Was hast du als Nächstes auf dem Zettel?«

»*Klemmer & Co.*, Jaschinskys letzten bekannten Arbeitgeber vor dem Studium«, sagte Ekinci. »Kommst du mit?«

Stahnke winkte ab. »Das mach du mal alleine. Ich wollte noch einmal mit der Buchhändlerin sprechen.«

»So ist es recht. Mich schickst du zu den öligen Kerlen und selber schnappst du dir die junge Dame.« Er grüßte kurz und verschwand ins Treppenhaus. Als der Hauptkommissar die Haustür erreicht hatte, war von seinem Kollegen schon nichts mehr zu sehen.

Das Restaurant war noch geschlossen, und auch vorne an der Ladentür rüttelte Stahnke vergebens. Er studierte die ausgehängten Öffnungszeiten: ab zehn Uhr, also erst in einer halben Stunde. Ärgerlich. Was tun in dieser Zwangspause, wenn es hier noch nicht einmal Kaffee gab?

Auf Rathaus- und Brunnenstraße war noch wenig los, daher fielen ihm die beiden Gestalten auf, die vor dem Dönerladen schräg gegenüber standen und sich unterhielten. Ein junger Mann, fast noch ein Junge, und eine junge Frau. Sie wandte ihm den Rücken zu, trotzdem erkannte er sie sofort. Mittelgroß, schlank, das dunkelblond gesträhnte Haar hinten hochgesteckt. Die milchweiße Haut ihres langen Halses leuchtete in der Herbstsonne.

Der junge Mann, mit dem sie sich unterhielt, trug eine Motorradjacke; kein Leder, keine Kutte, sondern eins von diesen zweckmäßigen hellgrauen Dingern, die sich nur durch Protektoren und Reflektoren von längeren Anoraks unterschieden. Vom Typ her ähnelte er Nidal Ekinci: dunkler Teint, noch dunklerer Bartschatten. Ein hübscher Bengel, konstatierte Stahnke. Ob das Mädel wohl etwas mit ihm hatte? Obwohl, reichlich jung war er ja für sie.

Reichlich jung für was?

Aha, man verabschiedete sich. Kleine Umarmung, angedeutete Wangenküsschen, schau an, schau an!

Der junge Mann schwang sich auf seine Maschine, die vorschriftswidrig vor dem Dönerladen auf dem Bürgersteig stand. Ein Kick, und der Einzylindermotor grollte los. Klingt vertraut, dachte Stahnke, eine Zweihundertfünfziger, die kleine Schwester von meinem Hobel. Auch ein nettes Teil, aber bei sportlicher Fahrweise nicht ganz leicht zu beherrschen. Riskant, dass der Junge untenrum nur eine Jeans trägt! Bei einem Sturz ist die ganz schnell durch, und dann kann er seiner Haut adieu sagen.

Trug er wenigstens anständige Stiefel?

Allerdings, das tat er. Der junge Mann legte einen Kavaliersstart hin, die Sitzposition ließ sein Hosenbein etwas hochrutschen, und Stahnke erhaschte einen Blick. Schmale, elegante Stiefelchen mit Reißverschluss, oben mit Klettlaschen. Steckte da im Stiefelschaft womöglich ein kurzes Messer drin? Sogenannte Stiefelmesser gab es zu kaufen, sogar in Leer. Stahnke musste an den gefolterten Jaschinsky denken.

Die Buchhändlerin kam über die Straße, ein Schlüsselbund in der Hand. Stahnke studierte angestrengt die Auslage, während die junge Frau die Ladentür aufschloss. Dann entfernte er sich eilig zur anderen Seite.

13.

Laut hämmernde Popmusik, Bildschirme mit Videoclips, überlebensgroße Poster mit begnadeten Körpern – dieses Fitnessstudio, fand Kramer, ließ kaum ein Klischee aus. Hier Mitglied zu sein, war ihm schon ein wenig peinlich, aber die Kosten-Nutzen-Rechnung sprach nun einmal eine deutliche Sprache. Die Logik gebot es einfach, hier zu trainieren, und Kramer war ein eiserner Logiker.

Er schulterte seine Sporttasche, entriegelte das Drehkreuz mit dem Chip-Anhänger an seinem Schlüsselbund, zwängte sich hindurch und grüßte zum Empfangstresen hinüber. Keno hatte heute Dienst, das war gut, Keno stammte aus Leer und kannte sich aus.

Hinter dem Oberkommissar passierte Kollege Schmitz das Drehkreuz, und Kramer war einigermaßen erstaunt, wie leicht ihm das fiel angesichts seiner unglaublichen Körperabmessungen. Wenn Schmitz Fußball spielte, dann schlitzte er sich vorher die Beinlinge der kurzen Sporthosen weiter auf, damit seine Oberschenkel überhaupt hindurchpassten. Seine Diensthemden, so wurde gemunkelt, ließ er sich beim Klamotten-Türken umschneidern, und auch so drohten die Ärmel jeden Augenblick vor seinen Bizeps-Gebirgen zu kapitulieren. Vielleicht trug er deshalb meistens ein Poloshirt zur lockeren Freizeithose. Dazu Sneakers – damit war er für den aktuellen Anlass absolut passend angezogen.

Wie hatte Schmitz das Kreuz überhaupt entriegelt bekommen – etwa mit Jaschinskys Schlüsselanhänger? Das wäre ziemlich dreist. Wahrscheinlicher war, dass er einen eigenen besaß, vermutlich für die Filiale in Emden, aber die Dinger galten ja in jeder *Turbo-Fit*-Zweigstelle, europaweit. Schließlich verdiente Schmitz bestimmt noch weniger als Kramer, und rechnen konnte er auch.

»Na, Zuwachs mitgebracht?« Keno reichte ihnen seine Pranke und musterte Schmitz anerkennend. Zwar war der nicht so groß wie der Eins-fünfundneunzig-Mann, aber das glich er in der Breite wieder aus. »Was habt ihr vor, erst mal Rücken und Beine oder gleich an die Hantelbänke?« Der Studio-Mitarbeiter runzelte die Stirn. »Kein Handtuch dabei, was? Macht nichts, ich kann dir eins leihen.«

Kramer wollte abwehren, aber Schmitz kam ihm zuvor. »Das ist nett!«, strahlte er. »Und eine von den Trinkflaschen bitte auch!« Er legte Kramer seinen Arm um die Schultern, dass der zugleich Platzangst und Sorge um seine Gelenke bekam. »Erst mal ein bisschen umgucken!«, raunte er ihm zu. »Mal schauen, wen wir so treffen. Der Keno läuft uns ja nicht weg.«

An den Ergometern, Ellipsen-Trainern und Laufbändern vorbei schlenderten sie bis zu der Zapfanlage, wo man sich mit Wasser und Elektrolytgetränken kostenlos bedienen konnte. Die Einsteiger-Abteilung mit dem Circle für alle Muskelgruppen ließen sie links liegen, ebenso die Geräte für Fortgeschrittene, mit denen sich jeder Rücken-, Brust-, Arm- oder Beinmuskel einzeln ansprechen und solange piesacken ließ, bis er die Schinderei nicht mehr ertrug und zu wachsen begann. Während Schmitz sich seine Trinkflasche füllte, schaute Kramer sehnsüchtig zum Treppenaufgang. Dort oben standen die besten Rückengeräte, mit denen er den Folgen seiner Schreibtischarbeit entgegenzuarbeiten pflegte. Aber er ahnte schon, dass Schmitz ihn heute nicht dorthin schleppen würde. Sondern in die Katakombe.

Die Katakombe lag ebenso im Erdgeschoss wie die Kreislauf- und die Einsteigerabteilung, war also keineswegs ein Keller, geschweige denn ein Folterkeller. Genau so aber wirkte sie auf Kramer. Hier gab es keine hochentwickelten, chromblitzenden Fitnessgeräte für geführte und daher risikoarme Bewegungen. Hier dominierte das blanke Eisen.

Oder vielmehr: das stumpfe, von zahllosen schwielig-schweißigen Händen mattierte Eisen kurzer und langer, gerader und gebogener Hantelstangen, dazu das bedrohliche Schwarz der Scheiben, deren Menge und Gewicht, multipliziert mit der Anzahl der Stöße, einen Mann erst zum Mann machten.

Nicht, dass Kramer das glaubte. Diejenigen Fitness-Fanatiker jedoch, die in diesem Studio vor allem die Katakombe aufsuchten, die schienen das fest zu glauben. Steif und fest. Dabei waren es überwiegend Schüler, die sich hier tummelten, Jünglinge, Jüngelchen gar, mit pickeligen Schultern und aknebefallenen Gesichtern. Allerdings nicht ausschließlich. Gelegentlich traf man hier auch richtige Knaller an, Krawallglatzen mit Nackenwülsten, Ballon-Bizepsen und Tattoos, die nichts Gutes verhießen. Manch ein Kunde der Polizeiinspektion in der Georgstraße war darunter, dem zu begegnen Kramer alles andere als begierig war. Nicht, weil er sich etwas gefürchtet hätte; der Oberkommissar, obwohl nur gut mittelgroß und eher hager gebaut, hatte bisher noch jeden Kontrahenten zu Boden gebracht, der es auf eine Kraftprobe angelegt hatte. Aber hierher ging er nun einmal in seiner Freizeit. Und Dienst war Dienst und Sport war Sport.

Schmatze-Schmitz schien in der Katakombe so richtig aufzublühen. Mit verliebten Blicken steuerte er auf die Seilzug-Maschine zu, stellte sie passend ein, brachte sich in leicht vorgebeugte Position und begann enorme Gewichte zu bewegen, indem er die Griffe der Seilzüge auf Gürtelhöhe hinunter- und zusammendrückte. Nur um kurz darauf innezuhalten, die Gewichte deutlich zu steigern und von vorne zu beginnen. Seine gewaltigen Arme schienen mit jeder Bewegung weiter anzuschwellen, und unter dem Poloshirt begann seine Rückenmuskulatur zu erwachen und ein Eigenleben zu führen. Die Jünglinge unterbrachen ihre

Übungen, um Schmitz mit offenen Mündern zu bestaunen wie eine seltene Naturerscheinung. Dann machten sie umso verbissener weiter.

Kramer verzog sich an die Trizeps-Maschine, die in der Ecke stand, als hätte sie etwas ausgefressen, stellte ein vergleichsweise lächerliches Gewicht ein und begann ebenfalls zu trainieren. Nach einigen Wiederholungen stellte sich das angenehm warme Gefühl ein, das ihm zeigte, dass sein Körper reagierte und den Energieumsatz erhöhte. Jetzt wäre es an der Zeit gewesen, das Gewicht zu steigern, um die Muskeln gezielt auszulaugen und zum Wachstum anzuregen. Der Oberkommissar aber verzichtete darauf. Deswegen war er heute nicht hier.

Lachend und schwatzend betrat eine weitere Gruppe junger Leute das Studio und stürmte die Treppe hinauf, zu den Umkleiden. Einer davon, ein hübscher Bengel mit dunklem Teint, trug Motorradjacke und -stiefel. Sollte lieber Fahrrad fahren, dachte Kramer, dann könnte er sich die Aufwärm- und Kreislauf-Übungen gleich sparen. Er selbst hatte sich doch auch umgestellt! Aber Motorräder waren natürlich cool, und was war in diesem Alter wichtiger als das?

Schmitz machte eine Pause. Ein anderer Studiogast sprach ihn an; Schmitz nickte und machte eine einladende Handbewegung. Der andere, deutlich kleiner als der Kriminalbeamte, aber mit ähnlich imposantem Kreuz, stellte das Gerät mit routinierten Handgriffen auf seine eigene Größe ein, nahm die gleiche Haltung ein wie zuvor Schmitz und begann die Gewichte zu wuchten. Ungläubig registrierte Kramer den Turm von Scheibengewichten, der bei jedem Doppelzug in die Höhe fuhr. Der stemmte ja die gleiche Masse wie zuvor Muskelmann Schmitz! Jetzt kam sich der Oberkommissar doch ziemlich schwächlich vor.

Schmitz war wieder dran. Er ging aufs Ganze, wählte das maximale Gewicht; sein Ehrgeiz schien angestachelt.

Als er mit seinen Wiederholungen fertig war, keuchte er, sein rundes Gesicht glänzte und er strahlte zufrieden. Aber wiederum hielt der kleinere Athlet mit, brachte ebenfalls die enorme Last in die Höhe, und wenn sich Beobachter Kramer nicht täuschte, schaffte er sogar ein paar Wiederholungen mehr. Und er kam dabei nicht einmal außer Puste. Zwei von den Pickelknaben, die ehrfurchtsvoll zugeschaut hatten, zollten sogar Applaus. Der kleine Kraftprotz, dessen spärliche, stoppelkurz gestutzte Haare an den Schläfen schon leicht ergrauten, winkte seinen Fans grinsend zu, dann trollte er sich ins obere Stockwerk.

»Mann, ich bin echt raus aus dem Training«, murrte Schmitz und wischte sich mit dem Leihhandtuch das Gesicht. »Was meinst du, wollen wir die Knaben hier mal befragen?«

Kramer nickte und stellte seine Pro-forma-Übungen ein. Während er die Fotos hervorholte, winkte Schmitz die Jungs heran. Sie kamen willig; anscheinend hatte sich der Koloss ihren Respekt verdient.

»Hier, schaut mal. Kennt ihr den?«

Schlagartig veränderte sich das Klima. Die Raumtemperatur fiel um gefühlte zehn Grad. Niemand sprach das Wort *Bullen* aus, aber die Blicke waren weniger zurückhaltend.

Überhaupt sprach niemand ein Wort, und es wäre wohl auch dabei geblieben, wenn nicht Keno auf seinem Kontrollgang vorbeigekommen wäre und einen Blick auf die Vergrößerungen geworfen hätte. »Das ist doch Fred«, sagte er. »Der war auch schon eine Weile nicht mehr hier.«

Die anderen versuchten Keno mit Blicken zu durchbohren. Aber gesagt war gesagt, der Bann war gebrochen.

»Fred ist tot«, sagte der mit den pickeligsten Schultern dumpf. Seine Mundwinkel hingen nach unten, seine Hände waren verkrampft.

»Was? Fred soll tot sein? Woher hast du das denn?« Die

anderen riefen wild durcheinander, ihre Überraschung war zweifellos echt, fand Kramer. »Ja, das stimmt«, sagte er und setzte ein »Leider« hinzu – vielleicht gab es ja Info-Punkte dafür. »Woher weißt du das?«, fragte er den Pickeligen. Denn dass der die Lokalzeitung las, konnte er sich nicht vorstellen.

»Twitter«, sagte der Pickelige unbestimmt. »Jemand soll ihn … ganz grausam, heißt es. Ist das wahr?«

Kramer kommentierte das nicht, hob aber vielsagend die Augenbrauen. »Also kanntet ihr Fred alle gut?«, fragte er in die Runde.

»Klar, er war doch sehr häufig hier«, antwortete Keno. Die Umstehenden nickten. »Manchmal schon morgens, manchmal spätabends. Konnte sich das wohl frei einrichten. Student eben. Daher kannten ihn viele. Die meisten hier haben ja eher feste Trainingszeiten.«

»Mit wem hat er denn am häufigsten zusammen trainiert?«, fragte Schmitz. Wie er sich vorhin mit dem Kraftpaket ein Übungsgerät geteilt hatte, so machten das viele; der Trainingsablauf verlangte auch Pausen zwischendurch, in denen ein anderer die Maschine nutzen konnte, während der Pausierende ihn anfeuerte und zur Hilfestellung bereitstand, falls sich einer mal mit dem Gewicht übernommen hatte. Darauf spielte der Koloss an.

Keno zog seine Oberlippe hoch und rollte die Augen; Nachdenken schien ihm alles abzuverlangen. »Das war ganz verschieden, er kam ja immer zu unterschiedlichen Zeiten, wie gesagt«, meinte er dann. »Meistens hat sich einer gefunden, mit dem er zusammen gepumpt hat. Immer nur die Ernsthaften, nie die Abspecker oder einer von den Alten. So Leute wie Biggelow oder Edge. Gelegentlich auch Abdul. Oder Ox.«

»Wer soll denn das sein?« Zumindest die ersten beiden Namen hatte Kramer schon gehört. Allerdings gehörten sie amerikanischen Wrestlern, die höchstens einmal pro Jahr auf Tournee nach Europa kamen. Dabei gingen sie ganz bestimmt nicht ins *Turbo-Fit* in Leer. »Haben eure Leute hier schon Künstlernamen?«

»Nee, Kampfnamen«, sagte der Pickeligste. Er sagte es todernst, und keiner der Umstehenden lachte.

»Gib mir mal die richtigen Namen«, sagte Kramer zu Keno. »Keine Sorge, ich will sie nur über Frederik Jaschinsky befragen. Oder Fred, wie ihr ihn genannt habt. Ist vielleicht einer von denen gerade hier?«

Keno blickte sich um, aber mehr pro forma, denn er hatte gerade seinen Kontrollgang beendet. »Keiner«, sagte er. Dann fragte er misstrauisch: »Was willst du denn von denen wissen?« So gut er Kramer auch kannte, obwohl er über dessen Beruf informiert war – sowie ihm der Kriminalbeamte dienstlich kam, begann Keno doch zu fremdeln.

»Die üblichen Sachen«, versuchte Kramer ihn zu beruhigen. »Mit wem Fred so Umgang hatte, ob es vielleicht Streit gegeben hat – so was eben.«

»Irgendwer hat ihn schließlich umgebracht«, fügte Schmitz überflüssigerweise hinzu.

»Kann ich mir gar nicht vorstellen«, murmelte der Pickelige. »Er war doch immer so zuverlässig.«

»Wobei?«, fragte Kramer.

Der Pickelige errötete. »Och, nur so«, stammelte er. Er wandte sich ab, schlang sich sein Handtuch um den Nacken und verdrückte sich in die hinteren Bereiche der Katakombe. Kramer hinderte ihn nicht daran, ebenso wenig wie die anderen, die sich auch nach und nach wieder ihren Hanteln und Geräten zuwandten.

»Was lief da?«, fragte er stattdessen Keno, als alle anderen außer Hörweite waren. »Wobei war Fred so zuverlässig?«

»Ich kann keinen Ärger gebrauchen«, murmelte der Riese gepresst.

»Du kriegst keinen Ärger«, versprach Kramer: »Nicht jetzt und nicht dafür. Also, für was war der zuverlässige Fred hier gut?«

Keno drehte seinen Hals nach beiden Seiten, soweit die dicken Muskeln das zuließen, dann brummte er: »Na, dieses Russenzeugs. Kugelstoßer-Mastfutter, versteht ihr? Die Jungs sind ganz wild darauf.«

»Anabole Steroide?«

»Ja, diese Dosen halt. Kann nicht lesen, was da drauf steht.« Erschrocken riss er die Augen auf: »Nicht, dass ihr jetzt glaubt ... Ich habe das nicht nötig.«

»Klar, glaube ich dir.« Kramer klopfte ihm auf die Schulterpartie. Sie fühlte sich so hart an wie Bongossiholz. »Jetzt gib mir nur noch die Namen, du weißt schon. Dann bist du uns los.«

Die Gruppe Jugendlicher, die vorhin erst eingetroffen war, kam schon wieder die Treppe herunter. Viel konnten die nicht trainiert haben, dachte Kramer, wohl eher gar nicht. Waren bestimmt nur auf ein Schwätzchen hier. Soziallaute absondern. Der Motorradfahrer war immer noch in voller Montur.

»Mach's gut, Keno, altes Gehäuse!«, rief der Junge im Hinausgehen dem Trainer zu.

Der bemerkte ihn erst jetzt. »Ach, guck an, da ist Abdul ja!«, rief er. »Hab ihn vorhin beim Rundgang gar nicht bemerkt.« Er warf Kramer einen Blick zu, machte eine deutende Geste.

Entsetzt riss der Motorradfahrer, der den Kampfnamen Abdul trug, die Augen auf. Dann warf er sich blitzschnell nach vorne und rannte zum Ausgang. Das Drehkreuz überwand er mit einem weiten Sprung; die automatischen Glastüren stieß er beiseite, sie waren ihm zu langsam.

Kramer hatte seine Muskeln schon angespannt, verzichtete jedoch auf eine Verfolgung. »Von dem brauchen wir auf jeden Fall Namen und Adresse«, sagte er zu Keno.

Der Trainer nickte und eilte zum PC. Während Schmitz notierte, rief Kramer die Wache an. »Funkwagen ist unterwegs«, versprach man ihm.

»Welche Besatzung?«, fragte Kramer.

»Rieken und van Dieken«, verriet der Wachhabende. »Die rechte und die linke Hand des Teufels.«

Kramer verzog den Mund. Von solchen Anspielungen hielt er nichts. Außerdem war das sprachliche Bild schief. »Wohl eher die rechte und die rechte Hand«, korrigierte er.

»Ist was dran«, sagte der Wachhabende. »Aber wie sieht das denn aus?«

»Wie das aussieht, ist mir völlig egal, wenn sie den Jungen nur holen«, fauchte Kramer in den Hörer.

Der Wachhabende behielt das letzte Wort. »Der Teufel wird ihn schon holen. Beidhändig«, erwiderte er. Seelenruhig.

14.

Hinterher wurmte es ihn doch, dass er sich abgewandt und verdrückt hatte wie ein verschämter Schuljunge, statt die Buchhändlerin ganz normal zu grüßen. Was hatte er sich bloß dabei gedacht?

Nichts natürlich. Und das kam dann dabei heraus.

Mangels Alternative spazierte Stahnke einmal um das Tatort-Gebäude herum, was nicht ganz einfach war, denn das verschnörkelte Gittertor, das die kleine Gasse mit dem Wohnungseingang und dem Zugang zur Terrasse sicherte, war noch verschlossen. Wirklich schwierig aber war es auch nicht. Der Hauptkommissar ging am benachbarten Haus vorbei, bog nach links in die Schmiedestraße ein, dann noch ein paar Schritte, und linker Hand öffnete sich die Zufahrt zum Rathausparkplatz. An den grenzte, wie er wusste, auch das Grundstück des *Tatort Taraxacum*.

Das eiserne Tor dort war Stahnke neu. Früher hatte es an dieser Stelle ein schweres hölzernes Tor gegeben, blickdicht und rot-beige gestrichen, mit dem Schriftzug *Taraxacum* in erhabenen Buchstaben darauf. Das Gebäude aber hatte längere Zeit leergestanden und das Holztor war verrottet. Weil es schwer war und am Ende so wackelig, dass es bei Sturm Passanten zu erschlagen drohte, hatte der neue Besitzer es entfernt und entsorgt. Einige Zeit war der Zugang von dieser Seite schlicht offen gewesen, was zum Charakter eines Restaurants ja auch passte.

Jetzt also gab es hier ein Eisentor, ein Gittertor wie auf der Vorderseite, aber damit erschöpften sich die Ähnlichkeiten. Nicht nur, weil es zweiflügelig und wesentlich breiter war. Eindeutig eine Kunstschmiede-Arbeit, stellte Stahnke fest. In die senkrechten Gitterstäbe waren die Ringe einer Visier-Optik eingearbeitet, geziert vom Schriftzug *Tatort Taraxacum* und krimitypischen Utensilien wie Messer und Pistole. Im Zentrum des Visiers blühte beidseitig eine metallene Blume auf, die einzelnen Blätter kunstvoll zusammengesteckt und verschweißt. Das sollte wohl den namensgebenden Löwenzahn darstellen, kombinierte der Hauptkommissar. War bestimmt ein Haufen Arbeit gewesen, sicher nicht billig. Verdiente man als Buchhändler und Gastronom im Zeitalter von E-Book, Internet-Versand und Fast-Food-Lieferservice wirklich so gut?

Überhaupt, wieso eigentlich *Taraxacum*? Um mit Latein-Bildung zu protzen? Oder weil Löwenzahn ein Unkraut, von daher subversiv und nicht totzukriegen war? Stahnke wusste es nicht, er wusste nur, dass es ihm eigentlich herzlich egal sein konnte. Was es aber nicht war, denn es ärgerte ihn einfach, Dinge nicht durchschauen zu können.

Die Torflügel waren geschlossen, und Stahnke befürchtete schon, erneut umdrehen und es doch vorne versuchen zu müssen, wenn er nicht über den angrenzenden Zaun klettern und über den dahinterstehenden Altpapiercontainer einsteigen wollte. Aber eine freundliche Frau, die gerade eingetroffen war und sich als Bäckerin entpuppte, winkte mit ihrem Schlüsselbund und ließ ihn hinein. Auch sie wusste gleich, wer er war. Langsam fühlte sich der Hauptkommissar deswegen unbehaglich.

Leer und unbeleuchtet wirkte das Restaurant befremdlich, wie ein an Land aufgebocktes Schiff. Stahnke wandte sich gleich nach vorne zum Buchladen, wo das warme Licht der Messing-Kronleuchter lockte. Eigentlich fand er Kronleuchter generell zu protzig, aber in diesem hohen Raum mit seinen braun maserierten, uralten Regalpfosten und den gusseisernen Säulen passten sie gut hinein. Zumal welche aus Messing, seinem bevorzugten Material.

Die Buchhändlerin erwartete ihn bereits, so selbstverständlich, als hätte sie ihn vorhin doch bemerkt. Sie stellte ein feines, routiniert-überlegenes Lächeln zu Schau, das Stahnke kurzzeitig verwirrte, bis er sich sagte, dass es vermutlich genau das bewirken sollte. Gewohnheitsmäßig oder absichtsvoll? Diese zierliche Person war möglicherweise durchtriebener als zunächst angenommen.

»Haben Sie einen kleinen Moment?« Die Frage war rhetorisch, denn außer ihnen war der Laden noch leer. Die Buchhändlerin nickte, blieb aber hinter ihrem Tresen stehen, die Hände leicht auf die Glasplatte gestützt. Heimspiel, aus gesicherter Abwehr heraus.

»Ich habe Sie noch gar nicht nach Ihrem Namen gefragt«, begann der Hauptkommissar.

»Das stimmt.« Ihr Lächeln wurde noch einen Hauch überlegener. Sie legte den Kopf schräg und wartete.

Die will mich verarschen, dachte Stahnke. Oder was

sollte dieses Getue bedeuten? War er womöglich bestimmte Kommunikationsformen nach all den inaktiven Jahren nicht mehr gewohnt?

Aber dann antwortete sie doch: »Charlotte Blohm. Manchmal auch Charly genannt. Buchhändlerin, 29 Jahre, wohnhaft in Leerort, gleich neben der Jann-Berghaus-Brücke.«

»Neben der Brücke?« Stahnke versuchte, nicht auf ihren neckenden Tonfall einzugehen. »Sie meinen, in einem der Wohnblocks dort?« Nicht gerade eine bevorzugte Lage, dachte er.

»Genau.« Sie nannte ihm die Anschrift. »Immer noch besser neben der Brücke als darunter, nicht wahr?«

»Absolut. Muss ich vermuten, dass man als Buchhändlerin nicht besonders gut verdient?«

»Müssen Sie nicht, aber können Sie.« Charlotte Blohm hob die schmalen Schultern. »Liegt natürlich auch an mir selbst, schließlich arbeite ich Teilzeit, obwohl Herr Christiansen mir neulich erst eine Aufstockung auf Vollzeit angeboten hat. Aber irgendwie ist mir meine Zeit wertvoller als Geld.« Ihr Lächeln wurde spitzbübisch: »Ab einem gewissen Punkt jedenfalls.«

»Sie meinen Geld-Punkt?«

»Genau. G wie Geld-Punkt.« Wieder so ein merkwürdiges Lächeln. Stahnkes Verwirrung steigerte sich.

Wie auch immer. Er versuchte sich zu konzentrieren. »Frederik Jaschinsky. Was wissen Sie über ihn? Sie haben da letzte Nacht so eine Andeutung gemacht.«

»Andeutung? Ich dachte nicht, dass man diesen Begriff als Andeutung verstehen könnte.« Sie lächelte dünn. »Fred war ein Charakterschwein. Keinen Sinn, kein Gefühl für Gerechtigkeit. Er hat gern genommen und nie etwas zurückgegeben, verstehen Sie? So einer war er.«

»Schon«, gab Stahnke zurück, »trotzdem hätte ich es gerne

etwas spezifischer. Was hat er von wem genommen, wem hat er nichts zurückgegeben?«

Zum allerersten Mal schien Charlotte Blohm verunsichert. Sie senkte den Blick, stemmte die Arme fester auf. Aber das verging schnell. »Zum Beispiel die Garagen-Clique«, sagte sie. »Lauter Biker, wie sie unterschiedlicher nicht sein könnten. Aber jeder hilft jedem, das ist klar. Fred hat sich bestimmt schon von jedem Einzelnen dort helfen lassen; ich möchte nicht wissen, was ihn das gekostet hätte, wenn er das alles in einer Fachwerkstatt hätte machen lassen. Aber wenn er selber mal um einen Gefallen gebeten wurde, dann hieß es immer: keine Zeit, davon verstehe ich nichts, hab mir die Hand verstaucht ... So in der Art eben.«

Stahnke nickte. Das war ebenso einleuchtend wie enttäuschend, da hatte er sich mehr erhofft. »Welche Garagen-Clique? Welche Garage?«, fragte er und zückte jetzt doch etwas zu schreiben. Kramer, der ihm so etwas gewöhnlich abnahm, war ja nicht hier.

»Na, Schrauber halt.« Die Buchhändlerin betrachtete ihre Fingernägel. »Biker, die gerne an ihren Maschinen basteln, Sie verstehen?«

»Ich verstehe durchaus.« Der Hauptkommissar klopfte mit seinem Kugelschreiber aufs Papier. »Zu diesem Zweck haben sie sich also gemeinsam eine Garage gemietet, ja? Dürfte ich mal die Adresse haben?«

»Hermann-Lange-Ring«, antwortete Charlotte Blohm. »Große Garagenanlage, nicht zu übersehen. Wir haben dort die Nummern siebzehn bis neunzehn. Also insgesamt drei Garagen.«

»Wir? Gehören Sie denn auch zu dieser Garagen-Clique?« Stahnke musterte nun auch ihre Fingernägel. Farblos lackiert, makellos manikürt. Nach Öl und schwerem Werkzeug sahen die nicht aus.

»Sie trauen mir ein Motorrad nicht zu? Muss schon sagen,

das hätte ich von Ihnen nicht gedacht.« Ein gespielt strenger Blick über den oberen Rang ihrer Brille hinweg. Stahnke hatte Mühe, den Faden nicht zu verlieren.

»Was für eine Maschine fahren Sie denn?«

»Yamaha SR 500. Ziemlich antikes Teil. Entdrosselt. Sagt Ihnen das Modell etwas?«

Stahnke nickte. »Na klar. Klassischer Eintopf, den englischen Einzylindern nachempfunden. Quasi der kleine Bruder von meiner Ténéré. Das ist eine Yamaha XT 660, sagt Ihnen das etwas?«

»Was, Sie fahren auch?« Zum ersten Mal zeigte sie eine Reaktion, die nicht vollkommen kontrolliert wirkte.

»Trauen Sie mir das nicht zu? Ich muss schon sagen!«

Das Telefon läutete, gleichzeitig wurde die Ladentür geöffnet; das Tagesgeschäft begann. Die Buchhändlerin drehte um Entschuldigung bittend die Handflächen nach oben, dann griff sie zum Telefonhörer, wobei sie die Kunden im Auge behielt, die sich den Regalen zuwandten.

Stahnke trat einen Schritt zurück. Ärgerlich, aber so etwas musste er in Kauf nehmen, wenn er solche informellen Befragungen durchführte. Er hätte Charlotte Blohm ja auch vorladen können; in der Inspektion hätten sie ihre Ruhe gehabt. Aber er glaubte ja an die zungenlösende Wirkung der vertrauten Umgebung.

Ungewollt schweifte sein Blick zur Decke. Vielleicht sollte er die Wohnung dort oben ein weiteres Mal in Augenschein nehmen? Er verwarf den Gedanken. Ein zweiter Rundgang nach so kurzer Zeit, was sollte das bringen? Dazu benötigte er zunächst etwas mehr Abstand. Was also dann?

Während er überlegte, studierte er die Exponate in der Glasvitrine im Hintergrund des Ladens. Da hatte aber jemand fleißig gesammelt! Polizeimützen aus vieler Herren Länder, darunter natürlich Klassiker-Modelle wie Bobby, Flic und Highway Police, diverse Handschellen und Knebelketten, Gummiknüppel und Trillerpfeifen, Polizeiabzeichen und Holster. Ein paar Spielzeugwaffen dazwischen sahen verteufelt echt aus. Was, wenn ihm mal jemand mit solch einem Ding in der Hand gegenüberstand? Würde er zögern, seine Dienstwaffe zu benutzen? Vermutlich nicht. Und dann säße er da mit dem Dilemma. Was dachten sich die Hersteller solcher Nachahmungen eigentlich?

Neben der Vitrine befand sich eine Tür, ebenfalls braun maseriert und mit schönem Messingdrücker. Stahnke machte einen Versuch: abgeschlossen. Wohin ging es von hier? Die Büros lagen doch auf der anderen Seite.

In seiner Tasche vibrierte es. Passt, dachte er – wenn sie telefonieren kann, dann kann ich das auch. »Ja?«

Es war Kramer; er klang ganz, ganz leicht außer Atem. »Ich glaube, wir haben da etwas«, sagte er. »Vielmehr jemanden.« Er schilderte kurz den Vorfall mit dem jungen Mann im Fitnessstudio, der beim Anblick der Ermittler davongerannt war. »Er lässt sich Abdul nennen, aber tatsächlich heißt er Ahmad Gajani. Wohnt in der Friesenstraße, und genau dorthin ist er auch prompt gefahren mit seinem Motorrad. Rieken und van Dieken haben ihn gleich vor der Haustür abgegriffen. Ohne Widerstand. Jetzt hockt er hier bei uns.«

»Ahmad Gajani. Wonach klingt das?«, fragte Stahnke leise. Er hatte sich wieder der Vitrine mit den Polizei-Exponaten zugewandt.

»Die Familie stammt aus Pakistan«, erläuterte Kramer.

Der Hauptkommissar nickte. Die gläsernen Schiebetüren der Vitrinen wirkten wie Spiegel, und so hatte er sehr gut erkennen können, dass Charlotte Blohm bei der Nennung des Namens aufgeschaut und in seine Richtung geblickt hatte. »Verstehe«, sagte er mit Verspätung. »Weißt du auch, wo der Junge arbeitet? Oder was sein Vater macht?«

»Er geht zur Berufsschule. Sein Vater betreibt den Imbiss in der Altstadt, gleich gegenüber von unserem Tatort.«

Bingo. Der hübsche Junge mit dem Motorrad also. Und die Buchhändlerin kannte ihn.

»Das Tollste kommt übrigens noch«, fügte Kramer in gewohnt trockener Manier an.

»Ich bin ganz Ohr.«

»Die Stiefel, die dieser Abdul-Ahmad trägt, entsprechen exakt dem Modell, dessen Spuren wir am Tatort gesichert haben! Jetzt sind die Dinger im Labor. Möglicherweise gibt es ja eine eindeutige Übereinstimmung. Oder sogar noch Anhaftungen von Opferblut.«

»Also heißt es trug«, knurrte Stahnke.

Kramer schien verblüfft. »Wie bitte?«

»Na, du sagtest, dass der junge Mann diese Stiefel *trägt*. Aber du wirst ihm doch gestattet haben, sie auszuziehen, ehe du sie ins Labor gegeben hast, nicht wahr? Oder hast du ihm die Füße amputiert?«

Statt einer Antwort sog Kramer nur scharf die Luft ein.

Der Hauptkommissar kicherte lautlos in sich hinein. Manchmal fand er sich selber unerträglich kindisch, und dass solche Sprüche nicht zum Charakter des aktuellen Falles passten, musste ihm niemand erzählen. Aber andererseits – was war das Leben ohne solchen Blödsinn? Gelegentlich?

Wenigstens fiel ihm etwas ein, womit er das Gespräch noch in seriösere Bahnen lenken konnte, ehe sie es beendeten. »Apropos Fußspuren. Es wurden doch zwei verschiedene festgestellt. Was hat sich denn bei den anderen ergeben?«

»Sehr verwischt und undeutlich, wie schon gesagt.« Kramers Stimme war keinerlei Verärgerung anzumerken. »Von den Abmessungen her kleiner als die Stiefelabdrücke, aber auf eine genaue Schuhgröße wollen sich die Kollegen nicht festlegen. Die Sohlen sind außerdem zu stark abgelaufen, um ein klares Profil erkennen zu lassen. Vielleicht Turnschuhe, aber sicher ist auch das nicht. Irgendwelche alten Treter eben.«

»Vielen Dank. Ich mach mich gleich auf den Weg. Wenn es dir nichts ausmacht, könntet ihr mit der Vernehmung auf mich warten, ja?« Er verabschiedete sich.

Die Buchhändlerin hatte ihr Telefonat schon länger beendet und danach ein paar Kunden bedient. Gerade hatte sie wieder etwas Luft.

»Wir müssen unser Gespräch leider später fortsetzen«, sagte Stahnke. »Wenn Sie mir nur noch schnell die Namen der Garagen-Clique auf einen Zettel schreiben würden?«

Charlotte Blohm nickte stumm und ohne jede Anzüglichkeit. »Außer mir sind es sechs«, sagte sie schreibend. »Meinen Namen kennen Sie ja jetzt.«

Das war in der Tat richtig. Stahnke schaute ihr von der Seite auf die Finger. Gerade schrieb sie den Namen Oliver Eickhoff. Der von Fred Jaschinsky stand ganz oben. Zwei weitere sagten dem Hauptkommissar nichts.

Als letzten schrieb sie den Namen Ahmad Gajani. Täuschte er sich, oder hatte sie davor einen winzigen Moment gezögert?

Wie auch immer. Neue Kunden erschienen, und Stahnke hatte es eilig. Er verabschiedete sich.

Was ihn dazu bewog, das Geschäft durch den Hinterausgang zu verlassen anstatt durch die Vordertür, vermochte er nicht zu sagen. Zur Polizeiinspektion nahm er immer den Weg über die Hafenpromenade, und die erreichte man durch den Vordereingang noch ein oder zwei Minuten schneller als über den Rathausparkplatz. Allerdings gestattete dieser Weg einen kurzen Blick auf den Museumshafen, und diese Chance ließ sich der Hauptkommissar nur selten entgehen.

Beim Altpapiercontainer neben dem *Tatort-Taraxacum*-Tor, das jetzt weit geöffnet war, standen zwei Leute und rauchten, der Dienstkleidung nach Koch und Köchin. Aus den Küchenfenstern roch es verlockend; die Mittagsvorbereitungen waren bereits im Gange. Die beiden grüßten,

Stahnke grüßte zurück. Die Küchen-Crew trat synchron ihre Zigaretten aus und ging zurück an die Arbeit. Der Hauptkommissar schickte sich an, das Grundstück zu verlassen.

Und blieb stehen. Rieb sich die Augen. Was war das gerade gewesen? Er drehte auf dem Absatz um und ging zurück.

Neben dem Papiercontainer lagen die beiden Kippen, von Schuhsohlen zertreten und breitgequetscht. Die schwarzen Reste der Glut formten kleine Viertelkreise. Wenn man genauer hinsah, konnte man weitere dieser Art erkennen; die Kippen waren fort, die schwarzen Spuren aber hatten sich dem Fegen widersetzt und verblassten erst mit der Zeit. Frisch sahen nur die beiden neuen Viertelkreise aus.

Diese beiden und noch ein dritter, im Schatten des Altpapiercontainers. Einer ohne Kippe, trotzdem unverblasst. Und wenn man genauer hinschaute, dann war diese dritte Spur auch nicht schwarz.

Stahnke griff erneut zum Handy. »Spurensicherung. Noch einmal Rathausstraße 23«, knurrte er. Dann ging er in die Knie, spähte aus der Nähe. Kein Zweifel, dies hier war Blut.

Peinlich darauf achtend, auf keinen Fall die Spur zu zerstören, versuchte er die Haltung nachzuahmen, die der Träger des blutverschmierten Schuhs, der diesen Abdruck hinterlassen hatte, eingenommen haben könnte. Wenn er den rechten Arm hob, näherte sich seine Hand einem Griff am Deckel des Containers; hätte er direkt auf dem Abdruck gestanden, wäre seine Hand jetzt am Griff gewesen.

Der Containerdeckel hatte zwei Griffe. Stahnke wechselte die Seite und hob an.

Der Behälter war bis unter den Deckel angefüllt mit gefalteten Pappkartons. Dazwischen lag der Inhalt diverser Papierkörbe, vermischt mit benutzten Einmalhandtüchern. Das würde eine schöne Wühlerei werden, dachte der Hauptkommissar. Eine mit fraglichem Erfolg. Unwillig schob er den obersten Karton beiseite.

Darunter war ein Spalt, wo zwischen den Kanten der gestapelten Kartons und der Containerwand Luft geblieben war. Ein breiter Spalt, der fast bis zum Boden reichte. Stahnke schob den Deckel ganz zurück. Licht fiel in den Spalt.

Turnschuhe, konstatierte der Hauptkommissar. Alte, ausgelatschte Dinger. Eilig entsorgt und flüchtig kaschiert. In der Hoffnung, dass die Müllabfuhr schneller sein würde als die Polizei. Denn die Sohle des einen Schuhs war voller Blut.

Stahnke schaute auf den angeklebten Abfuhrplan: Der nächste Leerungstermin war heute. Das war knapp, dachte er und hielt den Deckelgriff eisern fest.

15.

Kramer sagte nicht »na endlich«, aber sein Blick war weniger zurückhaltend. »Er schmort schon eine Weile«, sagte der Oberkommissar und wies mit dem Daumen Richtung Nebenzimmer. »Sein Vater hat bereits zweimal angerufen.«

»Lass ihn schmoren«, erwiderte Stahnke und ließ sich auf seinen Schreibtischstuhl fallen. »Was wollte Daddy denn – mit seinem Anwalt drohen?«

Kramer schüttelte den Kopf. »Nichts in der Art, kein Anwalt, keine Drohung. Einfach ein besorgter Vater, der wissen möchte, was wir von seinem Sohnemann wollen.«

»Ehe wir mit der Befragung beginnen, müssen wir das erst einmal selber wissen«, sagte Stahnke. »Also, kleine Bestandsaufnahme. Was haben wir?«

Kramer schob ihm einen Zettel hinüber. Vier Namen standen darauf: *Frederik Jaschinsky, Michaela Maurer, Karim Can, Dennis Poppinga.*

»Die vier aus dem Mietvertrag«, sagte Kramer. »Jaschinsky ist tot. Frau Maurer ist in eine andere WG umgezogen, nur ein paar Straßen weiter. Van Dieken war dort, hat aber nur Mitbewohner angetroffen. Angeblich habe sie sich seit zwei oder drei Tagen nicht mehr dort blicken lassen. Ans Handy geht sie auch nicht.«

»Eine Idee, wo sie sein könnte?«

»Hatte in der neuen WG keiner, man kennt sich noch nicht gut genug. Familie hat sie nicht, jedenfalls nicht in Leer, kommt wohl ursprünglich aus Süddeutschland. Da sind wir dran.«

»Haben wir denn wenigstens ein Foto von ihr?«

»Das schon«, erwiderte Kramer. »Auf *Facebook* und die Selfie-Sucht der jüngeren Generation ist ja Verlass.«

»Immerhin etwas, aber nicht viel.« Stahnke seufzte. »Bei den anderen ebenfalls Sackgasse?«

»Wie man's nimmt.« Kramer tippte auf Poppingas Namen. »Von diesem Herrn hier wissen wir immerhin den Arbeitgeber. Reiner Zufall; Kollege Rieken hat sich von dem privat seine Karre reparieren lassen.«

»Rieken? Der fährt doch diesen uralten Mercedes.«

»Genau! Und kann sich eine Fachwerkstatt natürlich nicht leisten. Aber die Schwarzarbeit eines dortigen Angestellten.«

»Also ist Poppinga bei *Klemmer & Co.*? Da wollte doch Nidal ...«

»Genau«, unterbrach Kramer. »Habe ihn telefonisch erreicht, er weiß Bescheid.«

»Immerhin etwas. Und Nummer vier?«

»Tja. Nummer vier, Karim Can, ist verschwunden.«

»Also doch wieder Sackgasse.«

Kramer schüttelte energisch den Kopf. »Karim Can ist ganz offiziell vermisst gemeldet. Seit zwei Wochen. Von seinen Eltern. Sie machen sich größte Sorgen um ihn, wollen aber nicht damit herausrücken, wovor sie solche Angst haben. Nur, dass sie ihn vermissen und dass kein Kontakt mehr besteht.«

Stahnke runzelte die Stirn. »Und warum höre ich erst jetzt davon?«

Kramer zuckte die Achseln. »Na ja, der junge Mann ist erwachsen. Mitte zwanzig. Da kann es viele Gründe geben, warum er sich eine Weile nicht bei den Eltern meldet. Zumal diese nicht mit näheren Hinweisen rausrücken wollen. Also ist auch noch nicht groß etwas unternommen worden außer der üblichen Benachrichtigung unserer Dienststellen im mittleren Umkreis.«

Stahnke erinnerte sich der anderen Liste, der mit den Namen der Garagenmieter, zog sie aus der Tasche und strich sie glatt. »Schau an«, sagte er, »da ist er gerade wieder aufgetaucht, der Karim Can.« Er deutete mit seinem kräftigen Zeigefinger auf den zweiten der Namen, die Charlotte Blohm in klarer, geschwungener Schrift als ordentliche Tabelle notiert hatte. Der Hauptkommissar schob die Liste neben die andere.

Frederik Jaschinsky, Karim Can, Oskars Lepeneitis, Dennis Poppinga, Oliver Eickhoff, Ahmad Gajani, Charlotte Blohm.

Den letzten Namen hatte er selbst hinzugefügt. Seine Handschrift sah unglaublich plump aus gegen ihre.

»Drei Übereinstimmungen«, konstatierte Kramer. »Außer dem Ermordeten gehörten noch Karim Can und Dennis Poppinga sowohl der WG als auch der Garagen-Clique an. Und diese Charlotte Blohm arbeitet im selben Haus, in dem die WG wohnte. Könnte man auch als Übereinstimmung werten.«

»Von den anderen kennen wir Eickhoff, Gajani und Poppinga – beziehungsweise sind wir an denen dran«, sagte Stahnke. »Bleiben WG-Mitglied Michaela Maurer sowie Karim Can und Oskar Lepeneitis aus der Garagen-Clique. Und natürlich diese mysteriöse verschwundene zweite Frau aus der WG.«

»Oskar?« Kramer beugte sich vor. »Da steht Oskars.«

»Ah so? Vermutlich ein Schreibfehler. Die junge Dame stand ein wenig unter Druck.«

»Der Schrift sieht man das nicht an.« Kramer nahm den Zettel an sich. »Wie auch immer, ich sehe zu, dass wir so viel wie möglich über diese Personen herausbekommen. Aber dabei sollten wir unseren aktuellen Spitzenkandidaten nicht vergessen.« Wieder deutete er mit dem Daumen aufs Nachbarzimmer.

»Seid ihr denn überhaupt sicher, dass es seine Stiefelabdrücke sind, dort am Tatort?«

Kramer wiegte den Kopf. »Das Fabrikat passt, das Sohlenprofil passt. Ob es genau die richtige Größe ist, wissen wir noch nicht, aber auf einen groben Vergleich hin könnte beides zusammenpassen. Schön wären natürlich Blutanhaftungen an der Sohle, nur haben die Kollegen solche Spuren auf den ersten Blick nicht bemerkt. Aber sie haben ja noch andere Mittel. Wenn der Junge durch Jaschinskys Blut gelaufen ist, dann bekommen die das raus.«

»Was ist mit Schmauchspuren?« Stahnke dachte an das Attentat auf Oliver Eickhoff. Gajani kannte Eickhoff junior, und er fuhr Motorrad – schon mal zwei Faktoren, die ins Bild passten. Dann hätten sie den jungen Mann wegen beider Taten in der Zange. Vom Hunde ganz zu schweigen.

Kramer aber verscheuchte diese Hoffnung. »Haben wir schon getestet«, sagte er. »Die Kollegen haben mehrere Methoden zur Anwendung gebracht. Alle mehr oder weniger negativ.« Er blockte Stahnkes Nachfrage mit flacher Hand ab: »Einmal meinten sie, Spuren von Schmauch auf seiner Haut entdeckt zu haben, aber eben nur Spuren. Wird noch verifiziert. Wenn Gajani geschossen haben sollte, dann liegt das schon mehrere Tage zurück.«

»Ach herrje.« Stahnke legte die Handflächen auf den Tisch. »Ich hatte wirklich gehofft, ich könnte besser munitioniert in diese Vernehmung gehen. Jetzt aber bin ich eher noch stärker verwirrt. Na dann, hoffen wir mal auf unser Glück, was?«

»Momentchen noch«, sagte Kramer. »Eine Sache wollte ich dir noch zeigen.«

»Eine hilfreiche?«

»Eher eine merkwürdige.« Er schob dem Hauptkommissar ein paar Fotos hinüber. »Hier, was erkennst du darauf?«

»Blut. Parkett. Eine Hand.« Stahnke hob Blick und Augenbrauen. »Fotos von unserem Tatort. Willst du mich für die Vernehmung in Stimmung bringen?«

»Schau noch einmal genau hin«, bat Kramer.

Stahnke kannte und schätzte seinen Kollegen genügend, um diesem Wunsch nachzukommen. Ohne triftigen Grund würde der nicht so insistieren. Also, noch einmal: die Hand des Toten, Daumen und Zeigefinger leicht abgespreizt. Die Blutpfütze auf dem Parkettboden, vielmehr der Rand davon. Jaschinsky musste seine Finger im Todeskampf bewegt haben, denn es gab Schmierspuren, die vom Pfützenrand weg zeigten. Das war alles.

War das alles? Der Hauptkommissar kniff die Augen zusammen. Waren das tatsächlich Schmierspuren von ziellos zuckenden Fingern – oder sollte diese merkwürdige Spur da, dieses Muster, vielleicht etwas bedeuten?

»Hast du etwa den *Da-Vinci-Code* gesehen?«, knurrte er, ohne den Blick zu heben.

»Natürlich«, erwiderte Kramer. »Wie Millionen anderer Menschen auch.«

In diesem Film – und natürlich in dem zu Grunde liegenden Roman – hatte ein Mordopfer wichtige Hinweise auf den Täter mit seinem eigenen Blut auf den Boden geschrieben. Stahnke hatte das immer höchst unglaubwürdig gefunden. Auch nicht wirklich originell. Trotzdem verstärkte sich das Gefühl in ihm, dass Kramer hier auf etwas gestoßen war.

Aber wenn ja, was war das? Einerseits waren das bloß zwei Linien, die sich kreuzten. So etwas konnte auch ungewollt passiert sein. Aber direkt dahinter, nur einen Zentimeter von der Zeigefingerspitze entfernt, gab es eine Art Kreis. Kreuz und Kreis berührten sich an einer haardünnen Stelle. Hatte das etwas zu bedeuten?

Na und ob! Kreis und Kreuz, trug Sina nicht so etwas als Halskettenanhänger im Dekolleté? Zusammen mit der kleinen silbernen Hexe, die ihren Besen ritt und grinsend die Faust ballte? Kreis und Kreuz symbolisierten die Venus, hatte Sina ihm einmal erklärt. Außerdem jedoch war dies das Feministinnenzeichen! Oder, ganz allgemein, das Zeichen für weiblich.

Jetzt starrte er Kramer an. Der starrte zurück. Was konnte das bedeuten? Dass der Täter eine Frau war?

Stahnke dachte an die blutigen Stiefelabdrücke. Groß waren die nicht, aber doch ziemlich groß für die einer Frau. Doch da waren ja noch diese anderen Abdrücke gewesen, die kleiner waren, verursacht mit größter Wahrscheinlichkeit von den blutigen, ausgelatschten Turnschuhen, die er aus dem Papiercontainer gefischt hatte. Die könnten einer Frau gehört haben.

Waren die Mörder also als Pärchen erschienen, Mann und Frau? Und war es die Frau gewesen, die Jaschinsky wiedererkannt hatte, weshalb er mit letzter Kraft das Frauen-Symbol in sein eigenes Blut schrieb? Und wenn ja, welche Frau? Michaela Maurer, die zur WG gehört hatte und jetzt unauffindbar war? Oder die mysteriöse zweite WG-Frau, von der sie noch nicht einmal den Namen wussten?

Oder etwa die Frau, deren Name als einziger weiblicher auf beiden Listen stand? Und die Jaschinsky nicht hatte leiden können? Charlotte Blohm?

Stahnke hieb seine Handflächen erneut auf den Tisch,

diesmal mit mehr Nachdruck. Es knallte, und Kramer zuckte zusammen. »Los jetzt!«, rief Stahnke laut. »Nehmen wir uns den Burschen mal vor.«

16.

Nidal Ekinci war nicht direkt zur Autowerkstatt von *Klemmer & Co.* gefahren, wie Stahnke es ihm aufgetragen hatte. Das Gespräch mit seinem Vorgesetzten hatte ihn stärker aufgewühlt, als er zugeben mochte – weniger das, was der Hauptkommissar von sich gegeben hatte, denn dessen Ansichten kannte er zur Genüge. Sondern seine eigenen Worte.

Wenn er wirklich so über seine Religion dachte, wie es vorhin aus ihm herausgebrochen war, wie es ihm der Zorn über die Lippen gespült hatte – warum bekannte er sich dann überhaupt noch zu ihr? Oder, anders gefragt: Wenn er so dachte und sprach, glaubte er dann überhaupt noch?

Es war noch nicht lange her, dass er seinen eigenen Sohn rituell hatte beschneiden lassen. Ganz offiziell, denn das zuvor gesetzlich verankerte Verbot, kleinen, wehrlosen Kindern körperlichen Schaden zuzufügen, war ja eigens geändert worden, um Religionen solche Beschneidungen straflos zu gestatten. Natürlich nicht dem Islam zuliebe, das war Nidal Ekinci völlig klar, sondern aus tief verankertem Schuldbewusstsein gegenüber dem Judentum, das diese Beschneidung ebenfalls praktizierte. Aber die traditionsbewussten Muslime hatten von dieser Gesetzesänderung profitiert, und so hatte auch seine Familie ein riesiges Fest gefeiert. Natürlich hatten seine Cousins wieder heimlich Schnaps getrunken, im Hinterzimmer, damit Allah nichts merkte. Er hatte weggesehen, war aber selber bei seinem geliebten alkoholfreien Weizenbier geblieben.

Seitdem machte er sich Vorwürfe. Denn seither war viel passiert. Islamistische Terrorgruppen beherrschten die Schlagzeilen, *Boko Haram* wütete in Afrika, entführte und versklavte Schulmädchen, überfiel Dörfer und Städte und tauchte alles in Blut. Der *IS* überrannte große Teile des Irak und Syriens, kreuzigte Kinder, begrub Andersgläubige lebendig, köpfte und verbrannte Gegner. Es war widerlich. Und es schlug auf die Muslime in aller Welt zurück.

Als ob wir alle Terroristen wären, dachte Nidal Ekinci, als er von der Brunnen- in die Heisfelder Straße wechselte und an der christlichen Buchhandlung vorbeistapfte. Als ob wir etwas dafür könnten, was diese Verbrecher treiben! Als ob wir mitschuldig wären!

Und doch.

Er war in Deutschland aufgewachsen und zur Schule gegangen, beherrschte die Landessprache perfekt und hatte auch in Geschichte gut aufgepasst. Vor allem, als es um das Dritte Reich gegangen war. Dass an den Nazi-Verbrechen nicht nur die Nazi-Verbrecher selbst, sondern auch die vielen Mitläufer schuld gewesen waren, dass sich auch alle diejenigen, die geschwiegen und nichts unternommen hatten, um den Verfolgten zu helfen, schuldig gemacht hatten, das war ihm vollkommen logisch vorgekommen. Das tat es auch heute noch. Und was hieß das für ihn, jetzt, da die schlimmsten Faschisten plötzlich nicht mehr aus Deutschland kamen und keine Hakenkreuze mehr trugen, sondern Koran-Zitate in arabischer Schrift? Jetzt musste er sich an die eigene Nase fassen. Und das tat unvermutet weh.

Klar, er selbst war ein Musterbeispiel an Integration, sprach nicht nur wie ein Deutscher, sondern dachte auch beinahe so. Beinahe, denn ein bisschen Parallelkultur war auch in seinem Kopf. Dass ein Moslem, der sich schuldig gemacht hatte, jedem aufrechten Moslem immer noch näher zu stehen hatte als ein noch so guter Mensch aus einer anderen Religionsgemeinschaft, das hatte auch er zu empfinden gelernt. Sein Verstand wusste es besser, aber das war eben keine Frage des Wissens.

Natürlich hatten sich auch ein paar deutsche Muslime gegen den islamistischen Terror in aller Welt ausgesprochen, in Erklärungen und ein paar Demos. Aber ein echtes Aufbegehren war das nicht gewesen, mehr eine Geste, die man zeigte, weil sie erwartet wurde. Papier war geduldig. Überzeugend ging anders.

Hatten sie es da nicht verdient, von *Pegida* und anderen an den Pranger gestellt zu werden? Ja, dachte Ekinci, das hatten sie verdient. Und auch wiederum nein, denn *Pegida,* diese dumpfköpfigen *Patriotischen Europäer gegen die Islamisierung des Abendlandes,* hatte niemand verdient.

Warum nur, dachte er weiter, warum sind wir so feige? Oder ist die Mehrheit von uns etwa wirklich der Auffassung, dass alle Un- oder Andersgläubigen entweder bekehrt gehören oder getötet? Ist das wirklich so, schweigen wir deshalb, weil wir die Taten dieser islamischen Horden in unserem tiefsten Inneren für zwar unappetitlich, aber doch richtig halten?

Quatsch. Das konnte, das durfte nicht sein.

Und wenn doch? Dann, dachte Nidal Ekinci, dann muss sich jeder entscheiden. Auch ich. Ich bin Kurde, ich bin Moslem und ich bin Deutscher. Kurde werde ich immer bleiben, Deutscher bin ich aus Überzeugung. Aber Moslem? Meiner Familie wurde dieser Glaube aufgezwungen. Was also bin ich ihm schuldig?

Er dachte an seinen kleinen Sohn, an dessen Beschneidungsfest, daran, dass man ihn seitdem für alle Zeit daran erkennen konnte, was sein Vater für ihn entschieden hatte. Er, der Vater, dem das Urvertrauen des Kindes galt wie der

Mutter, dessen allererste Aufgabe es war, seinen Sohn zu beschützen und Schmerz und Schaden von ihm abzuwenden. Er hatte ihm dieses bleibende Kennzeichen zufügen lassen, und er hatte lächelnd danebengestanden, als das Blut geflossen war und sein Sohn gebrüllt hatte.

Und dann, dachte Ekinci, ist der Deutsche in mir davon überzeugt, dass sich jeder seine Religion frei wählen kann. Das muss auch für meinen Sohn gelten, wenn er so weit ist. Aber es gibt auch diejenigen, die glauben, dass jeder, der vom Islam abfällt, getötet werden muss. Und die, die so denken, werden immer mehr. Sie werden immer lauter und dreister, sie werden immer einflussreicher und mächtiger, und sie machen nicht nur große Worte. Verräter am Islam sind des Todes, schreien sie, und dann töten sie.

Beschnittene Ex-Muslime waren leicht als Abtrünnige zu erkennen. Und mussten rücksichtslose Verfolgung fürchten. Hatte er etwa seinen eigenen Sohn zum Tode verurteilt?

Schon zogen deutsche Islamisten gen Osten, auf die Schlacht- und Schlächterfelder Syriens und des Iraks, um zu schauen, was man ihnen versprach, und selber zu tun, worauf sie geil waren. Oh ja, es gab heute in anderer Herren Länder auch wieder Mörder, die aus Deutschland kamen, bloß präsentierten sie nicht mehr stolz die Hakenkreuzfahne, sondern die schwarze mit dem muslimischen Glaubensbekenntnis. Und längst nicht alle diese blutgeilen Killer aus Deutschland hatten einen Migrationshintergrund.

Nidal Ekinci bog in die Friesenstraße ab. Wenig später hatte er seine Moschee erreicht. Architektonisch deutete nichts auf die Funktion dieses Gebäudes hin. Wie auch. Es war nichts anderes als ein schlichtes ostfriesisches Wohnhaus, von einem Unterstützerverein angemietet, auf dass die Leeraner Muslime darin gemeinsam beten und – vor allem an Freitagen – frommen Ansprachen lauschen konnten. Ekinci war schon häufig hier gewesen. In letzter Zeit allerdings nicht mehr regelmäßig. Was hatte er denn von Predigten, die in schwer verständlichem Arabisch gehalten wurden, von Laienpredigern, die überwiegend Ärzte oder Rechtsanwälte waren und als stockkonservativ galten? Was hatte er von Übersetzungen solcher Predigten, die sich auf wenige Sätze beschränkten und oft nicht einmal das Thema der Ansprache richtig wiedergaben? Weiß Gott nichts, dachte der Oberkommissar. Das Einzige, was ihn gelegentlich hierher zog, war das gemeinsame Gebet, angeleitet vom Imam. Das nach strengen Regeln verrichtete Ritual, das ihm das Gefühl gab, noch einen anderen Platz in dieser Welt zu haben. Und vielleicht auch in der nächsten.

Er hatte angenommen, dass der Imam um diese Zeit hier sein würde. Er hatte sich nicht getäuscht. Arbeitsgeräusche aus einem der hinteren Räume kündeten von der Anwesenheit des Vorbeters, der gleichzeitig die Funktion eines Hausmeisters erfüllte. Diesmal hatte er eine Tür, die offenbar klemmte, aus ihren Angeln gehoben und aufgebockt und bearbeitete sie mit einem altmodischen Hobel. Er schaute auf, als der junge Oberkommissar den Raum betrat, und bedachte den Besucher mit einem finsteren Blick unter buschigen Augenbrauen.

»Guten Tag, Herr Abu Jamal.« Nidal Ekinci fühlte sich wieder wie als kleiner Junge in der Koranschule. Die Gegenwart eines Mannes, der durch sein jahrelanges Studium heiliger Schriften über die Einsicht in ewig gültige Wahrheiten verfügte, ließ sein eigenes Ego schrumpfen wie im Angesicht eines personalen Gottes selbst.

War das der Plan? War das vielleicht der Plan aller Religionen?

»Ich habe Sie letzten Freitag vermisst«, knurrte der Vorbeter statt einer Begrüßung. Beide sprachen Deutsch; Abu Jamal war gebürtiger Syrer, er hatte mit einem türkischen Kurden keine gemeinsame Sprache.

»Ach ja, immer die Arbeit, nicht wahr?« Ekinci vollführte eine unbestimmte Entschuldigungsgeste und schalt sich selbst einen Feigling. Sollte er dem Imam nicht sagen, dass er einen Besuch in dessen Moschee nicht gerade als seelische Erbauung befand? Um Himmels willen, lieber nicht! Das würde ihm eine herbe Standpauke über die Pflichten eines wahren Gläubigen eintragen und mit Sicherheit unter den Moscheebesuchern die Runde machen. Herr Abu Jamal wusste mit Informationen Politik zu machen.

»Fassen Sie mal mit an.« Mit einer Kopfbewegung wies der Imam ihn an, das obere Ende des Türblattes zu fassen und aufzurichten. Dann nahm er die schwere Holztür in beide Hände und hängte sie anscheinend spielerisch zurück in ihre Angeln. Er muss kräftiger sein, als er aussieht, dachte Nidal Ekinci. Um die fünfzig, grau, weder besonders groß noch breit. Und in seinem früheren Leben soll er mal Handelsvertreter gewesen sein. Dafür geht ihm körperliche Arbeit ziemlich flott von der Hand.

Abu Jamal bewegte die Tür mehrmals vor und zurück, schloss und öffnete sie probeweise und schien mit dem Resultat seiner Arbeit zufrieden zu sein. Dann schaute er den Besucher weiterhin finster, aber auffordernd an.

»Ich hätte eine Frage.« Nidal Ekinci ertappte sich dabei, wie er seine Hände rang, als sei er ein Bittsteller. Seine staatsautoritäre Attitüde, mit der er sonst zehn Zentimeter fehlender Körpergröße auszugleichen pflegte, war ihm völlig abhanden gekommen. »Kennen Sie vielleicht einen Frederik Jaschinsky? Genannt Fred?« Er zückte sein Smartphone und präsentierte ein Foto des Ermordeten.

Der Imam warf einen kurzen Blick darauf, dann starrte er den Oberkommissar wieder unverändert finster an. »Warum fragen Sie?«

»Kennen Sie ihn?«

Abu Jamal schwieg. Er schien auf eine Antwort zu warten.

»Frederik Jaschinsky wurde ermordet. Wir versuchen den Täter zu ermitteln. Jede Information kann wichtig sein.« Nidal Ekinci hätte sich ohrfeigen können. Hatte er es nötig, sich von diesem Griesgram die Regeln diktieren zu lassen? Offenbar ja.

»Ich kenne keinen Frederik Jaschinsky, genannt Fred«, sagte der Imam, ohne eine Miene zu verziehen.

»Gewisse Umstände lassen uns vermuten, er könnte zum wahren Glauben übergetreten sein«, sagte der Oberkommissar. »Vielleicht wissen Sie etwas darüber? Hat er eventuell einen anderen Namen angenommen?«

»Was für Umstände?«

»An den Wänden seines Zimmers fanden wir Teile der neunten Sure. In arabischer Schrift.«

»Welche Teile?«

»Den Schwert-Vers.« Ekinci biss sich auf die Zunge. Er gab hier Täterwissen preis – ein absolutes Unding! Aber er hatte dem Imam nun einmal die Führung in diesem Gespräch überlassen, jetzt gab es kein Zurück mehr. Jedenfalls nicht, wenn er noch irgendetwas erfahren wollte.

»Den Schwert-Vers!« Abu Jamal spuckte die Worte förmlich aus. »Den Schwert-Vers! Sie verstehen nichts, sie verstehen überhaupt nichts. Aber für diese Worte glauben sie uns verurteilen zu können. Diese Nichtswisser!«

»Wen meinen Sie?«

»Wen ich meine? Die Ungläubigen! Alle! Sie zitieren diese Worte und wollen uns damit als Gewalttäter brandmarken. Dabei haben sie überhaupt nicht begriffen, was der Koran ist und wofür unsere Religion steht. Das können sie auch gar nicht!« Er trat einen Schritt auf Ekinci zu. »Vergiss das nie, mein Freund: Wir haben eine gute Religion. Die beste Religion! Wir haben mit den Verbrechen überall auf der Welt nichts zu tun. Verstehst du? Diese Leute, diese Mörder, sind keine Muslime! Was sie tun, hat mit dem Islam überhaupt nichts zu tun.«

Nidal Ekinci musste sich beherrschen, um nicht zurückzuweichen, so zornig funkelte der Ältere ihn an. Zugleich musste er an sich halten, um dem Imam keinen Vogel zu zeigen. Na klar, nichts mit dem Islam zu tun! Darum schimpften die sich ja auch *Islamischer Staat*, logisch! Das war doch genauso, als würde ein Deutscher behaupten, der Nationalsozialismus hätte mit Deutschland, mit deutschen Werten und Traditionen nichts zu tun gehabt. Genauso schwachsinnig.

Und doch, nicht wenige Deutsche taten genau das.

»Hier geht es wohl nicht um beschuldigen oder brandmarken«, erwiderte er geduldig. »So etwas schreibt man sich wohl nur an die Wände, wenn es der eigenen Überzeugung entspricht. Daher meine Frage: War Fred Jaschinsky ein Konvertit?«

»Nein«, knurrte der Imam. »Hier in der Moschee war er nie. Ich habe ihn niemals gesehen.«

Ekinci atmete tief durch. Immerhin eine Antwort, dachte er. Durfte er sie glauben? Vermutlich ja. Abu Jamal war viel zu starrsinnig, um sich der Mühe einer Lüge zu unterziehen.

In seinem Anliegen aber brachte ihn das keinen Millimeter weiter. Hatte Jaschinsky vielleicht eine andere Moschee besucht, etwa in Emden oder Papenburg? Möglich, aber wenig wahrscheinlich. Fred Jaschinsky hatte in Leer gelebt und studiert, hatte seinen Bekanntenkreis hier gehabt. Warum also hätte er sich eine neue Religionsgemeinschaft anderswo suchen sollen, wenn es die Möglichkeit auch hier gab?

Oder etwa gerade deswegen – um diese beiden Umfelder voneinander getrennt zu halten? Sozusagen Parallelwelten ohne Migrationshintergrund? Aber warum dann diese auffällige Wand-Deko? Das war ja wohl alles anderes als Geheimhaltung.

Unabsichtlich hatte er mit dem Daumen über das Display seines Smartphones gewischt. Das Foto von Frederik

Jaschinsky verschwand; ein anderes erschien an seiner Stelle. Nidal Ekinci bemerkte das gar nicht. Was er jedoch bemerkte, war das Erschrecken seines Gegenübers. Imam Abu Jamal, die grimmige Selbstbeherrschung in Person, riss Mund und Augen auf.

Jetzt schaute auch der Oberkommissar auf sein Display. Dort war das Foto von Malik zu sehen, dem Leeraner Jungen, der im Irak verhaftet worden war.

»Was wissen Sie über Malik?«, fragte Ekinci leise. »Und jetzt möchte ich eine richtige Antwort hören.«

Der Imam schüttelte kaum merklich den Kopf. Nidal Ekinci war klar, dass das keine Verweigerung war, sondern schon ein Teil der Antwort. Abu Jamal musste von Maliks Vorhaben gewusst haben. Nur dessen vorläufiges Ende, das hatte er noch nicht gekannt.

»Junge Menschen müssen sich ihren Weg suchen«, murmelte der Imam. »Wir können sie dabei lehren und leiten. Aber gehen müssen sie ihn selbst.«

»Ich möchte eine richtige Antwort«, wiederholte Ekinci, ohne die Stimme zu erheben.

Jetzt schaute Abu Jamal ihm wieder in die Augen. »Eine richtige Antwort?«, wiederholte auch er mit zornbebenden Lippen. »Kannst du die denn ertragen? Dann höre: Die wahren Verbrecher, verstehst du, die eigentlichen Schuldigen, das sind nicht unsere Glaubensbrüder, die sich vielleicht im Irrtum befinden, was die Wahl ihrer Mittel angeht. Die wahren Verbrecher sind die Amerikaner, die Diener Satans, die uns und unsere Brüder schon immer geknechtet und ausgenutzt haben. Der wahre Schuldige, das ist das internationale Judentum! Von denen geht alles aus, Gewalt und Tod und alles. Gegen die zu kämpfen, kann niemals falsch sein. Jeder, der einen von denen tötet, ist ein Held, ein Märtyrer für unsere Sache, hörst du? Ich werde nie jemandem sagen, dass er ein Märtyrer werden soll. Aber wenn einer dazu bereit ist, dann werde ich ihn nicht daran hindern.« Er schnaufte. »Verstehst du? Da hast du deine richtige Antwort.«

Wenn ich das nicht eben mit eigenen Ohren gehört hätte, ich würde es nicht glauben, dachte Nidal Ekinci. »Herr Abu Jamal«, sagte er, und auch seine Stimme bebte jetzt. »Dafür kann ich Sie verhaften. Sie verstoßen gegen geltende Gesetze, allein schon durch Ihre Worte. Verstehen Sie? Und Sie werden mich nicht noch einmal duzen.«

Die buschigen Augenbrauen des Imams schnellten nach oben, sein Mund öffnete sich zu einer geharnischten Antwort. Er beherrschte sich jedoch. »Wollen Sie mich jetzt festnehmen?«, fragte er stattdessen ganz ruhig, und das klang womöglich noch drohender.

»Das hängt von Ihnen ab.« Der Oberkommissar nahm das leise Kräftemessen an. »Ich warte noch immer. Auf eine Antwort, die mir weiterhilft.«

Ihre Blicke bohrten sich ineinander. Nidal Ekinci war fest entschlossen, nicht nachzugeben. Und der Imam schien gar nicht zu wissen, wie das ging.

Trotzdem war er derjenige, der zuerst den Mund öffnete. »Fragen Sie Karim Can.« Diese Worte spuckte er förmlich aus. Dann wandte er sich ab und ging zurück an seine Arbeit.

Was auch immer, dachte der Oberkommissar, ein Name ist besser als nichts. Auch er wandte sich zum Gehen. Die Stimme des Imams aber stoppte ihn noch einmal. »Werden Sie am Freitag wieder hier in der Moschee sein?«

Betont langsam drehte sich Ekinci um. »Die Frage ist, ob *Sie* am Freitag hier sein werden«, sagte er. Dann verließ er den Raum.

17.

»*Meine* Stiefel?« Ahmad Gajani klang fassungslos. »Der Abdruck soll von *meinen* Stiefeln stammen? Ich soll durch Blut gelaufen sein?«

»Ja, genau«, sagte Kramer. »Das Profil Ihrer Motorradstiefel wurde zweifelsfrei identifiziert.«

Dem Jungen fehlen die Worte, konstatierte Stahnke. Oberkörper vorgebeugt, Handflächen geöffnet wie ein Almosenempfänger, verständnislose Kulleraugen mit viel Weiß, macht sich gut bei diesem Karamell-Teint – und der Mund bleibt offen zum stummen Vorwurf. Könnte ich auch nicht besser machen, wenn ich die Rolle einstudiert hätte.

»Aber … aber … nein! Ich war das nicht!« Gajani hatte die Sprache wiedergefunden, aber seine Abwehr klang schwächlich angesichts der Schwere der Anschuldigung. »Hören Sie, ich bringe doch meinen Buddy nicht um!«

»Ihren Buddy, hm?«, schaltete Stahnke sich ein. »Fred war also Ihr Buddy? Was verstehen Sie denn darunter?«

Gajani lehnte sich zurück. Er zuckte die Achseln. »Na, Buddy halt, Kumpel oder so. Die Garagen, Sie verstehen? Die hatten wir doch gemeinsam.« Er schaute von Kramer zu Stahnke und zurück. Und dann nach unten auf seine Socken, wohl weil er bemerkt hatte, dass die beiden Ermittler von seiner Erläuterung ebenso wenig beeindruckt waren wie er selbst.

»Ihren Buddy bringen Sie also nicht um, weil, die Garagen. Okay. Den also nicht. Und wen dann?« Kramers Stimme klang kalt und schneidend.

Wieder hing Gajanis Kinn herab. Hätte Stahnke nicht aufgepasst, wäre es seinem ebenso ergangen. Was für einen Kurs fuhr denn sein sonst so seriöser Kollege da? Und warum? Schließlich hatten sie in den Stiefelschäften des jungen Mannes das dort vermutete Messer nicht gefunden.

»Niemanden«, antworte Gajani heiser. »Ich bringe doch niemanden um! Das mit Fred, das war ich jedenfalls nicht. Ich war doch gar nicht dort.«

»Wo waren Sie denn dann?«, fragte Stahnke.

»Wann?«

»Na, zur Tatzeit.«

»Wann war denn die Tat? Ich weiß es doch nicht!« Der junge Mann wurde laut; er klang verzweifelt.

Stahnke schickte Kramer einen Seitenblick. Man kann es ja mal versuchen, bedeutete der.

»Wo waren Sie in der Nacht von vorgestern auf gestern?«, präzisierte Kramer. »Sagen wir mal, vom späten Abend bis zum frühen Morgen?«

»Vorgestern?« Gajani schnappte nach der Frage wie ein Ertrinkender nach Luft. »Wir haben geschraubt, in meiner Garage, der Oskars und ich. Eigentlich wollten wir ja ein bisschen fahren, wegen Feiertag und so, ist ja bald Saisonende. Aber dann hat es geregnet, und wir haben lieber den neuen Auspuff drangemacht. Oliver kam auch noch dazu, zwischendurch. Hatte aber nicht viel Zeit, sein Vater wollte wohl noch was von ihm.«

»Wann war denn der Herr Eickhoff junior in Ihrer Garage?«

»Genau weiß ich's nicht. So von halb elf bis elf Uhr vielleicht? Abends, meine ich. Dann musste er wieder los.«

»Wie ist er denn los?«, fragte Stahnke. »Zu Fuß? Mit dem Auto?«

»Nee, mit dem Hobel. Also mit seinem Motorrad.« Gajani grinste schief. »Inzwischen war es ja wieder trocken, wir hätten auch noch fahren können, aber der neue Auspuff vom Ox wollte einfach nicht passen, und den alten wieder dranzumachen, hatte er keinen Bock. Da haben wir uns dann irgendwann vertagt.«

»Geht es vielleicht etwas genauer?« Kramer justierte das Aufnahmegerät. »Wann haben Sie die Garage verlassen, wer kann das bestätigen, und wohin sind Sie gegangen?«

»Nach Hause.« Der junge Mann rieb sich die Stirn und den Ansatz seiner dunklen Haare, die an den Seiten auf Drei-Tage-Maß rasiert waren. Die Frisur wirkte soldatisch. »Ja, wann – halb zwölf vielleicht? Oskars ist gleichzeitig los, aber zu sich nach Hause, wir haben uns gleich getrennt.«

»Wie sind Sie nach Hause in die Friesenstraße gekommen?«

»Mit dem Fahrrad.«

»Auf direktem Weg? Oder waren Sie unterwegs noch woanders?«

»Nee, direkt nach Hause. Meine Mutter und mein kleiner Bruder haben schon geschlafen. Mein Vater war noch arbeiten. Ich wollte erst noch spielen, am PC, bin dann aber auch bald schlafen gegangen.«

»Wann kam Ihr Vater nach Hause?«

Achselzucken. »Weiß nicht. Da hab ich wohl schon geschlafen.«

Rührend, dachte Stahnke und versuchte, sich nichts anmerken zu lassen. Das klingt so simpel und normal und hilft ihm so wenig, das kann eigentlich nur wahr sein. Oder der Typ ist komplett dumm, aber den Eindruck macht er eigentlich nicht.

»Und wann sind Sie wieder aufgewacht?«, fragte Kramer weiter.

»Halb drei.«

»Morgens?«, vergewisserte sich Stahnke. »So bald schon?«

»Ja«, bestätigte Gajani. Wieder schaute er auf seine unbeschuhten Füße.

»Warum?«, fragte Stahnke.

»Wovon?«, fragte Kramer.

»Von meinem Smartphone. War auf Vibration geschaltet. Das Gebrumme wollte nicht aufhören.« Das Braun seiner Wangen verdunkelte sich um eine Nuance.

»Und dann?«

»Habe ich's weggedrückt. Und ausgeschaltet.«

»Und dann?«

»Weitergeschlafen.« Er wand sich in seinem Stuhl.

»Wer hatte angerufen?«, fragte Stahnke. »Haben Sie das am nächsten Morgen gecheckt?«

Gajani nickte. »Fred«, sagte er heiser.

»Irgendeine Idee, was er gewollt hat?«

Kopfschütteln.

»Auch nicht zurückgerufen und gefragt?«

»Nein. Ich war noch sauer auf ihn«, sagte Gajani leise.

»Warum?«

»Er hätte doch auch kommen wollen! Zum Fahren, eigentlich. Aber auch zum Schrauben. Hatte er versprochen. Ist dann aber nicht gekommen.« Der junge Mann verzog angewidert seinen Mund: »Typisch.«

»Ja, mit dem Zurückgeben hatte er es nicht so, was? Mehr mit dem Nehmen«, kommentierte Stahnke. Kramers fragenden Blick ließ er an sich abgleiten.

»Stimmt genau.« Gajani nickte heftig, als gäbe ihm diese kleine Übereinstimmung neue Hoffnung. »Ich hatte ihn sogar noch angerufen, als er nicht gekommen war, um ihm mal richtig die Meinung zu sagen. Er ist aber nicht rangegangen. Da hab ich das nachts dann auch nicht gemacht.«

»Angerufen? Festnetz?«, fragte Kramer.

»Nee, natürlich auf sein' Handy. Also Smartphone.« Gajani klang regelrecht empört.

»Ein Smartphone haben wir bei Jaschinsky gar nicht gefunden«, sagte Kramer.

Stahnke war das bisher noch gar nicht aufgefallen. Handys aller Art waren für ihn nichts als ein notwendiges Übel, und jedem, der es sich leisten konnte, ohne auszukommen, galt sein freundlicher Neid. Aber diese jungen Leute sahen das natürlich völlig anders. Ohne Smartphone fühlten die sich doch nackt. Oder amputiert.

»Einen PC oder Laptop haben wir übrigens auch nicht gefunden«, fuhr Kramer fort. »Besaß Fred Jaschinksy so etwas nicht?«

»Aber sicher, logo, brauchte er doch als Student«, sagte Gajani. »Er hatte natürlich einen PC. Und ein Smartphone hatte er auch. Genau wie jeder von uns.« Er gestikulierte, als müsste er den alten Männern vor ihm die Welt erklären.

Die alten Männer hielten derweil stumm Zwiesprache. Lassen wir mal den Jaschinsky, dabei kommt doch nichts raus; reden wir lieber von Oliver Eickhoff, dachte Stahnke, und von dessen Hund. Vielleicht hängen die Fälle ja doch nicht so zusammen, wie wir uns das dachten.

Dass Kramer dazu kaum merklich nickte, wunderte den Hauptkommissar nicht. Dienstliches Gedankenlesen war völlig normal nach all den gemeinsamen Jahren.

»Wann haben Sie denn geschossen?«, fragte Kramer ohne weitere Vorbereitung.

Ahmad Gajani, gerade ein wenig aufgetaut, rutschte wieder in seinen Stuhl zurück. »Wieso geschossen?« Es klang defensiv. »Wie kommen Sie darauf, dass ich geschossen hätte? Erst soll ich durch das Blut gelatscht sein ...«

»Rede nicht drum herum. Wann war das? Und mit wessen Waffe?« Stahnke versuchte es streng und väterlich.

Gajani begann seine Hände auszubreiten, stoppte die Unschuldsgeste aber auf halbem Wege. Seine Lippen blieben aufeinander gepresst, sein Blick war nach innen gekehrt. Er schien etwas abzuwägen. »Vor gut einer Woche«, sagte er dann. »Auf einem Schießstand. Wollte es einmal ausprobieren, ob ich das kann. Talent habe und so.«

»Welcher Schießstand?« Glaub nicht, dass du uns hier

Märchen auftischen kannst, dachte Stahnke, das lässt sich alles überprüfen.

»SV Leer«, sagte Ahmad Gajani. »Oskars hat mich mit hingenommen. Mein Vater darf davon aber nichts wissen. Er ist total dagegen.«

»Dann hat er also selber keine Waffe?«

»Natürlich nicht!«

»Woher hattest du dann die, mit der du auf Oliver Eickhoff geschossen hast?«, fragte der Hauptkommissar.

»Was? Jetzt soll ich auch noch auf Oliver geschossen haben? So ein Quatsch!« Die Entrüstung klang echt. So echt, dass sich Ahmad Gajani selber davon mitreißen ließ: »Dabei hab ich ihm doch bloß …«

»Doch bloß – was?«

Jetzt sieht er aus wie ein Kind, das mit Marmelade am Mund erwischt worden ist, dachte Stahnke. Jetzt weiß er nicht mehr, wie er sich da noch rauslügen soll. Schön. Andererseits ist es nur Marmelade.

»Nun erzählen Sie schon.« Kramer gab sich ganz harmlos-korrekt, und wer ihn nicht kannte, der nahm ihm das auch ab. »Wenn Sie nicht auf Herrn Eickhoff junior geschossen haben, was haben Sie dann mit ihm gemacht?«

»Ihm eine Abreibung verpasst«, murmelte Ahmad Gajani.

»Etwas genauer bitte«, verlangte Stahnke.

Gajani zuckte die Achseln. »Hab ihn verprügelt. Tritt in den Arsch und so. Hatte er sich verdient.«

Der Hauptkommissar erinnerte sich an den verwundeten Kaufmanns-Sprössling im Krankenbett. Gejammert und gestöhnt hatte der, was weiter nicht verwunderlich war nach einem Schuss in den verlängerten Rücken. Aber war da nicht noch etwas anderes gewesen? Am Brustkorb – vielleicht ein Druckverband?

»Sie haben ihm auch die Rippen angeknackst«, behauptete

er. »Von wegen nur ein Tritt in den Hintern, das war wohl etwas heftiger.«

»Er hat sich ja gewehrt! Da ist mir wohl ein Kick ausgerutscht. Viel drauf hat er ja nicht, der Oliver. Bei mir wäre die Rippe nicht gleich durch gewesen.« Er hob den Zeigefinger: »*Eine* Rippe übrigens nur. Nicht *die Rippen.*«

»Und warum?«, fragte Kramer. »Was hatte Oliver Eickhoff dir denn getan?«

Wieder presste Gajani die Lippen zusammen. Er schüttelte den Kopf.

»Weil er auch so ein Nehmer und kein Zurückgeber war?«, fragte Stahnke.

»Nee, darum nicht.« Wieder schüttelte der junge Mann den Kopf. »Sag ich nicht, warum.«

»Und warum das nicht?«

»Nee, sag ich nicht.«

»Dann«, sagte Stahnke beinahe feierlich, »dann werden Sie wohl bis auf weiteres in unserem Gewahrsam verbleiben müssen.«

Gajani nickte, mindestens ebenso feierlich.

Und jetzt, fragte sich Stahnke, was jetzt? Er schaute Kramer an, aber dessen Miene spiegelte nur seine eigene Frage wider.

»Ruf Rieken. Lass ihn wegbringen«, sagte der Hauptkommissar und erhob sich.

Widerstandslos ließ sich Ahmad Gajani zur Tür eskortieren. Dort drehte er sich noch einmal um. »Ach ja, die Stiefel«, sagte er. »Sie meinten doch, es wären meine Stiefel gewesen, von denen Sie blutige Spuren in der Wohnung gefunden hätten, richtig?«

»Die Abdrücke passten exakt zum Profil Ihrer Stiefelsohlen.« Kramer lehnte sich nicht zu weit aus dem Fenster.

»Aber es müssen nicht meine gewesen sein, stimmt's?«

Die beiden Kriminalbeamten schwiegen.

»Weil nämlich …« Gajani zögerte, gab sich dann einen sichtbaren Ruck: »Wir haben nämlich alle die gleichen, ich meine, wir von den Garagen. Alle bis auf Charlotte. Verschiedene Größen natürlich. Haben wir uns alle gemeinsam bestellt. War ein bisschen billiger.«

Er blickte von Kramer zu Stahnke und zurück. Als er keine Reaktion erkennen konnte, wandte er sich wieder um und verließ den Raum. Rieken nahm ihn in Empfang.

Als die Tür ins Schloss fiel, seufzte Stahnke tief.

18.

Nidal Ekincis Besuch bei *Klemmer & Co.* war ein Flop. Jedenfalls auf den ersten Blick.

»Dennis Poppinga? Ja, der arbeitet hier«, hatte ihm ein fahriger Verkaufsleiter bestätigt. »Da hinten, in der Werkstatt.« Seine weisende Handbewegung war in ein Wedeln übergegangen, das der Oberkommissar durchaus auf sich bezog: Wenn Sie kein Auto kaufen wollen, dann gehen Sie, gehen Sie!

Er war gegangen, nach hinten, in die Werkstatt. Das war ein weiter Weg gewesen. Himmel, was für ein Riesending von einem Autohaus! Und nur die Top-Marken waren hier auf der Palette, Mercedes und BMW. Nidal Ekinci wusste, wie scharf gerade viele seiner eigenen Landsleute darauf waren, einen Mercedes zu fahren, am liebsten einen schwarzen – Symbol für Erfolg und Wohlstand, indirekt aber auch für Integration. Auch wenn die meisten Deutschen, die er so kannte, über dieses Statusdenken schon hinaus waren.

Er selbst fuhr einen Hybrid von Toyota. Das fanden nun wieder alle schräg – voll integrativ, dachte er und grinste.

Nicht nur neue und gebrauchte Mercedes-Pkw standen hier in langen Reihen, sondern auch Lieferwagen und Lkw. Und neben den Personenwagen von BMW gab es hier auch die Motorräder dieser Marke. Ganz schön breit aufgestellt, dachte der Oberkommissar anerkennend.

»Dennis Poppinga? Ja, der arbeitet hier«, bestätigte die Blondine an der Werkstatt-Rezeption. »Aber nicht direkt hier bei uns, sondern drüben bei den Motorrädern.« Sie lächelte so süß wie Saccharin. Ekinci grüßte und machte sich abermals auf den Weg.

»Dennis? Klar.« Ein Lehrling, auch nicht größer als der Oberkommissar, wischte sich die öligen Hände an einem Lappen ab. »Arbeitet aber momentan nicht bei uns, also, hier bei den Motorrädern, meine ich. Wurde ausgeliehen.« Er nickte so wichtig wie ein Spielervermittler. »Dennis kann nämlich auch Lkw. Im Moment ist er drüben.« Er nickte in Richtung des größten Werkstattgebäudes auf dem Gelände.

»Dennis Poppinga? Den können Sie nicht sprechen.« Der Werkstattleiter Lkw hatte eine Figur, die zu seiner Profession passte. Seine Montur spannte sich so straff über seinem Bauch wie eine Motorhaube. »Es sei denn, Sie hätten ein Satellitentelefon dabei.«

Ekinci war kurz davor, die Geduld zu verlieren. »Wo ist er denn, bitte schön?«, herrschte er den dicken Riesen an. »Ich bin dienstlich hier und habe dienstliche Fragen an Herrn Poppinga. Hier!« Er reckte seinen Ausweis der Nase des Werkstattleiters entgegen.

»Ich kann's ja auch nicht ändern.« Der Riese blieb gelassen. »Dennis wurde von der *Emssturm* angefordert, vor ein paar Tagen. Erst hieß es, er sollte nur die Pumpendiesel gängig machen. Aber dann kam plötzlich Order, dass er die ganze Überführung mitmachen soll. Jetzt sitzen wir hier mit einem Mann weniger.«

»Pumpendiesel?« Ekinci war verblüfft.

»Na ja, auf so einem Schiff, da ist ja alles ein bisschen größer, nicht?« Er klopfte sich selbstgefällig auf den Bauch. »Auch die Pumpen. Die werden von Dieselmotoren angetrieben, so groß wie die von einem Lkw. Die werden manchmal jahrelang nicht angeworfen, weil, es gibt ja nicht immer was zu pumpen. Bei der *Emssturm* jedenfalls war das so, die hat ewig hier im Hafen gelegen, praktisch mit dem Bauch direkt im Schlick. Da hat sich keiner um die Pumpen gekümmert.« Der Dicke hatte sich warmgeplaudert. »Aber vor ein paar Tagen, da haben sie das Schiff ja rausgeschleppt, auf die Nordsee, nicht? Soll angeblich in die Türkei, zum Abwracken. Weil es ja so'n alter Kasten ist. Dabei weiß ich genau, dass in den letzten Wochen auf dem Schiff noch allerhand umgebaut worden ist! Irgendwie unlogisch. Na ja, jedenfalls wird überführt, und genau deshalb müssen die Pumpen auch unbedingt funktionieren. Sonst geht denen das Ding ja noch vor dem Abgewracktwerden auf Grund!« Er lachte kollernd.

»Und wieso Dennis Poppinga?« Der Oberkommissar ärgerte sich. Warum musste es denn so schwierig sein, ein paar schlichte Fragen an den Mann zu bringen?

»Na ja, der kennt sich eben aus mit großen, altmodischen Dieseln.« Der Werkstattleiter nickte behäbig. »Da kann nich' jeden mit üm, wie man so schön sagt.«

»Ja, aber – dies ist doch *Klemmer & Co.*, nicht? Autohandel und Autowerkstatt. Betonung auf Auto! Wieso nehmen Sie denn Aufträge auf Schiffen an? Sie sind doch keine Werft!«

»Na ja.« Der Riese beugte sich vertraulich herab. »Das war ja bloß, weil der Auftrag von Herrn Eickhoff kam, nicht wahr?«

»Von Herrn Karl-Friedrich Eickhoff? Dem Kaufhausbesitzer?«

»Nee. Von Karl-Joseph Eickhoff. Seinem Bruder. Dem

gehört doch das Schiff, also die *Emssturm*. Betrieben wurde sie zwar von diesem Ausbildungsverein, und viele meinten auch, dass sie dem Verein gehört hat. Aber das stimmt nicht. Eigner war die ganze Zeit Herr Eickhoff.«

»Okay.« Ekinci nickte. »Und der kennt den Herrn Klemmer gut, oder was? So gut, dass der ihm gleich einen Mechatroniker mit auf die letzte Reise seines Schiffs gibt?«

»Klemmer?« Der Werkstattleiter kratzte sich am Ohr. »Welcher Herr Klemmer?«

»Na, das hier ist doch *Klemmer und Co.*, oder was?«, wiederholte Ekinci. »Oder ist der Reeder Karl-Joseph Eickhoff ein Freund von dem, der sich hinter *Co.* verbirgt?«

Wieder ließ der Riese sein kollerndes Lachen ertönen. »Das ist gut! Das ist sehr gut! Den merk ich mir. Aber nee, wissen Sie, die gibt es beide nicht mehr, den Klemmer wie den Co. Das waren die Gründer, die liegen schon lange unterm Rasen. Der aktuelle Besitzer ist Herr Eickhoff.« Als er sah, dass der Oberkommissar immer noch verständnislos guckte, fügte er hinzu: »Karl-Friedrich Eickhoff. Sie verstehen? Daher die Sache mit Dennis. Unter Brüdern hilft man sich.«

19.

Dass sich der Schlüssel zu der Garage, in der Jaschinskys Motorrad stand, an dessen Schlüsselbund befinden würde, damit hatte Schmitz gerechnet. Dass der Ermordete aber ebenfalls Schlüssel zu den anderen beiden Garagen der Clique besessen hatte, überraschte den Oberkommissar doch. Sie waren wirklich sehr vertraut miteinander gewesen, dachte er. Oder vertrauensselig? Vielleicht beides.

Andererseits, wenn man dauernd wechselseitig an den diversen Maschinen herumschraubte, war es natürlich praktisch, nicht ständig nach dem richtigen Schlüssel fragen zu müssen.

Er öffnete alle drei Tore und versuchte sich einen Gesamteindruck zu verschaffen. Insgesamt vier Maschinen standen da, alle auf ihren Seitenständern; die Clique schien hochbeinige Motorräder zu bevorzugen. Ging man von sechs Nutzern aus, fehlten also zwei Maschinen. Eine davon war die von Ahmad Gajani; die stand noch vor der Wohnung seiner Eltern, wo man ihn vorläufig festgenommen hatte. Welche fehlte noch?

Eins der Motorräder sah wie ein Oldtimer aus, das war die SR 500 der Buchhändlerin. Die Einzylindermaschine stand alleine in einer Garage. Ebenso wie ein Café-Racer Marke Honda, über den Schmitz nur den Kopf schütteln konnte. Klar, Motorradfahren hatte viel mit Show zu tun, aber wenn die Absicht so offensichtlich war, wurde es doch albern. Allzu viel musste man nicht von Motorrädern verstehen, um das zu erkennen.

In der dritten Garage standen zwei Maschinen, beide baugleich. Schmitz pfiff leise durch die Zähne. Mit solch einer BMW G 650 GS hatte er auch schon geliebäugelt, aber die kostete neu mal eben siebentausenddreihundert Euro, in der Grundausstattung, ohne Extras. Und diese beiden sahen ziemlich neu aus. Klar, es gab auch wesentlich teurere Maschinen, aber so viel Geld musste man für sein Hobby erst einmal übrig haben. Hatten Seefahrtstudenten das?

Schmitz zückte sein Handy und gab die Kennzeichen zur Halterfeststellung durch. Dann nahm er die Garagen einzeln unter die Lupe. So einförmig diese genormten Dinger äußerlich waren, so unterschiedlich präsentierten sie sich von innen. Die mit den beiden neuwertigen BMW war sehr aufgeräumt und sauber; Schraubenschlüssel und anderes

Werkzeug hingen, auf abnehmbaren Haltern ordentlich sortiert und aufgereiht, an den Wänden. Campingstühle lehnten zusammengeklappt an der Wand, eine Propangasflasche mit Heizstrahler-Aufsatz zeugte davon, dass hier auch im Winter geschraubt wurde.

Wie viel schraubte man eigentlich an derart neuen Maschinen? Oder waren das Gewohnheiten, die noch von älteren Vorgänger-Modellen herrührten? Vielleicht waren diese Biker ja erst kürzlich zu Geld und damit zu neuen Motorrädern gekommen. Was immer das bedeuten mochte.

Die beiden anderen Garagen sahen deutlich rumpeliger aus. Hier lagerten Ersatzteile, teilweise dreckverkrustet, hier lagen und standen Öldosen und Benzinkanister herum, hier war das Werkzeug einfach in vollgeramschte Kisten geworfen worden – teilweise auch daneben. Am schlimmsten sah es dort aus, wo der Café-Racer stand. Der war ebenfalls keine billige Maschine und auch keine alte; der Kontrast zwischen Maschine und Umgebung machte Schmitz neugierig.

Auf einem Gerümpelhaufen in einer der hinteren Ecken lag ein intaktes, blankes Speichenrad samt Reifen obenauf. Das erschien unlogisch, zumal es ein weiteres, ebenso blinkendes Rad gab, das ordentlich an der Wand lehnte. Spuren im Staub auf dem Boden ließen erkennen, dass das andere Rad vor kurzem noch direkt daneben gestanden hatte. Schmitz' Neugier wuchs. Er streifte sich Latexhandschuhe über und griff zu.

Zuerst war er enttäuscht, denn das Gerümpel schien nichts anderes als eben Gerümpel zu sein. Auch der Stecker fiel ihm zuerst nicht auf; er schrieb ihn einem Batterieladegerät zu. Dann aber erkannte er das Gehäuse, weitgehend verborgen unter alten Antriebsketten und einer zerrissenen Schutzplane. Das war ein PC, eindeutig. Was hatte ein PC hier verloren? Und warum lag er unter Gerümpel verborgen?

Als er das Gerät vorsichtig herausgezogen hatte, bemerkte der Oberkommissar, dass das Gehäuse aufgeschraubt worden war. Die Festplatte fehlte. Okay, dieser PC war also vermutlich wirklich Schrott. Jemand hatte ihn zu den anderen ausrangierten Sachen gelegt, um alles irgendwann zu entsorgen.

Und dann ein intaktes Rad obendrauf gelegt?

Mit spitzen Fingern trug er den PC ins Licht. Gängige Marke, kompakte Bauart, eindeutig noch nicht sehr alt; solche PCs warf man doch nicht weg! Nicht einmal, wenn sie solche Flecken hatten.

Er stutzte. Diese Flecken …

Erneut griff er zum Handy. »Ich habe hier einen PC mit Blutflecken«, meldete er, nachdem er Kramer am Telefon hatte. »Und wenn ich mich nicht irre, befindet sich in einem dieser Flecken auch ein ziemlich guter Fingerabdruck.«

20.

Zweimal hatte Sina an diesem Vormittag angerufen. Beim ersten Mal hatte er ihren Anruf verpasst, beim zweiten war er im Gespräch gewesen und hatte sie weggedrückt. Glücklich würde sie darüber bestimmt nicht sein, aber er hatte einfach nicht den Nerv, sie jetzt anzurufen, um gut Wetter zu machen.

Als er aufblickte, stand Charlotte Blohm im Zimmer. »Sie haben Ahmad verhaftet?«, fragte sie atemlos.

»Es heißt vorläufig festgenommen«, korrigierte Stahnke. Zum Glück war Kramer nicht im Raum, denn eigentlich wurden solche Fragen natürlich nicht beantwortet.

»Ich möchte ein Geständnis ablegen«, sagte die Buchhändlerin. »Oder sagt man das auch nicht so?«

Stumm wies der Hauptkommissar auf den Besucherstuhl. Ein Aufnahmegerät hatte er in seiner Schublade, deswegen mussten sie nicht ins Vernehmungszimmer. »Bitte schön«, sagte er so neutral wie möglich. »Fangen Sie an.«

»Ich war es«, sagte sie. »Ich habe Ahmad Gajani angestiftet.« Sie schaute ihn erwartungsvoll an.

Stahnke schwieg. Sein Pokerface war nicht so perfekt wie das von Kramer, aber er lernte vom Besten.

»Ich konnte das einfach nicht akzeptieren«, fuhr die junge Frau fort. »Und auf vernünftige Art war bei dem Kerl ja nichts zu erreichen. Dann eben auf andere Weise, habe ich mir gedacht. Und Ahmad gefragt. Erst wollte der nicht so recht, aber er war inzwischen auch ziemlich genervt, also hat er schließlich zugestimmt.«

Stahnkes Fassade bröckelte. Sein Schweigen behielt er vor allem deshalb bei, weil ihm die Worte fehlten. Ein Auftragsmord also! Fred Jaschinsky war ein egoistisches Arschloch, von dem sich Charlotte Blohm genervt fühlte – also heuerte sie Ahmad Gajani an, um ihn aus der Welt zu schaffen, und zwar schön grausam. Der Himmel mochte wissen, wie sie ihn dazu herumgekriegt hatte, das wollte sich der Hauptkommissar gar nicht vorstellen.

Warum eigentlich nicht? Und ergab dieses Konstrukt wirklich einen Sinn?

»Jedenfalls hat Ahmad ihm eine Abreibung verpasst. Die Aktion ist dann ein wenig aus dem Ruder gelaufen«, fuhr die Buchhändlerin fort.

»Ein wenig!«, platzte Stahnke heraus. »Aus dem Ruder gelaufen! Sagen Sie mal, Sie haben ja Nerven.«

Charlotte Bohm schaute ihn verwundert an. Ein Blick wie ein Phaser auf Betäubung, stellte Stahnke fest, der prompt dasaß wie gelähmt.

»Na ja, nett war das natürlich nicht. Aber ich habe Ahmad nie gesagt, dass er ihm die Rippen brechen soll! Wie gesagt, das hat sich etwas anders entwickelt als geplant. Und es tut mir leid. Das heißt, eigentlich tut es das nicht. Aber dass ich Ahmad da mit hineingezogen habe, das tut mir leid.«

Der Hauptkommissar schnappte nach Luft. »Von wem reden wir hier?«, stieß er hervor.

»Von Oliver natürlich«, sagte Charlotte Blohm zuckersüß. »Oliver Eickhoff. Was haben Sie denn gedacht?«

Stahnke schüttelte den Kopf, nicht nur, um die Frage abzuwehren. »Und wozu sollte das nun gut sein? Ich meine, was wollten Sie damit erreichen?«

»Nun ja. Was man mit Erziehungsmitteln nun mal erreichen will, nicht wahr? In erster Linie eine Verhaltensänderung.«

Verarsch mich nicht, Mädel, dachte der Hauptkommissar. Sein aufkommender Ärger verschaffte ihm immerhin einen Schutzschild gegen den Paralyse-Blick der jungen Frau. »Anstiftung zu einer Straftat ist keine Kleinigkeit, und Körperverletzung *ist* eine Straftat. Glauben Sie also nicht, dass Sie hier herumflachsen können. Also, was genau haben Sie bezweckt?«

Sie senkte die Lider. »Eigentlich wollte ich, dass er verschwindet. Dass er sich aus der Garagen-Clique zurückzieht. Wissen Sie, solch ein verzogenes Bürschchen, so einer, der denkt, dank seines Vaters und mit dessen Geld könnte er sich alles erlauben – so einen will ich einfach nicht um mich haben, okay? Darum. Und darum habe ich auch Ahmad gefragt, also einen von uns. Denn Oliver hat natürlich mitgekriegt, wer ihn da vermöbelt hat. Vielleicht merkt er ja jetzt, dass er nicht willkommen ist.«

»Gilt das nur für Sie, oder mochten die anderen Oliver auch nicht?« Stahnke sondierte. So richtig überzeugt war er noch nicht.

»Tja, teils-teils, würde ich sagen.« Jetzt blickte sie ihm wieder in die Augen, ohne zu blinzeln. »Natürlich haben alle über Oliver gelästert und ihn veräppelt, auch wenn er dabei war. Aber dieser Typ, der ist ja so was von überzeugt von sich selbst, an dem prallt alles ab! Und dann zeigt er sich auch immer mal wieder von der großzügigen Seite, gibt einen aus, ordert Pizza für alle und solche Sachen. Damit hat er sich bei den anderen reichlich beliebt gemacht.« Sie grinste abfällig. »Jungs sind ja doch ziemlich schlicht gestrickt, nicht wahr?«

Stahnke verschränkte die Arme. »Und weil er so schlicht gestrickt ist, der verzogene Oliver, hat er wohl nicht so reagiert wie erhofft, was? Woraufhin Sie Ihren Paladin ein weiteres Mal losschicken mussten. Nur dass er diesmal noch deutlich nachdrücklicher zu Werke gegangen ist, stimmt's?«

Charlotte Blohm schüttelte energisch den Kopf. »Nein, so war es nicht. Einmal, nur einmal! Tritt ihn mal kräftig in den Hintern, hab ich Ahmad gesagt. Das mit der Rippe war ein Ausrutscher. Und mehr war da nicht.«

»Und der Schuss auf Oliver Eickhoff?« Der Hauptkommissar beugte sich vor. »Die logische nächste Steigerungsstufe, oder etwa nicht? Nur ein Schuss, so gezielt, dass die Wunde nicht lebensgefährlich ist! Und zwar, genau wie Sie eben sagten, in den Hintern! Deutlicher kann man jemandem ja nicht klarmachen, dass er unerwünscht ist.«

»Nein!« Sie schlug mit der flachen Hand auf den Schreibtisch; der Knall ließ Stahnke zusammenzucken. »Dazu habe ich Ahmad niemals beauftragt! Und er hat das auch nicht gemacht! Haben Sie das kapiert? So war das nicht. Nur die Prügel.« Ihr zorniger Blick drohte Stahnkes Schutzschirm zu durchstoßen.

»Und warum haben wir dann Schmauchspuren auf der Haut des jungen Mannes gefunden?« Vielleicht stach ja dieser Trumpf, dachte der Hauptkommissar.

»Keine Ahnung. Da müssen Sie Ahmad selber fragen.« Die Buchhändlerin blieb unbeeindruckt. »Ich kann Ihnen nur sagen, was ich weiß. Ich habe Ahmad Gajani jedenfalls nicht beauftragt, auf Oliver zu schießen. Und auch nicht auf Olivers Hund, falls Sie damit auch noch kommen wollen! Ja, ich weiß Bescheid, so etwas spricht sich schnell herum. Leer ist ein Dorf! Glauben Sie mir, so etwas würde Ahmad niemals tun. Trotz seiner Religion, die Hunde für unrein erklärt, ist er nämlich ganz vernarrt in die Viecher.« Sie verschränkte ebenfalls die Arme; für einen Moment blitzte ihr blaues Tattoo auf. Ihre Haltung kam einem Schlusspunkt gleich.

»Na gut.« Stahnke schaltete das Aufnahmegerät aus. »Um eine Anzeige kommen Sie nicht herum, das muss Ihnen klar sein. Warten Sie bitte draußen, bis Ihre Aussage verschriftlicht ist; wir benötigen Ihre Unterschrift. Danach können Sie dann gehen. Aber Sie halten sich natürlich zu unserer Verfügung.«

»Okay.« Charlotte Blohm sprang auf. »Was meinen Sie, wie lange das dauern wird? Herr Christiansen ist nämlich alleine im Laden, und das passt ihm nicht. Ist ja schließlich meine Arbeitszeit, nicht wahr?«

»Es dauert so lange, wie es eben dauert«, erwiderte Stahnke gereizt.

Kramer trat durch die Tür, sein Mobiltelefon in der Hand. Den letzten Wortwechsel hatte er offenbar noch mitbekommen. »Sie können die Wartezeit produktiv nutzen, Frau Blohm«, sagte er betont leutselig. »Jedenfalls produktiv für uns. Wir brauchen nämlich Ihre Fingerabdrücke. Dürfte ich Sie an den Dackeltisch bitten?«

Hatte sie gezuckt? Hatte ihr Blick geflackert? Stahnke war sich nicht sicher. Die milchweiße Haut ihrer Wangen jedenfalls blieb ohne die leiseste Spur von Rot. Aber jetzt gab es ohnehin nichts Aufschlussreiches mehr zu beobachten, dafür hatte Kramer mit seiner Bemerkung gesorgt.

»Dackeltisch? Was soll das denn sein, bitte schön?«

»So nennen wir unsere Daktyloskopie. Dort nehmen wir die Abdrücke. Wenn Sie mir bitte folgen wollen?« Er nickte Stahnke zu und lotste Charlotte Blohm aus dem Büro.

Der Hauptkommissar starrte die leere Türöffnung an. Er wurde aus dieser Person nicht schlau. Wer beauftragte denn eben mal so einen guten Freund, einen anderen Freund – oder jedenfalls einen guten Bekannten – zu verprügeln, nur weil einem der auf die Nerven ging? Wie musste man strukturiert sein, um so zu denken und so etwas zu planen?

Er dachte an die Fotos vom Tatort. An den Kreis und das Kreuz, die Fred Jaschinsky mit letzter Kraft in sein eigenes Blut gemalt hatte. Wenn es denn so gewesen war und sie alle sich das nicht bloß einbildeten. Auf welche Frau mochte sich dieses Zeichen bezogen haben – auf diese? Gab es eine direkte Verbindung zwischen einer in Auftrag gegebenen Prügelattacke und einem brutalen Mord?

Stahnke dachte an Charlotte Blohms weißen Schwanenhals und schüttelte den Kopf. Nein, unvorstellbar. Eigentlich.

Was hatte sie eigentlich für Schuhe getragen? Chucks, wenn er sich recht erinnerte, diese lappigen, knöchelhohen blauen Dinger, als Turnschuhe längst veraltet, aber bei jungen Leuten wieder einmal enorm angesagt. Die Schuhe im Papiercontainer hatten ganz ähnlich ausgesehen, nur eben alt, total abgelatscht. Die von Charlotte Blohm schienen neu zu sein.

Ohne Vorwarnung erschien Rieken in der Tür, auf glatten Sohlen rutschend, als hätte er in vollem Lauf gestoppt. Unmittelbar hinter ihm erschien van Dieken, der mit dem Stoppen Probleme hatte und voll in seinen Kollegen hineinrumpelte. Unglaublich, dachte Stahnke, hier bekommt man echt etwas geboten. Sogar Slapstick.

»Das musst du sehen!«, keuchte Rieken.

»Das ist nicht zu fassen!«, rief van Dieken.

»Los, komm!« Rieken zeigte in die Richtung, aus der er gekommen war und wohin er auch wieder zurück wollte. Der glatte Boden aber ließ seine Schuhe auch beim Neustart durchrutschen. Stahnke fühlte sich in einen Zeichentrickfilm versetzt.

»Ja, komm rüber!«, sekundierte van Dieken. »Da läuft der Fernseher. Schnell, sonst ist es vorbei!«

»Was denn?« Stahnke erhob sich und eilte zur Tür. »Was soll denn gleich schon vorbei sein?«

Die beiden Uniformierten waren schon außer Sicht. Nur Riekens Stimme war noch zu vernehmen. »Der Untergang!«, schrie er.

Stahnke rannte los.

21.

Erst sah es so aus, als wollte sich das Schiff ganz auf die Seite drehen. Dann aber, als das Heck wegsackte und die Dünung über das Achterdeck zu spülen begann, rollte sich die *Emssturm* wieder zurück auf ebenen Kiel, als hätte sie sich eines Besseren besonnen, als wollte sie den Kampf nicht aufgeben, noch nicht, nicht so schnell. Trotzig richtete das Schiff seinen Bug auf, hoch auf, viel zu hoch. Dann begann es über den Achtersteven zu sinken. Sein Schicksal war besiegelt.

»Wo ist denn das?« Stahnke ließ sich auf eine Schreibtischkante sinken.

»In der Nordsee, eingangs Englischer Kanal.« Van Dieken wusste Bescheid.

»Und wie ist das passiert?«

»Das«, erwiderte Rieken, der die Anmoderation des

Beitrags auf dem privaten Nachrichtensender ebenfalls gehört hatte, »genau das ist die große Frage. Das wissen die Tommys nämlich auch noch nicht.«

Jetzt erst nahm Stahnke den englischsprachigen Kommentar wahr, der im Hintergrund lief. Unter dem Bild zog deutscher Lauftext entlang, der allerdings gerade Infos zu einem anderen Thema verkündete. Die Aufnahmen schienen aus einem Hubschrauber oder einem kleinen Flugzeug gemacht worden zu sein; die Bilder wackelten erheblich.

Jetzt kam ein Hochseeschlepper ins Bild, vermutlich der, der die *Emssturm* bis dorthin geschleppt hatte. Anscheinend versuchte er, noch einmal so dicht wie möglich an den Havaristen heranzukommen. Suchte man etwa noch nach vermissten Besatzungsmitgliedern? Er rief sich Nidal Ekincis letzten Anruf ins Gedächtnis.

»Dennis Poppinga«, murmelte er vor sich hin.

»Das ist einer von diesen WG-Leuten, die wir suchen, stimmt's?«, fragte van Dieken. »Der soll da an Bord gewesen sein. Sagt jedenfalls unser Kalauer-Kurde.«

Stahnke nickte, dann merkte er auf. »Gewesen, sagst du?«

Der Graubärtige nickte. »Vorhin haben sie gesagt, dass die gesamte Besatzung abgeborgen worden sein soll.«

Jetzt konnte auch der Hauptkommissar erkennen, dass der Bug des Schleppers nur deshalb ins Bild geraten war, weil sich die fliegende Kamera gerade von ihrem Zielobjekt entfernte. Tatsächlich näherte sich das Hochseefahrzeug nicht, es zog sich ganz langsam rückwärts zurück. Gut so, dachte Stahnke, also wenigstens keine Opfer.

Jetzt hatte sich der dunkelgrüne Rumpf vollständig aufgerichtet. Wie einst die Titanic, dachte der Hauptkommissar, nur ragte bei der das Heck steil aus dem Wasser; hier war es der Bug. Auch sonst gab es haufenweise Unterschiede, aber eins – das Entscheidende – war identisch. Hier trat ein Schiff seine letzte Fahrt an. Abwärts.

Er wartete, bis auch die Bugspitze vollständig in das gischtende Wasser eingetaucht war und sich die Oberfläche der Nordsee wieder so weit geglättet hatte, wie es die allgegenwärtige Hochseedünung zuließ. Danach hatte er eigentlich wieder in sein eigenes Büro zurückkehren wollen, was er jedoch unterließ, als er gewahr wurde, dass der Sender den Untergangs-Film gleich noch einmal von vorne abspulte. Anscheinend hatte man gerade nichts vergleichbar Sensationelles vorzuweisen.

Die erste Filmsequenz zeigte die *Emssturm* noch an der Trosse des großen Schleppers, aber schon mit mächtiger Schlagseite. Die Schlepptrosse hing durch; offenbar war es bereits zu gefährlich geworden, Zug auf das instabile Schiff auszuüben. Beide Schiffe dümpelten wie unschlüssig in der langen Dünung. Womöglich holte sich der Schlepperkapitän gerade über Funk Anweisung von der Reederei.

Hatte das grüne Schiff nicht schon beim Auslaufen aus Leer Schlagseite gehabt? Richtig, dieses Bild in der Zeitung, Stahnke konnte sich deutlich daran erinnern. Wer ließ denn zu, dass ein Schiff in See ging, das einen derart unsicheren Eindruck machte? Andererseits sollte es ja abgewrackt werden. Und ein potenter Hochseeschlepper war dabei. Stahnke musste sich eingestehen, dass ihm als Betrachter das als Sicherheit gereicht hatte. Dem Küstenschutz anscheinend auch. Die letzte Entscheidung hatte dann der Reeder, und der hatte wohl grünes Licht gegeben, sonst wäre die *Emssturm* jetzt nicht ... na ja, auf Grund gegangen.

Ein harter Schnitt; die nächste Sequenz zeigte eine völlig veränderte Situation. Die Schleppverbindung war gelöst worden, die Schlagseite des Havaristen hatte noch zugenommen, das Heck hatte sich gesenkt und der Bug leicht gehoben. Vielleicht war der Schlepperkapitän deswegen das Risiko eingegangen, sich mit seinem Schiff Bug an Bug bis auf weniger als einen Meter anzunähern, so dass die

Besatzung des Havaristen im Sprung übersetzen konnte. Stahnke zählte drei Gestalten, allesamt halbwegs junge, bewegliche Männer. Angesichts der mäßigen Nordseedünung konnte man solch ein Manöver wohl wagen, fand der Hauptkommissar. So kürzte man die Abberge-Aktion entscheidend ab und setzte die Besatzung nicht der zusätzlichen Gefahr aus, zunächst eine Rettungsinsel zu besteigen und sich dann daraus aufsammeln zu lassen. Auch dabei konnte einiges passieren.

Kaum hatte Stahnke das gedacht, da krachte es auch schon. Der Hochseeschlepper, bereits im Zurücksetzen, beschrieb mit seinem scharfen Bug einen leichten Bogen; der Havarist, von einer ungewöhnlich hohen Welle angehoben, donnerte mit seinem Vorschiff steuerbords seitlich gegen den Schleppersteven. Da das Schiff Backbord-Schlagseite hatte, konnte der Treffer durchaus unterhalb der Wasserlinie erfolgt sein. Ob das noch einen Unterschied machte?

»Was ist mit der Besatzung?«, fragte Stahnke. »Ich meine, mit der von dem Havaristen? Kehren die mit dem Schlepper zurück nach Deutschland? Und wenn ja, in welchen Hafen?«

»Nee, die werden nach England gebracht«, erwiderte Rieken, der den Beitrag samt fortlaufenden Untertiteln offenbar schon zum wiederholten Male anschaute. »Sollen erst einmal zum Unfallhergang vernommen werden, weil, das Ganze hat sich wohl in englischen Hoheitsgewässern ereignet, wenn ich das richtig verstanden habe.«

»Okay, und wohin genau?«

»Nach Herritsch«, sagte van Dieken.

»Wohin?«, fragte Stahnke nach. »Nie gehört.«

»Ist ein Fährhafen«, bestätigte Rieken. »Dort sitzt auch der Küstenschutz.«

Wie aufs Stichwort wurde die Filmschleife des Untergangs unterbrochen; der Nachrichtenblock begann, der mit genau demselben Thema aufmachte. Hinter der Sprecherin war eine Karte von Südengland eingeblendet, mit einem dicken roten X vor der Küste.

»Guckst du, hier!« Van Dieken sprang auf und tippte auf den Bildschirm.

Stahnke kniff die Augen zusammen: »Harwich«, entzifferte er.

»Sag ich doch!«, triumphierte van Dieken.

»Macht mir mal eine Verbindung zu den Kollegen dort«, ordnete der Hauptkommissar an. »Ich will wissen, ob das Besatzungsmitglied Dennis Poppinga wohlauf und vernehmungsfähig ist. Und dann will ich so schnell wie möglich mit dem reden. Am besten per Skype, so etwas werden die dort ja wohl auch haben.«

»Ja, aber ...« Rieken klappte den Mund auf und zu.

»Was ist, wenn die Engländer Englisch reden?«, sekundierte van Dieken. »Ich meine – nur Englisch?«

»Ist doch überhaupt kein Problem!« Stahnke klopfte ihm jovial auf die Schulter. »Ihr könnt doch Plattdeutsch, oder etwa nicht?«

»Nach klar«, bestätigte Rieken nicht ohne Stolz. »Aber was ...«

»Platt«, unterbrach ihn Stahnke, »ist doch das bessere Englisch! Sag bloß, du hast davon noch nie etwas gehört. Jetzt zeig mal, was du kannst!« Breit grinsend und winkend verließ er das Büro.

22.

»Mist.« Kramer schlug mit der flachen Hand auf seinen Notizblock, als wollte er ihn durch die Schreibtischplatte hindurchprügeln. »Gottverdammter Mist.«

»Kramer! Versündige dich nicht!« Stahnke spielte den Schockierten, obwohl ihm eigentlich nach Witzen gar nicht zu Mute war.

Charlotte Blohm streckte ihren gesträhnten Kopf durch die Tür. »Brauchen Sie mich noch? Herr Christiansen hat schon wieder angerufen.«

»Nein, vielen Dank.« Der Hauptkommissar grüßte mit halbherzig erhobener Hand. »Ich komme dann wieder auf Sie zu.«

»Ja, tun Sie das gerne!« Noch ein Lächeln mit schiefgelegtem Köpfchen, dann war sie verschwunden.

Stahnke rollte mit den Schultern, um das Kribbeln auf der Haut loszuwerden. »Bockmist«, knurrte er dann. »Ich hätte wetten können, der Fingerabdruck ist von ihr!«

»Hätte gepasst.« Kramer nickte. »Stammt von einem schmalen Finger, vermutlich weiblich. Sicher ist das aber nicht. Sicher ist nur, dass es nicht ihrer ist.«

Stahnke lehnte sich zurück. »Mann, stell dir bloß mal vor, wie schön sich das gefügt hätte! Charlotte Blohm arbeitet im Tatort-Haus, kennt die WG-Mitglieder, ist mit einigen davon sogar in derselben Motorrad-Clique, hat eine starke Abneigung gegen das Mordopfer Frederik Jaschinksy – und dürfte sicherlich in der Lage gewesen sein, sich einen Schlüssel zur oberen Wohnung zu verschaffen.« Er klatschte in die Hände: »Sie hat das Motiv, sie hatte die Gelegenheit! Und der Fingerabdruck am entwendeten Computer hätte den Sack zugemacht.«

»Hat er aber nicht.« Kramer blieb aufrecht sitzen, ohne

die Rückenlehne seines Stuhls in Anspruch zu nehmen. Ein Muster an beamtischer Selbstdisziplin. »Das mit dem Schlüssel ist außerdem nur eine Vermutung. Und das Motiv – ehrlich, das, was du mir erzählt hast, reicht wohl nicht zur Begründung für einen Mord. Schon gar nicht für einen derart grausamen Mord.«

»Da steckt noch mehr dahinter«, gab sich Stahnke überzeugt. »Als ich sie nachts auf der Terrasse antraf, nicht lange nach Auffindung der Leiche, hat sie doch eine starke Andeutung gemacht! ›Fred war ein Arschloch‹ – ich hätte sie gleich an Ort und Stelle zu dieser Äußerung befragen sollen, verdammt noch mal. Da war sie vielleicht noch aufgewühlt von der Tat, da wäre sie zu knacken gewesen! Ich aber habe das auf den nächsten Tag geschoben. Prompt hat sie mir eine zahme, ziemlich konstruierte Geschichte geliefert, gerade genug, um ihre erste Bemerkung zu rechtfertigen, aber nicht mehr. Ich glaube, diese Person ist ganz schön schlau.«

»Das ist diese Person sicher.« Kramer lächelte hintergründig. »Aber ich fürchte, nach dem Mörder müssen wir uns anderweitig umschauen.«

»Aber der Fußabdruck!« Stahnke warf seine Arme in die Luft. »Die weggeworfenen Schuhe im Papiercontainer! Charlotte Blohm trägt fast die gleichen, offenbar sogar die gleiche Größe, bloß neu. Könnte sie sich als Ersatz für die weggeworfenen gekauft haben. Sehe ich als weiteres Indiz!«

»Sag mal« – Kramer rieb sich das Kinn, während ein feines Lächeln um seine Mundwinkel spielte – »dass Frauen sich hin und wieder neue Schuhe kaufen, obwohl die alten noch gut sind, ist dir schon bewusst, oder? Von daher messe ich deiner Beobachtung von Fräulein Blohms Füßen keine wirkliche Bedeutung zu.«

Was wollte Kramer denn damit sagen? Stahnke spürte, wie sich seine Ohrmuscheln erhitzten. »Es müsste sich aber doch rauskriegen lassen, ob die Schuhe im Container ihr gehört haben! Fußschweiß, Hautschuppen, DNA-Analyse! Was sagen denn unsere Leute im Labor dazu?«

»Bisher noch gar nichts«, antwortete Kramer. »Noch haben wir nämlich gar keine Untersuchung beantragt. Sowas ist aufwändig; dafür wäre zumindest ein belastbarer Anfangsverdacht notwendig. Ganz ehrlich, den sehe ich hier nicht.«

»Trotz der Blutspur?«, erregte sich Stahnke.

»Gerade wegen der Blutspur.« Kramer gab sich unbeeindruckt. »Es gibt diesen einen blutigen Sohlenabdruck, dicht am Container. Dass dieses Blut vom Opfer stammt, also aus der Tatort-Wohnung, davon gehen wir aus – DNA-Abgleich läuft noch. Aber was ist dazwischen? Wenn die betreffende Person, also die mutmaßlich weibliche Besitzerin der weggeworfenen Schuhe, oben in die Blutlache tapst und unten die Dinger entsorgt, wo sind dann die Blutspuren dazwischen? Also oben im Flur, auf der Treppe, auf der Terrasse? Nirgendwo konnte Blut nachgewiesen werden, nur direkt am Tatort und direkt am Container. Wie kam die Person von da nach dort? Geflogen?«

Gute Frage. Stahnke fühlte sich ausgebremst. »Das sind sie immer«, brummelte er.

»Wer ist immer was?«

»Du sagtest ›weibliche Besitzerin‹. Besitzerinnen sind immer weiblich. Endung auf -in, verstehst du?«

Kramer würdigte ihn keiner Antwort.

»Wem gehört denn nun eigentlich dieser Fingerabdruck?«, fragte der Hauptkommissar. Ihm war nach Themawechsel, jedenfalls ein bisschen.

»Wissen wir noch nicht«, erwiderte Kramer. »Bisher haben wir den Besitzer noch nicht erfasst. Wir wissen nur, dass der Abdruck weder vom Opfer noch von Ahmad Gajani stammt.«

»Immerhin.« Ein weiterer Punkt für Charlotte Blohms willfährigen Hand- und Faust-Langer, dachte Stahnke. Ob er wohl seine Belohnung schon bekommen hat? Und was das wohl war?

»Überhaupt ist die Spurenlage sehr undurchsichtig«, fuhr Kramer fort. »Unsere Techniker haben jede Menge Fingerabdrücke in der Wohnung gesichert, aber es fehlen die Vergleichsdaten. Wäre wirklich gut, wenn wir endlich mal alle anderen WG-Mitglieder kontaktieren könnten. Und die regelmäßigen Besucher, von denen wir wissen.«

»Na, einen von denen hätten wir doch«, meinte Stahnke. »Eickhoff junior, richtig?«

»Im Prinzip ja«, bestätigte Kramer. »Leider haben wir dem bisher noch keine Abdrücke abgenommen. Das hat sich ja zunächst auch nicht aufgedrängt.«

»Aber jetzt doch wohl!«

»Ja, allerdings. Aber jetzt gerade erreichen wir ihn nirgends. Weder bei ihm zu Hause noch in seinem Elternhaus. Und per Handy auch nicht.«

»Das ist doch ...« Stahnke schüttelte resigniert den Kopf. »Karim Can vermisst, Michaela Maurer nicht anzutreffen, Dennis Poppinga schiffbrüchig in England – von der bislang noch nicht einmal namentlich bekannten fünften Mitbewohnerin ganz zu schweigen! Was ist denn das für ein Mist!«

»Vielleicht sollten wir uns erst einmal an diese Garagen-Clique halten«, schlug Kramer vor.

»Sind das nicht genau dieselben Leute, mit denen wir sowieso schon nicht weiterkommen?« Stahnke seufzte, griff nach den Listen und glich sie ab. »Hier: Jaschinsky, Blohm, Can, Gajani, Eickhoff junior ...«

»Und Lepeneitis.« Kramer tippte auf den dritten Namen der Garagen-Liste: »Oskars Lepeneitis. Klingt nach Baltikum, nicht wahr?«

»Schon möglich.« Der Hauptkommissar gähnte herzhaft.

»Irgendeine Idee, wo wir den finden können? Oder ist der etwa auch verschwunden?«

»Darum können sich doch Rieken und van Dieken kümmern«, schlug Kramer vor. Auch er machte einen übermüdeten Eindruck. Er schaute auf die Uhr. »*Tagesschau*-Zeit, hätte man früher gesagt. Da sind diese jungen Leute wenigstens noch nicht auf der Piste.«

Als hätte er gelauscht, erschien Rieken in der Tür. Verdattert guckte er von Stahnke zu Kramer und wieder zurück und wedelte mit den Händen.

»Was gibt's?«, fragte Stahnke. »Waren die Tommys nicht nett zu euch?«

»Oh doch, doch«, stammelte Rieken. »Total nett sogar. Einer von denen hat sogar Deutsch gesprochen.«

»Ach, wie überflüssig! Wo bleibt denn da die Herausforderung?«, höhnte Stahnke.

Kramer schickte ihm einen tadelnden Blick. Anscheinend hatte er Sorge, Rieken noch weiter zu verwirren. »Was habt ihr denn nun erfahren?«, fragte er. »Ist Poppinga wohlauf? Können wir ihn befragen?«

»Ja. Nee.« Wieder breitete Rieken die Arme aus: »Die Engländer sagen, einer mit dem Namen Dennis Poppinga wäre gar nicht an Bord gewesen!«

»Hat er etwa einen falschen Namen benutzt?«, hakte Stahnke nach.

»Haben wir auch gedacht«, sagte Rieken. »Aber nein, sie haben uns Bilder der Geborgenen geschickt, und die sehen denen, die wir von Poppinga haben, nicht im Geringsten ähnlich.«

»So langsam wird's komisch mit den vielen Verschwundenen«, murmelte der Hauptkommissar. »Was sagst du, Kramer?«

»Komisch? Vielleicht. Aber witzig – nein.«

23.

Als er sich aus dem Auto quälte, konnte er einen Schmerzensschrei nicht unterdrücken. Er wusste nicht, was ihm mehr weh tat, sein Brustkorb oder sein Hintern. Mit den strammen Verbänden konnte er sich kaum rühren; fahren hatte er nur können, nachdem er die Rückenlehne des Fahrersitzes lächerlich weit nach hinten geklappt hatte, so weit, dass er gerade noch über das Lenkrad schauen konnte. Wenn ihn ein Polizist so gesehen hätte, wäre er seinen Lappen wohl los gewesen.

Wenn ihn allerdings ein Polizist *jetzt* sehen würde, dachte er, wäre der Ärger noch weitaus größer.

Oliver Eickhoff hatte sein Golf GTI Cabrio dicht an der Hafenkante geparkt, dort, wo der alte Rosteimer vertäut lag, um den sich seit Wochen keiner gekümmert hatte. Nicht weit von hier hatte die *Emssturm* gelegen, das ehemalige Ausbildungsschiff, das jetzt auf dem Grund der Nordsee ruhte.

Onkel Joes Schiff. Wie der wohl auf die Nachricht vom Untergang reagiert hatte?

Oliver Eickhoff ging so aufrecht wie möglich und versuchte, seine Füße weit genug anzuheben, um nicht an der unebenen Pflasterung hängen zu bleiben, was ihm jedes Mal eine neue Schmerzwelle durch seinen geschundenen Körper schickte. Diese verfluchten Idioten, was hatten die sich nur dabei gedacht? Hatten sie geglaubt, sie könnten das mit ihm machen, jetzt, da er sie nicht mehr jederzeit hochgehen lassen konnte?

Das aber war ja nur ein temporärer Zustand. Ha, temporär! Er war stolz auf dieses neue Wort und darauf, dass er es richtig anzuwenden verstand. Ein überlegenes Lächeln wollte sich auf seine Lippen stehlen, wurde jedoch von einem erneuten Schmerz-Schub ausgelöscht. Diese blöden Trottel von der Stadtverwaltung! War ja schön, dass die Gebäudezeile entlang der Hafenkante, die unter anderem viele Reedereien beherbergte, historischen Speichern nachempfunden war. Aber hatte man deswegen auch gleich drumherum dieses dämliche Wackerstein-Pflaster verlegen müssen? Maritimes Ambiente schön und gut, aber doch nur, solange es nicht unbequem wurde!

Auf der Vorderseite der Pseudo-Speicher ließ es sich leichter gehen, dort war normales Klinker-Pflaster verlegt, auch typisch ostfriesisch. Die einzelnen Gebäude, die noch ziemlich neu und nach Geld aussahen, hatten sogar Namen. Sie waren nach Hafenstädten benannt, die eine lange Handelstradition hatten. Onkel Joes Reedereibüros waren im Haus *Murmansk*.

Oliver fand Onkel Joe unendlich viel cooler als seinen eigenen Dad. Äußerlich waren sich die beiden ziemlich ähnlich; gleiche Größe, gleiche Gesichtsform, die laute Stimme war ebenso gleich wie die Art, beim Reden ausufernd zu gestikulieren. Karl-Joseph aber, der jüngere der beiden Brüder, war bei weitem nicht so spießig wie der ältere. Fand jedenfalls Oliver. Und er war auch nicht so nervtötend legalistisch.

Obwohl – auch Dad machte sich zuweilen durchaus seine eigenen Gesetze. Aber Onkel Joe war ihm auf diesem Gebiet doch um einiges voraus.

Vor der metallgerahmten Glastür von Haus *Murmansk* schaute Oliver Eickhoff sichernd nach beiden Seiten. Niemand in Sicht; es wurde auch schon dämmrig, was die Gefahr einer zufälligen Entdeckung stark reduzierte. Spaziergänger wählten natürlich die Hafenpromenade und den Weg auf der Halbinsel Nesse entlang des Freizeithafens. Hier, nur wenige hundert Meter entfernt, war es weniger beschaulich und daher abends deutlich ruhiger.

Sein Herz klopfte, als er den Schlüssel herauszog und ins Schloss schob. Was, wenn das Ding nun nicht passte? Tatsächlich hakte es ein wenig beim Drehen, dann aber glitt der Riegel willig zurück. Ox hatte gute Arbeit geleistet. Mit Metall kannte der sich eben gut aus, nicht nur mit dem von Motorrädern.

Natürlich vermied er es, Licht zu machen. Das Treppenhaus war großzügig verglast, so fiel noch genügend Restlicht von draußen herein, um sich zu orientieren. Nachher, wenn es dunkler war, musste er eben aufpassen. Aber er hatte ja gar nicht vor, länger zu bleiben als unbedingt nötig.

Hauptsache, das Ding war auch dort, wo er es vermutete. Dann würde es sehr schnell gehen. Aber warum sollte der Tipp nicht stimmen? Die Sekretärin, mit der er immer schäkerte, wenn er Onkel Joe besuchte, würde doch den Neffen ihres Chefs nicht belügen. Sie wusste ja nicht einmal, worum es ging.

Er biss die Zähne zusammen, ignorierte den Fahrstuhl und humpelte hoch zum ersten Stock. Auch hier passte das Schlüssel-Duplikat. Der Korridor dahinter war fensterlos, aber ein paar der Bürotüren standen offen. Es war gerade noch hell genug, um die genormten Namensschilder an den Wänden zu entziffern, wenn er mit der Nase dicht genug heranging. Das gesuchte Zimmer war das vierte an der rechten Seite. *Aylin Baumann* stand auf dem Schild daneben.

Vorsichtig öffnete Oliver Eickhoff die Tür, spähte in den Raum, humpelte hinein. Das Fenster ging auf den Hafen hinaus, die Laternen am Kai brannten, so konnte er die Tür hinter sich zudrücken. Er drehte sich langsam um die eigene Achse. Wo würde Aylin das Ding wohl verstecken?

Der Schreibtisch war zu offensichtlich. Was war mit den Wandschränken? Vier hohe Türen und darüber vier weitere, die bis zur Decke reichten, alles in weißem Schleiflack. Ansonsten gab es noch eine hässliche kleine Kommode mit

Kaffeemaschine und Wasserkocher darauf, einen Blumenständer mit unverwüstlichen Topfpflanzen und eine separate Hängeregistratur neben Schreib- und PC-Tisch. Wie altmodisch war das denn? Oliver Eickhoff entschied sich für die Wandschränke.

Der erste diente als Garderobe, war leer bis auf eine verblichene Regenjacke und ein paar baumelnde Bügel. Der zweite war in Regalfächer unterteilt und enthielt Büromaterialien aller Art. Musste Aylin hier etwa die Büroklammer-Tante spielen? Na ja, warum auch nicht, irgendetwas musste sie ja machen. Eine fachbezogene Ausbildung hatte sie schließlich nicht.

Oliver Eickhoff stöhnte, als er sich zu den unteren Fächern beugte, zwang sich aber, jedes einzelne Regal genau zu mustern, ohne etwas in Unordnung zu bringen. Das Gesuchte fand er trotzdem nicht. Leise fluchend öffnete er die dritte Tür. Aktenordner! Waren diese Dinger nicht schon abgeschafft gewesen, ehe man diese Häuser hier überhaupt gebaut hatte? Für so traditionell hatte Oliver seinen coolen Onkel Joe gar nicht gehalten.

Der vierte und letzte Schrank war weitgehend leer, bis auf Tassen, angebrochene Kaffeepäckchen, Würfelzucker und einen kleinen Vorrat Dosenmilch. Wütend warf Oliver Eickhoff die Schranktür wieder zu. Der Knall ließ ihn zusammenzucken; er biss sich auf die Unterlippe. Hatte Aylin nicht immer wieder gesagt, er sei zu unbeherrscht?

Ach was, *fuck you, bitch.*

Blieben die oberen Schranktüren. Sie ließen sich zwar mit ausgestrecktem Arm öffnen, aber die Regalböden darin lagen zu hoch, als dass er sie von unten hätte überblicken können, zumal bei diesem Dämmerlicht. Mist, er brauchte etwas zum Draufsteigen. Und das in seinem Zustand!

Der Schreibtischstuhl? Um Himmels willen, das Ding hatte natürlich Rollen! Also kam nur die kleine Kommode in Frage. Er humpelte hin, räumte die Utensilien auf den Boden und schob die Kommode in Position. Wieder ging es nicht ganz ohne Geräusch ab. Oliver Eickhoff fluchte unterdrückt.

Das Hochklettern war leichter gedacht als getan. Selbst wenn er das rechte Bein anwinkelte, tat ihm die linke Arschbacke höllisch weh. Und wenn er die Muskeln anspannte, zuckte ihm der Schmerz auch durch den Brustkorb. Diese Schweine! In einem Krankenzimmer sollte er jetzt eigentlich liegen, gepflegt und umsorgt von geilen Tussis in knappen Kitteln. Stattdessen musste er hier herumturnen. Das würden die ihm büßen!

Als er endlich oben auf der Kommode stand, zitternd und schweißgebadet, und die Schränke zu inspizieren begann, ging plötzlich das Licht an. Geblendet kniff er die Augen zusammen. Er konnte einen leisen Schrei der Überraschung nicht unterdrücken. Um sein Gleichgewicht kämpfend, drehte er sich um.

Ein großer Mann stand im Zimmer, jung, nicht viel älter als er. Seine Schultern wirkten von oben übermäßig breit. Der Ausdruck seines Gesichts verhieß nichts Gutes.

»Was machst du denn hier?«, stieß Oliver Eickhoff hervor. Dass diese Frage auch an ihn selbst gerichtet werden könnte, fiel ihm gar nicht auf.

Der junge Mann antwortete nicht, sondern hob den Fuß und trat wuchtig gegen die Oberkante der Kommode. Oliver Eickhoff verlor die Balance. Der Sturz schien unendlich lange zu dauern, so lange, dass er sich in allen Details ausmalen konnte, wie weh es tun würde, wenn er unten aufschlug. Auch lange genug, um sich über die Pistole zu wundern, die der Eindringling in der Hand trug.

24.

Immer auf die kleinen Dicken, dachte Schmitz und meinte sich. Er fand das witzig, denn klein war er wahrlich nicht, und dick fand er sich schon gar nicht. So sah er höchstens aus, wenn er einen Anzug trug, und wann tat er das schon? Lieber Jeans und Poloshirt, das war sein Style. Oder gleich Sportklamotten, so wie jetzt.

Der Job, diesen Oskars Lepeneitis aufzutreiben, war an ihm hängen geblieben, und das wunderte ihn nicht sehr, denn die beiden älteren Herren, wie er sie bei sich und ausschließlich im Stillen nannten, hatten doch verflixt müde ausgesehen und brauchten dringend etwas Matratzenzeit. Rieken und van Dieken hatten tatsächlich auch mal dienstfrei, was gefühlt nur alle Jubeljahre vorkam – aber sie schoben ja auch meistens eine ruhige Kugel. Und wo Nidal wieder steckte, mochte der Henker wissen. Also hieß es wieder einmal: Überstunden für Schmitz.

Aber er war nicht böse drum. Schon nach dem ersten Blick auf das Foto, das sie ihm gegeben hatten, war ihm klar, dass er das Angenehme mit dem Nützlichen verbinden konnte. Denn diesen gedrungenen, breitschultrigen Typ mit dem Stiernacken und dem Kugelkopf, dessen spärliche, stoppelkurz gestutzte Haare an den Schläfen bereits leicht ergrauten, hatte er doch schon einmal gesehen! Und er wusste auch noch, wo.

Turbo-Fit hatte abends bis zweiundzwanzig Uhr geöffnet; jetzt war es halb neun, und Schmitz wusste, welche Klientel er um diese Zeit an den Geräten antreffen würde. Sicher keine Abspecker, keine Reha-Patienten, keine Gesundheitssportler. Sondern die Typen, denen es darum ging, Muskelmasse aufzubauen und aus dieser Masse dann Muskelberge zu modellieren, wie sie sonst nur im Comic vorkamen. Typen wie ihn selber also. Und mit etwas Glück auch Typen wie diesen Lepeneitis.

Keno telefonierte, als Schmitz sich durch das Drehkreuz zwängte, und wandte ihm dabei den Rücken zu. Gut so, denn der würde ihn sicherlich wiedererkennen und sich bestimmt verplappern, und darauf konnte der Oberkommissar gut verzichten.

Im vorderen Bereich des Studios, bei den Anfängergeräten und den Herz-Kreislauf-Maschinen, war erwartungsgemäß nicht viel los. Nur zwei pickelschultrige Jungspunde wechselten sich an der Latissimus-Maschine ab und brüllten sich gegenseitig an, um sich zu neuen Höchstleistungen anzustacheln: »Los, komm jetzt! Einen noch! Einer geht noch! Hau rein jetzt!« Schmitz lächelte. In seinen Ohren war das Musik, mehr noch als Kinderlachen.

Auch aus der Katakombe drang Geschrei und Gegrunze, laut und vielstimmig. Schmitz aber bog erst einmal nach rechts ab, die Treppe hoch. Oben waren unter anderem die Umkleiden, Spinde und Duschen. Und natürlich ein weiterer großer Trainingsraum. Irgendwo würde dieser Oskars Lepeneitis schon auftauchen. Wenn nicht heute, dann morgen, das war sicherer als das Amen in der Kirche, so wie der Mann aussah. Und Schmitz konnte die Wartezeit wenigstens produktiv nutzen.

Schon während er die Stufen hochstieg, kramte er nach seinem Vorhängeschloss. Die Spinde hier hatten keine Schlösser, jeder brachte seins selber mit; man wollte ja niemanden in Versuchung führen. Außerdem war das praktisch, denn an den baumelnden Messingschlössern sah man auf einen Blick, welche Spinde gerade besetzt waren und welche nicht.

Als Schmitz die Umkleidekabinen erreicht hatte und um die Trennwand bog, hinter der sich die Spinde befanden, sah er sofort, dass sehr viele davon besetzt waren. Die Schlösser der oberen Reihe waren alle identisch. Die letzte Spindtür in der Reihe wurde soeben geöffnet. Der vierschrötige Mann davor schaute zu Schmitz herüber. Ein gedrungener, breitschultriger Typ mit Stiernacken und Kugelkopf, dessen spärliche, stoppelkurz gestutzte Haare an den Schläfen schon leicht ergrauten.

Hey, dachte Schmitz, das ging ja schneller als gedacht. Er stellte seine Sporttasche ab und schritt auf Lepeneitis zu, ein kollegiales Lächeln um die Lippen.

Der Breitschultrige schnellte auf ihn zu wie vom Katapult geschossen und rammte ihm seinen Kugelkopf vor die Brust. Der Stoß war beachtlich und brachte sogar einen Koloss wie Schmitz ins Wanken, warf ihn jedoch nicht um. Gemeinsam taumelten sie seitlich gegen die Spinde.

Lepeneitis' Faustschlag in den Magen fand Schmitz' Bauchmuskulatur vorbereitet. Jeder andere wäre nach solch einem Treffer zusammengeklappt wie ein Taschenmesser, aber am durchtrainierten, wenn auch wohlverpackten Sixpack des Oberkommissars prallte er ab wie an einer gepolsterten Eichenplanke. Jetzt zahlt sie sich endlich aus, die Schinderei, dachte Schmitz und packte zu.

Er hatte einen Griff wie ein Schraubstock, das sagten alle. Jetzt schloss sich dieser Schraubstock um Lepeneitis' linkes Handgelenk. »Hiergeblieben!«, stieß er hervor und nahm die grauen Augen des Kugelkopfs ins Visier. »Schön hiergeblieben! Jetzt wollen wir erst einmal in Ruhe …«

Weiter kam er nicht. Lepeneitis feuerte ihm einen Uppercut unters Kinn, der sich gewaschen hatte. Mit einer blitzartigen Körperdrehung und einem heftigen Ruck entwand er sich dem Schraubstock, der nachgab wie ein billiger Nussknacker, und stürmte an Schmitz vorbei.

Der Oberkommissar blieb zwar auf den Füßen, und auch die Sterne, die er sah, waren schnell gezählt. Eine Verfolgung aber erschien ihm sinnlos. Sprint war nie seine Stärke gewesen und Langlauf schon gar nicht. Stattdessen straffte er sich lieber, durchquerte den oberen Trainingsraum und öffnete eines der Fenster, die hinaus auf die Straße wiesen.

Von dort aus sah er Lepeneitis über die Straße zum großen Parkplatz rennen. Er sah ihn in einen BMW steigen und losfahren, und als er kurz vor dem Einfädeln in den fließenden Verkehr durch den Lichtkegel einer Straßenlaterne fuhr, konnte Schmitz sein Nummernschild erkennen. Fahr du nur, dachte er und zückte sein Handy.

Dann wandte er sich wieder den Spinden zu. Der, vor dem sich Lepeneitis befunden hatte, als er von Schmitz überrascht worden war, stand noch offen. Der Oberkommissar schaute hinein.

Und pfiff leise durch die Zähne. »Schau an«, murmelte er und holte sein Handy noch einmal hervor.

25.

Nidal Ekinci saß häufig nachts vor seinem PC. Nicht so oft wie sein jüngerer Bruder, klar, der war ein Ballerspiel-Junkie mit schweren Suchterscheinungen. Aber doch öfter, als es seiner Frau lieb war. Sie hatte ihn deswegen schon zur Rede gestellt, und weil dem Oberkommissar wenige Dinge so wichtig waren wie Frieden in seiner Ehe, schlich er sich seither immer erst aus dem Bett, wenn seine Frau schon fest schlief, und setzte sich an den Computer in seinem Arbeitszimmer.

Malik. Was mochte aus ihm geworden sein? Neue Bilder hatte Nidal nicht finden können. Ob er in einem irakischen Gefängnis schmorte, ohne Gewissheit, wann er vor ein Gericht gestellt werden würde – und ob das jemals geschah?

Vielleicht war er auch bereits tot, beiläufig erschossen von einem übellaunigen Offizier oder regelrecht hingerichtet von einem Erschießungskommando. Obwohl, machte man sich solche Mühe heute überhaupt noch? Die menschenverachtenden Schweine vom *IS* setzten da Maßstäbe. Nach unten. Wirkten sozusagen stilbildend. Das Mittelalter ließ grüßen.

Nidal Ekinci nahm einen weiteren Schluck aus seiner Powerdrink-Dose. Das Zeug roch zwar wie kalte Gummibärchen-Suppe und schmeckte auch so eklig, wie das klang, aber es hielt ihn wenigstens wach. Lieber würde er sich jetzt einen Kaffee machen, aber das schaffte er auf keinen Fall, ohne dass seine Frau wach wurde.

Neues von den *Peschmerga*? Der Oberkommissar klickte sich durch Fotostrecken, die ihm bekannt vorkamen. Die bewaffneten Einheiten der autonomen Kurdengebiete kamen derzeit ja groß raus, waren sie doch die Einzigen, die den Mörderhorden des selbsternannten Kalifen Bagdadi Widerstand entgegenzusetzen vermochten. Ihnen lieferte sogar der Westen Waffen, wenn auch eher verstaubte Lagerbestände aus den hinteren Ecken als das modernere Zeug. Ekinci schnaubte verächtlich. Sein Herz schlug eher für die Kämpfer der *PKK*, aber die galten ja immer noch selber als Terroristen, wurden in der Türkei brutal verfolgt und standen auf den schwarzen Listen des Westens fast ebenso weit oben wie der *IS*. Sein Beamtenstatus wäre in Gefahr, wenn bekannt würde, dass er mit der *PKK* sympathisierte! Pervers. Hatten die Leute denn immer noch nicht erkannt, welche Gefahr im *Islamischen Staat* heranwuchs?

Da, schon wieder so ein Hinrichtungsvideo. Wen hatten sie denn diesmal in einen orangefarbenen Overall gesteckt? Einen Landsmann offenbar, der verzweifelt im Sand kniete und auf seinen Tod wartete. Gingen diesen Wahnsinnigen jetzt die gefangenen humanitären Helfer aus Europa und den USA aus, die sie foltern, köpfen oder verbrennen konnten?

Irgendein Irrer hielt eine dieser irren Ansprachen, lobte Allah mit Gebrüll und erigiertem Zeigefinger. Natürlich war er schwarz vermummt, maskiert, wie Gangster das eben so machen. Die arabischen Schriftzeichen auf der hinter ihm flatternden Fahne erinnerten Nidal Ekinci an die Wände in Frederik Jaschinskys Zimmer. Was hatte es damit nur auf sich? Warum hatte er den Schwert-Vers an der Wand stehen, wenn er gar kein Konvertit war? Und wenn er doch einer war, warum wusste man in der Leeraner Moschee nichts davon?

Oder wusste man es doch, hielt es aber geheim? Alles möglich. Aber es erklärte nichts, sondern warf nur immer neue Fragen auf.

Der Imam der Leeraner Wohnungs-Moschee war Sunnit. Genau wie Kalif Bagdadi und die irakischen Stämme, in deren Territorium der *IS* sich ausgebreitet hatte wie ein Krebsgeschwür. Viele Sunniten dort mochten die vermummten Schlächterbanden inzwischen zum Teufel wünschen, aber wenn die kurdischen *Peschmerga* dort eingreifen würden, um genau das zu erreichen, würde man sie als Besatzer ansehen und mit allen Mitteln bekämpfen. Was für eine beknackte Situation!

Derweil wurde der *IS* immer machtbesoffener. Und reicher. Lange Zeit hatte das Emirat Katar diese Miliz unterstützt, als Stachel im Fleisch der Schiiten im Iran und anderswo. Auch die Türkei hatte dem *IS* geholfen, um ihn als Instrument gegen Selbständigkeitstendenzen der Kurden zu nutzen, und sie tat es im Geheimen immer noch. Inzwischen aber hatte Bagdadi eigene Geldquellen erschlossen: Eroberte Ölquellen, geplünderte Museen, verkaufte Frauen und Kinder, Lösegeld für Geiseln. Ali Bagdadi und seine vierzigtausend Räuber schlugen das Vorbild aus tausendundeiner Nacht längst um Längen. Ohne eine Spur märchenhafter Romantik.

Aber die andere Seite war ja kaum besser. Die schiitischen Milizen der Region zum Beispiel, vom Iran ausgebildet und ausgerüstet und durch deren Elitetruppen unterstützt, gingen unglaublich grausam gegen Sunniten vor. So würden sie niemanden dazu bringen, vom *IS* abzufallen! Und die irakische Armee schließlich war nicht nur unfähig, sie war auch eine reine Schiiten-Armee; solange das so blieb, würde sie von den Sunniten immer als Feind angesehen werden.

Die Suada des Vermummten schien ihren Höhepunkt zu erreichen; sein Gebrüll wurde unerträglich. Nidal Ekincis Maus-Hand zuckte; den eigentlichen Mord mit anzuschauen, das musste er sich nun wirklich nicht antun. Aber er hielt inne, schloss das Fenster nicht. Etwas stach ihm ins Auge.

Einer der Bewaffneten hinter dem Redner hatte sich offenbar schlecht maskiert. Schon mehrmals hatte er das Tuch, das seine Mundpartie verbarg, wieder richten müssen. Auch sein Kaftan schien nachlässig geknotet; man konnte sehen, dass er darunter ein T-Shirt trug. Eins mit Aufdruck. Deutlich waren die Großbuchstaben I und S zu erkennen. Klar druckten diese Brüder Werbe-Shirts zur Propaganda, aber doch normalerweise in Arabisch. Wieso jetzt in lateinischer Druckschrift?

Eine heftige Windböe ließ die *IS*-Fahne knattern, legte das Gesicht des schlampig Gekleideten bloß und zerrte seinen Kaftan vor der Brust auseinander. Der Oberkommissar erkannte ihn sofort, von den Bildern, die er gegoogelt hatte. Dorthin also war Karim Can verschwunden! Na, nach dem brauchten sie erst wieder zu fahnden, wenn er aus dem Irak zurück nach Hause kam.

Falls er zurück kam. Womöglich als lebende Bombe.

Auch den T-Shirt-Aufdruck hatte Nidal Ekinci lesen

können. *Eickhoff IS* – und kleiner darunter: *International Shipping*. Merkwürdiger Zufall, diese Übereinstimmung der Abkürzungen. Hatte sich Karim Can das T-Shirt deswegen angezogen? Als Gag? Oder aus einem anderen Grund?

Er sinnierte immer noch, den Maus-Zeigefinger erhoben, als das Blut zu spritzen begann. Angewidert klickte er das Bild weg.

Heute Nacht würde er nicht viel schlafen können.

26.

Kramer hatte schnell auf Nidal Ekincis Anruf am frühen Morgen reagiert. Der Durchsuchungsbeschluss war noch nicht einmal geschrieben, da stand er schon vor der Glasfront von *Eickhoff IS*, die Kriminaltechnik im Gefolge. Ein verstrubbelter, sichtlich überrumpelter Hausmeister schloss ihnen auf. »So früh? Noch vor der Putzfrau!«, beschwerte er sich.

»Wer weiß, wozu das gut ist«, beschwichtigte ihn Kramer.

Eine halbe Stunde später wusste er es.

»Blutspuren«, berichtete der leitende KTU-Mann. »Oben, in einem der Büros. Außerdem im Fahrstuhl und unten im Eingangsbereich, teilweise verwischt.«

»Wie viel Blut?«

»Nicht besonders viel. Da muss nicht unbedingt einer gestorben sein. Bisher haben wir auch keine Gewebespuren oder Knochensplitter gefunden. Vermutlich hat sich da letzte Nacht einer verletzt, als er die Schränke durchwühlen wollte.«

»DNA-Analyse?«

»Läuft. Aber wie lange es dauert, bis die Resultate kommen, ist ja immer ein Glücksspiel. Wenn's kein Mord ist und die Presse keinen öffentlichen Druck macht, kann es immer etwas dauern.« Er seufzte ergeben. »Mit einem Einbruch kann man im Labor nicht viel Eindruck machen.«

»Wie ist dieser Einbrecher eigentlich ins Gebäude gekommen?«, fragte Kramer.

Achselzucken. »Alle Türschlösser sind unbeschädigt, alle Fenster geschlossen, ebenfalls ohne Spuren einer gewaltsamen Öffnung. Entweder hatte der Täter einen Schlüssel, oder es hat ihn jemand hereingelassen.«

Sie versuchten, den Hergang der Aktion zu rekonstruieren. »Auf diesem Schränkchen hat er gestanden«, referierte der KTU-Kollege und wies auf die Oberfläche der umgestürzten Kommode. »Dann hat er wohl das Gleichgewicht verloren, jedenfalls ist das Ding umgekippt, und er ist zu Boden gegangen.«

Kramer wies auf eine Schmierstelle an der Seite des Schränkchens. »Habt ihr das hier mal untersucht?«

Der Kriminaltechniker errötete und schüttelte den Kopf. »Mach ich sofort«, sagte er und bückte sich. »Sieht aus wie Straßendreck.«

»Von einer Schuhsohle.« Der Oberkommissar nickte versonnen. »Der Hausmeister war es sicher nicht, der hätte den Einbrecher nicht nur heruntergekickt, sondern ihn uns gleich frei Haus serviert. Irgendjemand anderes hatte etwas dagegen, dass hier herumgeschnüffelt wird. Und dieser Jemand hielt es nicht für nötig, uns anzurufen.«

Hatte sich dieser zweite Eindringling darauf beschränkt, den Einbrecher zu verprügeln und zu verscheuchen, oder hatte er ihn irgendwo hingeschleppt? Wenn ja, wohin? Und hatte womöglich auch dieser Mensch einen Schlüssel für das Reedereigebäude gehabt?

Kaum hatte der KTU-Mann das Büro verlassen, füllte sich der Türrahmen erneut. Oberkommissar Schmitz walzte herein. »Und, wie sieht's aus?«

Kramer berichtete kurz. »Ich frage mich also, was mit dem Einbrecher passiert ist«, schloss er.

»Und ich frage mich, was der Typ hier gesucht hat«, erwiderte Schmitz. »Er war an diesen Schränken dort dran, richtig? Schätze, er hat sich von unten nach oben vorgearbeitet. Dann wurde er gestört.« Voller Eifer blickte er sich um. »Darauf hat er also gestanden?«

»Vorsicht, da ist die KTU noch dran«, warnte Kramer. »Außerdem scheint das Ding nicht sehr standfest zu sein.«

»Kein Problem.« Schmitz verschwand. Weniger als eine Minute später kehrte er mit einer Aluminiumleiter zurück. »Stand im Putzschrank«, sagte der Oberkommissar und strahlte. »Allzu viel Ahnung von organisierten Arbeitsplätzen scheint unser Einbrecher nicht gehabt zu haben.«

Schmitz streifte sich Einmalhandschuhe über. Flinker als vermutet turnte er die Klappleiter hoch und inspizierte die oberen Schränke. »Scheint zur Zeit irgendwie meine Bestimmung zu sein, Schränke zu durchsuchen«, meinte er; seine Stimme klang hohl, weil sein Kopf tief im Schrankinneren steckte. »Nur, dass ich gestern immerhin fündig geworden bin. Hier ist irgendwie nichts Interessantes.«

»Fündig? Was denn, und wo?« Kramer hatte sich noch nicht auf den letzten Stand bringen lassen.

»Im Fitnessstudio. Anaboles Kraftfutter, kartonweise.« Er zwinkerte Kramer von oben zu und ließ seine enormen Armmuskeln spielen. »Für kleine Bübchen, denen es zu mühsam ist, sich solche Dinger auf ehrlichem Wege anzutrainieren! Und die noch glauben, sie seien unsterblich, und sich für Spätfolgen einen Dreck interessieren.«

»Ach. Hat Fred Jaschinsky dort noch ein Depot gehabt?« Kramer wurde es zunehmend peinlicher, ebenfalls im *Turbo-Fit* Mitglied zu sein.

»Nee, der nicht, sondern dieser Oskars Lepeneitis, sein Garagen-Kumpel.« Schmitz war mit den Oberschränken durch und blickte sich suchend um. »Und von wegen *ein* Depot! Der Typ hatte eine ganze Reihe von Spinden belegt. Hat da eine richtige Lagerhaltung betrieben. Gar nicht dumm, da hatte er es nicht so weit zu seinen Kunden.«

»Und den Zuständigen dort soll das nicht aufgefallen sein?« Kramer dachte an den freundlichen Keno. Hatte der seine Pranken etwa mit im Spiel?

»Wird sich zeigen. Vor allem müssen wir rauskriegen, wie dieser Lepeneitis das Zeug ins Land bekommen hat.« Statt von der Leiter herabzusteigen, kletterte Schmitz noch höher, bis auf den obersten Tritt.

»Was hast du jetzt denn vor?«, fragte Kramer. Eine Antwort erübrigte sich, denn Schmitz begann die Deckenplatten anzuheben. Darüber befand sich ein Hohlraum, offenbar für Leitungen und zur Isolation.

Schon bei der zweiten Platte hatte Schmitz Erfolg. Etwas rutschte ihm entgegen und prallte ihm auf den Kopf. Kramer machte sich fangbereit, aber sein Kollege schnappte sich das fallende Teil aus der Luft. »Schau an, schau an, da bist du ja«, frohlockte der Koloss.

»Was ist das?« Kramer runzelte die Stirn.

»Eine Festplatte«, sagte Schmitz. »Aus einem PC. Und mit etwas Glück ist das genau die, die aus dem Gerät entfernt wurde, das ich in dieser Motorrad-Garage gefunden habe.«

»Was haben Sie da? Legen Sie das sofort aus der Hand!« Eine schneidende, befehlsgewohnte Stimme füllte den Raum, den ihr Besitzer soeben betrat. Eindeutig Karl-Joseph Eickhoff, dachte Kramer; er hatte den Reeder zwar noch nie zuvor persönlich getroffen, aber die Ähnlichkeit mit seinem Bruder war auffallend. Beide waren sehr hochgewachsen, beide hatten einen ungewöhnlich langen Hals, das gleiche kleine, aber vorstehende und in zwei Halbkugeln gespaltene Kinn, die gleiche langrückige Nase und die gleiche hohe Stirn. Natürlich kleidete sich

Karl-Joseph Eickhoff ebenso exquisit wie sein Bruder, allerdings war der Gesamteindruck ein anderer. Leicht englisch, konstatierte Kramer. Trägt man wohl so in Reeder-Kreisen.

Schmitz' latexgeschützte Hand schloss sich noch fester um sein Fundstück. »Keineswegs, Herr Eickhoff«, gab der kolossale Oberkommissar von seiner erhöhten Position aus zurück. »Dies hier ist vermutlich genau das, wonach der Einbrecher gesucht hat. Und wir ebenfalls.«

»Dies hier ist *mein* Haus, dies sind *meine* Räumlichkeiten, und alles, was sich darin befindet, ist *mein* Eigentum!«, donnerte Eickhoff. »Sie haben nicht das geringste Recht, auch nur das kleinste bisschen davon zu entfernen. Also, wenn ich bitten dürfte!« Mit einer herrisch fordernden Gutsherren-Geste, die so überzeugend war, dass Kramer sich zweihundert Jahre zurückversetzt fühlte, streckte der Reeder seine Hand aus.

Schmitz hielt weiter eisern fest, aber sein Adamsapfel zuckte. Unsicher suchte er Kramers Blick.

Jetzt würde ich gerne den Durchsuchungsbeschluss präsentieren können, dachte Kramer. Aber den habe ich leider noch nicht. Wer konnte denn so was ahnen!

»Na los! Was ist?« Eickhoffs Ton wurde noch eine Nuance schärfer, seine Geste drängender.

»Meine Kollegen haben jedes Recht, hier alles an sich zu nehmen, was sie für erforderlich halten.« Wieder erschien eine Gestalt in der Bürotür, nicht ganz so hochgewachsen wie Eickhoff, nicht ganz so massig und sicher nicht so muskulös wie Schmitz. Die Stimme klang eher brummig als schneidend, aber ebenso befehlsgewohnt. Selten zuvor hatte das Organ von Hauptkommissar Stahnke in Kramers Ohren so schön geklungen.

»Ach ja? Große Worte! Können Sie die auch belegen?« Eickhoff wandte sich Stahnke zu, bereit, den neuen Gegner ebenso auf die Hörner zu nehmen wie die bisherigen. »Ich hätte das mal gerne schriftlich gesehen, ja?«

»Kein Problem.« Stahnke klopfte sich gegen die Brustpartie seines Trenchcoats. »Selbstverständlich haben wir einen Durchsuchungsbeschluss.«

Eickhoff hatte bereits wieder Luft geholt, als Schmitz eben von der Leiter herunterstieg. Dabei sicherte er sich mit beiden Händen an den Leiterholmen, auch mit der Hand, die das Fundstück umklammert hielt, so dass der Reeder es aus nächster Nähe betrachten konnte. Karl-Joseph Eickhoff hielt inne und runzelte die Stirn. »Was ist denn das?«, fragte er in wesentlich ruhigerem Ton.

»Eine Festplatte aus einem PC.« Kramer sah keinen Grund, diese Auskunft zu verweigern, schließlich war das offensichtlich. »Sie war unter einer der Dämmplatten an der Decke dort oben versteckt.«

»Ach. Und wie soll die dorthin gekommen sein?« Eickhoff, eben noch angriffslustig wie ein scharfgemachter Dobermann, gab jetzt den mäßig interessierten Unbeteiligten.

»Wenn Sie uns das nicht sagen können, dann vielleicht die Spurensicherung.« Schmitz war sichtlich stolz darauf, an die Handschuhe gedacht zu haben. »Ein Fingerabdruck sagt ja bekanntlich mehr als tausend Worte.«

Kramer behielt Eickhoff genau im Auge. War da ein Zucken, ein schlecht verborgenes Erschrecken? Nein, nichts dergleichen. Der Reeder schien jedes Interesse an der Aktion verloren zu haben.

»Na gut, meine Herren, wie Sie meinen«, sagte Eickhoff. »Aber eins lassen Sie sich gesagt sein: Wenn Sie irgendetwas beschädigen oder entwenden, oder wenn Sie mir irgendwas unterschieben, dann hören Sie von meinen Anwälten, verstanden? Und das nicht zu knapp.« Er drehte auf dem Absatz um und verließ grußlos den Raum.

»Anwälte, was?«, knurrte Stahnke. »Ein Anwalt reicht dem

wohl nicht, um uns anzupflaumen. Der Herr ist eindeutig etwas Besseres.«

»Wenn ich die Gewohnheit hätte, so in der Gegend rumzumotzen, dann bräuchte ich auch mehrere davon«, sagte Schmitz fröhlich. Er winkte mit seinem Beutestück: »Ich bring das dann mal ins Labor, okay?« Und weg war er.

»Bin ja heilfroh, dass du gerade rechtzeitig mit dem Beschluss hier aufgeschlagen bist«, wandte sich Kramer an Stahnke. »Hätte gar nicht gedacht, dass du den so früh schon ausgestellt bekommst.«

Stahnke grinste, schob seine Hand unter den Trenchcoat – und zog sie leer wieder heraus. »Habe ich auch nicht«, sagte er verschmitzt. »Wahrscheinlich wird das Ding gerade erst unterschrieben. Aber da siehst du es mal wieder: Eine starke Behauptung ist allemal wirksamer als ein schwacher Beweis.«

Kramers Erwiderungsgrinsen fiel säuerlich aus. Ihm war ein Dokument eindeutig lieber als solch eine Pokerpartie.

Stahnke hatte derweil seinen Blick zur Decke gerichtet. »Dort oben habt ihr die Festplatte gefunden?«, fragte er.

»Kollege Schmitz war's. Ehre, wem Ehre ...«

»Ist dir das nicht aufgefallen?« Stahnke hörte gar nicht richtig zu. »Wie merkwürdig Eickhoff sich verhalten hat? Erst kämpft er wie ein Löwe darum, euch die Beute wieder abzujagen, und dann ist sie ihm plötzlich komplett egal. Komisch, nicht?«

»Stimmt.« Kramer nickte. »Ich war wohl zu froh darüber, als dass ich ...«

»Und wann hat Eickhoff seinen Widerstand aufgegeben? Als Schmitz ihm das Ding praktisch unter die Nase gerieben hat.« Stahnke ging auf die Leiter zu.

»Richtig. Und was heißt das?«

»Natürlich, dass es ihm gar nicht um die Festplatte ging.« Der Hauptkommissar begann die Leiter hochzusteigen.

»Sondern um etwas anderes, das dort oben versteckt liegt.« Er drehte sich zu Kramer um: »Welche Deckenplatte war es?«

Er versuchte die rechts neben der, auf die Kramer gezeigt hatte. Ohne Erfolg. Dann die links: nichts. Dann die nächste Platte zur Raummitte hin.

Etwas Glänzendes rutschte heraus, landete auf Stahnkes Schädel und prallte ab. Déjà-vu, dachte Kramer – bloß schaffte es der Hauptkommissar nicht, das Fundstück im Fluge zu fangen. Also griff Kramer zu. Es war eine flache Blechdose, einer Festplatte nicht unähnlich, nur deutlich größer. Der Deckel war nicht verschlossen. Der Oberkommissar öffnete ihn und pfiff leise durch die Zähne.

»Was ist drin?« Stahnke stampfte die Leiter herunter.

»Pässe«, erwiderte Kramer. »Und Personalausweise. Guck mal den hier.« Er nahm den obenauf liegenden Ausweis vorsichtig an den Kanten zwischen Daumen und Zeigefinger und hielt ihn hoch. »Ausgestellt auf einen gewissen Karim Can.«

27.

»Wir haben sie!« Rieken empfing Stahnke mit stolzgeblähter Brust und selbstzufriedenem Lächeln. Hinter ihm stand van Dieken, beide Daumen emporgereckt.

»Wieso *sie*?« Stahnke schreckte aus seinen Gedanken hoch. »Ihr solltet doch diesen Lepeneitis heranschaffen. Hat der sich einer Geschlechtsumwandlung unterzogen?«

Rieken zog einen Flunsch. »Zaubern können wir auch nicht«, maulte er. »Unter seiner eingetragenen Adresse ist er nicht anzutreffen, und sein BMW ist zwar zur Fahndung ausgeschrieben, aber bisher noch nirgendwo gesichtet worden. Sei doch froh, dass wir überhaupt jemanden haben!«

»Ja, ja, bin ich. Ich bin superfroh.« Ungeduldig ließ Stahnke seine rechte Hand im Gelenk rotieren. »Und? Wer ist das nun, den ihr habt?«

»Maurer. Michaela Maurer.«

Der Hauptkommissar blieb stehen und runzelte die Stirn. »Und wer soll das sein?«

»Das weibliche Mitglied der Tatort-Wohngemeinschaft! Die Frau, die du angeblich so dringend sprechen wolltest. Schon wieder vergessen?« Rieken war jetzt ernsthaft verärgert.

»Ach ja, natürlich.« Stahnke lenkte ein. »Die WG-Mitbewohnerin. Entschuldigung, ich stand gerade auf der Leitung. Wo habt ihr sie?«

»Vernehmungszimmer.« Völlig versöhnt schien Rieken noch nicht, wohl aber auf dem Weg dorthin. Er war kein Übelnehmer. »Und keine Sorge, sie ist freiwillig hier. Sagt, sie hätte mit Verspätung mitbekommen, was Fred Jaschinsky passiert ist, und sei ganz geschockt. Will gerne helfen, wenn sie kann. Sagt sie.« Rieken zwinkerte, als sei dermaßen kooperativen Zeugen grundsätzlich nicht zu trauen.

»Sehr gut. Danke euch.« Stahnke musste sich neu fokussieren. Bis gerade eben hatte er angestrengt versucht, die Entdeckungen von Ekinci und Schmitz auf einen Nenner zu bringen, um dann Karl-Joseph Eickhoff damit zu konfrontieren. Das hätte er gerne gleich an Ort und Stelle versucht, aber natürlich hatte der Reeder, als er nach ihm verlangte, das Haus bereits wieder verlassen. Eine Vorladung war veranlasst, aber bis die zugestellt war, verging wiederum kostbare Zeit.

Also Michaela Maurer. Stahnke versuchte sich ihr Bild ins Gedächtnis zu rufen, kurz bevor er die Tür zum Vernehmungsraum öffnete. Kurze, rostrot gefärbte Locken, allerhand Blech im Gesicht, Pausbäckchen und Kulleraugen, das war ihm von dem Internet-Foto in Erinnerung geblieben. Was für ein Typ mochte diese Frau sein?

Er drückte die Tür zu ungestüm auf; die Klinke rutschte ihm aus der Hand und knallte auf der anderen Seite an die Wand. Die junge Frau, die zu ihm her geblickt hatte, duckte sich, die großen Augen zu Schlitzen gekniffen. Es dauerte keine Sekunde, bis sich ihre Haltung und ihr Ausdruck wieder normalisiert hatten; das Bild aber hatte sich Stahnke eingeprägt. Das Bild einer geprügelten Kreatur.

Sie sah älter aus als auf den Fotos, ihre Gesichtshaut war stumpf und zeigte erste Falten in Augen- und Mundwinkeln. Starker Rauchgeruch ging von ihr aus. Ihre Kleidung – Jeans, T-Shirt und Steppweste – wirkte konzeptlos, wie zufällig zusammengesucht. An den Füßen trug sie Chucks, Turnschuhe aus dunkelblauem Segeltuch. Wie die aus dem Container, dachte Stahnke.

»Frau Maurer.« Sie schüttelten sich die Hand; ihre war kalt und kraftlos. Sie lächelte ihn höflich an. Es sah aus, als koste sie das Mühe.

»Darf ich fragen, wo Sie sich in den letzten Tagen aufgehalten haben?«, eröffnete der Hauptkommissar.

»Bei Freunden in Göttingen.« Sie hustete. »Die leben alternativ, wissen Sie. Ohne Fernsehen und Tageszeitung. Voll vegan, alles öko. Großer eigener Garten und so. Ist toll da, macht aber viel Arbeit. Und man kriegt sonst gar nichts mit.« Sie blickte zu Boden. »Das mit Fred habe ich erst gehört, als ich wieder in Leer war.«

»Haben Sie einen Verdacht, wer das getan haben könnte?«

Sie schüttelte den Kopf. Ihr Blick war abwesend und leer.

»Verstanden sich denn die WG-Mitglieder untereinander gut?«

»Eigentlich nicht. Es war mehr eine Zweckgemeinschaft.« Jetzt war die junge Frau wieder präsenter. »Aber eigentlich kann ich das gar nicht richtig beurteilen. Hab ja nur ein paar Monate dort gelebt. War überhaupt eine Schnapsidee, mit drei Typen zusammenwohnen und so. Zumal die nicht regelmäßig gearbeitet haben, nur so rumstudiert und hin und wieder Gelegenheitsjobs gemacht, die sie sich gegenseitig zugeschoben haben. Die meiste Zeit, wenn die zu Hause waren, waren Saufereien angesagt. Wenn Aylin nicht noch dazugekommen wäre, dann wäre ich da bestimmt noch eher wieder ausgezogen.«

»Aylin wer?«

»Aylin Baumann. Die war eine Weile die Freundin von Dennis. Die beiden haben zusammen in dem größeren Zimmer nach vorne raus gewohnt. Da, wo das große Hochbett drin ist.«

»Aylin Baumann.« Stahnke notierte sich den Namen sicherheitshalber; lange genug hatten sie gerätselt, wie die zweite Frau der Ursprungs-WG wohl heißen mochte. »Und was ist aus der geworden?«

»Keine Ahnung.« Michaela Maurer zuckte die Achseln, und sie sah wirklich so aus, als sei ihr das egal. »War keine gute Beziehung, das mit ihr und Dennis. Die beiden haben sich ständig gestritten, dann haben sie sich getrennt. Eines Tages war Aylin weg, mit Sack und Pack. Passiert halt, so was.«

»Sie wissen nicht, wohin sie gezogen ist?«

»Nö. Ich weiß nur noch, dass ich gehofft hatte, dass es nach ihrem Auszug etwas ruhiger werden würde in der Wohnung.« Sie klopfte mit der flachen Hand an ihre Westentasche, fuhr mit den Fingern hinein, stoppte dann die Bewegung. Offenbar hatte sie einen Nikotinschub nötig. »Wurde es aber nicht.« Sie seufzte.

»Woran lag das?«

»Kerle halt!« Michaela Maurer drehte die Augen zur Decke. »Dennis und Ox, diese beiden Testosteron-Hengste, haben ständig gesoffen und Fußball geglotzt und sich dann wegen jedem Scheiß gezofft. Fred natürlich auch immer dabei. Außerdem hatten sie andauernd Besuch, und dann wurde es noch lauter und schlimmer.«

»Zum Beispiel Oliver Eickhoff?«

»Ja, zum Beispiel.« Sie machte eine abfällige Handbewegung. »Von Beruf Sohn, das sind die schlimmsten! Eigentlich bloß ein kleines Würstchen, aber mit einer unglaublich großen Klappe. Und viel von Papas Kohle.«

»Wieso hat der denn überhaupt in Ihrer WG verkehrt? Wie haben er und die anderen sich kennengelernt?«, fragte Stahnke weiter.

»Na, übers Motorradfahren! Genau wie Karim Can. Ausgerechnet Karim!« Sie lachte höhnisch auf. »Der hat da wirklich reingepasst wie, wie ...« Sie wedelte mit beiden Händen herum: »Wie ein Schwein ins Sofa!«

»Wie bitte?« Stahnke ließ seinen Stift fallen. »Was soll das denn bedeuten?«

»Ach, nichts, eigentlich.« Die junge Frau lächelte verlegen. »Das ist nur so ein alter Spruch von meinem Opa. Etwas anderes fiel mir gerade nicht ein. Sollte nur heißen, dass Karim in diese Umgebung wirklich nicht reingepasst hat. Bloß, dieser Vergleich mit dem Schwein ist natürlich völlig daneben.«

»Erklären Sie mir das?«

»Na ja, weil ... für Moslems gilt das Schwein doch als extrem unrein, nicht wahr? Und Karim nahm das alles übergenau.«

»Und so einer lebt mit Leuten zusammen, die ständig Alkohol trinken und Party machen?«

»Genau das meine ich ja!«, rief Michaela Maurer. »Er brauchte eben dringend ein Zimmer, sonst wäre er nie mit uns zusammengezogen. Hat sich dann ja auch meistens verkrochen in seinem Höhlenzimmer. Hat ständig gebetet oder seine Wände bemalt.«

»Moment mal. Sie sagen, Karim Can hätte das mittlere Zimmer bewohnt? Das, dessen einziges Fenster zum Korridor weist?«

»Ja, genau. Die Höhle eben. Und als ob das noch nicht gereicht hätte, hat er auch noch zwei Wände schwarz gestrichen und sie mit arabischen Schriftzeichen bemalt. Irgendetwas aus dem Koran, glaube ich. In Gold, total kitschig, das mögen diese Leute ja. Sah eigentlich auch ganz hübsch aus.«

Wenn du wüsstest, was diese Zeichen für Leute wie dich und mich bedeuten, wenn man sie ernst nimmt, dachte Stahnke. »Als wir den Tatort untersucht haben, befanden sich die persönlichen Dinge von Frederik Jaschinsky in diesem Zimmer«, sagte er. »Wir hielten es daher für möglich, dass er zum Islam konvertiert sei. Das war er demnach nicht?«

Die junge Frau lachte schrill. »Der alte Suffkopp? Nein, niemals! Davon können Sie ausgehen.« Sie schüttelte den Kopf. »Fred war überhaupt nicht religiös, soweit ich das beurteilen kann. Dazu war der viel zu ... menschenverachtend.« Sie hob die Hände, wie um sich zu entschuldigen oder zu schützen. »Ich meine, so hat er geredet, nicht wahr? Wenn ihm irgendwas nicht passte, dann hieß es bei ihm immer gleich ›verrecken‹ oder ›totschlagen‹. Als ihm ein Prof von der Seefahrtschule mal eine schlechte Note gegeben hat, da hat er geschrien: ›Ich geh hin und pisse seinen Kindern ins Gesicht!‹ So was eben. Alles nur Worte. Aber man konnte schon Angst kriegen, wenn er so redete.«

Totschlagen, dachte Stahnke. Hat er vielleicht einmal zu viel gesagt. »Wen hat er denn damit gemeint?«, fragte er. »Ich meine, mit diesem fiesen Spruch mit den Kindern?«

»Das habe ich nicht mitgekriegt.« Michaela Maurers Blick ging schon wieder ins Leere. »Aber ich glaube, das war der Moment, in dem ich mich entschlossen habe, möglichst schnell aus dieser WG auszuziehen.« Sie erschauerte. »Die Wohnung war ja ganz schön, vor allem das Wohnzimmer, und auch die Lage. Aber ich ahnte irgendwie, dass das kein gutes Ende nehmen würde. Und so ist es ja auch gekommen.«

»Haben Sie anschließend noch zu einem der anderen Bewohner – oder Ex-Bewohner – Kontakt aufgenommen?«

Sie schüttelte den Kopf. »Fred und Dennis wollte ich auf gar keinen Fall mehr sehen. Mit Karim zu reden hatte wenig Zweck, der lebte schon in einer anderen Welt. Höchstens Aylin, die hätte ich gerne wiedergetroffen. Aber die hatte ja nichts hinterlassen, keine Adresse, keine Handynummer, nichts. Selbst ihre Facebook-Seite hat sie deaktiviert.« Wieder zuckte sie mit den Schultern: »Dann eben nicht, hab ich mir gesagt.«

Stahnke starrte auf seinen Notizblock. Außer dem Namen der fünften WG-Bewohnerin stand nichts drauf. Allzu ergiebig war diese Zeugin nicht. In einem weiteren wesentlichen Punkt allerdings hatte sie weitergeholfen: Frederik Jaschinksy war kein Konvertit gewesen. Die arabische Wandmalerei hatte nicht er, sondern Karim Can angefertigt, der junge Mann, der jetzt im Irak für den *IS* Terror verbreitete. Jaschinsky hatte wohl einfach nur dessen Zimmer bezogen, nachdem Can die Wohnung verlassen hatte. Vermutlich, weil dieser Raum der ruhigste im ganzen Haus war.

Die Polizei hatte das nicht wissen können. War es dem Mörder womöglich ebenso ergangen? War Jaschinsky einer Verwechslung zum Opfer gefallen?

Er hörte, wie Michaela Maurer sich räusperte, und als er aufblickte, sah er die junge Frau wieder in ihrer Westentasche kramen. Die Sucht wirkt stark in ihr, dachte Stahnke. Irgendwoher musste dieser Aschenbechergeruch schließlich kommen. Wie wohl die Göttinger Veganer damit klargekommen waren?

»Ich denke, wir lassen es dabei vorerst bewenden«, sagte

er freundlich. »Vielleicht melden wir uns noch einmal bei Ihnen.«

»Können Sie gerne machen.« Michaela sprang auf und verabschiedete sich eilig.

Stahnke starrte auf seinen Zettel. Aylin Baumann – hatte er diesen Namen nicht heute schon einmal gesehen?

28.

Er wachte auf, weil ihm kalt war. Die Schmerzen kamen ihm erst zu Bewusstsein, als er anfing, sich zu bewegen. Er jaulte auf und blieb liegen. Auf dem Bauch. Es schmerzte ihn überall, in der Brust, im Gesicht, an Händen, Knien und Ellenbogen. Aber der Hintern tat immer noch am meisten weh.

Er stellte fest, dass er auf einer lächerlich dünnen, plastiküberzogenen Schaumstoffmatratze lag. Sie war dunkelgrün und stank. Er drehte den Kopf vorsichtig zur Seite, aber das half nicht viel. Hier schien es überall zu stinken. Nach Moder, nach Dieselöl, nach altem Tauwerk, nach feuchtem Dreck. Auch die Gerüche eines defekten Klos mischten sich in den Brodem.

Die Wand neben seinem Kopf bestand aus Metall. Sie war lindgrün gestrichen und schmutzig und schien schief zu stehen. Er drehte seinen Kopf ein Stückchen weiter, aber an dem Eindruck änderte sich nichts. Die Metallwand war und blieb schief. Demnach befand er sich also auf einem Schiff. Auf einem alten Schiff, so wie es roch. Vibrationen waren nicht zu spüren, auch keine Schiffsbewegungen, also fuhr das Ding wenigstens nicht. Immerhin etwas.

Oliver Eickhoff stöhnte laut. Nahm das alles denn überhaupt kein Ende? Konnten die ihn nicht endlich mal in Ruhe lassen? Was hatte er denn überhaupt getan?

Wobei – was er getan hatte, das wusste er natürlich. Trotzdem, geschehen war doch geschehen! Die Abreibung, die Ahmad ihm verpasst hatte, die hatte er ja noch verstanden. Aber alles, was danach passiert war, das war doch echt zu heftig!

Vor allem war es noch nicht vorbei. Das machte ihm am meisten Angst. In der Nacht, als man auf ihn geschossen hatte, da hatte er noch gedacht, er sollte sterben. Inzwischen hatte er den Eindruck, dass der wahre Plan noch viel gemeiner war. Endloser Schmerz kam ihm schlimmer vor als ein schneller Tod.

Der Gammelgestank stach in seiner Nase und trieb ihn zu einem weiteren Versuch, von seinem harten Lager aufzustehen. Sitzen ging nicht, also quälte er sich in die Senkrechte. Dabei hielt er sich an einem eisernen Spant fest. Der fühlte sich eiskalt an.

Der Raum, in dem er sich befand, war klein und wurde nur von einer vergitterten Notbeleuchtung schummerig erhellt. Offenbar war das mal eine Schlafkammer gewesen, mit zwei Kojen übereinander, einer Kastenbank und einem fest angeschraubten Tisch. Das Waschbecken unter dem staubblinden Metallspiegel fehlte. Die Kojen waren voller Gerümpel undefinierbaren Ursprungs; Oliver Eickhoff war auf der Bank zu sich gekommen.

Er taumelte zur Tür und drückte die Klinke, mehr pro forma. Natürlich war abgeschlossen, und das Türblatt war aus Metall. Was war mit dem Fenster? Gab es überhaupt eins?

Ja, es gab ein Bullauge, direkt über dem Tisch. Aber es war verschlossen, durch eine zentimeterdicke Stahlplatte, die von oben heruntergeklappt und mit zwei riesigen Flügelmuttern verschraubt worden war. Was sollte das denn – hätte ein Vorhang nicht auch gereicht? Er fasste nach einer der Muttern und versuchte zu drehen, erst mit einer Hand, dann mit beiden. Es fühlte sich an, als wollte er Vaters Tresor mit bloßen Händen verschieben. Aussichtslos.

Er drehte sich einmal um die eigene Achse, immer noch schwankend. Eisen und Stahl, wohin er auch blickte. Wer ihn hier eingesperrt hatte, der wollte sich sicher sein, dass er nicht entkommen konnte.

Tja, Dennis. Klar, der hatte ihn in der Reederei überrascht, der hatte ihn hier eingesperrt. Aber Dennis machte grundsätzlich alles für Geld. Wer also hatte ihn diesmal bezahlt?

Oder war das hier eine Ausnahme? Und wenn ja: Wäre das gut oder schlecht? Dennis Poppinga war keiner, der anderen einen Gefallen tat, höchstens sich selbst. Warum also sollte er ihn für das, was er getan hatte, hier einsperren? Sicher nicht ihretwegen. Es sei denn, es hätte sich in den vergangenen Wochen etwas geändert zwischen den beiden. So dass Dennis mittlerweile das, was er, Oliver, getan hatte, anders beurteilte als damals.

Oliver Eickhoff schauderte. Es war nach wie vor kalt hier inmitten all des alten Eisens, aber davon rührte das Schaudern nicht her. Wieder tat ihm alles weh, und er jammerte leise vor sich hin.

Okay, also ein Schiff. Aber welches? Es gab ja so einige im Leeraner Hafen. Außerdem konnte er gar nicht sicher sein, dass er sich noch in Leer befand. Während seiner Ohnmacht konnte Dennis ihn sonstwohin transportiert haben. Zumal er keine Vorstellung hatte, welche Tageszeit es war. Eine Armbanduhr trug er nicht, sein Handy war weg, und Tageslicht drang nicht in diesen verrammelten Raum.

Wenn es die alte *Emssturm* noch gäbe, dachte Oliver Eickhoff, dann könnte ich mir vorstellen, dass Dennis mich irgendwo dort eingesperrt hätte. Auf diesem Schiff hat er schon gearbeitet, da kennt er sich aus. Alt genug wäre dieses Ausbildungsschiff, und Kammern dieser Art gab es dort bestimmt.

Aber die *Emssturm* gab es ja nicht mehr. Beziehungsweise, es gab sie schon noch, aber als Wrack, irgendwo tief unter Wasser, auf dem Boden der Nordsee. Als er von ihrem Untergang erfahren hatte, da hatte er sofort an Onkel Joe gedacht. Onkel Joe war einer, der immer an seinen Vorteil dachte, genau wie Dad. Und wie Dennis. Und wenn dem mal etwas verloren ging wie jetzt die *Emssturm*, dann war man gut beraten, nicht gleich das Offensichtliche für die Wahrheit zu halten, sondern hinter die Dinge zu blicken, sofern das möglich war. Onkel Joe hielt seine Karten stets verdeckt, und er wusste immer genau, wie er seine Trümpfe auszuspielen hatte.

Was, überlegte Oliver Eickhoff, heißt das für mich? Wieder liefen ihm kalte Schauer über die Haut.

Vorsichtig ließ er sich zurück auf das dünne Polster der Kastenbank sinken, seitlich auf Ellbogen und Oberschenkel, so dass seine Verletzungen so wenig schmerzten wie möglich, und lauschte. Kein Laut drang zu ihm in die Kammer. War es Nacht und deswegen so still, oder befand er sich weitab von jeder Zivilisation? Wie auch immer, er fühlte sich hilflos und ausgeliefert. Ausgeliefert an Dennis und, womöglich, an die Interessen von Onkel Joe. Wenn er nur wüsste, welche das waren!

Dann hörte er doch etwas. Glockenschläge, scharf und klar und unterschiedlich hoch, gerade so weit entfernt, dass er die Töne unterscheiden konnte. Das waren keine Kirchturmglocken, das war ein Glockenspiel! Und er erkannte sogar die Melodie. Jetzt wusste er, wo er sich befand.

Das Nächste, was er hörte, waren schwere Schritte, die die Stufen eines eisernen Niedergangs zum Schwingen brachten. Sie kamen näher.

29.

»Aylin Baumann arbeitet also tatsächlich bei Eickhoffs Reederei.« Stahnke hieb seine rechte Faust in seine linke Handfläche. »Karl-Joseph Eickhoffs Reederei, wohlgemerkt. Dort steht der Name unserer bisher unbekannten und unauffindbaren WG-Mitbewohnerin genau an dem Büro, in dem wir ein Versteck mit diversen deutschen Personalausweisen, Reisepässen und anderen Dokumenten gefunden haben. Unter anderem mit dem Ausweis von Karim Can, der früher in derselben WG gewohnt hat wie Aylin Baumann. Klingt das wie ein Zufall? Für mich klingt das nicht wie ein Zufall. Endlich kommen wir weiter!«

Kramer schüttelte den Kopf. »Nein, kein Zufall, das sehe ich auch so. Entscheidend weiterkommen sehe ich uns aber auch nicht, denn Fräulein Baumann ist seit zwei Wochen nicht an ihrem Arbeitsplatz erschienen.«

»Wer sagt das? Ihr Chef, der Eickhoff?«

»Die Büroleiterin.« Kramer wiegte seinen Kopf. »Und da hätten wir dann das nächste Problem, denn Reeder Eickhoff macht sich zur Stunde auch rar. Ist nicht im Büro, nicht zu Hause, geht nicht ans Mobiltelefon. In diesem Fall haben wir es echt mit Versteckspielern zu tun.«

»Da würde ich mir wegen Eickhoff nicht die ganz großen Sorgen machen«, mischte sich Nidal Ekinci ein, der gerade mit einem Tablett voller Kaffeebecher das Besprechungszimmer betrat. »Der kann nicht ernsthaft untertauchen, ohne seine gesamten Geschäfte zu gefährden. Vermutlich ist er gerade bei seinen Anwälten und arbeitet mit denen eine Strategie aus, wie er unbeschadet aus dieser Ausweis-Geschichte herauskommt.« Der kleine Kurde grinste. »Außerdem würde ein Reeder, der untertaucht, ja ein schlechtes Beispiel geben. Für seine Schiffe, meine ich! Nicht wahr? Hä?«

Müdes Lächeln in der kleinen Runde. »Flachwitz über ein Tiefsee-Wrack, kommt nicht so gut«, knurrte Stahnke vor sich hin.

»Ach, die *Emssturm*? An die hatte ich jetzt gar nicht gedacht.« Ekinci setzte sich. »Du meinst, das Schiff hätte sich ein Beispiel an seinem Besitzer genommen? Das wäre aber ganz schön vorauseilend gewesen!«

Abwärts, nicht voraus, dachte Stahnke. Er runzelte kurz die Stirn, dann schüttelte er den Kopf. »Weiter im Text. Wenn sich Karl-Joseph Eickhoff bis heute Mittag nicht irgendwo anfindet, lasse ich ihn zur Fahndung ausschreiben. Und was ist mit dieser Aylin Baumann? Von der muss an ihrer Arbeitsstelle doch wohl eine gültige Adresse vorliegen! Und hoffentlich auch ein Foto!«

»Allerdings«, sagte Kramer und blickte von seinen Notizen auf. »Ein Foto haben wir. Und auch die Adresse, aber die ist merkwürdig. Es ist nämlich dieselbe wie die von Herrn Eickhoff.«

Stahnkes Augenbrauen fuhren in die Höhe. »Ach nee. Das Mädel wohnt bei seinem Chef? Das sind ja Verhältnisse wie im alten Rom!«

»Nicht Karl-Joseph Eickhoff.« Kramer schüttelte nachdrücklich den Kopf. »Vielmehr Karl-Friedrich Eickhoff. Du weißt, der Kaufhausbesitzer.«

»Mit dem hat die was? Der ist ja noch älter als sein Bruder!«

Nidal Ekinci lachte schallend. »Immer nur das Schönste annehmen! So bist du, was?« Er strahlte seinen Vorgesetzten in tiefster männlicher Verbundenheit an.

Stahnke fühlte sich peinlich berührt, und das ärgerte ihn. »Erzähl du mir lieber etwas über die Pässe!«, schnauzte er Ekinci an. »Was sind das für welche, und warum sind sie in der Reederei gebunkert worden? Wozu diente das Ganze?«

»Es handelt sich ausnahmslos um deutsche Originaldokumente.« Nidal Ekinci war vorbereitet. »Keine Fälschungen dabei. Zum Teil gehören die Ausweise Leuten mit Migrationshintergrund, aber das gilt längst nicht für alle, soweit man das an Namen und Fotos erkennen kann. Junge Leute zumeist, überwiegend Männer, aber es sind auch Frauen dabei. Überprüfung läuft.«

»Und der Sinn?«

Ekinci hob die Schultern. »Schwer zu sagen. Nehmen wir mal diesen Karim Can: Er ist im Irak, sein Pass liegt hier in Leer. Warum? Keine Ahnung.«

»Hätte er ihn für seine Ausreise nicht dabeihaben müssen?«, fragte Kramer.

»Irgendeinen wird er gebraucht haben«, erwiderte Ekinci. »Falls er jedoch früher bereits polizeilich in Erscheinung getreten sein sollte, zum Beispiel als salafistischer Extremist, und sein Name auf unseren Listen steht, wäre sein eigener Pass bei einer Kontrolle eher hinderlich gewesen. Vielleicht hat er also den Ausweis eines Bruders genommen.« Ekinci grinste. »Oder den eines Cousins. Ihr wisst doch, die Migranten haben immer irgendwelche Brüder und Cousins. Oder den eines anderen Arabers oder Türken. Wir sehen doch sowieso alle gleich aus!«

Sie taten ihm nicht den Gefallen, zu lachen oder zu widersprechen. »Demnach wäre Eickhoffs Reederei also eine Art Tauschbörse für ausreisetaugliche Dokumente gewesen?«, fragte Stahnke. »Aber warum? Will da einer den *IS* mit Frischfleisch versorgen, damit denen die Killer nicht ausgehen? Und die Feldmatratzen?«

»Warum nicht?«, konterte Ekinci. »Karl-Joseph Eickhoff ist Geschäftsmann, ebenso wie sein Bruder, der Umgang mit Dokumenten gehört zu seinem Business, und die Reedereibranche steckt in der Krise, da kann er jeden Euro gebrauchen, schätze ich. Und der *IS* hat Geld. Reichlich sogar.«

Der Hauptkommissar nickte nachdenklich, dann nahm er den ursprünglichen Gespächsfaden wieder auf. »Welchen Weg nehmen sie eigentlich, wenn sie in den Krieg ziehen wollen, diese gesichtsgleichen Brüder? Per Flugzeug nach Kairo? Oder wie?«

Nidal Ekinci schüttelte den Kopf. »Praktisch alle, die in den Irak oder nach Syrien wollen, um sich dem *Islamischen Staat* anzuschließen, reisen über die Türkei«, stellte er fest. »Dorthin kommen sie auf den verschiedensten Wegen, die meisten wohl per Flieger oder schlicht mit dem Auto. Das letzte Stück aber legen sie mit der türkischen Armee zurück.«

»Wie bitte?« Stahnke sackte der Unterkiefer weg. »Mit der Armee? Wie denn das, zum Henker?«

Der kleine Oberkommissar lächelte bitter. »Ja, in der Tat – zu den Henkern! Dem türkischen Staat kommt der *IS*-Terror doch gut zupass, um die Kurden klein zu halten. Offen gesagt wird das zwar nicht mehr, aber die Armee ist nach wie vor mit *IS*-Sympathisanten durchsetzt. Die lassen die Nachwuchs-Terroristen aus Deutschland und anderswo einfach mit auf den Lkw klettern, wenn es auf Grenzpatrouille geht. An der richtigen Stelle wird dann die Plane gelüpft, und schwupps! Schon sind die kleinen Killer am Ziel.« Sein sonst so freundliches Gesicht bekam einen harten Zug. »Vielen dienen die bloß als Kanonenfutter. Oder als Feldmatratze, wie du es ausdrückst, was die Mädchen betrifft. Manche von den Deutschen aber machen auch richtig Karriere. Schaut sie euch an im Internet, ihr kriegt das Kotzen.«

»Karim Can auch?«, fragte Kramer.

»Bis jetzt eher nicht«, antwortete Ekinci. »Noch steht er in der zweiten Reihe. Und mit der Kleiderordnung steht er auch auf Kriegsfuß.«

»Zum Glück«, sagte Stahnke. »Dieses T-Shirt …«

»Apropos.« Oberkommissar Schmitz hatte der Sitzung bisher stumm beigewohnt, sah man einmal von den Geräuschen ab, die er beim Verzehr einer Tütenfüllung Weingummi produzierte. »Frederik Jaschinsky hatte auch welche von der Sorte. Zwei, glaube ich. Lagen zerknüllt in seinem Schrank.« Er wedelte mit etwas, das eine Inventarliste sein konnte.

»Schau an.« Stahnke blickte nachdenklich in die Runde. »Das lässt auf eine engere Beziehung zwischen der Reederei Eickhoff und unserer WG schließen, richtig?«

»Naheliegend«, meinte Kramer. »Aylin Baumann arbeitet bei *Eickhoff IS*, Dennis Poppinga tut dies zumindest zeitweise, und Karim Can – tja, was war der? Ein Kunde?«

»Kann sich eins ausgeliehen und nicht zurückgegeben haben«, mutmaßte Nidal Ekinci. »Werbe-T-Shirts sind keine Wertgegenstände, da achtet man nicht so drauf.«

»Und warum hatte Jaschinsky auch welche?«, hakte Stahnke nach. »Hatte der Poppinga so viele von den Dingern, dass er alle damit versorgte?«

»Oder diese Aylin«, ergänzte Schmitz. »Als Angestellte hat sie doch bestimmt leichten Zugriff auf alle *Give-aways*. Hat den Jungs einfach mal eine Runde Klamotten besorgt, damit die nicht so müffeln.« Er lachte gnickernd.

»Oder«, sagte Stahnke langsam, »Frederik Jaschinsky hat ebenso wie Poppinga gelegentlich für *Eickhoff IS* gearbeitet. Und bei dieser Gelegenheit ein T-Shirt bekommen, ganz offiziell.«

»Und was hat er dort gearbeitet?« Kramer schien sich auf den Gedanken einlassen zu wollen. »Er als Seefahrtschüler? Etwas Nautisches oder etwas Technisches?«

Der Hauptkommissar schaute von Kramer zu Ekinci. »Zurück zu den Pässen«, sagte er.

Nidal Ekinci riss die Augen auf. »Als Schleuser?«, fragte er aufgeregt. »Oder als Schlepper? Ich wüsste allerdings nicht, wie das von Leer aus gehen sollte. Und längere Abwesenheiten … Tja, das müssten wir erst mal recherchieren.«

»Sehen wir das doch mal global«, schlug Stahnke vor. »Wie funktioniert denn die Globalisierung? Doch nicht, indem einer immer zwischen den Ländern und Kontinenten hin und her flitzt. Vielmehr arbeitet man Hand in Hand. Der eine übersendet, der andere nimmt an und verarbeitet weiter. Wie wäre es denn damit?«

»*Eickhoff IS* schleust deutsche Islamisten in den Irak«, murmelte Nidal Ekinci. »Vielmehr bis in die Türkei, den Rest macht die türkische Armee. Und dann …«

»Dann nimmt man den ausgereisten Deutschen die Pässe ab, für die sie sowieso keine Verwendung mehr haben«, übernahm Kramer. »Mit Hilfe dieser Dokumente werden dann Flüchtlinge aus dem arabischen und afrikanischen Raum in die EU eingeschleust, ohne dass sie gleich im ersten EU-Land, das sie betreten, hängen bleiben und interniert werden. Mit deutschen Pässen dürfte das kein Problem sein, sofern die Lebensdaten und das Aussehen halbwegs übereinstimmen.«

»Weil diese Migranten ja doch alle gleich aussehen«, murmelte Ekinci. Wieder lachte niemand.

»Karl-Joseph Eickhoff als Helfershelfer für eine kriminelle Schlepperbande? Hat der denn so etwas nötig?« Oberkommissar Schmitz hatte seine Stirn in Falten gelegt, was seinem kindlich-prallen Gesicht einen altklugen Zug verlieh.

»Gerade ein Reeder hat so etwas nötig«, sagte Stahnke und nickte Ekinci zu, der diese Vermutung auch schon geäußert hatte. »Ich habe mich ein bisschen über die Verhältnisse im Eickhoff-Clan informiert, gleich nach dem Attentat auf Sohn Oliver, erinnert ihr euch? War ein höchst interessanter Nachmittag. Die Resultate bezüglich Karl-Joseph hielt ich natürlich für nebensächlich, tatsächlich aber sind sie aufschlussreich. Sicher ist: Sein Laden geht finanziell am Stock.«

»Ach.« Kramer klang überrascht. »Und das, wo doch der Schiffsverkehr durch die Globalisierung in den letzten Jahrzehnten weltweit um das Zehnfache zugenommen hat? Ich meine, Altpapier nach China und Christbaumschmuck zurück, Hühnerteile und Altkleider nach Afrika, Nordsee-Granat zum Pulen von Greetsiel nach Marokko und retour und lauter solche Sachen. Transport ist dabei doch das A und O! Ein Reeder müsste sich in solchen Zeiten doch eine goldene Nase verdienen können.«

»Müsste er.« Stahnke nickte. »Vorausgesetzt, er hat Ahnung von seinem Geschäft.«

»Daher weht der Wind.« Schmitz wischte sich Süßkramrückstände aus den Mundwinkeln. »Zu dumm zum Geldverdienen, was? Gar nicht typisch für einen Eickhoff.«

»Dumm ist Karl-Joseph Eickhoff eigentlich nicht, und BWL studiert hat er auch«, korrigierte Stahnke. »Sein Problem sind die dicken Rosinen in seinem Kopf. Er hatte ein paar *Feeder* laufen, kleinere Frachter, die den Zulieferdienst für die ganz großen Containerlinien machen, aber das reichte ihm nicht – schon vom Image her. Er wollte unbedingt etwas Innovatives, etwas, womit er in den Medien groß rauskommt.«

»So einen Reeder hatten wir hier doch schon mal«, erinnerte sich Kramer. »Der ließ Frachtschiffe mit rotierenden Segelmasten bauen und welche mit Lenkdrachenantrieb entwerfen. Richtig, und auf irgendeiner ostfriesischen Insel hat er doch ein sündhaft teures Künstlerhaus hochziehen lassen. Bestimmt alles sehr gut fürs Image.«

»Bloß, dass er dann als Steuerhinterzieher im großen Stil entlarvt wurde und pleite ging, das war nicht ganz so imageförderlich«, ergänzte Stahnke trocken. »Aber du hast schon recht, ich bin ziemlich sicher, dass sich unser Eickhoff diesen Typen zum Vorbild genommen hatte. Bloß, dass solche grünen Projekte nicht sein Ding waren. Er hatte es mehr mit Tempo und Design. Also hat er eine Serie von Turbo-Katamaranen in Auftrag gegeben.«

»Jetzt erinnere ich mich.« Kramer schnippte mit den Fingern. »Superschnelle Zweirumpfschiffe, gebaut auf der *Leiner-Werft* oben an der Ems, nach australischem Vorbild, nicht wahr? Schade, dass die Dinger nicht für die Wind- und Wellen-Verhältnisse in der Nordsee ausgelegt waren! Da war doch mal dieses Drama, wisst ihr doch? Eine von Eickhoffs Turbofähren kam bei Helgoland in einen Sturm, Stärke acht oder so; nichts Tragisches, jedes normale Fahrgastschiff hätte das locker abgewettert. Aber auf diesem Katamaran gingen Scheiben zu Bruch, stählerne Relingteile flogen durch die Gegend und die Passagiere hatten eine Heidenangst. Wenig später wurden Eickhoffs Verträge von den Seebäderverwaltungen gekündigt. Was ist aus diesen Schiffen eigentlich geworden?«

»Ein riesiger Verlust ist daraus geworden«, erwiderte Stahnke. »Ich glaube, die Dinger verkehren jetzt im Mittelmeer, da sind die Wellen nicht ganz so hoch. Aber nach dieser schlechten Presse waren die nur noch zum Schnäppchenpreis zu verkaufen.«

»Da hätte manch einer die Hand zum Offenbarungseid gehoben«, sagte Kramer. »Karl-Joseph Eickhoff aber nicht, sonst wüsste ich das. Wie hat er diesen Verlust denn verkraften können?« Er schaute in die Runde.

»Regulär kaum«, behauptete Stahnke. »Und wenn ihm sein Bruder nicht beigesprungen ist, was ich nebenbei bezweifle, dann dürfte Karl-Joseph Eickhoff nach dem nächstbesten Strohhalm gegriffen haben, der sich ihm darbot. Verzweifelt genug war er, und moralische Bedenken … tja, die wären wohl eine Unterstellung.«

Kramer zuckte die Achseln. »Von mir aus. Aber um solch einen illegalen Kontakt nutzen zu können, muss der ja erst einmal bestehen. Wie soll der denn zustande gekommen sein?«

»Dennis Poppinga hat für Eickhoff gearbeitet«, platzte Schmitz heraus. »Fred Jaschinsky vermutlich auch. Beide wohnten mit Karim Can zusammen, der jetzt bei den Terroristen im Irak ist. Klare Kiste für mich.«

In diesem Moment steckte van Dieken seinen graubärtigen Kopf zur Tür herein. »Ich habe den Eickhoff am Telefon«, verkündete er.

»Welchen?«, fragte die Runde im Chor.

»Karl-Friedrich«, antwortete van Dieken.

Enttäuschtes Gemurmel war die Reaktion.

»Aber der andere ist bei ihm.«

»Welcher?«, fragte Stahnke. »Karl-Joseph oder Oliver?«

»Karl-Joseph. Der Reeder. Bei ihm im Büro. Er will mit uns sprechen.«

»So, will er das?« Stahnke nickte Kramer zu: »Mach du das mal. Mir ist gerade noch eine andere Idee gekommen.«

Kramer erhob sich. »In Ordnung. Und wohin gehst du?«

»Noch einmal zum Tatort. In den Buchladen.«

»Ach, zu deiner hübschen Buchhändlerin.« Kramer grinste anzüglich.

Stahnke wollte ihm die Zunge herausstrecken, aber irgendetwas hinderte ihn daran.

30.

Wenn Rieken allein im Streifenwagen unterwegs war, fühlte er sich unwohl. Allein gelassen. Ihm fehlte etwas an seiner rechten Seite. Vielmehr jemand. Er und van Dieken waren eben weit mehr als ein altes Ehepaar.

Dass die Kollegen witzelten, war ihm egal. Ebenso wie seinem langjährigen Partner, da war er sich völlig sicher. Jeder von beiden konnte sich vollkommen auf den anderen verlassen, ohne Wenn und Aber. Wo gab es das schon? In den meisten Ehen bestimmt nicht.

In Riekens Fall gab es nicht einmal mehr die Ehe.

Sein grauer Bart verzog sich zu einem Grinsen, als ihm nachträglich die Doppeldeutigkeit seines Gedankens auffiel. Rechte Seite, von wegen! Rieken und van Dieken galten beide als die Rechtsausleger der Inspektion, schon ewig. Er hatte nie wirklich verstanden, wieso. Es war doch ihr Job, für Recht und Ordnung zu sorgen, und das taten sie, das vertraten sie. Gerne auch deutlich, mit schlichten, klaren Worten. Da regten sich diese Weicheier von Gutmenschen natürlich gerne drüber auf. Aber allzu viele von denen gab es in ihrem Laden zum Glück nicht. Dafür andere, die ebenso dachten wie Rieken und van Dieken, vielleicht sogar noch extremer. Aber die hielten lieber das Maul, wenn es brenzlig wurde. Er und sein Partner taten das nicht.

Und jetzt waren sie beide also diesem Stahnke unterstellt. Ausgerechnet! Auch so ein weltverbesserischer Wirrkopf, jedenfalls manchmal. Was hatte der sich damals mit Rechtsanwalt Zimmermann angelegt! Rieken und van Dieken waren hervorragend mit dem ausgekommen, hatten sogar dessen komische Partei gewählt. Jetzt saßen die im Kreistag und im Stadtrat und sorgten dafür, dass wenigstens hin und wieder mal klare Worte fielen. Über die Penner, über die Zigeuner, vor allem aber über die Ölaugen, diese Sandnigger, die nichts anderes taten als immer neue Kopftuchmädchen zu machen. Und natürlich auch Söhne, die sie zu arroganten Kotzbrocken erzogen oder am besten gar nicht, was auf dasselbe hinauslief. Momentan reisten ja viele von denen heim ins Islamisten-Reich, um sich dort totschießen zu lassen, wegen der soundsovielen Jungfrauen, die man dafür im Jenseits bekam. Na, sollten sie doch – totschießen lassen war für die auf jeden Fall die beste Lösung.

Blöde nur, dass diese Killer-Kasper gewöhnlich immer noch ein paar andere Menschen mit in den Tod nahmen. Ebenfalls Ölaugen, gewiss. Trotzdem verspürte Rieken das für ihn seltene Bedürfnis, die letzten Gedanken besser für sich zu behalten.

Wie kam er denn überhaupt darauf? Richtig: Stahnke. Tja, wachsweiche Ansichten vertrat der manchmal. Total legalistisch. Wie sollte man denn überhaupt arbeiten können als Polizist, wenn man sich nicht hin und wieder die Vorschriften so zurechtbog, wie man sie gerade brauchte? Wenn man das Recht effizient schützen wollte, dann durfte man es mit diesem Recht nicht immer so genau nehmen. Das war jedenfalls Riekens Meinung. Und die von van Dieken natürlich auch.

Und manchmal … tja, manchmal schien sogar Stahnke das so zu sehen. Rieken schmunzelte, als er daran denken musste, wie er und sein Partner den Hauptkommissar einmal dabei überrascht hatten, wie er die Kniescheiben eines baumlangen Neonazis mit dessen eigenem Baseballschläger bearbeitete. Gab es eine schnellere Methode, um an Informationen zu kommen? Na eben. Stahnke hatte einen mächtigen Schreck bekommen, als die beiden Graubärte so unvermutet am Schauplatz aufgetaucht waren. Dachte wohl, sie würden ihn verpetzen. Aber das kam natürlich gar nicht in Frage. Ehrensache! Das war ihnen überhaupt nicht in den Sinn gekommen. Sondern eher die Frage, wie denn der dicke Stahnke wohl diesen Brecher von einer Krawallglatze zu Boden bekommen hatte.

Stahnke hatte offenbar verborgene Fähigkeiten. Außerdem eine herausragende Aufklärungsquote. Und Korpsgeist noch dazu. Eigentlich konnte man sich über solch einen Vorgesetzten nicht beschweren. Auch, wenn er manchmal etwas wirrköpfig war.

Von der Autobahnabfahrt Nord kommend, hatte Rieken inzwischen die ganze lange Heisfelder Straße hinter sich gebracht. Hier, an der Grenze zur Altstadt, knickte die Vorfahrtsstraße rechtwinklig nach links ab. Eigentlich hätte er der Vorfahrt folgen sollen, um auf dem schnellsten Weg zur Polizeiinspektion in der Georgstraße zu gelangen. Stattdessen fuhr er geradeaus, in die Altstadt hinein, und hielt sich an der anschließenden Gabelung rechts. Dies hier war die Brunnenstraße; sie führte direkt aufs *Tatort Taraxacum* zu. Hier war Oliver Eickhoff angeschossen worden, dort hinten hatte sich der Mord an Frederik Jaschinsky ereignet. Gut und schön, sagte sich Rieken, was aber hatte *er* denn jetzt hier zu suchen? Falls er einer Eingebung folgte, dann war ihm die herzlich unbekannt. Und um von hier in die Georgstraße zu kommen, musste er über die Rathausbrücke und die Nesse-Halbinsel, und das war angesichts der vielen Baustellen dort wahrlich kein Spaß. Außerdem wurde auf der Großen Bleiche bestimmt schon mit dem Aufbau des Gallimarkts begonnen, und es war gar nicht sicher, dass er da überhaupt noch durchkam.

Da vorne war der Buchladen von diesem Christiansen. Auch so ein Typ, dessen Ansichten Rieken zutiefst suspekt erschienen. Was hatte denn der eigentlich gegen solche werbewirksamen Aktionen wie das Mitternachts-Shopping? War doch gut, das verschlafene kleine Leer immer mal wieder in die Schlagzeilen zu bringen. Christiansen musste dabei doch nicht mitmachen! Aber nee, immer erst mal meckern. Solche Typen hatte Rieken gerne!

Da kam er gerade angelatscht, der Dicke, die Rathausstraße entlang. Hatte wohl an der Waage geparkt, weil hinter seinem eigenen Laden mal wieder alles voll war. Überhaupt war der Verkehr hier mal wieder unglaublich! Ein Lieferwagen stand halb auf dem Gehweg, etwas weiter vorne hielt ein Paketwagen auf der anderen Straßenseite; jetzt ging endgültig nichts mehr vor oder zurück. Prost Mahlzeit! Und da verlangte dieser Christiansen ernsthaft, die Fußgängerzone bis in die Altstadt auszuweiten?! Dann konnte hier ja überhaupt keiner mehr fahren!

Wieso ging Christiansen denn nicht in seinen Buchladen hinein – wollte er sich etwa vorher noch einen frühen Döner reindrücken? Sein eigenes Lokal hatte wohl noch nicht geöffnet. Jedenfalls steuerte der füllige Buchhändler den Dönerladen an der Ecke gegenüber an. Rieken freute sich diebisch auf Christiansens dummes Gesicht, denn er wusste genau, dass der Grill um diese Zeit ebenfalls noch geschlossen war.

Oh – heute offenbar nicht. Soeben trat der Besitzer aus der Tür, freundlich und adrett wie immer, seinen Sohnemann im Schlepptau. Hübscher Bengel, das musste Rieken zugeben. Der hatte bestimmt keine Probleme, Mädchen kennenzulernen. Schon gar nicht mit seinem flotten Moped.

Der Imbissmann und Christiansen schüttelten sich die Hände, der Junge hielt sich höflich zurück und nickte nur. Dann guckten sie alle drei zur Seite, und Rieken wollte sich schon ducken, weil er glaubte, sie würden ihn direkt ansehen. Aber ducken wäre natürlich Quatsch gewesen, schließlich saß er in einem offiziellen blau-silbernen Dienstwagen mit Blaulicht und LER-PO-Nummer. Und tatsächlich schauten die drei Männer wohl Richtung Streifenwagen, ohne aber dessen Fahrer zu beachten. Ihre Aufmerksamkeit galt vielmehr einem weiteren Mann, der sich soeben auf dem linken Bürgersteig näherte.

Rieken kannte den Kerl, und es war keine angenehme Erinnerung, die da in ihm aufstieg. Was für ein Kotzbrocken das war! Priester oder Vorbeter oder sonst was war der, hielt sich für ein ganz großes Tier, dabei war seine angebliche Moschee doch nichts weiter als eine Privatwohnung in der Friesenstraße! Dagegen war der Königreichsaal der Zeugen Jehovas direkt ein Prachtbau, und auch andere Sekten, von denen es in Leer ziemlich viele zu geben schien, residierten in Gebäuden, die mehr hermachten. Trotzdem, genau um diese Wohnungs-Moschee war es gegangen, und der Typ hatte einen riesigen Aufstand gemacht. Und warum? Eine Scheibe in der Eingangstür war ihm kaputtgegangen, und er behauptete steif und fest, es wäre ein fremdenfeindlicher Anschlag gewesen! Hatte man da Töne?!

Da hatte dieser Mullah oder Imam oder was auch immer aber bei Rieken auf Granit gebissen. Der hatte damals an der Inspektionswache Dienst geschoben, und bei ihm gab man nicht mal eben eine Anzeige ab! Oh nein, da wurde geprüft und gesiebt, ehe etwas zu Papier kam. Das war er seinen überlasteten Kollegen schuldig. Und natürlich auch der Statistik. Solch eine Sachbeschädigung nämlich war extrem ermittlungsunfreundlich, und wenn sie nicht aufgeklärt wurde, schlug sie auf der falschen Seite der Statistik zu Buche. Dabei war es sowieso nur versuchter Versicherungsbetrug, da war sich Rieken völlig sicher.

Dieser grimmige Himmelskomiker aber hatte sich nicht abweisen lassen. Hatte stattdessen noch einmal angerufen und sich mit den höheren Etagen verbinden lassen. Am Ende war er dann bei Stahnke gelandet, und der hatte die Anzeige tatsächlich zugelassen. Verdacht auf ausländerfeindlichen Hintergrund – na super! Prompt hatte sich nie etwas darauf ergeben, und der Fall war bei den ungelösten gelandet. Nach Riekens Methode wäre das einfacher gegangen.

Eine Beschwerde gegen ihn hatte der Imam auch noch losgelassen. Stahnke hatte Rieken damit konfrontiert und ihn böse angefunkelt. Weitergereicht aber hatte er sie nicht. Seitdem war Rieken, bei allem gelegentlichen Unverständnis, irgendwie auch ein Fan von Stahnke.

Ging es da vorne vielleicht mal endlich weiter? Der Paketbote war soeben zurück in seinen Wagen gestürmt – aber leider nur, um sich mit einem neuen Turm Päckchen zu befrachten und wieder loszurennen. Rieken war kurz davor, wütend zu hupen, verkniff es sich aber. Paketbote musste ein Horrorjob sein, nach allem, was man so hörte. Schöne neue Internet-Versand-Welt! Überall gingen Läden ein und wurden Stellen gestrichen, und die neuen Arbeitsplätze, die es dafür gab, waren solche. Unterbezahlt und wirbelsäulenmordend. Oder gleich beim Versender am Band oder in der Packstation. Aber daran dachten diese Online-Blödies ja nicht, wenn sie ihre Bestellungen in den PC klickten!

So, jetzt war die Händeschüttelei zwischen den drei Männern und dem Imam auch erledigt. Gingen sie denn endlich mal rein, Döner fassen? Nein, stellte Rieken fest. Stattdessen trabte die ganze Gruppe hinüber zum Buchladen und verschwand durch die Eingangstür. Durch die Schaufensterscheibe konnte Rieken sehen, dass sich drei der vier Männer an dem runden Tischchen gleich links am Regal niederließen. Christiansen selbst verschwand zunächst nach hinten, vermutlich Getränke ordern. Was die wohl miteinander zu besprechen hatten?

Na endlich, der Paketwagen setzte sich in Bewegung! Fast zeitgleich tastete sich auch der Lieferwagen zurück auf die Fahrbahn. Der Stau in der Brunnenstraße begann sich aufzulösen. Rieken legte den Gang ein und ließ den Streifenwagen anrollen.

Kurz bevor er beim *Tatort Taraxacum* rechts abbiegen musste, öffnete sich die Ladentür, und zwei junge Frauen traten heraus. Zwei auffallend hübsche Frauen, stellte Rieken gewohnheitsmäßig fest. Die eine war die Buchhändlerin, auf die Stahnke angeblich so stand, jedenfalls meldete das der Flurfunk. Nettes Gesicht, fand Rieken, hübsch gesträhnte Haare, anmutige Gestalt, aber für seinen Geschmack doch etwas dünn. Da sah das zweite Mädel schon viel passender aus. Brünett mit leichtem Rotstich, das lange, volle Haar locker zum Pferdeschwanz gefunden, ebenfalls schlank, aber mit mehr Polstern an den richtigen Stellen. Absolut spektakulär, fand Rieken, der vor lauter Glotzen fast den Moment zum Abbiegen verpasst hätte.

Wohin mochten die beiden Grazien wohl wollen, jetzt am heiter-hellen Vormittag? Rieken verfolgte die beiden im Rückspiegel, so lange es ging. Musste die Buchhändlerin nicht arbeiten? Aber vielleicht hatte ihr Chef ihr ja freigegeben, kombinierte Rieken. War nicht viel los im Geschäft, so wie es von draußen aussah, und er selber war ja anwesend. Wegen seiner Gesprächsrunde. Hm. Oder hatte er seine Angestellte etwa extra hinauskomplimentiert, weil sie nicht mitbekommen sollte, was er zu besprechen hatte?

Mit leise jammernden Reifen bog Rieken nach links in die Schmiedestraße ein. Auf einmal hatte er es sehr eilig, wieder in die Inspektion zu kommen.

31.

Es rumpelte, ehe die Tür geöffnet wurde; anscheinend hatte sein Entführer sie verbarrikadiert. Dennis Poppinga schob seine breiten Schultern durch die Türöffnung. Ehe er die Tür hinter sich zuzog, schlug er Oliver Eickhoff mit einer Beiläufigkeit ins Gesicht, die ihn mehr verletzte als der Schlag selbst.

»Was willst du von mir?«, nuschelte Eickhoff junior durch seine Finger, die er sich auf die Lippen gepresst hatte.

»Von dir?« Poppinga lachte höhnisch auf. »Von dir will ich überhaupt nichts. Höchstens *für* dich.«

»Spinnst du?« Oliver Eickhoff lispelte leicht; das weiche Fleisch seiner Backentaschen schwoll unheimlich schnell an. »Glaubst du etwa, du kannst meinen Vater erpressen?«

»Warum nicht?« Dennis Poppinga sah sich in der Kammer um, wischte dann mit der flachen Hand über den festgeschraubten Tisch und fing an, Sachen daraufzustellen, die er einem kleinen Rucksack entnahm. Oliver Eickhoff kannte das Ding. Darin hatte Dennis Poppinga auch bei gemeinsamen Motorrad-Touren seinen Proviant aufbewahrt, weil er Koffer und Tankrucksäcke uncool fand. Jetzt stellte er Wasserflaschen auf den Tisch, eine, zwei, drei. Dazu zwei Plastikpackungen mit Sandwiches von irgendeiner Tanke. Schinken und Salami. Bäh, Oliver Eickhoff mochte keine Salami.

Noch weniger aber mochte er den Gedanken, dass diese Sache hier offenbar länger dauern sollte. Der war ihm schon bei der zweiten Wasserflasche gekommen.

»Du kennst meinen Vater nicht«, sagte Oliver Eickhoff, und es wurmte ihn, dass seine Stimme dabei zitterte. »Der ist ein harter Knochen. Der lässt sich nicht so einfach die Butter vom Brot nehmen.«

»Quatschkopf«, sagte Dennis Poppinga. Es klang nicht wie eine Beleidigung, sondern wie eine Tatsachenbeschreibung. »Dein Alter macht alles mit Geld, der kennt das gar nicht anders. Sei froh darüber! Mal schauen, was er für dich ausspuckt. Und ob das reicht.« Er grinste böse. »So, und jetzt bring ich dich aufs Scheißhaus. Hoffentlich hast du nicht die Hüttenkrankheit, denn das ist die einzige Chance, die du heute kriegen wirst.«

»Wie, ob das reicht?« Oliver Eickhoff stand da wie angewurzelt. »Und wenn nicht, was hast du dann vor?«

»Abwarten«, sagte Dennis Poppinga. »Wenn dein Alter mir zu geizig ist – Joe gibt mir bestimmt mehr, wenn ich ihm erzähle, was du getan hast.« Er packte Oliver Eickhoff am Hemd und zog ihn mühelos zu sich heran. »Wenn ich ihm das sage, gibt er mir bestimmt das Doppelte, damit ich dich mit einem alten Kahn wie diesem hier absaufen lasse.« Er trat beiseite und stieß seinen Gefangenen in Richtung Tür. »Los jetzt, geh kacken, ich habe nicht den ganzen Tag Zeit.«

Stolpernd und bebend ging Oliver Eickhoff über den Korridor. Das defekte Klo stank entsetzlich, und natürlich war sein Darm zu nichts zu bewegen. Aber das beschäftigte ihn wenig. Seine Gedanken kreisten um Dennis Poppingas Worte und um seine eigene Erinnerung, die er vergeblich zu verdrängen versucht hatte. Und um die Vorstellung, wie es wohl sein mochte, wenn sich das Innere dieses eisernen Sarges langsam mit schäumendem Wasser zu füllen begann.

32.

Kramer hatte Schmitz mitgenommen. Ekinci wäre ihm lieber gewesen, aber der hatte natürlich wieder einmal etwas anderes vor. Ganz, ganz wichtig, na klar. Kramer ließ ihn gewähren; nicht, weil er etwa ein Problem mit ausgeübter Autorität gehabt hätte, sondern weil er mittlerweile jede Eigeninitiative begrüßte, die zumindest die Hoffnung nährte, endlich weiterzukommen. An einen Befreiungsschlag in diesem zähen Fall wagte Kramer nicht einmal zu denken.

Unter der angegebenen Adresse türmte sich eine Villa vor ihnen auf, die nicht nur alten Reichtum ausdrückte, sondern auch Anspruch auf mehr. Zu Füßen der breiten Freitreppe mit den geschwungenen Marmorbalustern und den Handläufen aus poliertem Granit zweigte ein schmaler Weg von der breiten Auffahrt ab. *Baumann* stand auf einem Briefkasten, der dort an einem Pfosten angebracht war, in respektvollem Abstand zum Wohnbereich der Herrschaften. Kramer wies mit dem Kopf auf den Weg, der um die Hausecke herum führte; Schmitz bestätigte und eilte leichtfüßig über das Klinkerpflaster. Hoffentlich war Aylin Baumann nicht allzu schreckhaft, dachte Kramer, während er den Koloss um die Ecke verschwinden sah. Dann stieg er gemessenen Schrittes seiner eigentlichen Aufgabe entgegen.

Überraschenderweise öffnete der Hausherr selbst; Kramer hatte mit einem livrierten Butler gerechnet. »Wo bleiben Sie denn, wir warten schon!«, schnauzte der gockelhafte Mann, dessen konservativer Kleidungsstil ihn als Karl-Friedrich Eickhoff auswies. »Nun kommen Sie schon herein!«

Kramer war kein Pokerspieler, aber sein Steingesicht war für jeden Bluff gut. Wie es dahinter aussah, fand er, ging ja niemanden etwas an.

Natürlich verfügte die Villa über einen Empfangsbereich von zwei Stockwerken Höhe und mit zwei weiteren geschwungenen Freitreppen, schmäleren Kopien des Trumms vor dem Eingang. Wer draußen noch nicht gebührend beeindruckt worden war, dem widerfuhr das jetzt. Oder auch nicht, dachte Kramer; die Wirkungsabsicht dieser Architektur war dermaßen überdeutlich, dass sie sich schon selbst karikierte.

Karl-Friedrich Eickhoff steuerte keine der beiden Treppen an, sondern eilte nach links und durch eine unauffällige Tür, hinter der sich ein unerwartet gemütlich eingerichteter kleiner Salon befand. Drei ausladende Sessel und ein Sofa waren um einen frisch geölten Mahagonitisch gruppiert. Links saß Reeder Eickhoff, rechts nahm Kaufmann Eickhoff Platz. Auf dem Sofa hockten zwei Herren in Maßanzügen. Deren Anwesenheit war für Kramer keine Überraschung – und wiederum doch. Sein Steingesicht übertraf sich wieder einmal selbst.

Da keiner der Herren Anstalten machte, sich zu Kramers Begrüßung zu erheben, nickte der Oberkommissar nur kurz in die Runde und nahm dann im letzten freien Sessel Platz, an der Längsseite des Tisches, den Maßanzügen gegenüber. Er zog sein iPhone aus der Tasche, schaltete es auf Aufnahme und legte es vor sich auf den Tisch. »Nun denn«, sagte er auffordernd.

Die beiden Typen auf dem Sofa waren Anwälte, so viel war klar. Mit der Anwesenheit von Rechtsanwälten hatte Kramer gerechnet, ebenso wie Stahnke. Aber seit wann ließ sich ein Karl-Friedrich Eickhoff mit einem wie Gernot Köchling ein? Der nämlich gehörte nicht nur zur Kanzlei des verstorbenen Rechtspopulisten Zimmermann, er hatte auch dessen kommunalpolitisches Erbe angetreten. Wo immer im Landkreis Leer auf Ausländer geschimpft und gegen Sinti und Roma gehetzt wurde, war auf die eine oder andere Weise Gernot Köchling im Spiel, genauso wie früher der Rechtsanwalt und Notar Zimmermann. Und ebenso wie dieser erhielt nunmehr auch Köchling bei jeder Kommunalwahl erschreckend viele Stimmen.

Jetzt saß dieser Köchling auf Karl-Friedrich Eickhoffs Sofa, bereit, dessen Bruder vor den verdienten Folgen seines mutmaßlich kriminellen Tuns zu bewahren. Und ihm zur Seite saß ein Berufskollege mit arabisch anmutenden Zügen. Ausgerechnet! Wie hielt der es neben diesem Rassistenpöbler überhaupt aus?

»Ja, nun denn.« Der Hausherr riss das Wort an sich, wie vermutet. »Hören Sie, Herr … kommt Ihr Vorgesetzter noch, oder sollen wir …« Er wedelte ungeduldig mit der Hand.

»Hauptkommissar Stahnke ist aus ermittlungstechnischen Gründen unabkömmlich«, erwiderte Kramer. »Sie werden also mit mir Vorlieb nehmen müssen; mein Name ist übrigens Kramer, Oberkommissar. Sollte Ihnen das nicht genehm sein, können wir dieses Gespräch auch in der Georgstraße führen, wohin Sie mich dann gerne begleiten dürfen. Was die Teilnahme von Herrn Stahnke betrifft, werden Sie sich dort allerdings ein wenig gedulden müssen.« Kramers Miene hätte Stummfilm-Star Buster Keaton alle Ehre gemacht.

»Na hören Sie mal!« Köchling fuhr auf. »Wenn Sie uns mit verkappten Drohungen kommen wollen, dann sollten Sie sich …«

Karl-Friedrich Eickhoff brachte ihn mit einer Handbewegung zum Schweigen. »Sie missverstehen mich«, sagte er und nickte Kramer zu, ebenso verbindlich wie kühl lächelnd. »Ich weiß das Entgegenkommen Ihrer Behörde durchaus zu schätzen. Tatsächlich wollte ich nur wissen, ob wir jetzt anfangen können.« Der Blick, den er nach diesen Worten in die Runde schickte, ließ keinerlei Widerspruch zu. Auch nicht von Karl-Joseph Eickhoff, der mit missmutiger Miene schief in seinem Sessel hing.

»Wir können«, bestätigte Kramer ausdruckslos und wandte sich dem Reeder zu. »Herr Eickhoff, anlässlich der Tatortuntersuchung heute früh wurden in einem Ihrer Geschäftsräume Personaldokumente versteckt aufgefunden, die weder Ihnen noch einem Ihrer Mitarbeiter zuzuordnen sind. Die Anzahl dieser Dokumente ist nicht unerheblich und wirft Fragen nach ihrer geplanten Verwendung auf. Möchten Sie dazu eine Erklärung abgeben?«

Karl-Joseph Eickhoff rührte sich nicht, rollte nur mit den Augen. Statt seiner meldete sich erneut Gernot Köchling zu Wort. »Diese Dokumente kann jeder dort deponiert haben, der Zugang zu den Räumen der Reederei hat«, schnarrte er. »Angefangen bei der Putzfrau über sämtliche Angestellten bis hin zum Hausmeister. Es ist überhaupt nicht gesagt, dass Herr Eickhoff mit der Sache auch nur das Geringste zu tun hat.«

Der Reeder grinste breit und hämisch. Als Pokerspieler chancenlos, stellte Kramer fest. »Sie geben also keine Erklärung dazu ab?«, insistierte er, ohne den Rechtsanwalt eines Blickes zu würdigen.

»Was denn? Haben Sie nicht zugehört?« Karl-Joseph Eickhoff richtete sich ein wenig mehr in seinem Sessel auf. »Das war die Erklärung, abgegeben von meinem Rechtsanwalt – also meine! Jeder beliebige Mitarbeiter hätte diese komischen Pässe da oben verstecken können. Ist ja schließlich keine Kunst, so eine Deckenplatte anzuheben und etwas drunterzuschieben.«

Dreifaches tiefes Einatmen war für zwei Sekunden das einzige Geräusch im Raum. Kramer gestattete sich ein Lächeln. Alle hatten erkannt, dass der Reeder gerade Täterwissen von sich gegeben hatte. Denn als Stahnke die im Reedereibüro versteckten Pässe entdeckt hatte, war Karl-Joseph Eickhoff gar nicht mehr im Raum gewesen.

Ein zufälliger Zeuge war er also nicht, sondern mindestens Mitwisser. Oder eben Täter.

Die Erkenntnis war sogar dem Reeder selbst anzumerken, wenn auch mit einiger Verzögerung.

»Schluss jetzt mit diesem Blödsinn«, polterte der ältere Eickhoff-Bruder. »Karl-Joseph, nun erzähl schon! Du hast eine Dummheit gemacht, hast dich aus Geldnot auf krumme Geschäfte eingelassen, wobei aber niemand zu Schaden gekommen ist, und um nicht noch weiter involviert zu werden, hast du die zurückgelassenen Dokumente versteckt. So, wo ist nun das Problem? Alles zusammen sind das doch bestenfalls Ordnungswidrigkeiten, oder was?!«

Köchling schnappte nach Luft, sein Kollege starrte regungslos vor sich hin. Karl-Joseph Eickhoff rutschte wieder etwas tiefer und schräger in seinen Sessel und machte eine indifferente Handbewegung. Von mir aus, mochte die bedeuten – kann schon sein, wenn es euch passt.

Kramer ließ noch weitere fünf Sekunden verstreichen, dann sagte er: »Karim Can. Was sagt Ihnen dieser Name, Herr Eickhoff?« Dabei fixierte er den Reeder. Der blieb stumm.

»Sagen Sie mal, haben Sie etwa nicht zugehört?«, schimpfte stattdessen Karl-Friedrich Eickhoff.

Kramer brachte ihn mit erhobener Handfläche zum Schweigen.

»Sie müssen überhaupt nichts …«, begann Köchling. Ihn stoppte ein kurzer Blick des Oberkommissars.

Reeder Eickhoff hob die Schultern. »Was soll mir der sagen?«, begann er. Dann schien auch er zu begreifen, dass seine Miene die Wahrheit bereits erzählt hatte.

»Hat er Sie direkt angesprochen?«, fragte Kramer weiter. »Oder kam der Kontakt über … gemeinsame Bekannte zustande?«

»Sie meinen Fred Jaschinsky?« Der Reeder nickte. »Ja, der hat den Burschen bei uns angeschleppt. War wohl einer aus seiner WG.« Er grinste: »Dennis hat mir später erzählt, der Fred wäre eigentlich bloß scharf auf sein Zimmer gewesen.«

»Wie sind Sie denn mit Jaschinsky und Poppinga in Kontakt gekommen?«

»Na ja, durch die *Emssturm* eben, nicht wahr? Die Seefahrtschule hat mein Schiff für praktische Übungen genutzt, Seenotmanöver und so weiter. Den Dennis Poppinga kannte ich ja sowieso, über die Werkstatt. Beides fixe Jungs, die für ein bisschen Kohle auch mal einen schwierigen Job zu machen bereit sind. Die einzig wahre Einstellung, wenn man es zu etwas bringen will.«

»Fred Jaschinsky ist tot«, erinnerte ihn Kramer.

»Ja, stimmt«, bestätigte der Reeder ungerührt.

Kramer zögerte; Fragen lagen ihm bündelweise auf der Zunge. Er entschied sich jedoch, bei der einmal eingeschlagenen Richtung zu bleiben. »Jaschinsky hat Ihnen also Karim Can als Kunden zugeführt. War dies die erste Vermittlung dieser Art?«

Der Reeder nickte. »Ja. Ansonsten lief das immer über ...«

»Ich habe mich noch gar nicht vorgestellt.« Die überraschend scharfe Stimme des arabisch aussehenden Rechtsanwalts schnitt Karl-Joseph Eickhoff das Wort ab. »Mein Name ist Khalid al-Bashar, Fachanwalt für internationales Recht. Ich berate und vertrete meinen Mandanten in allen Angelegenheiten dieses Bereichs. Laut getroffener Vereinbarung spreche ich in solchen Fragen auch für ihn. Diese Tatsache möchte ich an dieser Stelle unserer Unterhaltung in Erinnerung bringen.«

Er spricht makelloses Deutsch, dachte Kramer. Sein Akzent ist deutlich, er kann seine Herkunft nicht verleugnen, aber das will er wohl auch gar nicht. Ein stolzer Mann. Könnte ein harter Gegner sein, aber seine Arroganz verhindert das. »Ich war mir gar nicht bewusst, dass unser Gespräch internationale Rechtsfragen berührt hätte«, sagte der Oberkommissar betont höflich. »Meiner Ansicht nach erörtern wir gerade Vorgänge vollständig deutscher Provenienz. Nicht wahr, Herr Eickhoff? Sie waren gerade im Begriff, meine letzte Frage zu beantworten.«

Der Reeder schlug die Augen nieder und inspizierte seine Fingernägel. »Ich bin ganz schlecht mit Namen«, brummelte er.

Kramer fluchte in sich hinein. »Mit welchem Anliegen hat sich der Herr Can denn nun genau an Sie gewandt?«, fragte er weiter.

»Er wollte außer Landes«, erwiderte Karl-Joseph Eickhoff leichthin. »Hatte Sorge, das könnte nicht klappen, weil er wohl auf irgendeiner Fahndungsliste stand. Sachbeschädigung im Zusammenhang mit irgendeiner Salafisten-Demo, nichts Großes. Trotzdem wollte er kein Risiko eingehen. Also haben wir ihn im Auftrag unserer Reederei in die Türkei geschickt. Wir haben gute Handelsbeziehungen dorthin. Seinen Pass hat er hiergelassen, und der, den er benutzt hat, ist wohl schon wieder auf dem Weg zurück. Den hat Karim Can für die letzte Etappe schon nicht mehr gebraucht, weil …«

»Herr Eickhoff! Ich muss Sie bitten!« Wieder unterbrach al-Bashar. »Denken Sie daran, dass Sie mit solch leichtfertigen Äußerungen nicht nur sich selbst belasten!«

»Keine Sorge.« Kramer lächelte den Anwalt zuckersüß an. »Die Rolle der türkischen Armee in diesem Zusammenhang ist uns bereits *en detail* bekannt. Also lassen Sie Ihren Mandanten ruhig seine Aussage machen. Damit kann er sich selbst schließlich nur nützen, nicht wahr? Und das sollte doch auch in Ihrem Interesse sein.« Er ließ das Lächeln angeknipst, bis die Anspannung in al-Bashars Kiefermuskeln nachgelassen hatte, und stellte sich vergnügt das lautlose Mahlen seiner Zähne vor.

Dabei war der Oberkommissar schon überrascht, wie

leichtfertig und ohne groß zu zögern der Reeder Informationen hervorsprudelte, die ihn nicht zu knapp belasteten. Als ob er sich das vorher so zurechtgelegt hätte. Warum? Um noch wesentlich Schlimmeres zu vernebeln?

»Herr Eickhoff.« Kramer nahm erneut den Reeder ins Visier. »Uns liegen Beweise vor, dass Karim Can inzwischen im Irak angekommen ist und sich der Terrororganisation *IS* angeschlossen hat. Als deren Mitglied hat er sich bereits der Beteiligung an mindestens einem Geiselmord schuldig gemacht. Damit sind alle diejenigen, die Karim Can bei seiner illegalen Einreise in den Irak behilflich gewesen sind, der Beihilfe zum Mord schuldig und müssen mit einer entsprechenden Anklage rechnen. Herr Eickhoff, sind Sie sich dessen bewusst?«

Der Reeder wurde blass; Rechtsanwalt Köchling bekam große Augen und schnappte nach Luft. Al-Bashar dagegen blieb stumm und unbewegt. Okay, dachte Kramer, was immer seine größte Sorge hier ist, das Wohlergehen seines Mandanten scheint es nicht zu sein.

»Sie können mich ... doch nicht zum Mörder abstempeln!«, brach es schließlich aus Karl-Joseph Eickhoff hervor. »Woher soll ich denn wissen, was dieser Can im Irak treibt! Ich habe doch bloß ... eine Dienstleistung angeboten!«

Karl-Friedrich Eickhoff lachte laut auf. Es war kein angenehmes Lachen, fand Kramer. Das Verhältnis zwischen den Brüdern war eindeutig nicht das beste, aber darüber hatte ihn ja Stahnke schon informiert. Dass der Kaufhauskönig überhaupt für seinen Bruder einstand, hatte vermutlich nur mit innerfamiliärem Verantwortungsbewusstsein zu tun. Würden Skandale, in die der Reeder Eickhoff verwickelt war, nicht auf die gesamte Sippe zurückschlagen, hätte der Ältere den Jüngeren vielleicht längst ans Messer geliefert.

»Sie sprechen von Beweisen bezüglich der Aktivitäten

von Herrn Karim Can«, ließ sich al-Bashar nun doch vernehmen. »Dürften wir die vielleicht einmal sehen, oder erwarten Sie, dass wir Ihnen solche Behauptungen ohne Beleg abnehmen?«

»Alles zu seiner Zeit.« Kramer blieb souverän. »Die Präsentation der Beweise ist Sache des Haftrichters, wie Sie sehr wohl wissen. Unsere Aufgabe ist es, diese Beweise zu sammeln.« Er wandte sich wieder dem Reeder zu. »Beweise und Aussagen. Jetzt, Herr Eickhoff, ist die Zeit, in der Sie noch Punkte sammeln können.«

»Aber die Leute wollen doch über die Grenzen!« Karl Joseph Eickhoff gab seine Mauertaktik auf und ließ sich auch durch Köchlings Griff nach seinem Unterarm nicht bremsen. »Die einen wollen von dort nach hier, die anderen wollen von hier nach dort! Unbedingt! Sie wünschen sich nichts sehnlicher, glauben Sie mir. Dafür sind sie bereit, alles aufzugeben. Dadurch entsteht natürlich ein enormer Geldfluss, der geht in die Milliarden! Und so viel Geld zieht natürlich die Ratten und Schmeißfliegen an.«

Kramer nickte bestätigend. Das war reine Taktik, um Eickhoffs Redefluss am Strömen zu halten, aber jetzt gerade fiel es ihm besonders leicht.

»Ratten und Schmeißfliegen!« Das Begriffspaar schien Eickhoff zu gefallen. »Die nehmen den armen Flüchtlingen alles ab, was sie besitzen, bis zu sechstausend Dollar pro Kopf, schleppen sie nach Libyen, verfrachten sie auf Seelenverkäufer und lassen sie irgendwo im Mittelmeer absaufen. Das bringt ihnen etwa zweieinhalb Millionen pro Schiff! Kein Gewissen, keine Skrupel! Sie verkaufen den Leuten Träume und schicken sie direkt in den Tod. Da muss man doch einfach eine Alternative anbieten!«

Kramers Nacken versteifte sich; das Nicken fiel ihm schwer. Wovon redete Karl-Joseph Eickhoff da? Jedenfalls nicht von jungen Migranten-Abkömmlingen aus Europa, die sich in dubiosen Koranschulen oder von irgendwelchen Islamisten besoffen hatten quatschen lassen und dann auf verschlungenen Wegen in den Irak oder nach Syrien reisten, um sich dort als Mörder benutzen oder töten zu lassen. Oder vielmehr – *nicht nur* davon. Konnte es sein, dass ein ostfriesischer Reeder tatsächlich ins Menschenhändler-Business eingestiegen war, das illegale Flüchtlinge aus Afrika in die EU schleuste? Der Oberkommissar hatte plötzlich das Gefühl, auf einer Mine zu sitzen.

»Von was für einer Alternative reden Sie denn?«, fragte er. Dabei blickte er verstohlen in die Runde. Köchling war rot angelaufen und schien kurz vorm Platzen zu sein, Karl-Friedrich Eickhoff hatte sich jetzt auch zurückgelehnt und ließ den Dingen ihren Lauf. Einzig Khalid al-Bashar saß immer noch aufrecht und äußerlich unbewegt da. Kramer nahm sich vor, genau auf den Moment zu achten, in dem sich das änderte.

»Erinnern Sie sich noch an die *Cap Anamur*?«, fragte der Reeder. »Das Schiff, das diese *Deutschen Notärzten* Ende der siebziger Jahre vor Vietnam haben kreuzen lassen? Damals ertranken Flüchtlinge auch zu Hunderten und Tausenden im Chinesischen Meer, genauso wie heute im Mittelmeer! Durch die *Cap Anamur* änderte sich das. Viele Vietnamesen, die seit Jahrzehnten in Deutschland ansässig sind, verdanken diesem Schiff ihr Leben.«

Kramer schwante etwas. »Wollen Sie sagen, Sie hätten vorgehabt, die *Emssturm* im Mittelmeer in der gleichen Funktion einzusetzen wie seinerzeit die *Deutschen Notärzte* ihre *Cap Anamur*?« Selbst er brachte es nicht mehr fertig, seine Stimme gleichmütig klingen zu lassen.

»Nun ja.« Eickhoff breitete seine Arme aus. »Im Gegensatz zu diesen Ärzten bin ich kein Wohltätigkeitsverein, nicht wahr? Ganz umsonst wollte ich natürlich nicht helfen. Jede Leistung ist einer Gegenleistung wert. Aber bei mir wären die Flüchtlinge wenigstens am Ziel angekommen, das kann ich Ihnen garantieren!«

»Kannst du nicht!«, polterte sein Bruder dazwischen. »Dein alter Rattendampfer ist auf Grund gegangen, schon vergessen? Zum Glück noch ohne Flüchtlinge an Bord. Zu *deinem* Glück, wenn du mich fragst!«

»Wer hat dich gefragt?«, brüllte Karl-Joseph Eickhoff. »Was weißt denn du überhaupt! Du musstest dich ja noch nie aus eigener Kraft durchschlagen. Du hast dich bloß breit und brammig in Vaters Nest gesetzt und dir mit seinem Erbe alles gekauft, was du brauchtest! Und ich, was hatte ich?«

»Du hattest deinen Pflichtteil«, knurrte sein älterer Bruder. »Genau so, wie es in Vaters Testament gestanden hat. Das weißt du genau, dass das früher bei Großbauern so üblich war.«

»Ja, das weiß ich genau! Ich weiß aber auch, warum!« Der Reeder war im Gesicht rot angelaufen und verlor vollkommen die Fassung. Jetzt blickten beide Anwälte pikiert ins Leere. »Durch diese Erbschaftsregelung sollte verhindert werden, dass Höfe unter mehreren Söhnen aufgeteilt wurden und dadurch zu klein und unrentabel wurden! So war das gedacht und nicht anders. Und was hast du gemacht? Vaters Leiche war noch nicht richtig kalt, da hast du den Hof schon verkloppt.«

»Allerdings. Weil ich andere Pläne hatte, wie du weißt.« Karl-Friedrich Eickhoff beherrschte sich mühsam. Diese Diskussion führten die beiden eindeutig nicht zum ersten Mal. »Und sind diese Pläne nicht erfolgreich gewesen? War meine Idee mit der Kaufhausgründung etwa nicht gut? Stell dir vor, wir würden heute noch auf unserem alten Eichenhof rumsitzen und der Milchquote nachweinen! Nee, mein Lieber, ich lag richtig, und zwar absolut.«

»Ja, du lagst richtig!« Karl-Joseph Eickhoff brüllte aus vollem Hals. »Aber dass du unter diesen Umständen trotzdem das volle Erbe behalten und mir nur die Krümel gelassen hast, damit hast du nicht richtig gelegen! Du verfluchter Gierschlund, du!«

»Ich habe mich nur an das gehalten, was im Testament stand.« Der Kaufmann verschränkte die Arme. »Kannst ruhig die Anwälte da fragen. Die werden es dir gerne bestätigen.«

Kramer hob beide Hände, Flächen nach vorne. »Meine Herren, dürfte ich Sie daran erinnern, dass dies hier keine Familientherapie ist?« Er blickte von einem zum anderen; die Brüder guckten verblüfft, die Anwälte erleichtert. »Ich denke, es ist an der Zeit, Sie, Herr Karl-Joseph Eickhoff, zu uns in die Polizeiinspektion zu bitten, um Ihre noch zu verschriftlichende Aussage zu ergänzen und zu unterschreiben. Was dann weiter geschieht, möchte ich nicht alleine entscheiden.« Kramer hob die Augenbrauen: »Natürlich können Sie Ihre Anwälte mitbringen. So viele Sie möchten.«

Auch der Reeder schaute in die Runde. Als niemand Anstalten machte zu widersprechen, zuckte er resigniert mit den Schultern und erhob sich. Seine Anwälte taten es ihm gleich.

Kramer verabschiedete sich vom Hausherrn. »Kennen Sie zufällig den Aufenthaltsort Ihres Sohnes?«, fragte er wie beiläufig. »Wir hätten noch die eine oder andere Frage an ihn, Sie wissen schon.«

»Nein, bedaure.« Karl-Friedrich Eickhoff runzelte die Stirn. »Auch ich hätte mit meinem Filius dringend ein paar Worte zu wechseln, schließlich hat der junge Mann Verpflichtungen! Dem werde ich die Meinung geigen, wenn er sich wieder blicken lässt. Aber keine Sorge, zu Ihnen schicken werde ich ihn auch.«

Der Oberkommissar schlenderte dem Reeder und dessen Kohorte hinterher zur Auffahrt. Sein Dienstwagen war in Sichtweite, Kollege Schmitz aber war nirgends zu entdecken. Kramer entschied schnell und wandte sich an Eickhoff: »Hätten Sie etwas dagegen, wenn ich in Ihrem Wagen mitfahre? Wir haben ja, sozusagen, denselben Weg.«

Der Reeder musterte ihn missbilligend. »Ich fahre nicht selber, ich lasse mich fahren.« Er deutete auf Köchling, der gerade einen monströsen Audi fernentriegelte. »Zu einem eigenen Chauffeur wie bei meinem Bruder langt es zwar nicht, aber meine Anwälte verdienen so gut an mir, dass sie auch mal Hand- und Spanndienste für mich leisten können.« Er grinste und winkte Köchling herbei wie einen Lieferjungen.

Kramer stand Schulter an Schulter mit dem Reeder. »Ich muss schon sagen, Sie haben mich in Erstaunen versetzt«, sagte er leise. »Jedenfalls sofern Ihre Räuberpistole stimmt. Ich hatte mit etwas deutlich Profanerem gerechnet. Versicherungsbetrug zum Beispiel. Liegt doch nahe, der Gedanke, dass Sie Ihren gut versicherten alten Kahn gewinnbringend selber haben versenken lassen, oder?«

Karl-Joseph Eickhoff wandte sich dem Oberkommissar zu, und Kramer war verblüfft über die Intensität seines Blicks. »Ich tue manches für Geld«, murmelte er. »Es gibt Leute, die behaupten: alles. Aber das stimmt nicht. Ich würde niemals eins meiner Schiffe absichtlich in den Tod schicken. Niemals.«

»Also glauben Sie an eine quasi natürliche Ursache für den Untergang?«, fragte Kramer. »Kühlrohre geplatzt, Ventile gebrochen? So was in der Art?«

Eickhoffs Blick wurde eisig. »Nein«, erwiderte er. »Auf gar keinen Fall glaube ich das! Die *Emssturm* wurde gründlich gecheckt vor dem Auslaufen, dafür habe ich persönlich gesorgt. Nee, nee, da hat einer nachgeholfen.«

»Nachgeholfen? Aber wer? Und warum?«

Reeder Eickhoff lachte bitter und wandte sich wieder der Limousine zu, die langsam auf die beiden Männer zu rollte. »Wenn ich das wüsste!«, antwortete er. »Mit der Versicherung hat das jedenfalls nichts zu tun. Die lief gar nicht auf meinen Namen.«

»Und jetzt?«, fragte Kramer, weil ihm keine bessere Frage einfiel. »Was werden Sie jetzt tun?«

»Jetzt?« Eickhoff griff nach der hinteren Wagentür. »Was wohl? Wenn du das Hindernis reißt, springst du gleich noch einmal! Das werde ich tun.« Er stieg ein.

»Geht es auch etwas weniger kryptisch?«, fragte Kramer, als er neben dem Reeder auf der üppig gepolsterten Rückbank saß. »Was genau?«

»Ich versuche es gleich noch einmal«, sagte Eickhoff. »Schließlich habe ich noch so einen alten Dampfer da liegen.«

33.

Die ebenerdige Tür zum Anbau der Eickhoff-Villa stand offen. »Frau Baumann?«, rief Oberkommissar Schmitz. Nicht zu laut, denn er wusste um sein ehrfurchtgebietendes Äußeres und wollte niemanden verschrecken.

Die Antwort war tiefes Hundegebell. Schmitz versuchte einen hellen, spitzen Schrei zu unterdrücken, was ihm nicht ganz gelang; er war in der Stadt aufgewachsen, ohne Haustier, und hatte Angst vor Hunden. In Erwartung der Attacke einer riesigen Bestie winkelte er sein rechtes Bein an und hob den muskulösen Oberschenkel schützend vor seinen Schritt.

Das Tier, das in der offenen Tür erschien, hatte weißes Fell und war tatsächlich groß – in Schmitz' Augen gigantisch. Wenigstens aber kam es nicht hervorgeprescht, sondern erschien gemessenen Schrittes. Genauer gesagt kam es herausgehumpelt. Kaum war das Tier im Freien, war das Bellen wie ausgeknipst und machte einem kläglichen Fiepen Platz. Ein trichterförmiger Halskragen und ein großflächiger Pflasterverband auf der rasierten Hinterhand verstärkten den Eindruck, dass dies womöglich doch kein reißendes Ungeheuer war. Jedenfalls nicht momentan. Schmitz senkte sein erhobenes Bein. Und er erhob es auch nicht wieder, als der Vierzig-Kilo-Hund an seiner Hand zu schnuppern begann. Ihm war etwas eingefallen.

»Domian?«, fragte er leise.

»Domian!«, rief eine Frauenstimme von hinter dem Anbau. »Domian, aus! Sei brav, mein Guter, ich komme schon!«

Das ging ja einfach, dachte Schmitz und warf sich in die gewölbte Brust, um die lang gesuchte Zeugin gebührend zu begrüßen. Doch die Frau, die da auf dem Gartenweg erschien, sah überhaupt nicht aus wie die Aylin Baumann auf den Fotos, die er kannte.

»Moin. Bitte, was kann ich für Sie tun?«, sagte die Frau, strich sich eine Haarsträhne aus der verschwitzten Stirn, erinnerte sich dabei ihrer Gummihandschuhe und streifte sie ab. »Hoffentlich hat der Hund Sie nicht belästigt. Sonst ist das Tier immer sehr lieb.«

»Nein, auf keinen Fall. Ein sehr liebes Tier.« Schmitz kam sich unglaublich mutig vor. »Äh, ja, moin auch. Ich suche Frau Baumann.«

»Die haben Sie gefunden.« Die Frau strahlte ihn an.

Der Oberkommissar musterte sie. So um die fünfzig, registrierte er, klein und nicht ganz schlank. Rundes Gesicht und krause Lockenfrisur, brünett mit ganz wenig Grau drin. Lachfältchen um die dunklen Augen. Einladender Mund, einladende Figur, soweit er das unter dem formlosen Gartenpullover und der weiten Jeans erkennen konnte … He, was waren das denn für Gedanken? Was hatte ein Bodybuilder wie Schmitz denn mit Damen dieser Altersklasse im Sinn? Außerdem war er hier im Dienst.

»Frau Aylin Baumann?«, fragte er zweifelnd. »Mein Name ist Schmitz. Oberkommissar Schmitz von der Kripo Leer.« Er präsentierte seinen Dienstausweis.

Die kleine Frau machte große Augen. »Nee, ich bin Antje Baumann«, sagte sie. »Aylin ist meine Tochter. Die wohnt aber nicht hier.«

»Nicht?« Schmitz stemmte die keulenartigen Unterarme in die Seiten. »Nach meinen Unterlagen aber schon. Jedenfalls ist sie hier gemeldet. Wo wohnt sie denn dann?«

Antje Baumann hatte von der Gartenarbeit in der Herbstsonne ohnehin schon gerötete Wangen; jetzt wurden die eine Spur dunkler. »Ja, also, vorübergehend wohnt Aylin schon hier«, gab sie verlegen zu. »Aber mehr besuchsweise, nicht wahr, bis sie etwas anderes gefunden hat. Ihr letztes Zimmer, also das war ja nichts, da ist sie wieder raus. Ich habe ihr gesagt, solange sie etwas sucht, kann sie gerne bei mir bleiben. Gegen Besuch hat die Herrschaft ja auch nichts. Nur dauerhaft darf hier keiner wohnen außer mir. Und natürlich Edwin, dem Chauffeur, oben in der Dachwohnung.« Sie schüttelte den Kopf. »Dass Aylin sich hier offiziell angemeldet hat, davon wusste ich nichts. Eigentlich ist das nicht statthaft.«

»Na ja, sie hat diese Adresse bei ihrem Arbeitgeber angegeben«, präzisierte Schmitz. »Okay, dann gilt die also nur übergangsweise. Könnte ich sie vielleicht jetzt einmal sprechen? Wäre ziemlich wichtig für unsere Ermittlungen.«

»Ach so, verstehe.« Diesen Eindruck machte Frau Baumann allerdings nicht, als sie betont ernsthaft nickte. »Tja, leider – also, sie ist wirklich nicht hier. Ein paar Nächte hat sie zwar bei mir übernachtet, seit sie aus dieser unmöglichen Wohngemeinschaft raus ist, aber dann habe ich sie nur noch hin und wieder gesehen. Sie hat auch nur einen Koffer hier bei mir. Den Rest ihrer Sachen bewahrt sie irgendwo anders auf.«

»Und wo übernachtet sie dann? Bei einem Freund? Oder bei ihrem Vater?«

In dieser Frau Baumann, fand Oberkommissar Schmitz, konnte man lesen wie in einem offenen Buch. Im Moment las er großes Erschrecken und tief sitzende Peinlichkeit. Warum? Wegen des Freundes ihrer Tochter – oder wegen des Vaters?

»Bei einer Freundin, glaube ich«, sagte Frau Baumann mit Verspätung. »Wissen Sie, Aylin war sehr verstört, als sie aus dieser WG wieder draußen war. Ich hatte es ihr ja gleich gesagt, dass das nichts für sie ist, aber Sie wissen ja, diese jungen Leute heutzutage …« Sie stockte, senkte die Augenbrauen: »Obwohl, Sie sind ja auch noch ziemlich jung, oder?«

Schmitz spürte, wie er sanft errötete, was ihn stark irritierte. »Einen Freund hat sie derzeit nicht?«, blieb er beim Thema.

»Nein, soviel ich weiß. Aber ich weiß bestimmt nicht alles, was meine Tochter betrifft, das habe ich mir schon längst abgeschminkt! Sie ist ja auch schon groß, hat ihr eigenes Leben, und je mehr ich in sie dringe, desto größer ist die Gefahr, dass sie mich ganz aus diesem Leben aussperrt. Glauben Sie mir, ich kenne viele Mütter, denen es so geht! Da bin ich noch gut dran.« Sie seufzte tief. »Im Augenblick ist es vielleicht sogar ganz gut, dass Aylin nicht hier ist. Sie würde sich das mit Domian sehr zu Herzen nehmen.« Sie bückte sich nach dem verletzten Hund, was angesichts der Größe der beiden kaum erforderlich war, und streichelte ihn liebevoll. Domian wedelte sich fast das lädierte Hinterteil ab.

»Ist das Aylins Hund?«, fragte Schmitz.

»Nein, nicht ihrer. Genau genommen ist er nicht einmal meiner.« Antje Baumann senkte die Stimme und beugte sich verschwörerisch dem Oberkommissar zu, über den Hund hinweg. Schmitz beugte sich ihr entgegen, innerlich erschrocken über seinen plötzlichen Wagemut. Domian wedelte wieder aus Leibeskräften; ein ganz zarter Geruch nach alten Socken stieg zu Schmitz auf.

»Nicht Ihrer? Gehört er demnach Ihrem Chef?« Der Oberkommissar verfiel ebenfalls in ein kräftiges Flüstern.

»Nein, Domian gehört dem jungen Herrn! Also, korrekt gesagt dem Sohn des jungen Herrn, also, der junge Herr ist jetzt ja die Herrschaft, nicht wahr? Also der Herr Karl-Friedrich Eickhoff, der hat einen Sohn, der heißt Oliver Eickhoff. Und dem gehört der Hund.« Sie seufzte wieder. »Eigentlich.«

Schmitz fuhr zusammen, denn der Hund leckte ihm rau und nass über die Hände. Dann trollte er sich humpelnd zurück in Antje Baumanns Wohnung im Anbau der Villa. »Aber der Herr Oliver Eickhoff – der wohnt doch sicher im Haupthaus?«, fragte der Oberkommissar sicherheitshalber. Diese Frau Baumann schien ja eine starke Anziehungskraft auf jüngere Männer zu haben!

»Nein, nicht mehr«, korrigierte Antje Baumann. »Früher natürlich, als Oliver noch jünger war und Domian ein süßer Welpe. Aber wie das so ist, Kinder werden Kerls, wie man so sagt, und fangen an, sich für andere Dinge zu interessieren, nicht wahr? So ist es denn mehr und mehr meine Aufgabe geworden, mich um den Hund zu kümmern, vor allem, nachdem Oliver sein eigenes Haus bezogen hatte. Aylin hat mich natürlich dabei unterstützt, solange sie noch zu Hause gewohnt hat. Sie war richtig vernarrt in Domian! Ach, was heißt war – das ist sie immer noch.«

»Ach, früher waren weitere Haushaltsmitglieder in Ihrer Dienstwohnung also erlaubt?«, fragte Schmitz; er fragte ohne besonderen Grund, mehr um zu zeigen, dass er aufgepasst hatte. Und wieder sah er bei Antje Baumann diesen Ausdruck von großem Erschrecken und tief sitzender Peinlichkeit. Was hatte es denn damit auf sich? Wovon hatten sie denn vorhin gesprochen? Richtig, vom Freund, den es nicht gab – und von Aylin Baumanns Vater. Danach dann Themawechsel …

Fragen darf man doch, dachte Schmitz und fragte: »Sagen Sie, nur unter uns: Ist eigentlich Karl-Friedrich Eickhoff der Vater Ihrer Tochter?«

Bumm! Antje Baumann bekam ein bombenrotes Gesicht. Treffer? Aber sie schüttelte vehement den Kopf! Hatte Schmitz sich so geirrt?

»Oder Karl-Joseph Eickhoff? Der Reeder?«

Das Kopfschütteln hörte auf, die Röte blieb. »Wir reden nicht darüber«, hauchte Antje Baumann.

Wir reden nicht darüber, wiederholte Schmitz in Gedanken. Himmel, wo leben wir denn? *Wann* leben wir denn? Karl-Joseph Eickhoff, der *junge Herr* – oder vielmehr: der jüngere Bruder des *jungen Herrn*, der jetzt freilich nicht mehr der junge Herr war, sondern nur noch der Herr dieser Villa und seiner Sippe, während ein neuer *junger Herr* heranwuchs – dieser Karl-Joseph Eickhoff findet also Gefallen an der Hausangestellten Antje Baumann, deren erdig-blumige Anziehungskraft nicht zu leugnen ist, und macht ihr ein Kind. Und dann heißt es: *Wir reden nicht darüber*? »Gar nicht?«, platzte Schmitz heraus. »Soll das heißen, auch Ihre Tochter selber weiß nicht, wer ihr leiblicher Vater ist?«

Antje Baumann hielt den Blick zu Boden gerichtet. »Doch, schon«, flüsterte sie.

»Und der Vater, der weiß es auch, oder?«

Die Frau nickte. »Er hat uns ja auch immer unterstützt«, wisperte Antje Baumann. »Das heißt, zuerst natürlich der gnädige Herr selbst, aber später dann Karl-Joseph, sowie er sein eigenes Geld hatte. Er fragt auch immer mal wieder, wie es Aylin geht und was sie so macht. Und er hat sie ja auch in seiner Reederei eingestellt.«

Na toll, dachte der Oberkommissar. Bezahlt seine uneheliche Tochter dafür, dass sie bei ihm arbeitet – und die Mutter hält das auch noch für eine edle Tat. Wie musste man eigentlich ticken, um sich und sein ganzes Leben bedingungslos solchen Leuten unterzuordnen?

Antje Baumann hob den Blick. »Ich habe Ihnen noch gar nichts angeboten«, sagte sie schuldbewusst. »Wo bleibt bloß meine gute Erziehung! Möchten Sie eine Tasse Tee trinken?« Sie machte eine einladende Bewegung zur offenen Wohnungstür, aus der jetzt wieder der Hund lugte und freundlich fiepte.

»Warum nicht?«, gab Schmitz ebenso freundlich zurück. Und er dachte: Warum nicht?

34.

Während Rieken mit seinem Dienstwagen im Stau steckte, hatte Stahnke die Auslagen eines Ladens für maritime Klamotten studiert. Und seinen Kollegen dabei in der reflektierenden Scheibe beobachtet. Wollte der denn ewig da stehenbleiben?! Immerhin aber hatte der Hauptkommissar dank dieser Scheibe das Treffen von Buchhändler Christiansen mit dem Dönermann, dessen Sohn und dem Imam mitbekommen, ohne selbst gesehen zu werden. Wozu das gut sein sollte, wusste er zwar selbst noch nicht. Trotzdem blieb er in seiner öffentlichen Deckung, bis die Vierergruppe im *Tatort Taraxacum* verschwunden und Rieken endlich um die Ecke gebogen war.

Als er sich gerade auf den Weg machen wollte, erschienen Charlotte Blohm und eine weitere junge Frau, die er mit Hilfe eines Handyfotos als Aylin Baumann identifizierte, in der Ladentür und wandten sich nach links, Richtung Rathaus und Museumshafen. Stahnke, der eigentlich andere Pläne gehabt hatte, ging den beiden kurz entschlossen nach. Schwierig war das nicht, denn die Rathausstraße hatte sich inzwischen stark belebt; Scharen von Touristen bummelten von Auslage zu Auslage, von Teestube zu Restaurant. Die Einheimischen waren davon leicht durch ihren zielstrebigen, zügigeren Schritt zu unterscheiden.

Die beiden jungen Frauen bildeten eine Ausnahme. Sie bummelten wie die Touristen und hielten immer mal wieder an, um die Köpfe zusammenzustecken. Die Intensität jedoch, mit der sie ihre Unterhaltungen führten, ihre knappen, harten Gesten und ihre ernsten Gesichter ließen erkennen, dass hier keine Urlauberinnen über das bestmögliche Mitbringsel diskutierten. Ihr Thema musste etwas Tiefgreifenderes sein.

Aber was?

Hinter dem historischen Rathaus wandten sich die beiden Frauen nach links, zum Hafen hin, und stoppten an der Brücke. Stahnke, der etwas zu eilig gefolgt war, überquerte vorsichtshalber die Königstraße, umrundete das Restaurant *Zur Waage und Börse* und näherte sich am Museumshafen entlang wieder der Rathausbrücke, besorgt, er könnte die beiden aus den Augen verloren haben. Eine unbegründete Sorge, denn Charlotte Blohm und Aylin Baumann standen immer noch am diesseitigen Brückengeländer, die Gesichter nahe beieinander.

Der Hauptkommissar überlegte bereits, ob er sich an einen der Terrassentische setzen und einen Kaffee ordern sollte, als die beiden jungen Frauen plötzlich und eilig der anderen Hafenseite zustrebten. Dort bogen sie nach rechts ab, den speicherähnlichen Firmengebäuden zu.

Zur Reederei wollen sie also, folgerte Stahnke. Wollte Aylin Baumann wirklich das Risiko eingehen, in ihrem eigenen Büro nach der versteckten Festplatte zu suchen? Oder womöglich nach den dort deponierten Ausweisen? Ging sie bewusst das Risiko ein, dass ihre Büroleiterin die Polizei von ihrem Erscheinen in Kenntnis setzte? Oder war sie derart tief in die fraglichen Machenschaften verstrickt, dass ihr dieses Risiko vergleichsweise klein erschien?

Nichts von alledem, stellte Stahnke nur eine Minute später fest. Aylin Baumann blieb am Ufer stehen, nicht weit von der *Freundschaft* entfernt, einem altmodischen Kasten, der einmal ein Passagierdampfer gewesen war und jetzt einem ungewissen Schicksal entgegen rostete. War das nicht auch eine von Eickhoffs Altlasten, genau wie die gleich große *Emssturm*, die jetzt auf dem Grund der Nordsee lag? Vielleicht reifte hier ja die nächste fette Versicherungsleistung heran.

Wer nicht stehen blieb, war Charlotte Blohm. Zielstrebig ging sie zwischen den Bürogebäuden hindurch und verschwand außer Sicht. Ließ sie sich vorschicken zur *Eickhoff International Shipping*? Durchaus möglich, dachte der Hauptkommissar, vielleicht kannte man sie dort nicht.

Er war unschlüssig bezüglich seiner nächsten Schritte. Sollte er die endlich entdeckte Aylin Baumann nicht ansprechen, in die Inspektion zur Befragung laden, sie möglicherweise vorläufig festnehmen, falls sie einen Fluchtversuch unternahm? Immerhin suchten sie schon seit geraumer Zeit nach ihr, und sie mochte über Informationen verfügen, die sie in ihrem Mordfall weiterbrachten.

Vielleicht. Vielleicht auch nicht. Denn wenn die junge Frau doch tiefer in den einen oder anderen ihrer Fälle verstrickt war, dann mochte eine Befragung wenig, eine weitere Observation dagegen mehr bringen. Vielleicht ... So oder so, seine Aufgabe war das eigentlich nicht, sagte sich Stahnke. Dafür hatten sie doch Leute, die besser qualifiziert waren! Erneut angelte er in der Tasche nach seinem Handy.

Genau in diesem Moment verließ Aylin Baumann ihre Warteposition und ging auf das Reedereigebäude zu, genau dorthin, wo Charlotte Blohm aus dem Blickfeld verschwunden war. Dauerte es ihr zu lange? Hatte sie Skrupel bekommen, ihre mutmaßliche Freundin vielleicht in Gefahr zu bringen? Fürchtete sie, die Buchhändlerin könnte mit der versteckten Festplatte in Verbindung gebracht und festgehalten werden?

Wie auch immer, noch zwei Dutzend Schritte, und beide jungen Frauen waren außer Sicht. Stahnke fluchte unterdrückt und begann eilig die Brücke zu überqueren. Der Schweiß brach ihm aus.

An der Hausecke stoppte Aylin Baumann wieder. Vorsichtig lugte sie um das Gebäude, zog sich unschlüssig wieder zurück, blickte sich nach allen Seiten um. Verdammt, hatte sie gerade zu ihm hergeschaut? Jetzt hatte der Hauptkommissar helle Schweißperlen auf der Stirn, aber jetzt traute er sich auch nicht mehr, stehen zu bleiben. Nichts würde auffälliger wirken. Also ging er unvermindert eilig weiter, an der Kaimauer entlang auf die rostende *Freundschaft* zu.

Sein Handy vibrierte in seiner Hosentasche. Er zog es heraus und schaute aufs Display: Sina. Ach nee, wie aufs Stichwort: rostende Freundschaft! Er stöhnte und drückte sie weg.

Das Ganze hatte nur drei Sekunden gedauert – genau drei Sekunden zu lange. Charlotte Blohm war im Durchgang zwischen den Gebäuden erschienen wie hingezaubert, ging jetzt Seite an Seite mit Aylin Baumann schnellen Schrittes direkt auf ihn zu. Zum Glück steckten die beiden auch jetzt wieder ihre Köpfe zusammen, andernfalls müsste ihn die Buchhändlerin längst erkannt haben. Was tun, wo konnte er hin? Rechts und links von ihm war nichts als Kopfsteinpflaster. Und hinter ihm der Hafen.

Der Hafen mit einem alten Schiff, das genau hier am Kai vertäut lag.

Ehe der Hauptkommissar es sich versah, hatte er schon die Gangway betreten. Genau so flott, als hätte er Wichtiges an Bord zu tun und auch jedes Recht dazu, überwand er die leichte Steigung und sprang an Deck. Dort, wo die Bodenfarbe nicht in dicken Placken abblätterte, bestand sie aus rutschfestem Grau. Stahnke wandte sich gleich nach links, ignorierte das verriegelte Schott direkt vor ihm; vermutlich war es verschlossen, und wenn er machtlos daran rüttelte, fiel er nur unnötig auf. Lieber umrundete er zügig den Aufbau, als hätte er das sowieso vorgehabt. Kaum außer Sicht, machte er kehrt und bezog Spähposten.

Mussten die Mädels denn nun wirklich fast direkt vor der Gangway stehen und sich ausquatschen? Erregt sah es aus, wie sie da gestikulierten; Aylin Baumann schien vehement etwas zu fordern, Charlotte Blohm ebenso energisch etwas auszuschließen. Da, eben fuhren ihre flachen Hände waagerecht auseinander. Irgendetwas kam für sie überhaupt nicht in Frage. Schade eigentlich, dass sich die beiden dabei so gut im Griff hatten, allen Emotionen zum Trotz! Keine von ihnen schrie. Stahnke konnte kein Wort verstehen.

Auf jeden Fall brachten seine Versuche hier nichts. Der Hauptkommissar beschloss, die beiden jungen Frauen noch genau so lange im Auge zu behalten, bis die Kollegen von der Observation benachrichtigt waren und die Sache übernommen hatten. Wieder griff er nach seinem Diensthandy, suchte die richtige Kurzwahl, drückte die Taste.

Jemand schlug ihm von hinten das Mobiltelefon aus der Hand. Das Gerät knallte an Deck und zerlegte sich in mehrere Teile, die in einem eleganten Fächer zwischen den

Relingstützen hindurch ins Wasser flogen. Stahnke fuhr herum, die Zähne vor Wut gefletscht.

Ein großer, breitschultriger Mann stand ihm gegenüber. Seine halblangen Haare schimmerten rötlich, sein Gesicht wirkte trotz seiner Jugend leicht verlebt. Der harte Zug um seinen Mund signalisierte Entschlossenheit.

Ebenso wie seine rechte Hand, die er erhoben und zur Faust geballt hatte.

35.

Nidal Ekinci fuhr selten Fahrrad. Wenn es in die Altstadt ging, machte er jedoch eine Ausnahme; die Parkplatzsituation dort war ein Lotteriespiel, und in den engen Straßen konnte jeder Depp für einen Stau sorgen. Und Deppen am Steuer gab es in Leer auch nicht weniger als anderswo.

Vor dem *Tatort Taraxacum* stieg er ab. Da er dem Seitenständer nicht traute, wollte er sein Rad lieber anlehnen, fand die großen Schaufenster dafür ungeeignet und verzog sich weiter nach rechts, wo es unter den Bürofenstern genügend freien Mauerplatz gab. Er beugte sich gerade über sein Ringschloss, als sich die Ladentür öffnete und vier Männer ins Freie entließ. Eine Gruppe, die Ekinci in dieser Zusammensetzung nicht erwartet hätte, hier nicht und anderswo auch nicht.

Er blieb gebückt und abgewandt stehen, beobachtete die Verabschiedung unter seiner Achsel hindurch. Dann tat er so, als studiere er die Speisekarte im verglasten Aushangkasten, der einen hervorragenden Spiegel abgab. Er sah, wie Vater und Sohn Gajani ihren Dönerladen schräg gegenüber ansteuerten und wie Christiansen sich sein eigenes

Fahrrad schnappte und die Brunnenstraße hoch radelte, der Einbahnstraße und dem Auto-Strom entgegen, was auf dieser Fahrradstraße absolut legal war, aber immer wieder zu spannenden Begegnungen mit Ortsunkundigen oder Deppen hinterm Steuer führte. Was machte Abu Jamal?

Der Imam schien ebenfalls den Döner-Grill anzusteuern, ging jedoch vorbei und schlug dieselbe Richtung ein wie Christiansen. Einem spontanen Entschluss folgend ließ Nidal Ekinci sein Rad stehen und ging dem Mann nach.

Abu Jamal ging gleichmäßig und ohne Hast, die Hände in den Taschen, aber doch zielstrebig. Am bunt bemalten *Coloniale-Haus* bog er nach links ab in die Heisfelder Straße. Einen weiteren Dönerladen ließ er ebenso links liegen wie den arabischen Lebensmittelmarkt, der erst kürzlich eröffnet worden war. Kurz vor der Gedenkstätte für die zerstörte Leeraner Synagoge bog er nach rechts ab, in die Friesenstraße. Er geht zur Moschee, dachte Ekinci, wohin auch sonst! Der Oberkommissar ärgerte sich über die vergeudete Zeit.

Am Eingang zur Moschee jedoch ging der Imam vorbei. Um wenige Schritte weiter stehen zu bleiben und einen Mann zu begrüßen, den Ekinci von früheren Freitagsgebeten her kannte. Richtig, das war Rechtsanwalt al-Bashar, einer von diesen Laienpredigern, die ihm die Lust am Gottesdienst verleidet hatten. Wollte er mit Abu Jamal seine nächste Gähn-Attacke absprechen?

Wenn ja, dann nicht in der Moschee, stellte Ekinci fest. Die beiden gingen nämlich weiter die Friesenstraße hoch, Seite an Seite. Wohin mochten die wollen – etwa zu dem anderen orientalischen Lebensmittelladen, der hinter dem großen Kaufhaus von Eickhoff lag? Der Oberkommissar lachte bei diesem Gedanken. Und er lachte noch mehr, als er sich diese beiden Vollmachos beim gemeinsamen Shopping vor dem Gewürzregal vorstellte. Als ob!

Das Lachen blieb ihm im Halse stecken, als er erkannte, wohin die beiden wirklich wollten. Ihr Ziel lag nur wenige Schritte entfernt und erschien Ekinci kaum weniger abwegig als ein Supermarkt: Das Jugendzentrum. Ebenfalls ursprünglich ein ganz normales Wohnhaus, groß und ehemals bestimmt ansehnlich, aktuell aber etwas heruntergekommen. Jetzt, um die Mittagszeit, schien nicht viel los zu sein. Zwei junge Männer standen an der Eingangstreppe. Als sie die beiden Ankömmlinge erblickten, gingen sie ihnen entgegen, verbeugten sich und reichten ihnen die Hand. Abu Jamal und al-Bashar nahmen die Höflichkeiten wie Huldigungen entgegen. Der Imam machte eine herrische Handbewegung zum Eingang. Alle gingen hinein.

Nidal Ekinci musste an sich halten, um nicht hinterherzulaufen. Sein Gesicht war erhitzt, sein Atem ging keuchend. Er hatte die beiden jungen Männer erkannt. Das kann doch nicht sein, dachte er. Wie ist denn das möglich? Warum sind die beiden plötzlich wieder hier? Und warum sind sie mit denen da drin?

Er wandte sich ab und entfernte sich langsam, mit steifen, automatischen Bewegungen. Nachdem er zwei Grundstücke passiert hatte, begann er schneller zu gehen, dann zu traben. Warum hatte er sein Fahrrad jetzt nicht dabei? Er musste ins Büro, so schnell wie möglich. Online gehen, aber richtig, denn sein Smartphone war einfach zu langsam. Herausfinden, wie es sein konnte, dass Karim Can plötzlich wieder in Leer war. Und der kleine Malik auch.

36.

»Wo sind denn alle?« Schmitz lugte ins Chefzimmer, in Nidals enges Loch von einem Büro, in dem jetzt auch Schmitz' winziger Schreibtisch stand, und in den Besprechungsraum. Niemand zu sehen, weder Stahnke noch Kramer noch Ekinci. Alle noch unterwegs? Oder waren sie etwa essen gegangen, ohne ihm zumindest eine SMS zu schicken? Der Oberkommissar rieb sich die straffe Bauchdecke; Vibrationen aus der Gegend seines leeren Magens waren deutlich zu spüren. Dabei hatte Frau Baumann ihm zum Tee doch drei Stücke Rosinenbrot mit Butter serviert! Aber was waren solche Häppchen schon für einen Athletenkörper wie den seinen.

Kantine? Nein, erst ins Labor, entschied Schmitz. Von dort hatten sie schon ein Weilchen nichts mehr bekommen; Zeit, einmal nachzuhaken, auch wenn man sich damit nicht beliebt machte. Das war dem Muskelmann egal. Zum ersten Mal in seiner noch kurzen Polizeikarriere fühlte er sich wohl, fühlte sich im 1. Fachkommissariat angekommen und angenommen. Er hatte Blut geleckt – das klang ziemlich abgeschmackt, aber egal, wenn es doch so war.

Auch das Labor war beinahe ausgestorben, bis auf einen Kollegen mit müden Augen und müder Stimme, der gerade Berichte sortierte. »Hier, das ist für euch«, sagte er, ohne den Gruß zu erwidern, und hielt Schmitz eine Handvoll Ausdrucke hin.

»Danke.« Im Querlesen war der Oberkommissar geübt. Okay – das Projektil, das Oliver Eickhoff ins Hinterteil getroffen hatte, konnte keiner registrierten Waffe zugeordnet werden; enttäuschend, aber damit musste man rechnen. Aber hey, die andere Waffe hatte man identifiziert! Das Kleinkaliber-Ding, aus dem auf diesen Hund geschossen worden war, den er bei Antje Baumann angetroffen hatte. Die Pistole war registriert auf – Karl-Friedrich Eickhoff?! Schmitz schüttelte den Kopf. Darauf sollte sich lieber Stahnke einen Reim machen. Oder vielleicht Kramer. Weiter blätternd, ging er zum Fahrstuhl.

Oben stieß er beinahe mit Kramer zusammen. »Auch schon hier?«, empfing der ihn. »Dann komm mal gleich mit. Es geht um diese Festplatte, die du gefunden hast.«

Schmitz schreckte hoch; es gab Neues zur Analyse der Blutspuren im *Tatort*-Gebäude, daran hatte er sich festgelesen. Sehr interessant. Aber was auf der gestohlenen und versteckten Festplatte war, interessierte ihn natürlich auch brennend.

Die Kollegen, die sich von morgens bis abends damit befassen mussten, beschlagnahmte Computer zu sichten, waren nicht zu beneiden. Man sah es ihnen an – zumindest dem einen, der von seinem Bildschirm aufschaute, als die beiden Ermittler sein Arbeitszimmer betraten. Hatte der Kriminaltechniker müde ausgesehen, so wirkte dieser Kollege hier desillusioniert, vom Leben enttäuscht, von der Menschheit angewidert. Ausgebrannt war ein viel zu schwaches Wort, dachte Schmitz.

Der Raum, so groß wie die Büros von Stahnke, Kramer, Schmitz und Ekinci zusammen, war vollkommen zugestellt mit PCs, Bildschirmen, Laptops und Elektronik aller Art und Baujahre. Die beigen Plastikkisten der frühen Drei-sechsundachtziger-Modelle waren ebenso vertreten wie die ungeschlachten anthrazitgrauen Türme der Jahrtausendwende. Mehrere Schreibtische, in der Mitte des Raums zusammengeschoben zu einer Insel, sahen unter ihrer Computer-Last aus wie ein Modell von Manhattan mit kantigen, surrenden Wolkenkratzern. Batterien von Mehrfachsteckern gaben ihr Bestes, um diese Insel des Bösen mit Energie zu versorgen. Alles, was auf den

Schränken ringsumher an den Wänden stand, befand sich in Warteposition. Schmitz vermutete, dass auch das Innere der Schränke voller beschlagnahmter PCs war. Von dem kleinen Nebenraum, dessen Verbindungstür offen stand, wusste er es sicher.

»Moin«, grüßte Kramer. »Und, was liegt an?«

»Kinderpornos«, sagte der Kollege mit angewidertem Gesicht. »Von morgens bis abends Kinderpornos. Sonst noch Fragen?«

»Was macht unsere Festplatte?«, fragte Kramer, als hätte er nichts gehört.

»Ach die. Ja, hier, ich hab sie mal angeschlossen.« Er zeigte auf ein grob verlötetes Konstrukt hinter einem großen Flachbildschirm samt Tastatur, in dessen Zentrum die in der Reederei gefundene Festplatte lag. »Wenn ihr wollt, könnt ihr die Speicher mal durchgehen.« Sein prüfender Blick streifte Kramers steinerne Miene und Schmitz' pfannengroße Hände. »Oder soll ich das vielleicht für euch machen?«, fragte er freundlich.

»Das wäre nett«, sagte Kramer erfreut und angelte sich den zweiten Bürostuhl. Schmitz musste stehen.

Der Kollege ließ die Finger wirbeln. Ein Verzeichnis erschien auf dem Bildschirm. Der Spezialist scrollte so schnell, dass Kramer und Schmitz mit den Augen gar nicht folgen konnten. »Wenig Text, viele Bilder«, sagte er. »Außerdem E-Mails, reichlich Spiele und ein paar Filme. Womit fangen wir an?«

Mit den E-Mails, dachte Schmitz. Aber Kramer kam ihm zuvor: »Guck mal bei den Filmen. Ist da etwas Selbstgemachtes dabei?«

»Wie kommst du denn darauf?«, fragte Schmitz erstaunt.

»Denk an das Handy«, sagte Kramer knapp.

»Welches Handy? In der Tatort-Wohnung war doch gar keins.«

»Eben.«

Schmitz verstand nichts. Und dann doch: Handy weg, PC weg – klar, Diebstahl beziehungsweise in diesem Fall Raubmord. Der PC aber wurde nicht verkauft, sondern entsorgt, bis auf den Datenspeicher; hier wollte sich also keiner bereichern, hier wollte einer etwas verschwinden lassen. Etwas, das sich sowohl auf dem Handy als auch auf der Festplatte im PC des Handy-Besitzers befand oder befinden konnte. Und was war das in aller Regel? Fotos oder Filmchen.

»Hier hätten wir etwas«, sagte der Computerspezialist und klickte mit atemberaubender Geschwindigkeit. Dann stöhnte er auf. »Och nee, nicht schon wieder Schweinkram!« Er drehte sich entnervt zu Kramer und Schmitz um: »Wenigstens sind das hier keine Kinder.«

Die Frau war nackt. Sie lag auf dem Bauch und schien hilflos zu sein; sie bewegte sich zwar, diese Bewegungen aber waren unkoordiniert. Schmitz hatte so etwas schon gesehen. »Die ist gut abgefüllt«, murmelte er.

Die Kamera wackelte und bewegte sich um die Liegende herum, nahm ihren Körper aus verschiedenen Perspektiven ins Visier. Die Frau war jung, schlank und sehr attraktiv. Ihre Haare waren brünett, ihre Taille war schmal, ihr Hintern sah aus wie der einer Sportlerin. Dieser Hintern schien auch den Menschen hinter der Kamera zu faszinieren. Bei einer weiteren Umrundung konzentrierte er sich allein darauf.

Dann änderte sich der Blickwinkel; die Kamera zog sich zurück, stark schwankend, als sei der Kameraführende gestolpert – oder schlicht ebenfalls betrunken. Details der Umgebung waren zu erkennen. Schmitz erkannte die Schriftzeichen an der Wand. Frederik Jaschinskys WG-Zimmer!

Und es befand sich noch jemand im Raum, ein Mann offenbar. Ein junger Mann, fast noch ein Junge. Seine Füße und Beine huschten durchs Bild. Auch sie waren nackt.

»Was wird das hier?«, fragte Kramer leise.

»Was soll das wohl werden?«, fragte der PC-Spezialist höhnisch zurück. »Meine eintausendste gefilmte Vergewaltigung, wenn ich mich nicht verzählt habe, was durchaus sein kann. Hipp hipp!«

Schmitz spürte, dass ihm übel wurde. Vor Zorn und vor Mitleid.

Der nackte Mann machte sich an den Beinen der Frau zu schaffen. Er schob sie auseinander, gerade so weit, dass er sich zwischen ihre Unterschenkel knien konnte. Deutlich sah man seine Erektion. Und dann, als er sich nach vorne beugte, auch sein Gesicht. Kramer atmete scharf ein.

»Ist das nicht dieser Sohn?«, fragte Schmitz. »Der von dem Kaufhaus-Boss? Oliver Eickhoff?«

»Ja«, sagte Kramer.

Die Kamera ging wieder näher heran, um sich von dem, was jetzt folgte, kein Detail entgehen zu lassen. Das Eindringen, stellte Schmitz ganz automatisch fest, erfolgte rektal. Er spürte Angst – Angst davor, dass das Gesehene ihn erregen könnte. Erleichtert stellte er fest, dass dem nicht so war.

Als die Stöße heftiger wurden, fuhr die Kamera für einen Moment hoch zu den Köpfen der Beteiligten. Oliver Eickhoffs Gesicht war gierig verzerrt, das der Liegenden weitgehend von ihren langen Haaren verborgen. In ihrem halb betäubten Zustand bekam sie von dem Ganzen wohl wenig mit – jedenfalls hoffte Schmitz das. Dass sie sich überhaupt bewegte, lag vermutlich vor allem an ihrem Vergewaltiger, dessen Gezappel immer heftiger wurde.

Dann hob das Opfer doch für einen Moment den Kopf, öffnete die Augen, drehte das Gesicht zur Seite, schleuderte ihre Haare weg. Um eine Sekunde später wieder apathisch auf die Matratze zu sinken. Aber diese eine Sekunde hatte gereicht.

»Aylin Baumann«, sagten Kramer und Schmitz wie aus einem Munde.

»Die habe ich doch vorhin noch in der Rathausstraße gesehen!«, rief eine dritte Stimme dazwischen. Erstaunt wandten sich die beiden Oberkommissare um; sie hatten Rieken gar nicht hereinkommen hören.

»Jetzt wüsste ich nur noch gerne, wer hier eigentlich filmt«, sagte Kramer.

»Na, der Jaschinsky, schätze ich mal«, sagte Schmitz. »Ist doch sein Zimmer, oder?«

»Das beweist aber nichts.«

»Stimmt leider.« Schmitz verschränkte seine mächtigen Arme. »Normalerweise outen sich die Urheber solcher Gewalt- oder Sexvideos doch selbst, nicht? Um damit auf *Youtube* oder sonstwo anzugeben. Schade eigentlich ...«

Die Kamera wackelte wieder stärker, schien bis unter die Decke gehoben zu werden. Jetzt war das Geschehen auf dem Bett in der Totalen zu sehen. Und im nächsten Moment schob sich von der Seite her eine grinsende Fratze ins Bild. Dazu noch eine Hand, die das V-Zeichen formte.

»Unglaublich«, keuchte Schmitz, »der macht das wirklich!«

»Stimmt«, sagte Kramer kühl. »Aber schau mal, der Jaschinsky ist das nicht.«

»Nee, ist er nicht.« Schmitz kniff die Augen zusammen. »Das da ist Dennis Poppinga!«

37.

Nidal Ekinci klickte wie in Trance. Er wusste genau, wo im Netz er suchen musste. Und er hatte auch schon so eine Ahnung, was er finden würde. Der Dauerlauf und der anschließende Sprint mit dem Rad hatten ihm genügend Zeit zum Nachdenken verschafft.

Diese Gefangenenbefreiung! Eine koordinierte Aktion verschiedener Islamisten-Gruppen, hatte es geheißen. Zum einen westlich von Bagdad, wo sich das berüchtigte Gefängnis Abu Ghraib befand, zum anderen nördlich der Hauptstadt, in Tadschi. Insgesamt mehr als fünfhundert Insassen sollten dabei befreit worden sein. Jetzt, da Nidal Ekinci gezielt danach suchte, fand er auch Bilder von den Ereignissen. Natürlich die üblichen Protz-Posen der maskierten muslimischen Kämpfer, die sich mit Leichenteilen getöteter Soldaten und Gefängniswärter schmückten, aber auch Handy-Videos von den Angriffen selbst. Wieder einmal waren moderne schwere Waffen zum Einsatz gebracht worden. Ein paar Unterstützer-Staaten lernten offenbar nie dazu. Vielleicht waren es auch milliardenschwere Individual-Fanatiker wie einst Osama bin Laden, die diese Terroristen-Bestien immer aufs Neue mit schier unbegrenzten Mitteln ausstaffierten. Oder waren *IS* und *Al Kaida* durch den Handel mit Altertümern, Öl und Menschen inzwischen selber dermaßen schweinereich geworden, dass es gar keine Grenzen mehr für sie gab?

Mensch, konzentrier dich, forderte Ekinci sich selber auf. Wonach suchte er hier eigentlich? Nach Fotos, die zeigten, wie Malik und Karim Can Seite an Seite ihr gestürmtes Gefängnis verließen? Schwachsinn. Außerdem wusste er ja, dass es die beiden zurück nach Ostfriesland geschafft hatten. Dafür, dass sie in einem dieser geknackten Knäste gesessen hatten, sprach einfach die Wahrscheinlichkeit. Zumindest von Malik wusste er ja, dass er in Gefangenschaft geraten war.

Wieder ein Propagandavideo mit einer Hass-Ansprache, diesmal von einem Unmaskierten. Der Oberkommissar hinderte sich daran, das Gefasel wegzuklicken. Diese Visage kannte er doch! Und der Typ sprach Deutsch. Na ja, so eine Art Ghetto-Deutsch, wie es die Rapper pflegten, vor allem die, die noch nie ein Ghetto von innen gesehen hatten. Nicht Deutsch, nicht Türkisch – die reden Fickdisch, hatte Nidal Ekinci als Schüler gerne gehöhnt. Und gelernt, mit den Schlägen fertig zu werden, die ihm das eintrug. Er selber hatte sein Deutsch von Anfang an kultiviert und perfektioniert. Schon aus Respekt seiner neuen Heimat gegenüber. Und sich selbst natürlich.

Dieser Kerl da auf dem Bildschirm hatte in Deutschland verkackt, war nicht nur als Rapper ein Loser gewesen. Jetzt spielte er beim *IS* den Propaganda-King. Und nach dieser Gefangenenbefreiung nahm er den Mund natürlich besonders voll. »Diese jungen Krieger, die ihr eingekerkert habt, die schicken wir jetzt zu euch zurück!«, drohte er gerade. »Sie werden den Krieg, mit dem ihr die Länder der Gläubigen überzogen habt, in eure eigenen Länder tragen! Von nun an werdet ihr niemals und nirgendwo mehr sicher sein. Unsere jungen Kämpfer suchen euch in euren Städten und in euren Betten auf. Sie werden euch in eurem eigenen Blut ersäufen!«

Und so weiter, und so weiter, bla bla bla. Jetzt klickte Ekinci den Clip doch weg. Er hatte mehr als genug gesehen und gehört.

38.

Stahnke war nicht gut im Ausweichen. Noch nie gewesen. Im Weglaufen schon gar nicht. »Dicke sind zu dick zum Flieh'n« – recht hatte er, der Marius, dieses arrogante Arschloch. Wenn es ernst wurde, ging Stahnke nach vorn. Die meisten Angreifer rechneten nicht damit, außerdem störten verkürzte Distanzen das Timing, so gingen Schläge dann ins Leere oder trafen mit verminderter Kraft. Auf diese Weise hatte sich der Hauptkommissar schon oft einen Vorteil verschafft.

Diesmal klappte das nicht. Der Schlag kam als Gerade angerauscht, wie an der Schnur gezogen, und er war so herzhaft ausgeführt, dass eine minimale Entfernungsverkürzung gar nichts nützte. Das Einzige, was Stahnke blieb, war den linken Arm hochzureißen und den Hals leicht nach links einzuknicken. So bewirkte er immerhin, dass der Hammerschlag ihn nicht aufs Jochbein, sondern an der Stirn traf. Durch die Wucht des Aufpralls aber wurde er mit dem Hinterkopf gegen die stählerne Wand des Aufbaus geschleudert, und so sah er trotzdem erst mal nichts als Sterne.

Auf dem Hintern sitzend kam er wieder zu sich. Es konnten nur ein paar Sekunden vergangen sein, denn Dennis Poppinga stand immer noch dort, wo er zuletzt gestanden hatte, und führte einen merkwürdigen Tanz auf. Stahnke schüttelte kurz und heftig den Kopf. Träumte er doch noch? Ach nein, der Kerl rieb sich nur seine schmerzende Faust. Jetzt versuchte er sie sich sogar in den Mund zu stopfen.

Im selben Moment wurde dem Hauptkommissar bewusst, warum Poppingas Hand so schmerzte. Seine eigene Stirn mochte hart sein – schmerzfrei war sie nicht. Stahnke stöhnte laut auf.

Prompt lenkte er die Aufmerksamkeit seines Widersachers damit auf sich. Man musste kein Psychologe sein, um zu erkennen, dass Poppinga über seinen nächsten Zug nachdachte. Wie automatisch bewegte er die Finger seiner rechten Hand; noch schien er für einen weiteren Schlag nicht bereit zu sein. Also konzentrierte sich Stahnke auf seine Füße.

Motorradstiefel, stellte er fest. Diese flachen, schlank geschnittenen Dinger, die zu den Fußspuren in der Tatort-Wohnung passten. Die trug wohl wirklich jeder aus dieser merkwürdigen Garagen-Gang. Zutreten ließ sich damit bestimmt auch ganz gut.

Stahnke zog seine Füße an, versuchte auf die Beine zu kommen. Sein Kopf schmerzte wie rasend. Mit beiden Händen tastete er nach einem Halt, um sich hochzuziehen. Ihm war klar, dass er dabei besonders angreifbar sein würde. Aber war Sitzenbleiben etwa eine Alternative?

Dennis Poppinga nahm ihm die Entscheidung ab. Nach einem letzten Blick auf seine lädierte Hand sprang er in langen Sätzen an Stahnke vorbei und verschwand in Richtung Gangway. Stahnke, der seine Beine angezogen und die Füße zur Abwehr der erwarteten Tritte erhoben hatte, brauchte einen Moment, um die neue Entwicklung zu realisieren. Dann rollte er sich ächzend auf alle viere herum und stemmte sich Zentimeter um Zentimeter in die Höhe.

Als er endlich um die Aufbau-Ecke herum war, hatte Dennis Poppinga bereits die Rathausbrücke erreicht. Auf dem Kai standen die beiden jungen Frauen; die brünette, bei der es sich um Aylin Baumann handeln musste, hatte sich an Charlotte Blohm geklammert, die ihr tröstend über den Rücken strich. Keine von beiden schaute zu Stahnke herüber. Wenig später gingen sie Arm in Arm in die Gegenrichtung davon.

Der Hauptkommissar ließ sich Zeit. Erst als die Kopfschmerzen ein wenig abgeklungen waren und sich sein Blick vollkommen geklärt hatte, machte er sich an den Abstieg über die Gangway. Er musste telefonieren. Zwar hatte er noch sein privates Handy, aber es gab einen Ort, nicht weit entfernt, wo es ein Festnetztelefon gab. Und wo er gleich noch etwas Überfälliges klären konnte.

39.

»Das ist ganz klar ein Fall für den Staatsschutz.« Schmitz verschränkte seine unglaublichen Unterarme vor der ebenso imposanten Brust. »Wenn diese Typen zurück nach Deutschland geschleust worden sind, nachdem sie beim *IS* zu Terroristen ausgebildet wurden, kann das doch nur eins bedeuten, nämlich Mord und Totschlag.«

»Mord und Totschlag sind zwei, nicht eins«, murmelte van Dieken in seinen grauen Bart. Niemand stieg auf seinen Kalauer ein, lediglich Rieken verzog kurz den Mund. Aus alter Verbundenheit.

Kramer wiegte den Kopf. »Der *IS* schickt Leute nach Leer in Ostfriesland, um hier Anschläge zu verüben? Liebe Kollegen, ich nehme unsere Heimat ja auch wichtig, aber ist solch eine Annahme nicht doch sehr weit hergeholt?«

»Hier gibt es ja nichts wirklich Wichtiges, das wegzubomben sich lohnen könnte«, assistierte Rieken. »Weder leitende Politiker noch echte Promis. Und auch keine Einrichtungen von nationalem Belang. Da käme schon eher Emden in Frage, der große Hafen, die Seeschleuse! Da könnte man Schaden anrichten. Oder das VW-Werk, ich meine, da geht es doch ums große Geld.«

Nidal Ekinci schüttelte den Kopf. »So denken Terroristen nicht«, widersprach er entschieden. »Klar nehmen die manchmal auch etwas Symbolisches aufs Korn, so wie damals die Türme des World Trade Centers, oder auch bestimmte Personen. Das passiert aber eher selten. Meistens geht es ihnen darum, ganz beliebige Menschen zu töten, und zwar in großer Zahl, um den anderen damit zu zeigen, dass ihr Staat sie nicht schützen kann. Dass Freiheit für sie tödlich ist! Damit wollen sie erreichen, dass die Menschen nach mehr Sicherheit und einem stärkeren Staat verlangen. Freiheit und Demokratie werden so destabilisiert – durch die Bürger selbst. So erreichen Terroristen ihre Ziele.«

»Theoretisch richtig. Aber trotzdem – hier in Leer?« Kramer blieb skeptisch.

»Berlin, Hamburg oder Leer, das ist denen völlig egal.« Ekinci ließ sich nicht beirren. »Das ist sogar wissenschaftlich untermauert! Natürlich von muslimischen Religionswissenschaftlern. Von denen sagen nämlich einige, gerade durch die Tatsache, dass in einer Demokratie jeder mitbestimmen könne, sei auch jeder Bürger eines demokratischen Staates für all das, was sein Staat so anrichtet, mitverantwortlich zu machen. Deshalb könne auch jeder beliebige Bürger von jedem Dschihadisten mit hundertprozentiger Berechtigung zur Verantwortung gezogen werden. Sprich: Egal, welchen Westler ein Islamist tötet, es trifft auf jeden Fall den Richtigen.«

»So was sagen die?« Van Dieken schüttelte den Kopf. »Und solchen Leuten bezahlen wir in Osnabrück eine eigene Uni?«

»Nicht wirklich solchen«, wehrte Ekinci ab. »Es sind ja nicht alle Muslime gleich. Wir wollen doch nicht denselben Fehler machen wie die Islamisten, oder?«

»Nee, klar«, murmelte van Dieken kopfschüttelnd.

»Na schön.« Kramer legte die Hände zusammen. »Halten wir also fest, dass Ostfriesen als potentielle Opfer islamistischer Terroristen ebenso in Frage kommen wie alle anderen Menschen. Fest steht aber auch, dass es eine Menge

Menschen sein muss, um die beabsichtigte Aufmerksamkeit zu erzielen, richtig? Und wo will man die hier finden? Das kann ich euch sagen: Bis zum Gallimarkt sind es keine zwei Wochen mehr.«

Rieken und van Dieken erschauerten gleichzeitig. Die Vorstellung, beim alljährlichen Leeraner Volksfest mit Kultstatus könnte mitten in der mit feiernden Menschen vollgepackten Altstadt ein Sprengstoffgürtel gezündet werden, war einfach zu grausig. Die Opferzahl wäre dreistellig – wenn das überhaupt ausreichte.

»Oder denkt doch mal an unsere liebe Werbegemeinschaft«, sagte Ekinci. »Die planen für Samstag schon wieder so ein Mitternachts-Shopping! Und die Wettervorhersage ist günstig, es soll trocken bleiben und wärmer werden. Ich wette, die Fußgängerzone wird voll sein. Das könnte sich schon lohnen.«

»Lohnen?!«, rief Schmitz voller Abscheu. »Wie bist du denn drauf?«

Kramer brachte ihn mit einer Handbewegung zur Ruhe. »Wenn die Mühlenstraße tatsächlich mal wieder voll sein sollte, wäre das in der Tat ein Gemetzel«, konstatierte er mit einer Sachlichkeit, die allen am Konferenztisch eine Gänsehaut bescherte. »Trotzdem, für mich bleibt es eine abenteuerliche Vermutung, eine islamistische Terrorgruppe, die in Syrien und im Irak operiert, könnte sich ausgerechnet die Kleinstadt Leer als Anschlagziel ausgesucht haben. Ergibt das denn wirklich für irgendjemanden einen Sinn?«

»Absolut«, erwiderte Ekinci. »Erstens: Dieses Hip-Hop-Großmaul von denen hat doch direkt angekündigt, dass es demnächst auch Anschläge in Deutschland geben wird. Zweitens: In allen Zentren Deutschlands wird man jetzt doppelt auf der Hut sein, Aktionen werden also schwieriger, was ein Ausweichen auf die Provinz logisch macht. Denn, wie gesagt, für die ist ja ein Blutbad so gut wie das andere.«

»Und drittens?«, konnte sich Rieken nicht verkneifen.

»Drittens«, sagte Nidal Ekinci, »drittens haben Karim Can und Malik doch selber in Leer gelebt! Ganz egal, ob sie sich nun freiwillig für ein Selbstmordattentat gemeldet haben oder ob sie dazu bestimmt wurden, sie haben sicherlich ihre Meinung geäußert, wo außerhalb der Ballungszentren sich ein Anschlag lohnen könnte. Die Jungs sind ja nicht blind, die haben doch mitbekommen, was hier läuft! Die kontroverse Diskussion über diese Mitternachts-Shoppings läuft ja nicht erst seit gestern. Die Zeitungen sind doch immer mal wieder voll davon! Und den Gallimarkt kennt sowieso jeder. So oder so, Aufmerksamkeit wäre also garantiert. Und glaubt mir, darauf kommt es denen an.«

Kramer lehnte sich zurück, den Blick zunächst durch Ekinci hindurch gerichtet. Dann wandte er sich zum Kopf des Konferenztisches, dorthin, wo zwei leere Stühle die Abwesenheit von Stahnke und Manninga dokumentierten. Der Leitende Kriminaldirektor war außer Haus, zu irgendeinem unaufschiebbaren Termin vermutlich repräsentativer Natur; bei solchen Gelegenheiten war er grundsätzlich unerreichbar. Und wo Stahnke steckte, mochte der Teufel wissen.

»Also Staatsschutz?«, drängte Schmitz. Ekinci nickte bestätigend.

»Nicht an Stahnke vorbei«, blockte Kramer ab. »Und nicht auf einen vagen Verdacht hin. Noch haben wir nicht genug in der Hand.«

»Nicht genug?«, ereiferte sich Ekinci. »Wir haben einen Leeraner Reeder, der freimütig zugibt, sich an Schleusungen zu beteiligen, in beiden Richtungen, und dieses Geschäft auch noch ausbauen will! Wir haben einen fanatischen Imam, der hinter der Maske biederer Wohlanständigkeit mutmaßlich Rekruten für den *Islamischen Staat* und für Terroraktionen anwirbt. Wir haben einen undurchsichtigen Anwalt einschlägiger Herkunft und Einstellung, der ihn vermutlich dabei unterstützt. Und dann haben wir noch den adretten Dönermann und seinen Sohn, die da womöglich irgendwie beteiligt sind. Vielleicht trifft das sogar auf Buchhändler Christiansen zu! Was wir hier haben, liebe Kollegen, könnte sich als ein regelrechtes Netzwerk erweisen! Und Teile davon hängen in unserem aktuellen Fall voll mit drin.«

»Richtig, unser aktueller Fall.« Kramer schlug mit der flachen Hand auf den Tisch. Alle zuckten zusammen und saßen plötzlich kerzengerade. »Darf ich vielleicht daran erinnern, dass wir in dieser Hinsicht noch einiges aufzuarbeiten haben? Zum Beispiel das Handy-Video auf der in der Reederei aufgefundenen Festplatte, aufgenommen im Zimmer des Ermordeten. Es zeigt eine Vergewaltigung unter Zuhilfenahme von Alkohol. Täter: Oliver Eickhoff, Mittäter: Dennis Poppinga, Opfer: Aylin Baumann.«

»Das rückt das Attentat auf den jungen Eickhoff in ein ganz neues Licht«, warf Schmitz ein.

»Inwiefern?«

»Na ja, diese Aylin Baumann ist doch die uneheliche Tochter von Reeder Eickhoff, dem Bruder von Olivers Vater! Wenn der erfahren hätte, dass sein eigener Neffe … Ich meine, der Reeder soll sich doch zumindest finanziell um seine Tochter gekümmert haben. Also wird ihn so etwas auch nicht kalt lassen.«

»Und dann geht er gleich mit der Pistole auf seinen Brudersohn los?«, fragte Ekinci spöttisch. »Du meinst, er hat auf ihn geschossen? Mann, das wären ja Zustände wie im tiefsten Anatolien! Ostfriesische Verhältnisse, oder was?«

Schmitz zuckte mit den überbreiten Schultern. »Ja eben! *Auf ihn geschossen*, aber eben nicht *erschossen*. Bestrafung statt Ehrenmord. Klingt ostfriesisch für mich.«

»Womit denn geschossen?«, fragte Kramer. »Besitzt er überhaupt eine Waffe?«

»Tut er«, antwortete van Dieken wie aus der Pistole

geschossen. »Das weiß ich, hab ich selber gerade erst überprüft. Wegen Karl-Friedrich Eickhoff, ihr erinnert euch? Beide Brüder besitzen Waffen, und zwar Gewehre und Pistolen, jeweils diverse. Beide sind aktive Jäger und Mitglieder in verschiedenen Schützenvereinen. Also alles legal soweit.«

»Aber gehen solche Menschen selber los, um auf andere zu schießen?« Kramer wiegte skeptisch den Kopf. »Für Drecksarbeit haben die doch ihre Leute.«

»Sicher.« Ekinci nickte. »Wen meinst du konkret?«

»Zum Beispiel Dennis Poppinga. Der ist Seefahrtstudent, arbeitet aber auch in der Werkstatt, die den Eickhoffs gehört, und lässt sich für besondere Jobs auch mal auf ein Schiff schicken. Ziemlich flexibel, der Bursche.«

»Was aber noch nicht heißt, dass er auch für Illegales zu haben ist«, wandte Schmitz ein.

»Ach ja?«, fragte Kramer zurück. »Hast du das Vergewaltigungs-Video nicht zu Ende geguckt? Poppinga hat es aufgenommen – und sogar selbst dafür gesorgt, dass er mit ins Bild kam! So etwas macht doch keiner, dem Recht und Moral irgendetwas bedeuten, oder?« Er schaute in die Runde; die einen nickten, die anderen schüttelten den Kopf, was aber wohl der Fragestellung geschuldet war, denn tatsächlich stimmten ihm alle zu.

»Mit welchem Handy hat Poppinga eigentlich gefilmt?«, fragte Rieken unvermittelt.

»Wie, mit welchem Handy.« Kramer zuckte die Achseln. »Mit seinem eigenen, nehme ich doch an. Wieso fragst du?«

»Weil wir das Filmchen auf der Festplatte gefunden haben, die eindeutig zu Frederik Jaschinskys Computer gehört«, sagte Rieken. »Ich frage mich, wie es dort hingekommen ist.«

»Na ja, der Poppinga wird es eben überspielt haben«, vermutete Ekinci. Auf seiner Stirn hatte sich eine steile Falte gebildet.

»Okay«, sagte Rieken. »Und warum?«

Alle blickten auf Kramer. Der lehnte sich zurück. »Die Vergewaltigung fand in Jaschinskys WG-Zimmer statt«, resümierte er. »Anwesend waren Opfer und Täter sowie Dennis Poppinga, Jaschinsky selber jedoch allem Anschein nach nicht. Es spricht also alles dafür, dass zum Filmen eines der Handys der Anwesenden benutzt worden ist, vorzugsweise das von Poppinga selbst. Folgt ihr mir da, oder liege ich irgendwie falsch?«

»Absolut richtig, absolut logisch.« Ekinci nickte eifrig. »Bloß beantwortet das nicht die Frage, wie der Film auf Jaschinskys PC kam. Zumal Jaschinsky eben gar nicht zugegen war.«

»Poppinga wollte ihn an diesem großen Spaß teilhaben lassen?« Schmitz hob entschuldigend die Hände: »Nur ein Gedanke. Vielleicht ticken die Typen ja so.«

»Die waren doch alle besoffen«, warf van Dieken ein. »Das Mädchen sowieso, der kleine Stecher war auch angeschickert, und der Kamera-Heini hat ordentlich geschwankt! Und das debile Grinsen, als er da am Ende seine Omme ins Bild gehalten hat, das war ja aussagekräftiger als ein Alkometer! Glaub ja nicht, dass der hinterher noch zu koordinierten Aktionen imstande gewesen ist.« Er nickte sich selber zu und verschränkte die Arme vor der Brust.

»Und was willst du uns nun damit sagen?«, fragte Schmitz höhnisch.

Kramer aber brachte ihn mit einem energischen Winken zum Schweigen. »Du meinst, er wäre kaum in der Lage gewesen, das Video auf einen fremden PC zu überspielen, zumal es dafür keinen erkennbaren Grund gab?«, vergewisserte er sich.

»Genau«, bestätigte van Dieken.

»Also hätte das jemand anders besorgt?«

»Genau.«

»Von Poppingas Handy?«

»Unwahrscheinlich.« Van Dieken schüttelte den Kopf. »Da glaube ich eher, dass es gar nicht sein Handy war, mit dem der Poppinga gefilmt hat. Sondern eins, das da zufällig rumgelegen hat. Hat es sich einfach geschnappt und losgelegt, angetrunken wie er war.«

»Und weil die Vergewaltigung ja in Jaschinskys Zimmer passiert ist ...« Kramer runzelte die Stirn. »Fred Jaschinskys Handy also?«

»Das würde erklären, wie das Video auf seinen PC gekommen ist«, warf Ekinci ein. »Er findet es auf seinem Handy vor und sichert es erst einmal. Um sich dran aufzugeilen. Oder warum auch immer.«

»Aber lässt einer wie Jaschinsky sein Handy liegen? Ich dachte, diese jungen Leute sind mit ihren Smartphones quasi verheiratet und tun keinen Schritt mehr ohne, weil sie sich sonst einsam und verlassen fühlen.« Er grinste Nidal Ekinci zu: »Dich sieht man doch auch niemals ohne!«

Ein lautes Fingerschnippen ließ alle Köpfe zu Schmitz herumfahren. Der überbreite Oberkommissar hatte seine Hand erhoben. »Einen Grund gäbe es«, rief er aus. »Falls Jaschinsky nämlich zu dieser Zeit trainieren war! Im Fitnessstudio sind Handys unerwünscht, das müsstest du doch wissen! Stören angeblich die Konzentration auf die Übungen. Da hängt doch ein Schild im Eingang, ist mir gleich aufgefallen! Und wie ich diesen Keno einschätze, achtet der genau darauf, dass diese Regel auch eingehalten wird.«

»Und warum legt Fred Jaschinsky sein Handy dann nicht ausgeschaltet in seinen verschlossenen Spind?« Kramer blieb skeptisch.

»Vielleicht besaß er kein Schloss mehr! Gefunden haben wir jedenfalls keins bei ihm.«

»Das ließe sich überprüfen.« Kramer tastete in seiner

Hosentasche nach dem *Turbo-Fit*-Transponder. »Sofern die Daten von der Eingangskontrolle irgendwo erfasst sind. Vielleicht hat Jaschinsky ja wirklich zur fraglichen Zeit trainiert.«

»Ansonsten fragen wir Keno.« Schmitz schien dem Trainer-Hünen eine Menge Gedächtnisleistung zuzutrauen.

»Haben wir denn überhaupt das genaue Datum der Tat?«, fragte Rieken.

»Wir haben auf jeden Fall das Datum, an dem das Video abgespeichert wurde«, sagte Ekinci. »Liegt einige Wochen zurück.«

»Wenn das mit dem Datum übereinstimmt, zu dem Aylin Baumann aus der WG verschwunden ist, dann haben wir auch den Tatzeitpunkt«, sagte Kramer. »Wer überprüft das?«

»Mach ich.« Schmitz hob die Hand wie in der Schule. »Aber eins verstehe ich immer noch nicht: Wenn es Jaschinskys Handy war, mit dem da gefilmt worden ist – wo ist es dann jetzt? Gefunden haben wir keins, weder beim Toten noch unter seinen Besitztümern oder sonst wo in der Wohnung.«

»Aber besessen hat er doch wohl eins, oder?« Ekincis Ton ließ erkennen, dass er nur pro forma fragte.

»Das sagt zumindest Ahmad Gajani, also nehmen wir es an«, erwiderte Schmitz. »Außerdem haben wir ein Ladegerät gefunden, in Jaschinskys Zimmer. Allerdings ist das defekt.«

»Was für eine Marke?«, fragte Ekinci.

Schmitz schüttelte den Kopf. »Kein Originalzubehör, sondern irgend so ein Ersatzgerät aus dem Internet. Der Stecker würde zu vielen Marken passen.«

»Man soll so was eben nicht im Internet kaufen«, sagte van Dieken im Brustton der Überzeugung. »Ist billig und bequem, aber kaum hat man es, ist es auch schon wieder Schrott. Da sieht man es doch mal wieder!«

»Und das Original-Ladegerät? Das muss doch als Erstes

kaputtgegangen sein!« Ekinci schien sich das Internet-Shopping nicht vermiesen lassen zu wollen.

»Oder verloren? Oder geklaut?« Van Dieken breitete die Arme aus. »Ist doch alles möglich! Diese Billigteile jedenfalls, die kannst du vergessen.«

Kramer schnitt ihm das Wort ab. »Ja, ja, genug jetzt. Fred Jaschinsky hat also ein Handy besessen, dieses Handy wurde vermutlich benutzt, um das Video zu drehen, und nun ist es verschwunden. Preisfrage: wohin? Wer hat es?«

»Würde mal sagen, Jaschinskys Mörder«, erwiderte Ekinci. »Oder anders herum: Der, bei dem wir das Handy mit diesem Video drauf finden, der ist es.«

»So herum klingt das ja ganz leicht.« Kramer grinste den jüngeren Kollegen breit an: »Dann mal los, mein Freund!«

»Apropos Handy«, meldete sich Schmitz noch einmal zu Wort. »Was ist nun eigentlich mit Stahnke? Warten wir ab, bis unser Leitender Ermittler zu uns stößt oder sich wenigstens mal meldet, oder machen wir jetzt weiter? Zu tun wäre ja genug.«

Wie aufs Stichwort läutete das Tischtelefon. Kramer beäugte das Display und stöhnte enttäuscht. »Die Krimi-Buchhandlung«, maulte er, ehe er abhob.

Dann aber schaltete er rasch auf Lautsprecher. »Ich bin's«, knarrte Stahnkes Stimme durch den Raum. »Hört mal genau zu.«

40.

»Nochmals vielen Dank.« Hauptkommissar Stahnke hielt der Praktikantin den schnurlosen Telefonhörer hin. Das junge Mädchen hinter dem Tresen das Buchladens errötete bis unter die Haarspitzen, als sie danach griff; sie war sehr klein, sehr blond und sehr hellhäutig, und wenn sie errötete, sah sie aus wie mit Blut übergossen. Jetzt schon zum dritten Mal, rekapitulierte der Hauptkommissar: zum ersten Mal, als er nach ihrem Chef gefragt hatte, zum zweiten Mal, als er ihr seinen Dienstausweis gezeigt und um das Telefon gebeten hatte. Und eben jetzt. Ob die wirklich für einen Beruf mit viel Publikumskontakt geeignet war?

Stahnke ließ seinen Blick über die hohen Regale wandern. Eigentlich sollte er schleunigst weiter in die Georgstraße, denn das, was er gerade von Kramer erfahren hatte, war besorgniserregend. Andererseits hatten sie sich gegenseitig auf den neuesten Stand der Dinge gebracht, und die Besprechung der Rumpf-Kommission war schon beendet. Außerdem hatte er hier noch etwas zu erledigen. Zwei zu eins fürs Bleiben, entschied der Hauptkommissar.

»Ach, junge Frau, Sie könnten mir noch rasch den Schlüssel für die Tür dort geben«, sagte er im Plauderton.

Die Praktikantin errötete zum vierten Mal. »Welche Tür denn?«, hauchte sie.

»Na, die da hinten!« Stahnke zeigte hinter sich – und stellte fest, dass man die Tür, die vom Laden ins vordere Treppenhaus führte, von der Kasse aus gar nicht richtig sehen konnte. Sie lag so tief in ihrer dunklen Nische wie Stahnkes Augen nach einer durchzechten Nacht, und auch diese Nische war durch Buchständer und eine Kleiderpuppe in alter Polizeiuniform halb verborgen. Der Hauptkommissar ging ein paar Schritte in den Raum, bis er selbst, der Kassentresen und die Tür ein flaches Dreieck bildeten. »Sehen Sie, die Tür da meine ich.«

»Von der weiß ich gar nichts.« Die Praktikantin konnte nicht erneut erröten, da die letzte Röte noch keine Zeit gehabt hatte zu weichen. »Ich fürchte, den Schlüssel habe ich gar nicht.«

»Ach, den finde ich schon!« Stahnke gab sich väterlich-zuversichtlich. »Lassen Sie mich nur machen. Sachen finden ist ja quasi mein Beruf, nicht?«

Die Praktikantin drückte sich so eng an den Computer, wie sie nur konnte, um den Hauptkommissar ins Büro zu lassen. Stahnke ließ sich nicht zweimal bitten. Grüßend tippte er sich an die Schläfe. Die Praktikantin schlug die Augen nieder. Gleich schmilzt sie, dachte Stahnke. Fast wäre er über die hohe Schwelle gestolpert, die das Büro vom Buchladen trennte. Hier lag der Boden gut zwanzig Zentimeter höher. Warum eigentlich? Ein derart verbautes Haus wie dieses hatte er noch nie zuvor gesehen.

Ein Schreibtisch, zwei PC-Arbeitsplätze, ein großer schwarzer Tisch voller Bücherstapel, allerhand Elektronik, mehrere komplett belegte Steckdosenleisten – ein Büro, wie man es in einer Buchhandlung erwarten konnte, mal abgesehen davon, dass kein Mensch anwesend war. Ungewöhnlich war die Höhe des Raumes, und ungewöhnlich war auch der riesige Einbauschrank, der die linke Wand fast ganz einnahm. Viele, viele flache Schubkästen, in acht Reihen nebeneinander angeordnet, ließen erkennen, dass dieses Haus in seiner langen Geschichte nicht immer eine Buchhandlung beherbergt hatte. Früher hatte es hier mal eine Eisenwarenhandlung gegeben, an die konnte Stahnke sich noch erinnern. Ganz früher, vor einhundertsiebzig Jahren oder so, hatte in diesen Räumen wohl eine Tuchhandlung residiert. Davon zeugten noch die hohen Regale im Laden, in denen man sich weiße und bunte Stoffballen gut vorstellen konnte.

Der Hauptkommissar stöhnte innerlich bei dem Gedanken, all diese Schubladen nach dem richtigen Schlüssel durchsuchen zu müssen. Es gab aber auch ein größeres Fach mit einer hölzernen Schiebetür. Dort versuchte er es zuerst. Und hatte auf Anhieb Erfolg. Da waren Schlüssel – allerdings Schlüssel über Schlüssel. Himmel, hatte dieses Haus wirklich so viele Türen? Oder war der Buchhändler eine Art Metall-Messie?

Zum Glück waren zahlreiche Schlüssel mit Anhängern versehen. Die meisten davon waren auch tatsächlich beschriftet, und davon wiederum die meisten lesbar. Auf einem stand *Künstler*. Zwei altmodische Hakenschlüssel an einem kleinen Ring. Stahnke griff zu.

Zwischen dem großen Schrank und der Fensterwand befand sich eine weitere Tür. Sie musste zu dem Treppenhaus führen, durch das er und seine Kollegen die Tatort-Wohnung betreten hatten; zu deren Haupteingang also. Hier steckte der Schlüssel. Der Hauptkommissar brummelte vor sich hin.

An der Praktikantin vorbei, die ein fünftes Mal errötete, und durch den Buchladen ging Stahnke zu der Tür zum zweiten Treppenhaus. Die holzverkleidete Türnische, eingerahmt von dicken Regalpfosten, Pendeluhr und Glasvitrine, fügte sich genau in die Umgebung ein, war sogar im gleichen Stil gestrichen worden: goldbraun maseriert, mit einer Deckschicht aus Leinöl, die man noch leicht riechen konnte. Entweder waren hier begnadete Maler am Werk gewesen, oder aber der Denkmalschutz hatte ein gnadenloses Regiment geführt.

Unter den leblosen Augen der uniformierten Kleiderpuppe probierte Stahnke die Schlüssel. Der zweite passte. Stahnke betrat das Treppenhaus und drückte die Tür hinter sich zu.

Sein erster Eindruck: außen hui, innen pfui. Das Treppenhaus befand sich in einem höchst renovierungsbedürftigen

Zustand. Vergilbte Tapeten begannen sich von den hohen Wänden zu lösen, die Kacheln auf dem Boden waren vielfach gesprungen, die ausgetretenen Stufen der breiten hölzernen Treppe zeigten nur noch an den Rändern Reste von Farbe, und über allem hing der Geruch von feuchtem Moder. Dabei war die Treppe selbst eine Schau, taugte restauriert bestimmt zum Schmuckstück. Offensichtlich aber hatte der Buchhändler darauf verzichtet, hier zu investieren. Warum? Vermutlich, weil dieses Treppenhaus kaum benutzt wurde.

Außer natürlich, wenn die Künstlerwohnung belegt war. Was aber nur etwa alle zwei Wochen vorkam, wenn man von den Programmflyern ausging, die im Laden auslagen. Im Winter häufiger, im Sommer fast gar nicht. Klar, wenn es warm war, zog es die Leute ins Freie und nicht in Veranstaltungssäle.

Das Licht war schummerig; zwar gab es große, weit oben liegende Fenster, aber die waren schmutzig, und zur Mauer des Nachbarhauses schienen es nur wenige Spannen zu sein. Mit dem Ellenbogen schaltete der Hauptkommissar das Licht an, zog sich dünne weiße Leinenhandschuhe an und darüber welche aus Latex. Nur so konnte er sicher sein, nicht nur keine Spuren zu zerstören, sondern auch selber keine zu hinterlassen. Fingerabdrücke nämlich waren selbst durch das dünne Latexmaterial hindurch nachweisbar, wenn man nichts darunter trug.

Überzieher für die Schuhe hatte er nicht dabei, also ging er ganz außen auf den Stufen, dicht an der Mauer, so weit wie möglich weg vom Geländer. Er ging langsam und leuchtete den abgetretenen Teil der Holzstufen mit seiner winzigen Taschenlampe ab. Mit bloßem Auge konnte er nichts Ungewöhnliches erkennen.

Die Treppe beschrieb gleich unten eine Neunzig-Grad-Kurve und führte dann ungewöhnlich lange und weit geradeaus. Wie hoch mochte das Erdgeschoss in diesem alten Gemäuer wohl sein? Fünf Meter bestimmt. Bei Stahnkes Tempo schien es ewig zu dauern, bis er den Treppenabsatz erreichte und vor einer Wohnungstür stand.

Er brauchte noch einen Moment, bis er sich orientiert hatte. Zwar war er an der Rückseite des Buchladens losgegangen, also gefühlt vorne im Haus – trotzdem musste dies hier die Tür zur hinteren Wohnung sein, die sich im Anbau befand, der deutlich jüngeren Datums war als das Haupthaus und dessen Stockwerke ganz andere Abmessungen hatten. Wenn er die zurückgelegten Meter zusammenrechnete, kam das hin. Trotzdem fühlte es sich falsch an, so, als hätte jemand die vordere und die hintere Wohnung vertauscht, um ihn in die Irre zu führen.

Der Hauptkommissar probierte den zweiten Schlüssel; er passte. Stahnke stieß die Tür mit den Fingerspitzen auf und betrat den Flur. Es roch nach abgestandener Luft – und auch ein bisschen süßlich. Er musste an den Drogenhund denken, der draußen kurz angeschlagen hatte, und grinste. Manche Künstler leben eben das Klischee, dachte er. Selber bevorzugte er ein Gläschen Rotwein zum Entspannen, oder auch drei oder vier. Aber wenn einer kiffen wollte, konnte er auf sein Verständnis zählen. Nicht, dass er mit dieser Einstellung in der Georgstraße hausieren gegangen wäre! Das hätte den kollegialen Umgang mit Rieken und van Dieken deutlich erschwert, und nicht nur mit denen.

Es gab eine Treppe zum ausgebauten Spitzboden, die Stahnke ignorierte, außerdem die üblichen Türen zu Küche, Bad und Schlafzimmer. Das Wohnzimmer lag am Ende des Flures und wirkte erstaunlich groß, trotz der Schrägen auf beiden Seiten. In der Stirnwand gab es neben dem Fenster auch eine Balkontür. Seit wann hatte dieses Haus hinten einen Balkon?

Nein, es hatte keinen. Die Tür führte hinaus auf eine eiserne Wendeltreppe, die neben der Terrasse endete. Vermutlich Vorschrift, solch ein Hinterausgang, dachte der Hauptkommissar, schließlich war unten die Küche, da konnte im Brandfall ein Fluchtweg lebenswichtig sein. Vor allem aber bot diese Wendeltreppe eine Erklärung, warum das zweite Treppenhaus, durch das er gerade gekommen war, so gut wie nie benutzt wurde und deshalb auch nicht renoviert worden war.

So gut wie nie, das hieß nicht niemals. Ein Schlüssel für die untere Tür war verfügbar. Was war mit der oberen Tür – der zur Tatort-Wohnung? Stahnke ging zurück zum Treppenabsatz.

Die Holztreppe führte weiter nach oben, um hundertachtzig Grad versetzt. Viele Stufen waren es von hier aus nicht, aber der erhebliche Unterschied in der Raumhöhe zwischen den beiden Gebäudeteilen wurde doch deutlich. Die Wohnungstür oben sah aus wie aus den Sechzigern, und sie sah auch aus, als gehörte sie nicht hierher. Vermutlich war sie im Zuge einer der zahlreichen Umbauten eingesetzt worden. Das Türschloss hatte schon einen Sicherheits-Einsatz, und der sah blank aus.

Die oberen Treppenstufen waren womöglich noch staubiger als die unteren, vor allem ganz rechts und ganz links, wo nie jemand auftrat. Stahnke sah sofort, dass diese Tür nach außen aufging. Und dass sie an der Schlossseite leicht verzogen und abgesackt war. Die Schleifspuren im Staub sprachen eine deutliche Sprache.

Der Hauptkommissar leuchtete die oberste Stufe mit seiner Minilampe ab. Dann auch die zweitoberste. Da war ein Sohlenabdruck, ein Viertelkreis, als hätte hier jemand seine Kippe ausgetreten. Nur war das da weder Asche noch Tabak. Es war eindeutig Blut, genau wie unten am Papiercontainer.

Also doch! Der Täter hatte dieses Treppenhaus genommen – das vordere, von der Straßenfront aus gesehen. Gefühlt aber das hintere, jedenfalls, wenn man in der Tatort-Wohnung stand. Himmel, dieses bekloppte Haus konnte einem aber auch jede Orientierung rauben! Stahnke rieb sich die Stirn. Auf jeden Fall war diese Treppe hier ein angesagter Fluchtweg, aber nur für jemanden, der sich auskannte, da er in der Regel oben wie unten verschlossen war und niemand ihn benutzte. Die meisten Benutzer und Gäste dieses Hauses kannten ihn bestimmt nicht einmal!

Und warum war der Mörder hier entlanggegangen? Vermutlich, weil der wütende Nachbar vor dem Haupteingang wartete. Dessen Klingeln hatte vielleicht überhaupt erst zur überstürzten Flucht geführt. Da kam es dem Täter natürlich gut zupass, dass er einen Schlüssel für dieses Treppenhaus hatte. Vielmehr zwei, einen für oben und einen für unten.

Was den Kreis der potentiellen Täter deutlich eingrenzte. Bisher hatten die früheren Bewohner der Tatortwohnung dazugehört, einfach, weil sie vielleicht noch Schlüssel für die Vordertür besaßen. Schlüssel für diesen Durchgang aber besaßen sie aller Wahrscheinlichkeit nach nicht, weder für oben noch für unten. Schließlich sollten übernachtende Künstler in der Hinterwohnung nicht gestört werden, und ein unkontrollierter Zugang der Mieter zum Laden kam überhaupt nicht in Frage. Auch wenn die an Büchern vielleicht gar nicht interessiert waren, so wäre doch bei jeder Inventur-Differenz Misstrauen aufgekommen.

Ja, wer blieb denn dann noch übrig? Mal abgesehen vom Motiv: Wer hatte denn überhaupt noch die Gelegenheit gehabt? Buchhändler Christiansen etwa? Der verfügte natürlich über sämtliche Schlüssel zu allen Türen dieses Hauses. Aber warum? Weil er den letzten verbliebenen seiner lästig gewordenen Mieter loswerden wollte? Da gab es doch einfachere und bessere Möglichkeiten – mal abgesehen davon, dass ein Mord mit solch einem Beweggrund kaum zu erklären war. Aber wer denn sonst? Die kleine rotstichige Praktikantin dort unten etwa?

Nein, natürlich nicht. Die nicht. Aber die Richtung, das wurde Stahnke schmerzlich klar, schien zu stimmen.

Apropos Richtung. Er ließ den Lichtkegel seiner Mini-Taschenlampe die Stufen hinab wandern, wischte mit dem Lichtfleck von rechts nach links und zurück. Nichts, kein weiterer blutiger Abdruck. Wie zum Henker konnte dann das nun wieder angehen? Ein Sohlenabdruck hier, einer unten, dazwischen gar nichts. Schuhe ausgezogen? Aber warum dann der zweite Abdruck beim Container – Schuhe wieder angezogen, um sie dann wegzuwerfen? Unlogisch. Konnte dieser verfluchte Täter etwa fliegen? Oder beamen wie bei *StarTrek*?

StarTrek. Raumschiff Enterprise. Wie kam er denn jetzt auf Science Fiction? Konnte er sich denn überhaupt nicht mehr konzentrieren? Und wieso hatte er dieses merkwürdige Gefühl, dass dieser unpassende Gedanke nicht von ungefähr kam und dass er gar nicht so unpassend war?

Moment mal. Nachdenken. *Startrek* – das Beamen, Spocks spitze Ohren, die Oberste Direktive? Nein, da klingelte nichts. Was denn dann? Es musste mit der allerersten Staffel dieser Kult-Serie zu tun haben, die war dem Hauptkommissar am besten im Gedächtnis geblieben. Schon wegen der merkwürdigen Instrumente, die man sich damals in den sechziger Jahren ausgedacht hatte. Einige davon waren inzwischen tatsächlich erfunden worden, wie zum Beispiel …

Wie zum Beispiel faltbare Handys.

Er machte auf dem Absatz kehrt und stürmte zurück in die Künstler-Wohnung, durch den Flur ins Wohnzimmer. Rechts in der Ecke, auf dem flachen Tischchen zwischen zwei abgenutzten Sesseln, die aussahen, als hätte Buchhändler Christiansen sie entweder nach Jahrzehnten aus dem eigenen

Wohnzimmer verbannt oder direkt vom Sperrmüll aufgelesen, lag ein Handy. Richtig sehen konnte man es eigentlich nicht, denn jemand hatte eine Zeitschrift draufgelegt, so dass man nur das untere Ende mit dem für Klapphandys typischen Spalt erkennen konnte – und das dünne Kabel, das von dort über die Tischkante nach unten führte. Handy an der Steckdose, ein so vertrauter Anblick, dass Stahnke nicht gleich darauf angesprungen war. Was aber hatte ein aufgeladenes und offenkundig sogar eingeschaltetes Handy in einer unbewohnten Wohnung zu suchen?

Wenn ich Pech habe, dachte der Hauptkommissar, dann gehört das Ding dem Kiffer, der zuletzt hier übernachtet hat. Die letzte Veranstaltung auf dem *Tatort-Taraxacum*-Programm aber war schon zwei Tage her, ebenso wie der Mord – in dieser Zeit hätte wohl auch ein tiefenentspannter Künstler den Verlust bemerkt, sich gemeldet und sich sein Handy nachschicken lassen. Also dürfte das Mobiltelefon am ehesten jemandem gehören, der in diesem Haus arbeitete – oder einmal hier gewohnt hatte.

Stahnke spürte, wie seine Hände unter ihrer doppelten Handschuh-Schicht zu schwitzen begannen. Gut, dass er die trug! Er musste an die durchgebrannte Steckdose in Fred Jaschinskys Zimmer denken und an dessen verschmortes Handy-Ladegerät. Wenn dies hier Jaschinskys Handy war, dann musste das Ladegerät ein neues sein, gekauft oder geliehen. Aber warum war es hier eingesteckt, in einer Ecke einer unbewohnten Wohnung, versteckt unter einer Zeitschrift? Welchen Grund hätte Jaschinsky gehabt, sein Mobiltelefon hier aufzuladen und nicht in seiner eigenen Wohnung, die er ja mittlerweile ganz allein bewohnte? Vor wem also hätte er dieses Handy mit dem brisanten Video drauf verstecken sollen? Und wie war er an die Schlüssel zum Hausflur und zu dieser Künstlerwohnung herangekommen?

Zu viele Fragezeichen, zu viele Unwägbarkeiten. Stahnke wusste, dass es eine Alternative gab, eine mit einem großen Ausrufezeichen. Die gefiel ihm nicht, aber er musste sich ihr stellen.

Charlotte Blohm. Sie hatte Jaschinsky nicht ausstehen können. Sie war eine gute Freundin von Aylin Baumann, dem Vergewaltigungsopfer, vielleicht ihre beste. Falls sie das Video auf Fred Jaschinskys Handy entdeckt, aber nicht bis zum Ende angeschaut hatte, was gut vorstellbar war, musste sie ihn zudem für den filmenden Mittäter halten. Sie hatte Zugang zu allen Schlüsseln zu sämtlichen Schlössern hier im Haus. Sie hatte sowohl ein gutes Motiv als auch die Gelegenheit gehabt, Jaschinsky umzubringen, dessen PC und Handy zu entwenden und zu verstecken. An zwei unterschiedlichen Stellen, zu denen sie jeweils Zugang hatte. Die blutigen Sohlenspuren konnten durchaus von ihr stammen, die weggeworfenen blutigen Schuhe konnten ihre sein – das würde sich feststellen lassen.

Apropos Blut: Das Zeichen, das Jaschinsky mit letzter Kraft in sein eigenes Blut gemalt hatte, dieses Feministinnenzeichen, bestehend aus Kreis und Kreuz, ergab nun ebenfalls einen Sinn. Eine Frau war die Täterin. Charlotte Blohm.

Stahnke seufzte. Nein, diese Lösung gefiel ihm wirklich nicht. Dafür, das musste er sich wohl endlich eingestehen, gefiel ihm die Frau selbst viel zu gut. Aber darum ging es nicht, darum konnte es nicht gehen. Der nächste Schritt war klar, und er war unausweichlich.

Die leichten Schritte auf dem Flur hätte er beinahe überhört. Erst als die Tür zum Wohnzimmer leise knarrte, wurden sie ihm bewusst. Stahnke fuhr herum. In der Tür stand Charlotte Blohm und starrte ihn mit weit aufgerissenen Augen an. In ihrer Hand hielt sie eine Pistole.

41.

Er war gerade in einen unruhigen Halbschlaf gefallen, als die Schiffsmaschine zu dröhnen begann. Sofort war Oliver Eickhoff wieder hellwach. Er hatte gar nicht gedacht, dass auf diesem alten Rosteimer noch irgendetwas funktionierte. Was das wohl zu bedeuten hatte? Vielleicht war ein Reparaturtrupp an Bord gekommen, dann konnte er sich vielleicht bemerkbar machen! Was natürlich durch den Lärm dieser blöden Maschine nicht leichter wurde. Außerdem schien er sich hier tief unter Deck zu befinden, wirksam weggesperrt hinter mehreren Schichten Schiffbaustahl.

Weit entfernt hörte er Schritte auf Metall, dazu ein undefinierbares Kratzen und Scheuern. Dann musste er sich plötzlich an der Wand abstützen, nur mit den Fingerspitzen, weil er ein wenig aus dem Gleichgewicht gekommen war. Hatte er etwa Kreislaufstörungen, war er vielleicht unterzuckert?

Der Gedanke, dass sich das Schiff bewegt haben könnte, gefiel ihm gar nicht, und so leugnete er ihn, wie es seiner Gewohnheit entsprach. Als Sohn seines Vaters musste er sich nur selten den Gegebenheiten beugen. Meistens war sein Wunsch Befehl, wenn schon nicht seinem Vater gegenüber, dann wenigstens einem seiner Untergebenen. Oder irgendeinem anderen Proll. Was er wollte, das bekam er in der Regel auch, früher oder später und wie auch immer. Notfalls mit Gewalt oder Geld, was im Prinzip auf das Gleiche hinauslief.

So war das auch mit Aylin gewesen.

Mit diesem Schiff aber war das nicht so, das bewegte sich, ob er es nun wollte oder nicht. Der nächste Ruck fiel deutlich stärker aus, und Oliver Eickhoff hielt sich mit beiden Händen fest, um nicht umzufallen. Das musste ein Schlepper gewesen sein, der Zug auf eine Leine gegeben hatte. Offenbar wurde das alte Schiff von seinem Liegeplatz an einen anderen verholt. Vielleicht auf eine Werft hier im Hafen, zur Reparatur. Oder etwa zum Abwracken? Schrott war ein Thema im Leeraner Hafen, durchaus, aber doch nur dessen Verladung. Richtig abgewrackt, also auseinandergeschweißt und zum Recycling in ihre Bestandteile zerlegt wurden Schiffe jedoch anderswo, das wusste er. In Billiglohnländern nämlich, dort, wo keine lästigen Arbeits- und Gesundheitsschutzgesetze die Abläufe verteuerten und verzögerten. Willige Arbeiter gab es dort genügend, dafür sorgten schon die vermehrungswütigen Religionen und der dadurch zum Dauerzustand gewordene Hunger. Sein Vater hatte schon recht gehabt, als er ihm erklärt hatte, warum Religionen so gut fürs Geschäft waren.

Mit Ausnahme dieser Regelung natürlich, dass am Sonntag nicht gearbeitet werden durfte und die Geschäfte geschlossen zu bleiben hatten. Das kam bei seinem Vater gar nicht gut an. Aber auch für dieses Problem würde sein Dad schon eine Lösung finden. Er fand ja immer für alles eine Lösung.

Warum war sein Dad jetzt nicht hier? Und warum war er, Oliver, nicht mehr wie sein Dad? Eine Lösung musste her, und ihm fiel beim besten Willen keine ein. Stattdessen musste er nur immer wieder an die Worte von Dennis denken. Was, wenn dieses verdammte alte Schiff tatsächlich nur deswegen abgelegt hatte, damit er elendiglich damit absaufen konnte? Was natürlich im Leeraner Hafen kaum möglich war, denn allzu tief war der ja nicht.

Wenn er doch nur dieses Bullauge öffnen konnte! Aber die Abdeckplatte spottete jedem Versuch, sie zu bewegen, und die Flügelmuttern ließen sich keinen Millimeter bewegen. Wie gerne hätte er gewusst, wohin das Schiff verholt wurde! Vielleicht an eine belebtere Stelle des Hafens, wo er sich doch noch bemerkbar machen konnte.

Das Donnern der Schiffsmaschine ließ nach, ihr Klang sank zu einem leichten Hintergrundgrummeln herab. Nach dem Lärm zuvor kam Oliver das wie eine erholsame Stille vor. Für einen Moment schloss er seine schmerzenden Augen. Und riss sie sofort wieder auf, erschrocken über das, was er da eben vernommen hatte, nämlich das leichte Rauschen und Perlen von Wasser, das stetig an der Bordwand entlangströmte. Das Schiff befand sich regelrecht in Fahrt! Das sprach nicht für ein Verholen auf einen nahe gelegenen anderen Liegeplatz, das sprach dafür, dass dieses Schiff im Auslaufen begriffen war. Das Abstoppen der Hauptmaschine hatte vermutlich mit der bevorstehenden Schleusung zu tun. Die Schlepper waren wohl gerade dabei, das Schiff in die Schleusenkammer zu bugsieren. Das Durchschleusen würde einige Zeit dauern, eine halbe Stunde vielleicht, je nach dem Wasserstand draußen im Tidengebiet. Eine Galgenfrist für ihn, denn draußen war das Wasser tiefer.

Einer wie Dennis Poppinga konnte ein Schiff versenken, das stand für Oliver Eickhoff fest. Die *Emssturm* hatte er schließlich auch versenkt! Jedenfalls ging Oliver davon aus. Wie er das wohl angestellt hatte? Selbst an Bord war er ja nicht gewesen, also musste es wohl etwas Ferngesteuertes gewesen sein, oder etwas mit Zeitzünder. Und was für einen Sprengstoff hatte Dennis wohl benutzt? In den Nachrichten war von keiner Explosion die Rede gewesen. Er hatte es also sehr trickreich angefangen.

Trickreich. Lösung. Manchmal kam es Oliver Eickhoff vor, als wäre alle Welt cleverer als er, jeder einzelne Mensch, der draußen herumlief. Das machte ihn unheimlich wütend, jedes Mal, und diese Wut musste er dann an irgendetwas auslassen. Oder an irgendjemandem. Meistens musste Dad anschließend alles wieder in Ordnung bringen, meistens mit Geld. Das war in der Regel kein Problem für ihn, und seine Strafpredigten waren keins für seinen Oliver. Der ließ so etwas einfach an sich abtropfen. Nur diese letzte Sache, die war anscheinend etwas zu viel gewesen. Deswegen hockte er jetzt in diesem Wrack in konnte nicht raus. Die Wut trieb ihm ein Knurren aus tiefster Kehle hoch zwischen die gefletschten Zähne. Er holte aus und trat mit aller Kraft gegen die versperrte Tür. Sie zitterte und schepperte, rührte sich ansonsten aber nicht von der Stelle.

Zwei Sekunden später machte es leise »ping«.

42.

Welcher Teufel ihn geritten hatte, mitten in den laufenden Recherchen beim Baumarkt vorbeizufahren, wusste er auch nicht. Tatsache war, dass Nidal Ekinci gerade dabei war, das angehende Kinderzimmer seiner Wohnung zu renovieren, und seine Frau hochschwanger und in diesen Umständen nicht eben geduldig. Die Zimmerdecke war ihr zu dunkel ausgefallen, sie wollte sie heller, also bekam sie sie heller, und das am besten zeitnah. Daher war Oberkommissar Ekinci beim *Strohhut* kurz vom Stadtring abgebogen und zu *Multi Nord* gefahren. Auf dem Gelände gab es auch einen Baumarkt, und der hatte weiße Deckenfarbe im Angebot. Schwungvoll manövrierte Ekinci seinen Wagen rückwärts in eine Parklücke dicht beim Eingang.

Und blieb hinter dem Steuer sitzen. Was sich da vor seinen Augen abspielte, ließ ihn erstarren.

Malik und Karim Can beluden ein Auto. Einen Kombi älteren Jahrgangs. Nichts konnte unauffälliger sein: Zwei junge Männer in Jeans und T-Shirt, ein dunkler Mittelklassewagen mit einer fetten Delle in der Beifahrertür. War es nicht schön, dass sich auch die Migrations-Hintergründigen mehr und mehr deutschen Gepflogenheiten anzupassen begannen und ihre Freizeit mit Heimwerkereien und in Baumärkten verbrachten? Nidal Ekinci musste genau in sich hineinhorchen, um den ironischen Unterton seiner Gedanken herauszuhören, so weit war seine eigene Integration schon gediehen.

Bloß, dass dieser Kombi dem Imam gehörte. Und dass die beiden jungen Männer ihn mit blauen Kanistern, weißen Säcken und Tüten sowie allerlei Kleinzeug aus Metall beluden. Nidal Ekinci kam nicht mehr dazu, die Sachen genauer in Augenschein zu nehmen, denn der Einkaufswagen war bereits leergeräumt und die Heckklappe des Autos schlug zu. Karim Can schwang sich hinters Steuer und ließ den Motor an, während Malik den Einkaufswagen wegbrachte, ihn brav ankettete und den Pfand-Euro einsteckte. Als er zurück beim Auto war, hatte Karim Can bereits ausgeparkt. Eilig brausten die beiden davon.

Ekinci setzte ihnen nach. Er fuhr viel zu dicht auf, das war ihm selber klar, aber an der Parkplatzausfahrt drängelte sich ein schwarzer Audi vor, und der Abstand zu den jungen Männern normalisierte sich. Der Oberkommissar atmete tief durch und versuchte sich zu entkrampfen. Es wollte ihm nicht gelingen. Dafür war seine Vorstellungskraft zu ausgeprägt. Wasserstoffperoxid! Sauerlandgruppe! Eine riesige Bombe, Dutzende oder Hunderte Tote! Seinerzeit hatte der Mordanschlag in der Region, der diese deutsche Islamistengruppe ihren Namen verdankte, nicht geklappt; Polizei und Geheimdienste hatten rechtzeitig reagiert, das geplante Attentat verhindert und die Terroristen vor Gericht gebracht. Tja, seinerzeit. Aber heute war heute, und da fuhren sie, die beiden Syrien- und Irak-Heimkehrer mit ihren blauen Kanistern.

Der Kombi nahm Kurs auf den Stadtring, bog aber nicht Richtung Emsbrücke ab, sondern nach links. Jetzt gab es noch zwei Möglichkeiten: nach Süden, Richtung Leda und Papenburg, oder geradeaus ins Zentrum. Die beiden jungen Männer fuhren geradeaus, und Ekinci schaffte hinter ihnen gerade noch die Ampel bei dunkelgelb. Er fluchte leise vor sich hin. Fehlte nur noch, dass es Richtung Altstadt ging, denn dort war der Aufbau für den Gallimarkt in vollem Gange.

Der Wagen des Imams brauste die Augustenstraße entlang und bog am Ende nach rechts in die Friesenstraße ein. Wollten sie etwa zur Moschee? Nein, offenbar nicht, sie verringerten nicht einmal das Tempo, als sie das Haus passierten. Ekinci biss die Zähne zusammen, dass seine Kiefermuskeln schmerzten.

Voraus, nahe der Kreuzung *Bummert*, befand sich an der Heisfelder Straße die Gedenkstätte für die ermordeten Leeraner Juden und die in der Pogromnacht in Brand gesteckte Synagoge. Wäre das etwa ein Anschlagziel? Der Imam glaubte doch, dass alles Unglück dieser Welt vom internationalen Judentum zu verantworten sei, dieser Blödmann! Ekinci schüttelte energisch den Kopf. Nein, hier war einfach zu wenig los, hier gab es keine Menschenmassen, die sich kompakt vorbeischoben und in die man hineinmetzeln konnte. Höchstens am 9. November, bei der alljährlichen Kundgebung, war es hier etwas voller, aber dieser Tag war noch lange hin.

Im Gegensatz zum Gallimarkt. Die Eröffnung war am nächsten Mittwochvormittag, dann würden die Rathausstraße, die Königstraße und der Waageplatz schwarz sein vor Menschen. Sollte es dann und dort passieren? Oder während der Markt schon lief? Da ließen sich abends natürlich noch mehr Menschen treffen als bei der Eröffnung. Dafür spielte sich das Eröffnungszeremoniell mit Prominenz und vor laufenden Kameras ab. Beides hatte seine Vorteile.

Wütend schlug Ekinci auf sein Lenkrad. Er dachte ja

schon genauso wie diese Verbrecher! Eigentlich sollte ihn das freuen, zeigte sich darin doch hohe berufliche Kompetenz. Freude aber konnte er nicht empfinden, dazu waren ihm die beiden jungen Männer da vorne doch zu nah. Und diese Stadt auch, die ihn wohl etwas unterkühlt, aber doch freundlich empfangen hatte und in der es sich so angenehm leben ließ. Auch und gerade als werdender Familienvater.

Da, sie bogen nach links ab, Richtung Altstadt! Ekinci sah seine schlimmsten Befürchtungen bestätigt, als der Kombi erneut den Blinker setzte. Also wieder nach links? Richtig, in der Altstadt gab es ja durch die Marktvorbereitungen bereits Verkehrsbehinderungen. Mit dem Auto war es ein Vabanque-Spiel, dort hineinzufahren. Ab Mittwoch war das dann wegen der anbrandenden Menschenmassen sowieso unmöglich. Das Linksabbiegen hieß also erst einmal gar nichts.

Da, jetzt ging es wieder nach rechts, in die Ledastraße, die die Fußgängerzone durchschnitt. Danach führte sie am Freizeithafen entlang bis zum neuen Kreisel, und dann hatte man wieder die Wahl: zum Bahnhof, ins Gewerbegebiet Süd oder auf die Halbinsel Nesse. Und wenn man wollte, ging es dort über die Rathausbrücke bis dicht heran ans Gallimarkt-Gelände. Was würden die beiden jungen Männer tun?

Der Kombi bremste stark ab. Aha, hier kam die hochgepflasterte Durchfahrt durch die Mühlenstraße, die langgezogene Fußgängerzone von Leer, da mussten die Fahrer schwer beladener Autos auf Ölwannen und Auspufftöpfe achten. Karim Can ließ den Wagen des Imams vorsichtig über die steile Schräge hoppeln und huschte dann zwischen zwei Fußgängergruppen hindurch. Nidal Ekinci hatte nicht so viel Glück. Erst verwehrte ihm ein stetiger Strom kleiner Einkäufergrüppchen die Weiterfahrt, dann trafen zwei junge Mütter mitsamt ihren Kinderwagen direkt vor seiner Stoßstange aufeinander und begrüßten sich ausführlich, und schließlich zockelte auch noch eine Festgesellschaft vor ihm entlang, die einen dreißigsten Geburtstag feierte und am helllichten Tage schon mächtig getankt hatte. Als der Oberkommissar endlich wieder freie Fahrt hatte, war von den beiden jungen Männern und ihrem vollgepackten Kombi weit und breit nichts mehr zu sehen.

Fluchend griff Ekinci nach seinem Handy.

43.

»Was ist jetzt eigentlich mit diesem Lepeneitis?«, fragte Schmitz.

Kramer blickte irritiert hoch. »Wieso Lepeneitis? Ich dachte, wir konzentrieren uns erst einmal auf Dennis Poppinga. Nach dem, was Stahnke uns durchgegeben hat, scheint er doch unser Hauptverdächtiger zu sein.«

»Trotzdem.« Schmitz blieb hartnäckig. »Lepeneitis war doch zur Fahndung ausgeschrieben worden, erinnerst du dich? Nach dieser Sache im Fitnessstudio. Handel mit illegalen Anabolika, Angriff auf einen Polizeibeamten und so. Seitdem ist zum Beispiel seine Wohnung mehrfach kontrolliert worden, aber er wurde nie angetroffen. Wie vom Erdboden verschluckt. Merkwürdig, oder?«

Kramer lächelte nachsichtig. »Ich kann ja verstehen, dass du ihm den Schlag übelnimmst und dass es dich ärgert, dass dir der Typ durch die Lappen gegangen ist. Aber was wir ihm zur Last legen können, ist doch vergleichsweise wenig, stimmt's? *First things first*, wie der Engländer sagt. Der Wichtigste zuerst. Wir haben es nach wie vor mit Mord und schwerer Körperverletzung zu tun, von all den damit verknüpften nachrangigen Delikten ganz zu schweigen.

Da kann dein Anabolika-Schläger ruhig noch ein bisschen warten.«

»Wenn es so wäre, hättest du zweifellos recht«, sagte Schmitz.

Kramer runzelte die Stirn. »Du meinst, ich liege falsch? Wo denn, bitte schön?«

»Zunächst einmal, indem du mir persönliche Revanchegelüste unterstellst«, erwiderte Schmitz und hob gleich abwehrend die Hand: »Das kann ich dir nicht einmal verdenken. Was ich aber wirklich meine, ist, dass Lepeneitis für mich nach wie vor zum engeren Kreis der Mordverdächtigen gehört. Nicht nur wegen seines Verhaltens in der Zeit nach der Tat, also etwa seiner Flucht und seines Abtauchens. Sondern auch wegen seiner Vergangenheit.«

»Was soll das? Bunkerst du etwa Informationen?« Kramer wirkte etwas ungehalten.

»Ich bunkere nicht, ich sammle«, antwortete Schmitz ungerührt. »Bisher nur routinemäßig, eben weil wir uns ja auf andere Personen konzentriert hatten. Aber gerade eben habe ich etwas erfahren, das die ganze Sache deutlich brisanter erscheinen lässt.«

»Und zwar?«

»Dass Lepeneitis sich seine illegalen Muskelaufbaupräparate an einen Baumarkt in Hesel hat liefern lassen. Die Lageristen dort hatten die ständige Anweisung, die entsprechenden Pakete ungeöffnet liegen zu lassen. Die Abholung erfolgte außerhalb der Geschäftszeiten; abends waren die Pakete noch da, morgens waren sie weg, haben die Mitarbeiter übereinstimmend ausgesagt.«

Kramer trommelte ungeduldig mit den Fingern. »Soll heißen?«

»Dieser Baumarkt gehört zu einer kleinen Kette von sieben oder acht Geschäften, die alle im Landkreis Leer liegen. Und der Besitzer heißt Eickhoff.«

»Schau an! Und welcher? Karl-Joseph?«

»Nein. Karl-Friedrich Eickhoff.«

Jetzt verrutschte Kramer doch für einen Moment das Pokerface. »Ach nee. Ich dachte, Karl-Joseph sei in der Familie Eickhoff für das Illegale zuständig!«

»Tja, Kaufleute – da weißt du nie!« Schmitz grinste selbstzufrieden. »Ich habe mal gelernt, dass hinter jedem großen Vermögen ein Verbrechen steckt. Und Karl-Friedrich Eickhoff ist ziemlich reich.«

»Lenk nicht ab«, unterbrach Kramer. »Lepeneitis steht also in irgendeiner Verbindung zu Eickhoff senior. War es das, was du meintest? Oder kommt da noch etwas?«

»Oskars Lepeneitis ist Litauer«, sagte Schmitz, »geboren und aufgewachsen in der Hauptstadt Vilnius. Er ist Ende dreißig, also hat er die Zeit nach der Wende als Jugendlicher und junger Erwachsener miterlebt. Damals, in den Neunzigern, nach der Trennung der Baltischen Staaten von der UdSSR, soll es dort ziemlich wüst zugegangen sein; die staatliche Autorität hatte sich in Wohlgefallen aufgelöst und ein Machtvakuum hinterlassen, Bandenkriege und Morde waren an der Tagesordnung. Der kleine Oskars gehörte einer Gruppe an, die sich *Todeswölfe* nannte und zunächst als moskaufreundlich galt, das heißt, diese Burschen waren gegen eine Trennung von der Großmacht Russland. Bald aber war das kein Thema mehr, die *Todeswölfe* entpuppten sich als ganz gewöhnliche Verbrecherbande mit dem üblichen Repertoire von Raub und Schutzgeld-Erpressung über Zuhälterei bis zum Drogenhandel. Nachdem sich die neue Staatsmacht konstituiert hatte, wurden sie zerschlagen. Einige führende Mitglieder bekamen langjährige Haftstrafen, andere verschwanden spurlos. Wie unser Herr Lepeneitis.«

»Und hier in Leer ist er wieder aufgetaucht?«

»Im Prinzip ja, allerdings klafft eine Lücke von etlichen

Jahren in seiner Biographie. In Deutschland ist er nämlich nie mit unserem Verein in Berührung gekommen. Bis jetzt.«

»Ende dreißig, sagst du? Dann ist er ja um einiges älter als die anderen Mitglieder der WG«, sagte Kramer. »Wie passte das denn zusammen?«

Schmitz zuckte mit den Schultern; seine Muskelberge bebten. »So jung sind die anderen ja auch nicht mehr«, sagte er. »Beziehungsweise waren. Jedenfalls die männlichen WG-Mitglieder. Und vom Typ und von ihren Hobbys her passten die ganz gut zusammen, jedenfalls Jaschinsky, Poppinga und Lepeneitis. Kerle sind eben Kerle.«

»Tolle Kerle.« Kramer schüttelte sich. »Und wovon hat er gelebt, der Herr *Todeswolf*? Ich meine, hier in Leer? Etwa nur vom Anabolikaverticken?«

»Eine Weile hat er als Türsteher gearbeitet«, konnte Schmitz berichten. »Bei diesem Zappelbunker im Gewerbegebiet, du weißt schon, der jeden Montag dreimal in der Zeitung steht, unter Polizeimeldungen. Wenn der Oskars Dienst gehabt habe, sei es ruhiger gewesen als sonst, heißt es. Aber irgendwann hat der Betreiber die Security-Firma gewechselt, und damit verliert sich die Spur unseres Klienten. Tja, und ansonsten gibt es nur noch die Aussage der früheren Mitbewohnerin Michaela Maurer.«

»Hat die irgendetwas Relevantes zu sagen gehabt? Kann mich gar nicht erinnern.«

»Na ja, sie sagte, Jaschinsky, Poppinga und Lepeneitis hätten Geld mit Gelegenheitsjobs verdient, die sie sich gegenseitig zugeschoben hätten. Das lässt ja die Schlussfolgerung zu …«

»… dass Lepeneitis ebenso wie die beiden anderen für die Werkstatt gearbeitet haben könnte, die den Eickhoff-Brüdern gehört, und vielleicht auch direkt für einen dieser beiden Brüder.« Kramer nickte. »Haben wir das bereits verifiziert?«

»Kann ich machen«, sagte Schmitz bereitwillig. »Ich habe sowieso das Gefühl, dass wir noch lange nicht alles wissen, was es über diese beiden Interessantes zu wissen gibt.«

»He, verbrenn dir nicht die Finger!«, warnte Kramer. »Du weißt, wozu es führen kann, wenn du dich mit dem ostfriesischen Geldadel anlegst! Willst du damit nicht lieber auf Stahnke warten?«

»Ach nee. Wer weiß außerdem, wo der nun wieder steckt.« Schmitz nickte grüßend und zog die Tür hinter sich zu.

44.

»Was suchen Sie denn hier?« Breitbeinig stand Charlotte Blohm im Türrahmen, die Pistole betont locker in der rechten Hand. Die blaue Dämonen-Tätowierung lugte aus ihrem Ärmel hervor. Stahnke erkannte, dass die Buchhändlerin auf seinen Unterleib zielte. Er begann zu schwitzen.

»Ich habe hier etwas gefunden«, erwiderte er, um eine feste Stimme bemüht. Leicht fiel ihm das nicht. »Etwas, das ich schon lange gesucht habe. Schätze, das wollten Sie auch gerne an sich nehmen, was?«

Ihr Blick folgte dem seinen; ihre Augenbrauen wanderten in die Höhe. »In der Tat«, gab sie zu. »Woher wussten Sie denn, dass es hier liegt?«

»So fragt man Leute aus.« Der Hauptkommissar stemmte seine Fäuste in die Hüften. »Entscheidend ist doch, dass Sie wussten, dass Fred Jaschinskys Handy hier liegt! Weil Sie es nämlich selber hier deponiert haben.« Er schluckte; wie weit durfte er gehen, wie sehr durfte er diese Frau reizen, die mit einer Pistole auf ihn zielte? Er entschied sich, es zu riskieren. »Gleich nach der Tat, nehme ich an. Weil der

Akku vermutlich leer war und Sie sich vergewissern wollten, dass auf diesem Handy das Gleiche drauf ist wie auf der Festplatte, die Sie direkt haben mitgehen lassen.«

Charlotte Blohms Augen schienen noch größer und runder zu werden; ihre Brauen waren längst unter ihrem Pony verschwunden. »Ich? Wieso ich? Nach welcher Tat? Meinen Sie etwa …«

»Sie hatten die Gelegenheit, Sie hatten ein Motiv«, erklärte Stahnke. »Aylin Baumann ist doch Ihre Freundin, stimmt's? Sie brauchen nicht zu leugnen, ich habe Sie zusammen gesehen. Dass Sie Fred Jaschinsky nicht leiden konnten, haben Sie mir selber gesagt. Als Aylin Sie um Hilfe gebeten hat, dürften Sie nicht lange gezögert haben. Die Schlüssel hatten Sie ja – alle: für den Laden, für das Treppenhaus, für die Tatort-Wohnung. Und hinterher auch den für die kleinere Wohnung hier, um das Handy zu deponieren und zu laden. Es passt alles zusammen.«

Wenn ich recht habe, drückt sie jetzt ab, schoss es Stahnke durch den Kopf. Sein Leib krampfte sich zusammen. Hatte das alles logisch geklungen? Wirklich überzeugt von seinen eigenen Worten war er plötzlich nicht mehr. Er räusperte sich. »Das i-Tüpfelchen aber war das Zeichen, das Jaschinsky in sein eigenes Blut gemalt hat«, fügte er hinzu. »Das Femi-Zeichen. Sein Mörder muss weiblich gewesen sein.«

Charlotte Blohms Gesicht, bisher starr, begann zu zucken. »Eine Botschaft ins eigene Blut gemalt?«, wiederholte sie fragend. »Ich bitte Sie! Das hat mich schon in Dan Browns *Sakrileg* nicht überzeugt! Herr Hauptkommissar, vergessen Sie nicht, dass ich Buchhändlerin bin. Ich weiß, was eine gute Story ist und was nicht.« Schlagartig wurde sie wieder ernst. »Haben Sie wirklich gerade behauptet, ich hätte Fred Jaschinsky ermordet? Oder habe ich Sie falsch verstanden?«

»Haben Sie?«, fragte Stahnke zurück. »Oder haben Sie nicht?«

Sie schüttelte den Kopf. »Nein«, sagte sie ganz förmlich. »Nein, das habe ich nicht.«

»Und warum bedrohen Sie mich dann mit einer Schusswaffe?«

Charlotte Blohm blickte auf ihre rechte Hand, als sehe sie die Waffe darin zum ersten Mal. Ihr Mund öffnete sich, als wollte sie etwas sagen. Sie blieb jedoch stumm. Ihr Arm zuckte nach vorne. Die blaue Tattoo-Fratze auf ihrem Unterarm blickte bösartiger denn je.

Stahnke stand wie erstarrt, erwartete den Einschlag des Projektils, den betäubenden Knall, den verspätet einsetzenden, lähmenden Schmerz. Nichts davon trat ein. Stattdessen flog die Pistole in hohem Bogen auf ihn zu, prallte gegen seine Brust und fiel zu Boden, ohne dass er imstande gewesen wäre, auch nur einen Finger zu rühren. Warum hatte die Frau denn das jetzt getan?

Er starrte sie an. Charlotte Blohm lächelte. Ein bisschen mitleidig sah es aus.

Das Aufschlagen der Waffe an seiner Brust hatte sich merkwürdig angefühlt. Und auch, als die Pistole jetzt auf den Boden klapperte, klang das komisch. Viel zu leicht. Außerdem, wer benutzte heutzutage noch eine Luger?

»Die stammt aus unserer Deko«, sagte Charlotte Blohm. »Ich habe sie schon seit Tagen vermisst. Hab sie überall gesucht, nur hier oben noch nicht. Und da war sie, oben im kleinen Schlafzimmer. Einer von den Künstlern, die hier zuletzt übernachtet haben, war wohl ein Spielkalb.«

Stahnke keuchte; so richtig spürte er die enorme Anspannung erst jetzt, da sie von ihm abfiel. Er hatte sich wirklich in Todesgefahr gefühlt. In das Bild, das er sich zuletzt von dieser jungen Frau gemacht hatte, hätte auch das noch gepasst.

»Aber das Handy.« Er zeigte auf das kleine Tischchen. »Das haben Sie dort hingelegt, ja?«

»Nein, habe ich nicht«, erwiderte die Buchhändlerin.
»Aber Sie wussten, dass es dort liegt?«
»Nein, wusste ich nicht.«
»Nicht? Aber haben Sie nicht gerade zugegeben ...«
»Ich habe gesagt, dass ich dieses Handy suche. Nicht, dass ich es schon gefunden hätte. Da waren Sie schneller als ich.«
»Sie wissen, wem es gehört?«
Charlotte Blohm nickte. »Gehörte. Fred Jaschinsky. Der Kerl war ganz vernarrt in dieses Ding, weil er es stylisch fand. Obwohl es technisch schon ziemlich veraltet ist. Oder gerade deswegen.«
»Technisch veraltet?« Stahnke verstand wenig von Technik, aber dass Smartphones anders aussahen, das wusste auch er. »Aber man kann doch, äh, Filme machen mit diesen Dingern?«
Charlotte Blohm schnaubte verächtlich. »Oh ja, das kann man! Dreißig Sekunden sowieso, und bei richtiger Einstellung auch drei oder vier Minuten. Was glauben Sie, wie viele blödsinnige Feten-Videos ich mir seinerzeit anschauen musste!«
»Seinerzeit? Was war seinerzeit?«
Die Buchhändlerin schlug die Augen nieder. »Ach ... ich war mal eine Weile mit Fred zusammen. Darum weiß ich ja auch so genau, was für ein Arschloch er war! Und darum tut es mir auch überhaupt nicht wirklich leid ...« Sie schaute Stahnke wieder an, und die Traurigkeit in ihren Augen strafte sie Lügen.
»Wissen Sie denn, wer ihn umgebracht hat?«, fragte Stahnke, wohl wissend, wie deckungslos die junge Frau in diesem Moment sein musste.
Sie schüttelte den Kopf. »Nein. Als wir oben waren, war Fred schon tot. Und sonst war keiner mehr in der Wohnung.«
»Sie waren also dort? Sie und wer noch?«

Charlotte Blohm seufzte. »Was halten Sie davon, wenn wir uns setzen? Unten ist eh grade nicht viel los, und die Praktikantin ist ja da.« Sie deutete in Richtung der Sitzecke, vor der Stahnke gerade stand.

Der Hauptkommissar nickte und machte eine einladende Handbewegung, behielt die junge Frau jedoch im Auge, während sie sich bückte, die Spielzeugpistole aufhob und sich in einen der alten Sessel fallen ließ. Erst dann ließ er sich auf dem anderen nieder, blieb aber auf der Vorderkante hocken.

Sie bemerkte es und lachte. »Sind Sie immer so misstrauisch? Gehört wohl zu Ihrem Beruf dazu. Oder liegt es an mir? Gut, ich gebe zu, ich habe Ihnen nicht die ganze Wahrheit gesagt. Aber ich hatte meine Gründe. Vielmehr einen Grund, nämlich meine Freundin Aylin.«

»Aylin Baumann.« Stahnke nickte; Kramer hatte ihn knapp, aber vollständig informiert. »Haben Sie die hier in der WG kennengelernt, oder waren Sie beide schon vorher befreundet?«

»Nein, erst hier.« Charlotte Blohm lächelte. »Sie kam in den Laden, volle Plastiktüten in der Hand, vollkommen planlos, und fragte nach dem Eingang zur Wohnung. Ich hatte gerade Kunden, trotzdem habe ich ihr sofort die Tür zum Treppenhaus aufgeschlossen und ihr den anderen Schlüssel gegeben. Aylin ist … so eine reizende Person, verstehen Sie? Total verpeilt, aber trotzdem hat sie eine unheimlich starke Wirkung auf Menschen.«

»Das kann ich mir denken.« Stahnke musste an das denken, was Kramer ihm über das Vergewaltigungsvideo berichtet hatte. Der süßeste Honig zieht immer die ekligsten Schmeißfliegen an, dachte er grimmig.

»Sie kennen es?« Charlotte Blohm hatte ihn genau beobachtet. »Das Video? Oliver Eickhoff, dieses eklige kleine Schwein! Und natürlich Dennis, der Drecksbeutel. Schräg und bekloppt, habe ich gedacht, als ich diese Typen so nach und nach kennengelernt habe. Wenig Skrupel und immer auf schnell verdiente Kohle aus. Aber dass die so schlimm sind, das habe ich echt nicht erwartet.«

»Haben Sie sich also wegen Aylin öfter in der WG aufgehalten?«

Sie nickte. »Aylin ist ein so optimistischer Mensch! Das heißt, damals war sie noch so. Das wird schon, hat sie gesagt, als sie den ersten Schock darüber, mit wem sie hier zusammenwohnen würde, überwunden hatte. Das wird schon, wir gewöhnen uns aneinander, und wenn man den Leuten freundlich begegnet, dann färbt das früher oder später auch auf sie ab! Ach Gott, das arme Ding.« Sie wischte sich über die Augen. Tränen waren nicht zu sehen.

»Und wie sind Sie auf Jaschinsky verfallen?« Stahnke war von seiner Frage selbst überrascht. War das jetzt wirklich eine relevante Information, oder wollte er bloß seine eigene Neugier befriedigen?

Charlotte Blohm lächelte dünn. »Der Typ hat sich anfangs echt Mühe gegeben! Ich habe tatsächlich gedacht, Aylin hätte recht gehabt mit ihrer Behauptung, von wegen abfärben und so. Tatsächlich ist Fred bloß scharf gewesen auf sie und hat deswegen den Netten raushängen lassen. Und als er gemerkt hat, dass er bei ihr keinen Stich kriegt, da hat er sich dann den zweiten Preis gesichert.« Sie breitete die Arme aus und verzog die Mundwinkel. »Tja, so sieht's aus, rückblickend betrachtet! Unglaublich, mit was für Arschlöchern man manchmal ins Bett steigt.«

Der Hauptkommissar spürte, dass ihm warm wurde. Kam da wirklich gerade Neid auf diesen Jaschinsky auf? Er musste sich doch bloß in Erinnerung rufen, wie der da tot und zerschlagen an der Heizung gehangen hatte! Verdammt noch mal!

Sein privates Handy klingelte. Ein unpassender Moment! Er nahm das Gespräch entgegen. »Ja?«

»Ach, du hast ja doch noch eine Hand frei! Dachte schon, du liegst seit Tagen irgendwo gefesselt in einem Keller.« Es war Sina, seine Freundin, und sie versuchte fröhlich zu klingen. Aber hinter ihrem dunklen Humor war eine gewisse Gereiztheit nicht zu überhören. »Ich hatte gehofft, du würdest mal zurückrufen. Aber wie es scheint ...« Sie unterbrach sich selbst.

Jetzt ein lockerer Spruch, dachte er, ein kleiner Scherz, dann eine Entschuldigung, und alles ist wieder gut. Sie weiß ja, wie es in meinem Job zugeht, und sie lässt mir ja schon die Lücke, in die ich hineinspielen könnte. Aber es wollte ihm beim besten Willen nichts Passendes einfallen. Stattdessen sagte er: »Du, es ist jetzt ganz schlecht, ich bin mitten in einer, äh, Befragung. Kann ich dich später zurückrufen?« Seinen Blick hielt er an Charlotte Blohms Gesicht geheftet, und er fürchtete, unglücklicher auszusehen als sie.

»Nur keine Umstände, ich kann auch so lange rausgehen«, sagte Charlotte Blohm. »Soll ich?«

»Wer war denn das?«, fragte Sina. »Deine Befragung?« Sie klang verwundert. Und auch ein bisschen spitz.

»Ja«, sagte Stahnke. »Du, entschuldige, aber es ist gerade wirklich ...«

»Verstehe«, sagte Sina. »Alles klar. Stören will ich nun wirklich nicht.«

»Ich melde mich, versprochen«, sagte Stahnke. Aber da war die Verbindung schon unterbrochen.

Der Hauptkommissar steckte sein Handy ein, was in dem engen Sessel gar nicht so einfach war. Charlotte Blohms Augen kamen ihm unnatürlich groß und rund vor. Aber waren sie das nicht schon die ganze Zeit? Wenigstens grinste sie nicht schadenfroh, und sie lächelte auch nicht mitleidig. Dafür war er ihr dankbar.

»Das Video.« Da ihm der Gesprächsfaden entglitten war,

wollte er ihn wenigstens an der richtigen Stelle wieder aufnehmen. »Wie haben Sie davon erfahren? Von Aylin? Sofern die überhaupt mitbekommen hat, dass Dennis Poppinga ihre Vergewaltigung gefilmt hat.«

»Ja und nein.« Die Buchhändlerin nickte. »Nein, sie hat das in der Tat nicht mitbekommen. Auch an die Vergewaltigung selbst hat sie kaum eine Erinnerung, was man beinahe als Glück bezeichnen könnte. Die beiden Arschlöcher hatten sie gründlich abgefüllt. Mit getauften Alkopops – heimlich mit Wodka und Bacardi aufgefüllt, das schmeckt man nicht, so süß wie die Dinger sind. Sie hatte einen fürchterlichen Kater am nächsten Tag. Aber auch noch andere Schmerzen. So konnte sie sich trotzdem zusammenreimen, was Oliver mit ihr gemacht hatte.«

Stahnke nickte. Auch dieses Detail der Tat hatte Kramer ihm nicht verschwiegen.

»Zuerst wollte sie alles für sich behalten. Auch mir hat sie erst einmal nichts erzählt. Dabei – man muss sich das vorstellen, Oliver ist ihr Cousin! Aber genau das war wohl der Punkt. Ihr Vater und sein Vater, die haben offenbar sowieso ständig Zoff miteinander. Brüder eben. Da wollte sie kein Öl ins Feuer gießen, hat sie mir später erzählt. Ehrlich, ich fass es nicht! Diese Familie von Großkotzen, die lässt sie doch nur am Katzentisch sitzen. Und dann so viel Rücksicht? Das haben die echt nicht verdient.«

»Aber aus der Wohngemeinschaft ausgezogen ist sie.«

»Ja, allerdings. Allein schon wegen Dennis. Dass der bei der Sache mitgemischt hat, das war ihr klar, auch ohne dass sie von dem Video wusste. Oliver hat ihn bestimmt dafür bezahlt. Von Dennis kannst du alles haben für Geld. Außerdem, wer weiß – vielleicht hat der Aylin ja anschließend auch noch ...« Sie verstummte angewidert.

»Und wie ist das nun alles rausgekommen?«, fragte Stahnke. »Ich meine, wie hat Aylin von der Existenz des

Videos erfahren – und warum hat sie Ihnen dann doch von all dem erzählt?«

»Fred.« Die Buchhändlerin spuckte den Namen förmlich aus. »Es hat das Video auf seinem Handy entdeckt. Dennis hatte wohl nicht mehr daran gedacht, war vermutlich am Ende zu besoffen gewesen und am nächsten Tag zu verkatert. Fred hatte nichts Eiligeres zu tun, als das Ding auf seinem PC zu sichern. Und dann hat er sich beim alten Eickhoff gemeldet.«

»Bei Olivers Vater?«, vergewisserte sich der Hauptkommissar.

»Karl-Friedrich Eickhoff, genau. Dem hat er die Sache brühwarm erzählt, direkt am Telefon. Und er hat ihm angeboten, ihm die Aufnahme zu überlassen. Damit sie dem Ruf seines Sohnes nicht schadet. So hat er sich wohl ausgedrückt, der Schweinehund.«

»Zu überlassen? Einfach so?«

»Natürlich nicht *einfach so*!« Charlotte Blohm brüllte unvermittelt los, so laut, dass Stahnke zurückzuckte. »Von wegen *einfach so*! Haben Sie denn nicht zugehört? Er hat den alten Eickhoff natürlich mit dem Video erpresst! Eine halbe Million wollte er haben, für die Aufnahme und für sein Schweigen. Wahnsinn, oder? Natürlich hat auch ein Karl-Friedrich Eickhoff solch eine Summe nicht im Portemonnaie. Er hat trotzdem zugestimmt, sich aber zehn Tage Frist ausgebeten, um die Summe flüssig zu machen. Darauf hat Fred sich eingelassen.«

»Und jetzt ist er tot«, murmelte der Hauptkommissar vor sich hin.

»Sie meinen – Eickhoff?« Charlotte Blohm schüttelte den Kopf. »Kann ich mir nicht vorstellen. Der ist doch schon älter, und Fred war ein ordentlicher Kanten, also richtig stark, meine ich. Wenn er erschossen worden wäre, dann könnte ich das vielleicht glauben. Aber so? Nein.«

Stahnke nickte. Vermutlich hatte sie recht. Außerdem, so erinnerte er sich jetzt, hatte der Kaufmann doch bei ihrem Gespräch im Krankenhaus erwähnt, wo er sich in der betreffenden Nacht aufgehalten hatte. Krisensitzung mit anderen Mitgliedern der Werbegemeinschaft wegen des Streits über die Öffnungszeiten; das ließ sich nachprüfen. Vermutlich hatte er also ein Alibi.

»Woher wissen Sie denn das alles?«, fragte der Hauptkommissar. »Ich meine, die ganzen Details des Telefonats, Freds Forderung und Eickhoffs Reaktion. Wie haben Sie davon erfahren?«

»Aylin hat es mir erzählt«, sagte die Buchhändlerin.

»Und woher wusste die das?«

Erst drehte sie den Kopf zur Seite, dann verschränkte Charlotte Blohm ihre Arme, brach die Bewegung jedoch auf halber Strecke ab und begann mit der rechten Hand an ihrem linken Ärmel zu zupfen. Die blaue Dämonenfratze bleckte Stahnke höhnisch an. Er versuchte die Schrift auf dem geschwungenen Spruchband darunter zu entziffern, aber da war der Arm schon wieder in Bewegung. Sie ziert sich, dachte der Hauptkommissar. »Nun kommen Sie schon«, sagte er aufs Geratewohl. »Ich behalte es auch für mich. Versprochen.«

Noch ein prüfender Blick, dann nickte die Buchhändlerin. »Von Antje Baumann«, sagte sie. »Aylins Mutter. Die arbeitet bei Eickhoff senior. War zufällig im Nebenzimmer und hat alles mitbekommen.«

»Auch, dass ihre Tochter ... also was mit ihr passiert ist?«

Charlotte Blohm nickte wieder. Mit steinerner Miene. »Alles. Eickhoff hatte das Telefon auf Lautsprecher geschaltet.«

Stahnke stöhnte leise. Die Züge der jungen Frau wurden ein wenig weicher. »Und? Was hat Frau Baumann daraufhin unternommen?«, fragte er.

»Na, sie ist sofort zu ihrer Tochter, um sie zu trösten und ihr zu helfen, soweit das ging. Aylin hielt sich ja zu diesem Zeitpunkt bereits in der Wohnung ihrer Mutter auf.« Charlotte Blohm zuckte mit den Schultern. »Was sonst?«

»Tja, was sonst«, sagte Stahnke leise. »Mir fiele da etwas ein.«

»Was denn?« Die Buchhändlerin brauchte einen Moment, um Stahnkes neuester Tätervermutung zu folgen. Dann schnappte sie nach Luft. »Sie meinen, Antje Baumann hätte … Aber warum dann Fred? Der war doch an der Tat gar nicht beteiligt. Mal abgesehen davon, dass ich auch gar nicht wüsste, wie Frau Baumann mit einem Muskelmann wie Fred fertigwerden sollte. Mit Oliver, das ja! Bei dieser kleinen Drecksau hätte ich das auch verstanden. Oder Dennis, der die Sache gefilmt hat, warum auch immer. Aber Fred hat das Video doch nur auf seinem Handy gefunden und versucht, Kapital daraus zu schlagen.«

»Das wusste Frau Baumann aber nicht!«, trumpfte Stahnke auf. »Für sie musste der Erpresser doch automatisch auch derjenige sein, der die Vergewaltigung ihrer Tochter gefilmt, ja vielleicht sogar eingefädelt hatte! Womöglich hat sie ihn sogar für den Vergewaltiger selbst gehalten – aber auch wenn nicht: an Oliver, also ein Mitglied ihrer Herrschaftsfamilie, hätte sie sich sicher nicht herangetraut, der war sozusagen sakrosankt. Außerdem« – mit einer Handbewegung schnitt er Charlotte Blohm, die etwas einwenden wollte, das Wort ab – »außerdem war ihr Beweggrund vermutlich gar nicht Rache, sondern die Sicherstellung des Videos, um wenigstens im Nachhinein ihre Tochter zu schützen. Tatsächlich fehlte ja die Festplatte mit dem Video nach der Tat.« Der Hauptkommissar breitete seine Hände aus; wieder einmal hatte er sich vom Katarakt seiner wilden Mutmaßungen mitreißen lassen, trotzdem war er mit dem Resultat ganz zufrieden.

»Aber die Festplatte haben doch wir geholt!«, rief Charlotte Blohm aus.

»Also doch!«, stieß Stahnke hervor. »Das Frauen-Zeichen! Ich wusste es. Sie und Aylin, stimmt's?«

»Gar nichts wissen Sie«, konstatierte die Buchhändlerin. »Aylin und ich wollten Fred zur Rede stellen. Er sollte seinen Erpressungsversuch abbrechen, solange es noch ging, und die Aufnahme herausrücken. Weil wir wussten, dass Fred gerne die Nacht zum Tag machte, haben wir uns spät nachts unten im Laden getroffen. Aber dann haben wir Lärm gehört von oben, Geschrei und laute Musik. Also haben wir gewartet. Dann kam der Nachbar herüber und hat am Eingang zur Wohnung geklingelt und gemotzt. Daraufhin wurde es oben ruhig. Wir hielten den Augenblick für günstig und sind vom Laden aus die Treppe hoch. Und dann haben wir Fred im Wohnzimmer tot vorgefunden.«

Ihre Stimme, zunächst stark erregt, wurde im Verlauf ihres Berichts immer monotoner. Jetzt klang sie, als beträfe sie das alles gar nicht. »Er lag da in der Pfütze aus Blut. Sonst war niemand zu sehen oder zu hören. Wir haben uns ganz vorsichtig umgeschaut und gesehen, dass die Tür zu der kleinen Loggia hinten offen stand. Anscheinend ist der Mörder über das Dach des Anbaus abgehauen; das geht ziemlich gut, die Dachneigung ist nicht sehr groß und hinten wachsen Wein und Knöterich die Wand hoch, da kann man sich gut herunterhangeln, bis zum Papiercontainer. Hab ich auch mal gemacht, als ich noch mit Fred zusammen war und den Schlüssel vergessen hatte.« Der Anflug eines Lächelns zeigte sich auf ihrem Gesicht, um gleich wieder einer starren Maske zu weichen.

»Wir haben kurz beratschlagt, ob wir die Polizei rufen sollten«, fuhr sie fort. »Aylin war aber dagegen. Sie wollte auf keinen Fall, dass das Video entdeckt und beschlagnahmt wird. Also haben wir Freds PC genommen und uns vom Acker gemacht.«

»Einfach so? Ohne nach dem Handy gesucht zu haben?«

»Doch, natürlich, das haben wir gesucht! Aber nicht gefunden. Konnte ja nicht ahnen, dass es hier in der Künstlerwohnung an der Steckdose hängt. Dabei ist das da sogar mein Ladegerät! Hab ich Fred geliehen, als ihm seins durchgebrannt war.«

»Zusammen mit der Steckdose in seinem Zimmer.« Stahnke nickte. »Offenbar wollte er nicht riskieren, das Handy in einem der Gemeinschaftsräume der Wohngemeinschaft aufzuladen, obwohl die WG sich ja bereits aufgelöst hatte. Womöglich alte Gewohnheit. Den Schlüssel zur Künstlerwohnung hatte er vermutlich von Ihnen?«

»Gegeben habe ich ihm den nicht, falls Sie das meinen«, widersprach Charlotte Blohm. Sie errötete dabei. »Aber vielleicht habe ich ihn mal liegen lassen, und er hat ihn sich kopiert. Mit Metall kannte er sich ja aus.«

»Erzählen Sie mir von Ihrem Rückzug vom Tatort«, forderte Stahnke sie auf. »Sind Sie wieder über die Treppe? Oder etwa auch übers Dach?«

»Natürlich nicht! Das ging ja gar nicht, weil ich Aylin stützen musste.«

»Wieso das denn?«

Die junge Frau zögerte kurz, fuhr dann jedoch fort: »Sie war ausgerutscht und hatte sich den Fuß vertreten.«

»Ausgerutscht? Doch nicht etwa …«

»Doch. Sie ist einmal ins Blut gelatscht, als wir das Handy gesucht haben. Da hatten wir uns an den Anblick irgendwie schon gewöhnt.« Sie schüttelte den Kopf. »Manchmal ist sie wirklich total verpeilt! Sie hat sich dann auf meine Schulter gestützt und ist bis zur Flurtür gehinkt. Da musste sie sich einen Moment alleine auf den Füßen halten, bis ich abgeschlossen hatte. Die Tür unten konnte ich offen lassen, ich wusste ja, dass ich morgens die Erste sein würde. Aylin ist auf einem Bein die Treppe runter, das hat ganz schön gepoltert! Es hat uns aber keiner gehört. Unten sind wir dann nach hinten raus, Richtung Parkplatz. Beim Papiercontainer ist die Bewegungsmelder-Lampe angegangen, und wir haben das Blut an Aylins Schuh entdeckt. Auch an der Hand hatte sie welches. Das hat sie mit einem Taschentuch abgewischt und die Schuhe schnell im Container entsorgt.« Sie schnaubte höhnisch: »Ich hielt das für eine gute Idee!«

»So war das also«, murmelte Stahnke. Die blutigen Fußspuren, die Lücke dazwischen, die Schuhe im Container – auch der Fingerabdruck in dem Blutfleck an Jaschinskys PC-Gehäuse, das sie in der Motorrad-Garage versteckt hatte, war damit erklärt. Er neigte dazu, Charlotte Blohm zu glauben. Normalerweise waren vorhandene Detailinformationen zum Tathergang geeignet, einen Täter zu belasten; in diesem Fall wirkte dieses Wissen entlastend.

Aber auf der Suche nach dem Mörder brachte ihn das auch nicht weiter.

»Warum bloß das Frauenzeichen?«, überlegte er laut. »Ich kann es mir nur als Anspielung auf einen weiteren Täter erklären. Wenn Sie es nicht waren und Aylin Baumann auch nicht – dann also doch Aylins Mutter, Antje Baumann?«

»Das Frauenzeichen.« Charlotte Blohm malte es vor sich in die Luft, einen Kreis und ein Kreuz.

Dann schnippte sie mit den Fingern. »Von wegen Frauenzeichen!«, rief sie aus. »Das sind ein O und ein X. Das heißt Ox!«

45.

Sein Hemd hing in Fetzen. Selbst in dieser Situation machte ihm das etwas aus. Nicht umsonst war Oliver Eickhoff als Sohn eines Kauf- und Modehausbesitzers aufgewachsen. Er hatte gelernt, dass hochwertige modische Kleidung viel, wenn nicht alles über ihren Träger aussagte – dass man also von der äußeren Erscheinung auf den inneren Wert eines Menschen schließen konnte. Das war ihm in Fleisch und Blut übergegangen. So kam es, dass es ihm unangenehm war, mit zerrissenem Oberhemd durch die verlassenen Gänge dieses verlotterten Schiffs zu schleichen, obwohl er dieses Hemd doch seiner überraschenden Befreiung geopfert hatte.

»Ping« hatte es gemacht, als der lose Stift aus dem Türscharnier gefallen war, nachdem Oliver Eickhoff mit Wucht dagegengetreten hatte. Daraufhin war es ihm gelungen, die untere Ecke der Tür so weit hochzubiegen, dass er sich trotz seiner schmerzenden Wunden gerade eben durch die entstandene Lücke quetschen konnte, klein und schlank wie er war. Wenn auch nicht weit genug, um sein Oberhemd ebenfalls zu retten.

Er atmete auf, als er endlich einen Lichtschimmer ausmachen konnte, der nicht von der funzeligen Notbeleuchtung herrührte. Eilig umkurvte er eine Gangbiegung, schimpfte sich selber einen leichtsinnigen Deppen, begegnete jedoch niemandem. Dafür stand er am Fuß eines steilen Niedergangs, dessen Handläufe stumpf und mit Flugrost überzogen waren. Hier schien seit längerer Zeit niemand mehr gegangen zu sein. Jedenfalls keiner außer Dennis Poppinga, fügte er in Gedanken hinzu. Irgendwie musste der ihn ja hier hineingebracht haben.

Der Lichtschimmer kam von oben. Anscheinend gab es

dort Bulleyes, die nicht verrammelt waren. Vielleicht sogar eine Tür, die hinaus an Deck führte. Oliver Eickhoff griff nach dem rostigen Handlauf.

Kein Sekunde zu früh. Das Geräusch der Schiffsmaschine, zuletzt nur ein hintergründiges Grummeln, schwoll plötzlich an, rumpelte und polterte ohrenbetäubend; anscheinend befand er sich hier auf dem Gang noch dichter am Maschinenraum als in seiner Kabine. Das Schiff verringerte spürbar seine Geschwindigkeit, und der junge Eickhoff wäre wohl auf die Nase gefallen, hätte er nicht schon eine Hand am Geländer gehabt.

Er griff auch mit der zweiten Hand zu und schleppte sich die steile Leiter hinauf, so schnell er konnte. Der obere Gang unterschied sich kaum vom unteren, nur gab es hier tatsächlich Bullaugen. Oliver Eickhoff stürzte zum nächstgelegenen hin und fand seine Vermutung bestätigt: Das Schiff war bereits in die Schleusenkammer eingelaufen, zusammen mit zwei Schleppern, und wurde soeben festgemacht.

Das war seine Chance, von Bord zu kommen!

Schon wollte er loslaufen, um endlich an Deck zu gelangen, da blieb sein Blick an einer Gestalt hängen, die beschäftigungslos am der Schleusenbecken stand und zusah, wie die Augen der schweren Festmacher über die Poller gewuchtet wurden. Ein großer, kräftiger Kerl in Jeans und Kapuzenshirt, einen Rucksack lässig über der Schulter. Jetzt schaute er hoch und hob grüßend den Arm, als habe er an Deck des Schiffes einen Bekannten entdeckt. Oliver Eickhoffs Unterleib krampfte sich vor Angst zusammen. Verdammt, das war Dennis! Was machte der hier? Und wie sollte er jetzt von Bord kommen, ohne ihm direkt in die Arme zu laufen?

Er trippelte von einem Fuß auf den anderen. Wohin jetzt – wieder zurück in seine Kammer, so tun, als ob nichts gewesen wäre? Ein Gedanke, für den er sich selber schämte, obwohl das nicht seine Art war. Auf gar keinen Fall! Da sprang er lieber über Bord, als sich noch einmal der Willkür dieses gewissenlosen, brutalen ...

Über Bord? Schwimmen konnte er ja! Oliver Eickhoff überlegte. Natürlich war eine Schleusenkammer kein Planschbecken; hier zu schwimmen, konnte wegen der unberechenbaren Strömungen während einer Schleusung sogar lebensgefährlich sein. Das aber galt auch für eine weitere Begegnung mit Dennis Poppinga. Außerdem musste er ja nur bis zur nächsten Leiter kommen. Die Dinger waren in regelmäßigen Abständen in die Kammerwände eingelassen. Das sollte machbar sein.

Als Oliver Eickhoff noch einmal aus dem Bullauge schaute, um sich zu vergewissern, sah er Dennis Poppinga nicht mehr. Wieder überkam ihn dieses unbeschreibliche Angstlustgefühl. War sein Entführer schlicht gegangen, hatte er die Schleuse gelangweilt verlassen, weil ihn dieses Schiff und sein Gefangener nichts mehr angingen? Vielleicht, weil Onkel Joe ihm genügend gezahlt hatte, um den Vergewaltiger seiner Tochter zusammen mit dem altersschwachen Kahn absaufen zu lassen? War es denkbar, dass sich sein eigener Onkel so entscheiden könnte?

Denkbar war alles. Denkbar war sogar, dass ein Cousin die eigene Cousine betrunken machte, weil er schon lange scharf auf sie war, und sie mit Gewalt nahm. Wie man es eben so machte, wenn man etwas unbedingt wollte und anders nicht bekommen konnte. Wenn das möglich war, dann auch das andere.

Er starrte auf die Leiter, auf seine eigene Hand, die jetzt wieder auf dem rostigen Geländer lag. Da musste er hoch. Aber da oben wartete vielleicht schon Dennis, der es irgendwie geschafft hatte, an Bord zu kommen. Um was zu tun? Ihn, Oliver Eickhoff, aus seiner Kammer zu lassen, weil sein Vater für sein Leben mehr geboten hatte als sein

Onkel? Oder um sicherzustellen, dass dieser alte Pott auch wirklich absoff?

Womöglich sogar noch in der Schleusenkammer! Das wäre die absolute Katastrophe für die ganze Leeraner Hafenwirtschaft. Die Schleuse würde auf Wochen hinaus blockiert sein. Wer konnte das wollen?

Einem Dennis Poppinga war das bestimmt völlig egal.

Oliver Eickhoff keuchte, dann gab er sich einen Ruck. Hastig lief er die Leiter hoch, strauchelte, stieß sich die Stirn an den eisernen Stufen, ehe er sich wieder fing und weiter hochkletterte. Von Ferne glaubte er schwere Schritte heraneilen zu hören, glaubte zu spüren, dass das höhere Deck leicht bebte, als sich sein Kopf endlich auf gleicher Höhe befand. Oder bildete er sich das nur ein? Die letzten Schritte fielen ihm unglaublich schwer, als hätte er eiserne Kugeln an den Fußgelenken hängen. Wie im Albtraum, dachte er. Ein Albtraum, ja.

Endlich oben. Nach rechts oder nach links? Er entschied sich für links. Um die nächste Ecke – Sackgasse! Zwei verschlossene Türen. Also nichts wie zurück, schnell, schnell!

Die schweren Tritte aber waren keine Einbildung gewesen. Jemand kam den anderen Gang entlanggetrabt, mit raumgreifenden Schritten. Oliver Eickhoff konnte gerade noch abstoppen und sich hinter der Gangecke an die Metallwand drücken. Wenn das Dennis war, dann saß er hier in der Falle! Vorsichtig lugte er um die Kante.

Es war Dennis Poppinga. Irgendwie hatte er es geschafft, an Bord zu kommen, obwohl die Überführungsbesatzung hier in der Schleuse sicher keine Gangway ausgebracht hatte. Aber bestimmt hatte er an Bord den einen oder anderen Kumpel, schließlich hatte er für *Eickhoff International Shipping* immer wieder Jobs auf Schiffen erledigt und dabei allerlei Seeleute der Reederei kennengelernt. Einer von denen hatte ihm wohl eine Jakobsleiter ausgerollt und eine

Relingspforte geöffnet. Warum? Weil. Um eine Ausrede war Dennis Poppinga nie verlegen.

Oliver Eickhoff registrierte zunächst erleichtert, dass Poppinga den Niedergang nahm, den er selbst in anderer Richtung benutzt hatte. Wie aber würde der andere reagieren, wenn er die Kammertür aufgebogen vorfand? Die wenigen Sekunden bis dahin musste er zur Flucht nutzen, das war Oliver Eickhoff klar. Ein erneutes Aufwallen seiner Angst aber lähmte ihn völlig.

So bekam er ungewollt mit, dass Dennis Poppinga gar nicht die Kammer aufsuchte, in der er seinen Gefangenen immer noch vermuten musste, sondern ein stählernes Schott öffnete, das sich direkt am Fuß der Treppe befand. Kaum hatte er das große Handrad gedreht und die Tür aufgeschwungen, ertönte der Motorenlärm mit doppelter Lautstärke. Keine Frage, diese Tür führte zum Maschinenraum des Schiffes. Was mochte er dort vorhaben? Noch schnell einen eiligen Reparaturauftrag erledigen?

Oliver Eickhoff dachte an den Untergang der *Emssturm*, dessen Ursache offiziell immer noch ungeklärt war. Dennis Poppinga hatte auf dem Papier zur Überführungsbesatzung gehört, sich aber gar nicht an Bord befunden, als das Schiff sank. Wohlweislich nicht.

Es wurde wirklich Zeit, dachte Oliver Eickhoff, dass er von Bord kam, denn auch dieses Schiff war dem Untergang geweiht.

46.

Dass Nidal Ekinci den Kombi mit den beiden *IS*-Heimkehrern doch noch wiederfand, war reiner Zufall. Oder einfach das berechtigte Glück des Unermüdlichen, überlegte der Oberkommissar, der an das Konzept namens Zufall nicht glaubte. Wie auch immer, hier war er, und da drüben waren sie.

Nachdem er den Wagen aus den Augen verloren hatte, war Ekinci zunächst direkt zur Polizeiinspektion gefahren. Am neuen Kreisel jedoch hatte er über eine weitere Alternativstrecke zum Gallimarkts-Gelände nachgedacht: nicht über die Halbinsel Nesse, sondern in einem größeren Bogen, der über die Schleuse führte, über die Groninger Straße bis heran an die Große Bleiche. Irgendwo dort würde jetzt ebenfalls abgesperrt sein, aber das galt in den kommenden Tagen für alle Zufahrtsstrecken zum größten Jahrmarkt der gesamten Region. Wenn man also mit einer Bombe so viel Schaden anrichten wollte wie möglich, dann war dort ein hervorragender Ausgangspunkt.

Also war er nicht auf den Polizeiparkplatz abgebogen, sondern durchs Gewerbegebiet gefahren und hatte die Schleuse überquert. Dabei hatte er wiederum Glück gehabt, dass die Schleusenbrücke noch nicht geöffnet war, denn in der Schleusenkammer lag ein auslaufbereites Schiff mitsamt zwei Schleppern. Ein ziemlich alter Kasten, wie er aus den Augenwinkeln registrierte, etwa so groß wie die kürzlich untergegangene *Emssturm*. Das Teil hieß *Freundschaft*. Ekinci musste grinste; so also erging es einer Freundschaft, wenn sie nicht gepflegt wurde! Irgendwann verkam sie und wurde abgewrackt. Denn genau dieses Schicksal schien dem Schiff dort bevorzustehen.

Am Signalmast hing eine ausgefranste Reedereiflagge.

Das *Eickhoff IS* darauf war gerade noch zu entziffern. Klar, diese Reederei hatte ihren Namen schon geführt, lange ehe die *IS*-Mörderbande angefangen hatte, den Irak, Syrien und bald auch den Rest der Welt zu terrorisieren. Trotzdem kam es Ekinci pietätlos vor, diese Abkürzung heute noch für etwas anderes zu verwenden. Das Grinsen verschwand aus seinem Gesicht.

Der Kombi bog tatsächlich beim *Ostfriesenhof* rechts ab in die Groninger Straße. Ekinci ertappte sich dabei, wie er die Zähne fletschte. Genau wie er es vermutet hatte. Was immer die beiden da vorne planten, er musste es verhindern!

Sie passierten den jüdischen Friedhof. Ein historisches Zeugnis für die Verfolgung einer religiösen Minderheit, für die Auslöschung eines lebendigen Bestandteils deutscher Kultur. Und eine Mahnung, mit den muslimischen Mitbürgern offener und freundlicher umzugehen, hatte er immer gedacht. Leute wie die beiden *IS*-Heimkehrer und ihre Helfershelfer aber sorgten dafür, dass immer weniger Deutsche so dachten, grübelte Ekinci. Sogar er selbst konnte diesen Standpunkt kaum noch vertreten. Wie abartig war das denn?!

Da, aufleuchtende Bremslichter! Der Kombi des Imams schickte sich an, nach links in eine Hauseinfahrt abzubiegen. Ein ganz gewöhnliches Einfamilienhaus mit großem Grundstück, Doppelgarage und ein paar weiteren Nebengebäuden, registrierte der Oberkommissar automatisch. Reichlich verwohnt und ungepflegt, aber ansonsten unauffällig. Und nicht mehr allzu weit von der Gallimarkt-Absperrung entfernt. Ein idealer Platz, um unentdeckt eine Bombe zu bauen und auf kurzem Wege an ihr Ziel zu bringen. Ekinci stellte sich vor, wie ein mit einer tödlichen Fracht beladener Kleinbus von hier aus mit hoher Fahrt auf das Gelände preschte, die Absperrböcke beiseitefegte, durch eine dichter werdende Menschenmenge pflügte und dann in einem gewaltigen Feuerball detonierte. Der Effekt musste verheerend sein. Wer immer das geplant hatte, er kannte sich aus. Und er hatte kein Gewissen.

Der Kombi war abgebogen. Ein älterer Mann tauchte aus der Garage auf und wies den Wagen ein. Natürlich, Abu Jamal, der Imam und Autobesitzer. Wer sonst?

Ekinci parkte auf der gegenüberliegenden Straßenseite hinter einem Pritschenwagen, der ihm Deckung bot, als er betont unauffällig ausstieg, nach hinten um seinen Zivilwagen herumging und dann geduckt die Richtung wechselte. Über die Ladefläche des anderen Wagens hinweg beobachtete er das Haus. Was tun – sofort um Verstärkung ersuchen? Das schien das Vernünftigste zu sein. Noch aber hatte er nicht viel in der Hand, genau genommen nichts als Verdächtigungen und Vermutungen. Er brauchte etwas Konkretes, vielleicht ein Foto vom Etikett eines der Chemie-Kanister oder vom Inhalt der Kunststoffkisten. Wenn er beweisen konnte, dass es sich bei der verdächtigen Flüssigkeit um Wasserstoffperoxid handelte und bei den metallenen Kleinteilen um Material zum Bau einer Zündvorrichtung, dann war ein Zugriff gerechtfertigt, und zwar gleich mit dem großen Besteck.

Also musste er da rüber und Fotos machen. Ekinci fluchte unterdrückt. Was hatte sein Verstand bloß gegen ihn, dass er ihn immer in solche Situationen manövrierte?

Er tastete unter seinem Sakko nach seiner Dienstwaffe; sie steckte im Holster, wie immer. Zum Glück hatte er sich nie von den Frotzeleien seiner Kollegen, was er denn mit diesem Ding zu kompensieren versuche, dazu verleiten lassen, die Pistole im Dienst jemals abzulegen. Nidal Ekinci seufzte, richtete sich auf, strich sich mit beiden Händen über die Haare und begann die Straße zu überqueren.

Jetzt konnte er die Auffahrt in ganzer Länge überblicken. Der Kombi stand ganz hinten, vor einem gemauerten Anbau, mit geöffneter Heckklappe. Auch in die Garage konnte der Oberkommissar hineinblicken. Schauer überliefen ihn, als er einen Kleinbus darin entdeckte, genauso einen wie eben in seiner Vorstellung. Der also sollte die Bombe transportieren. Wer würde am Steuer sitzen – Karim Can oder der kleine Malik? Imam Abu Jamal jedenfalls nicht. Diese Typen schickten doch immer nur die anderen auf solche Himmelfahrtskommandos!

Wie aufs Stichwort erschien der Imam in der Tür des Anbaus. Im Hinaustreten rief er ein paar Worte auf Arabisch über seine Schulter zurück, was Ekinci gerade ausreichend Zeit verschaffte, um vor der Garage in Deckung zu gehen. Was Abu Jamal da gerufen hatte, konnte er nicht verstehen, bis auf »Jalla, jalla!«. Die Jungs sollten sich also beeilen. Ich müsste doch mal richtig Arabisch lernen, schoss es ihm durch den Kopf, so, wie die Dinge sich entwickelten. Sogar hier, im abgeschiedensten Eckchen der Republik! Ostfriesische Verhältnisse, nicht zu fassen.

Karim Can und Malik tauchten wieder auf. Jeder griff sich einen halbtransparenten Zwanzig-Liter-Kanister voll mit rosafarbener Flüssigkeit. Was für ein Teufelszeug mochte das sein? Wasserstoffperoxid war nicht rosa, oder etwa doch?

Im Kombi standen jedenfalls noch weitere solcher Kanister, außerdem kleinere in Blau und Weiß sowie die Kisten mit den Kleinteilen. Jetzt war die Gelegenheit, nachzuschauen und Fotos zu machen, jetzt, da der Imam und seine beiden Lastenträger im Anbau verschwunden waren. Kurz entschlossen verließ Ekinci seine Deckung und huschte zur Heckklappe des Kombis, sein Fotohandy im Anschlag. Erst als er abgedrückt hatte, bemerkte er, dass er die Blitzfunktion nicht deaktiviert hatte. Verflucht, jetzt musste es schnell gehen! Aber wenigstens würde man auf den Fotos etwas erkennen können.

»He! Was machen Sie da?«

Unwillkürlich zog der Oberkommissar den Kopf zwischen die Schultern. Dem Ruf aber folgte kein Schlag von hinten. Der Ruf war überhaupt nicht von hinten gekommen, sondern von der Seite, aus dem Wohnhaus. In der Eingangstür standen zwei weitere Männer. Der eine war der Dönermann vom Imbiss in der Brunnenstraße; der andere war Khalid al-Bashar, Rechtsanwalt und Gelegenheits-Prediger in der Leeraner Moschee. Na, das hätte er sich ja denken können! Die ganze Islamisten-Mischpoke auf einem Haufen. Und er, Nidal Ekinci, natürlich mittendrin. Er schob seine rechte Hand unters Sakko.

»Herr Ekinci.« Jetzt war auch der Imam wieder da, seine beiden Gefolgsleute im Kielwasser. Malik hielt eine Axt in beiden Händen, Karim Can hatte die rechte Hand in der Hosentasche. Was sich da durch den Stoff abzeichnete, konnte sehr gut eine Pistole sein.

Nicht mit mir, dachte der Oberkommissar und riss seine Dienstwaffe aus dem Schulterholster. »Hände hoch! Alle!« Abwechselnd nahm er die beiden Gruppen ins Visier, stellte fest, dass seine Position nicht günstig war, um alle fünf Männer im Auge zu behalten, sprang hinter dem Auto hervor, um sich mit dem Rücken zur Wand des Anbaus zu postieren. Auch nicht gut, bemerkte er; permanent zuckten seine Arme mit der Waffe hin und her. Vielleicht noch ein paar Schritte zurück, um einen besseren Winkel zu erreichen? Er strauchelte, fing sich mit Mühe. Seine Schuhe versanken in weicher Erde. Verdammt, jetzt stand er in einem Blumenbeet!

Wenigstens hatte seine Aktion Erfolg gehabt. Alle fünf hatten die Hände erhoben; der Dönermann glotzte total entsetzt, der Anwalt guckte stoisch kühl. Der Imam hatte die Stirn gerunzelt. Karim Can hatte seine Hände förmlich emporgerissen. Was immer er in der Hosentasche gehabt hatte, fiel dabei zu Boden und klapperte metallisch. Malik hielt die Hände hoch über den Kopf gereckt, die Axt lag zu seinen Füßen, er sah ebenso erschrocken aus wie der Imbissbesitzer. Keine Reaktion, wie Ekinci sie von einem schlachterprobten *IS*-Kämpfer erwartet hätte.

Während Ekincis Waffe weiter hin und her zuckte und der Oberkommissar versuchte, aus der weichen Blumenerde herauszukommen, fasste sich der Imam als Erster. Er drehte und senkte seine Hände gerade um so viel, dass aus der Kapitulations- eine Beschwichtigungsgeste wurde. »Herr Ekinci, was tun Sie! Nehmen Sie die Waffe weg, ich bitte Sie! Wir machen hier nichts Unrechtes. Ich kann Ihnen alles erklären.«

»Na bitte schön, dann erklären Sie!«, fauchte der Oberkommissar. »Erklären Sie mir, was Sie hier bei diesen beiden *IS*-Kämpfern zu suchen haben! Erklären Sie mir, was für ein Zeug das da in Ihrem Kombi ist. Was soll daraus werden, hä? Und was haben diese anderen beiden Herren damit zu tun? Als Zufall wollen Sie mir deren Anwesenheit doch wohl nicht verkaufen, oder?«

»Natürlich nicht«, sagte der Imam. »Dort drüben, das ist der Herr Gajani. Ihm gehört dieses Haus. Und Herrn al-Bashar kennen Sie ja wohl schon. Er unterstützt mich in meinem Vorhaben.«

»Ach ja, das dachte ich mir!«, höhnte Ekinci. »Dass Sie beide unter einer Decke stecken! Und worum handelt es sich denn bei Ihrem *Vorhaben*? Wollen Sie mir das vielleicht mal erläutern?«

Der Imam schüttelte unwillig den Kopf, setzte dann trotzdem zum Reden an. Gajani aber kam ihm zuvor. »Diese jungen Leute hier renovieren mein Haus!«, rief er. »Altes Haus, billig gekauft, muss man viel dran machen. Feuchte Wände. Aber meine Familie und ich, wir wollen bleiben in Leer, darum habe ich hier dieses Haus gekauft. Karim und Malik fangen heute mit der Arbeit an, Imam hat vermittelt.

Das ist gut für sie, gut für ihre ...« Hilfesuchend blickte der Imbissbesitzer sich um.

»Re-Integration«, ergänzte der Imam.

Nidal Ekinci sackte der Unterkiefer weg. »Sie meinen ... Sie wollen diese Kriegsheimkehrer ...«

»Wir wollen ihnen einen Weg zurück in die Gemeinschaft weisen«, sagte Abu Jamal. Seine Hände hatte er sinken lassen, jetzt verschränkte er die Arme vor dem Bauch. Der Oberkommissar ließ es geschehen. »Diese jungen Männer hatten sich verirrt. Sie haben den falschen Auslegungen des Wortes unseres Propheten geglaubt und sich auf den falschen Pfad lenken lassen. Aber sie haben ihren Irrtum erkannt und sich abgewandt vom Bösen. Jetzt ist es an uns, sie wieder bei uns aufzunehmen und zu sinnvollem Tun anzuhalten.«

»Genau, genau!« Gajani nickte bestätigend und wies mit beiden Händen auf sein renovierungsbedürftiges Haus.

Ekinci schaute von einem zum anderen. Keiner hatte mehr die Hände oben. Sein Blick fiel auf den Gegenstand, den Karim Can hatte fallen lassen und den er zunächst für eine Waffe gehalten hatte. Es war eine Kombizange. Der Oberkommissar ließ seine Pistole sinken.

»Was haben Sie denn gedacht, was hier abläuft?«, fragte der Rechtsanwalt mit schneidender Stimme.

Ekinci blickte in den Laderaum des Kombis; einige Kanister standen noch darin. *Haftgrund*, *Wasser-Stopp* und *Wandabdichtung* las er auf den Etiketten. Am liebsten wäre er jetzt im Boden versunken. »Meine Herren«, sagte er, während er seine Dienstpistole einsteckte, »ich fürchte, ich habe Ihnen unrecht getan. Das tut mir ehrlich leid.«

»Ja, das haben Sie wohl«, kommentierte der Imam gravitätisch.

»Ist ja wohl das Mindeste«, knurrte der Rechtsanwalt.

Der Imbissbetreiber lächelte. Ihn zumindest schien es

nicht zu wundern, dass zwei Terror-Heimkehrer Verdacht erregten. »Und Ihr Sohn?«, fragte Ekinci. »Macht der auch bei diesem Projekt mit?«

»Nein, nein! Muss er ja nicht. Er bekommt eine richtige Lehrstelle.« Gajani strahlte. »Bei unserem Nachbarn, dem Herrn Christiansen, in der Küche. Ahmad will Koch werden.« Er nickte Abu Jamal zu. »Der Herr Imam ist extra zum Gespräch mitgekommen, damit es keine Zweifel gibt. Ahmad kann in der Küche mit allem arbeiten, auch mit Schweinefleisch. Und mit Alkohol. Sogar probieren! Nur nicht essen. Probieren und ausspucken. Dann ist alles *halal*, alles gut.« Sein Gesicht glänzte vor Dankbarkeit.

Schau an, dachte Nidal Ekinci. So viel Liberalität hatte er dem Imam gar nicht zugetraut! Diese Auslegung der Glaubensregeln war ja hart an der Grenze. Einem Strenggläubigen oder gar einem Salafisten brauchte man damit jedenfalls nicht zu kommen.

»So, jetzt haben Sie uns wohl lange genug aufgehalten«, schnitt die Stimme von Khalid al-Bashar durch seine Gedanken. »Würden Sie jetzt die Güte haben, das Grundstück von Herrn Gajani zu verlassen, ja? Wir wären Ihnen sehr verbunden.«

Ekinci hatte den Rechtsanwalt noch nie lächeln sehen, weder im Dienst noch in der Moschee. Jetzt aber schaute al-Bashar völlig verbiestert drein, fand er – als ob er ihn durch seinen Verdacht gegen die beiden jungen Männer persönlich beleidigt hätte! Das fand der Oberkommissar denn doch ziemlich weit hergeholt. Zumal es sich bei den beiden immer noch um ehemalige Angehörige einer Terrororganisation handelte, mochten die Absichten ihrer Fürsprecher auch noch so lauter sein.

Für den Umgang mit solchen Leuten gab es Regeln. Und Ekinci hatte nicht vor, diese Regeln zu ignorieren.

»Bedaure, Herr al-Bashar«, sagte er. »Und auch für Sie,

Herr Gajani, tut es mir leid, aber ich muss die Arbeiten an diesem Haus noch für etwas länger unterbrechen. Die beiden jungen Männer werden mich jetzt in die Polizeiinspektion begleiten, wo man sie über die Umstände ihrer Aus- und Wiedereinreise befragen wird. Später wird man dann sicher auch Sie, meine Herren, in dieser Sache zu Wort kommen lassen. Wenn alles gut geht und wir keine Hinweise darauf finden, dass die beiden in Syrien oder im Irak schwere Verbrechen begangen haben, dann können sie in absehbarer Zeit wieder bei Ihnen sein, und Sie können Ihr segensreiches Projekt mit ihnen fortführen. Das wird umso schneller gehen, je kooperativer Karim und Malik sich zeigen. Ich bin sicher, ein paar Informationen …«

Ekinci verstummte. Wie hypnotisiert starrte er in die Mündung einer Pistole, die plötzlich in Khalid al-Bashars Hand erschienen war. »Keine Informationen«, schnarrte der Rechtsanwalt. »Und niemand wird mit Ihnen kommen.« Er schritt auf den Oberkommissar zu, ohne ihn auch nur einen Moment aus dem Visier zu lassen. »Jetzt sind Sie dran mit *Hände hoch*!«, fauchte er. »Ein Griff zur Waffe, und Sie tot, das können Sie mir glauben. Los, Karim, nimmt ihm die Waffe ab! Und dann rein ins Haus.«

Der Angesprochene zögerte, schaute hinüber zu den älteren Männern, aber weder Abu Jamal noch Gajani waren ihm eine Hilfe; beide standen da wie versteinert. Und Malik, was tat Malik?

Malik bückte sich und hob seine Axt wieder auf.

47.

Na endlich, dachte Oberkommissar Schmitz, als er die große BMW in der Einfahrt stehen sah. Ist der Bursche also mal wieder zu Hause. Wenn auch nicht bei sich zu Hause, so doch beim Herrn Papa. Wie auch immer, Hauptsache, man bekam Oliver Eickhoff wieder zu Gesicht.

Beziehungsweise zwischen die Finger, ergänzte Schmitz grimmig. Kleiner, mieser Drecksack!

Kaum hatte der Oberkommissar das Villengrundstück betreten, watschelte ihm auch schon Domian entgegen, das freundliche Hecheln immer noch von einem großen Trichter eingerahmt. Wenige Meter weiter stand Antje Baumann in einem Beet voller verblühter Rosenbüsche und winkte ihm freundlich zu. Schmitz musste sich zusammenreißen, um ihr nicht sein Bedauern wegen des Missbrauchs ihrer Tochter auszusprechen, sondern stattdessen ihren Gruß lächelnd zu erwidern. Die Frau musste einer Meisterin im Verdrängen sein, da wollte er ihr in nichts nachstehen.

»Na, noch einmal zum gnädigen Herrn? Haben Sie ihn noch nicht genügend ausgefragt?«, erkundigte sie sich augenzwinkernd. »Sie haben Glück, er ist gerade zu Hause. Allerdings hat er schon eine Besprechung. Ich fürchte, Sie werden ein bisschen warten müssen.« Dabei stützte sie sich auf ihre Harke und kreuzte die Gummistiefel, so als sei diese Verzögerung keineswegs zu befürchten, sondern durchaus in ihrem Sinne.

»Aha, verstehe! Geschäftliches mit dem Junior, was?« Er wies mit dem Daumen auf das Motorrad. »Das passt gut, mit dem müsste ich auch ein Wörtchen sprechen.«

Antje Baumann schüttelte den Kopf. »Das? Nein, das ist nicht das Motorrad vom jungen Herrn! Das hat doch OE 1 auf dem Nummernschild. Obwohl, ich muss zugeben, dass das Ding da ganz ähnlich aussieht. Aber Olivers ist das eindeutig nicht.«

»Nicht?« Schmitz schaute genauer hin. LER-OX 7 stand auf dem Nummernschild. Einstellige Zahlen waren beliebt bei Motorradfahrern, so fielen die Schilder etwas schmäler aus, nicht so groß wie Kuchenbleche. Also war dies hier nicht Oliver Eickhoffs Maschine – aber eine BMW G 650 GS war es, eine Maschine des gleichen Typs, den der Kaufhauserbe fuhr. Hatte Schmitz dieses Bike nicht sogar kürzlich erst gesehen? In einer der drei Garagen, die die Motorrad-Clique angemietet hatte? Sicher war er sich nicht. Hatte er nicht telefonisch eine Halterfeststellung angeordnet? Ja, hatte er. Aber das Resultat musste irgendwo auf seinem Schreibtisch versandet sein. Warum nur hatte er nicht mehr daran gedacht? Vermutlich, weil ihn der Fund der Festplatte mit dem Video davon abgebracht hatte. Trotzdem, ganz schön dämlich von ihm.

»Kennen Sie den Besucher?«, fragte er die Hausangestellte. »Haben Sie den vielleicht früher schon einmal hier gesehen?«

»Nicht dass ich wüsste.« Antje Baumann zuckte die Achseln. »Herr Eickhoff empfängt zuweilen Leute, mit denen er Aufträge bespricht. Manchmal sind da eigenartige Leute darunter. Auch solche, die Motorräder fahren. Aber der hier? Ich habe ihn beim Hineingehen nur flüchtig gesehen. Keine Ahnung, ob der schon mal hier war.«

LER-OX. Ox? Schmitz dämmerte etwas. Nachdenklich rieb er sich die Brust, als hätte ihn dort gerade erst ein Kopfstoß getroffen. Ox! So nannten sie im Studio doch diesen Oskars Lepeneitis, diesen Anabolika-Dealer aus Litauen, früheres Mitglied der Tatort-WG und der Motorrad-Clique! Ox! Na klar, das da war seine Maschine. Und sie hatten nur seinen Pkw zur Fahndung ausgeschrieben! Doppelte Blödheit, schalt sich der Oberkommissar. Zumal er mit diesem kugelköpfigen Kraftpaket ja noch eine kleine Rechnung offen hatte.

Außerdem: Ox – ein O und ein X, beziehungsweise ein Kreuz, das ergab zusammen … das Feministinnen-Zeichen! Das Zeichen, das Fred Jaschinsky mit seinem eigenen Blut auf den Parkettboden gemalt hatte. Konnte das angehen? Konnte Oskars Lepeneitis alias Ox der Mörder seines ehemaligen WG-Kumpels sein? Aber warum?

Im Zweifelsfall für Geld. Hm. Was hatte Antje Baumann gerade gesagt? »Herr Eickhoff empfängt manchmal Leute, mit denen er Aufträge bespricht … Eigenartige Leute darunter.« War es möglich, dass Karl-Friedrich Eickhoff, der honorige Großkaufmann und Mitglied der wohlvernetzten Elite der rührigen Kleinstadt Leer, einen Ox angeheuert hatte …?

Er bemerkte, dass Antje Baumann ihn verwundert musterte. Wie lange starrte er eigentlich schon schweigend vor sich hin? Schmitz zwang sich ein breites Lächeln ab. »Schöne Maschine auf jeden Fall«, sagte er betont locker. »Ob ich mir die mal näher anschauen darf?«

»Ich weiß nicht. Aber von mir aus – warum nicht?« Antje Baumanns Beschützerinstinkt erstreckte sich eindeutig nicht auf das Habe ungeliebter Besucher. »Kaputtmachen werden Sie ja wohl nichts«, setzte sie trotzdem noch hinzu. Vermutlich der guten Form halber.

Da hatte Schmitz schon seine Hände am Lenker. Wenn Ox derjenige ist, der Jaschinsky umgebracht hat, kombinierte er, dann müsste er eigentlich auch derjenige sein, der zuvor auf Oliver Eickhoff geschossen hat. Die Diskussion darüber, wie schwierig es für einen Rechtshänder sein musste, von einem fahrenden Motorrad aus zu zielen und zu schießen und gleichzeitig die Maschine in der Balance und in Fahrt zu halten, hatte Kramer ihm zur Kenntnis gebracht. Seitdem hatte der Gedanke an dieses Problem im Hinterstübchen seines Hirns gearbeitet. Und zwar so richtig intensiv, seit dieser Ox ihm seine Rechte ans Kinn geballert hatte.

Der Kerl war Rechtshänder, keine Frage. Und wenn so einer mit rechts schießen und zugleich ein Motorrad fahren wollte, dann gab es nur eine Möglichkeit: der Gasgriff musste nach links verlegt werden. Möglich war das; Schmitz hatte sich im Internet informiert. Aber war es auch so gewesen?

Schmitz packte zu und drehte am linken Griff. Nichts – der Handgriff saß fest auf der Lenkstange. Und rechts? Mist, der rechte Griff ließ sich drehen. Das war der Gasgriff, ganz normal eben. Da war nichts umgebaut worden.

Hinter ihm stieß Antje Baumann einen spitzen, leisen Schrei aus. Auch Domian ließ sich hören. Kam da jemand?

»Was machst du da? Lass die Flossen von meiner Maschine.« Eine tiefe, raue Stimme direkt hinter ihm sagte Schmitz, dass dieser Jemand bereits da war.

Der Oberkommissar spannte seine gewaltigen Armmuskeln an. Man sieht sich immer zweimal, dachte er und drehte sich ganz langsam um. Für blitzartige Aktionen war er nicht gebaut, und ein Schlag ins Ungewisse war unter seiner Würde. Er war diesem Oskars Lepeneitis noch etwas schuldig, und diese Schuld gedachte er hier und jetzt zu begleichen.

»Ach, du bist das, Bulle?«

Schmitz ballte die Faust, bereit, sie durch jede Deckung zu schmettern, die Lepeneitis für seinen Kugelkopf parat hatte. Vorfreudiges Grinsen trieb seine Mundwinkel auseinander, als er den Mann in seinen Motorradstiefeln heranstapfen sah. Aus einem der Stiefelschäfte lugte ein Messergriff hervor.

Schmitz erstarrte. Der andere hatte nur eine Hand erhoben, und darin hielt er einen Revolver, dessen stupsnasiger Lauf ebenso gedrungen wie bösartig aussah. Lepeneitis' »Hände hoch« klang leicht russisch eingefärbt. Trotz langer

Jahre in Deutschland hatte er sich das kehlige »Ch« noch nicht abgewöhnt.

Von links erklang ein ersticktes Fiepen. Domian, dachte Schmitz zuerst. Aber es waren halb unterdrückte Schreckenslaute von Antje Baumann. Hatte Lepeneitis die Frau gar nicht bemerkt?

»Mach keinen Quatsch, Alter.« Der Oberkommissar versuchte es mit studiomäßiger Vertraulichkeit. »Und lass die Leute hier aus dem Spiel. Für dich läuft sowieso nichts mehr. Was immer du hier für Geschäfte gemacht hast, damit ist es vorbei.«

Oskars Lepeneitis, genannt Ox, lachte kurz und geringschätzig. »Was willst du mir erzählen? Dass ihr mich kriegt?« Mit einem schnellen Griff riss er Schmitz' Dienstwaffe aus der Gürteltasche, ohne seinen Blick auch nur eine Sekunde von seinem Gesicht zu wenden. »Ihr kriegt doch keinen, nicht einmal, wenn er vor euch steht! Die deutsche Polizei ist ein Witz. Und der größte Witz bist du!« Spielerisch hieb er dem Oberkommissar die linke Faust gegen die Brust. Zu seinem eigenen Erstaunen geriet Schmitz leicht ins Wanken.

Antje Baumann hatte inzwischen Domian am Halsband gefasst und zog sich ganz langsam hinter die Büsche zurück. Ox war das nicht entgangen; es schien ihn jedoch nicht zu kümmern. »Leute aus dem Spiel lassen, ja?« Wieder lachte er böse. »Die Frau da, gerne! Nette Frau, bisschen dumm, aber nett. Aber was andere Leute hier für Spiele treiben, davon hast du doch gar keine Ahnung. Nennt sich Polizei und lässt sich von allen auf der Nase rumtanzen! Glaub mir, in Russland überlebst du keine drei Tage. Entweder ein Gangster killt dich, und wenn aus Langeweile, oder deine eigenen Kollegen tun es. Weil du so blöd bist!«

»Wieso Russland?« Schmitz biss sich auf die Zunge. Kam es etwa darauf an? Aber egal, jetzt konnte er auch gleich weiterreden. »Ich denke, Sie sind aus Litauen.«

»Ja, Litauen!« Er spuckte aus, Schmitz dicht vor die Füße. »Beschissenes kleines Land, alles Weicheier, wie hier! Aber früher, da war Litauen Teil von UdSSR. Von Russland, verstehst du? Die Russen sind nicht so schlapp. Die wissen, wie es geht.« Wieder so ein kurzer, harter Schlag zur Brust; diesmal war der Oberkommissar darauf vorbereitet. Trotzdem pfefferte es ordentlich in seiner Muskulatur.

»So, jetzt wird es Zeit.« Lepeneitis hob die Pistole auf Visierhöhe. Schmitz brach der Schweiß aus. Statt eines Schusses aber kam ein Kommando. »Los, zu deinem Wagen! Du fährst. Und mach hin!«

Keuchend und mit rasendem Puls stolperte der Oberkommissar los. Aus den Augenwinkeln suchte er die Gartenwege nach Antje Baumann ab; sie war nicht mehr zu sehen. Also hatte sie sich in Sicherheit bringen können. Wenigstens etwas.

Sein Dienstwagen war ein neutraler Passat in Schlammbraun. Lepeneitis saß schon auf dem Beifahrersitz, ehe Schmitz sich ganz durch die Tür gezwängt hatte. Der Mann war unheimlich schnell, das musste er im Kalkül behalten. »Wohin?«, fragte er.

»Hafen«, schnauzte der Bewaffnete. »Los jetzt!«

Zum Hafen also. Welche Strecke sollte er nehmen? Hier waren sie in Loga, ziemlich weit weg von Hafen und Fluss, da gab es verschiedene Möglichkeiten, zu fahren. Schmitz entschied sich für die Hauptstraße. Mittendurch, da war am meisten los und die Chance, gesehen zu werden, am größten.

»Was haben Sie vor?«, fragte er, als er den Passat auf die Hauptstraße eingefädelt hatte. Es ging schleppend voran, viele rote Ampeln, *Stop and Go*.

Lepeneitis lachte. »Polizeipsychologie, was? Anfängerkurs? Lass mich raten, du bist damals durchgefallen!« Er hielt die Pistole tief, im Sichtschutz, aber stur auf Schmitz'

Körper gerichtet. »Aber lass gut sein, hier habe ich gar nichts mehr vor. Hier bin ich fertig. Jetzt nur noch Sachen holen und weg. Nächste Stadt.« Wieder dieses geringschätzige Lachen. »Viele kleine deutsche Städte wie diese, dumm und hilflos, warten nur auf Wölfe wie mich. Gute Zeiten sind das!«

»Gute Zeiten?« Lepeneitis hatte gar nicht so unrecht, musste Schmitz zugeben; in Psychologie war er nie so stark gewesen wie im Sportstudio. Aber dass reden in solch einer Situation immer gut war, das hatte er behalten. »Wieso gute Zeiten? Überall auf der Welt ist Krieg, die Religionen kommen wieder in Mode, und die Menschen gehen aufeinander los für unbewiesene Sprüche, die in alten Büchern stehen. Wieso sind das gute Zeiten?«

»Lass Religion aus dem Spiel, verstanden?« Lepeneitis rammte ihm den kurzen Lauf seiner Waffe in die Seite. »Was verstehst du davon? Glaube ist wichtig. Zu wissen, dass das richtig ist, was du tust. Dass Gott auf deiner Seite ist. Dass deine Seele aufgehoben ist, später. Menschen, die davon nichts wissen, sind Würmer! Macht nichts, sie zu zertreten. Ist keine Sünde, ist eine gute Tat.« Wieder stieß er mit der Pistole zu.

Schmitz spürte die Schweißperlen auf seiner Stirn und hoffte, dass sie ihm nicht in die Augen kullerten. In seiner Situation konnte er es sich nicht erlauben, sich die Augen zu wischen. Dieser Typ da neben ihm war ja vollkommen durchgeknallt! War das etwa seine ganz eigene Art, sich selbst für alles Absolution zu erteilen, was er tat? Oder konnte er sich dabei wirklich auf eine Kirche berufen, die alles guthieß, was ihrer Macht dienlich war? Ausgeschlossen war das nicht, schließlich hatte sich die italienische Mafia jahrzehntelang den Segen der katholischen Kirche geben lassen.

Und die ließ sich von der Mafia schmutziges Geld geben,

zum Waschen. Bestimmt nicht für Gotteslohn. Hm. Hatte Lepeneitis etwa so etwas im Sinn, wenn er sagte, er fände die Zeiten so toll?

»Weißt du, warum diese Zeiten so gut sind für mich?« Welche Wege die Gedanken des Litauers auch gegangen sein mochten, sie mündeten am selben Punkt. »Da sind die Verrückten, nicht nur in Arabien, sondern überall auf der Welt. Denen ist alles egal, weil sie glauben, im Paradies würden sie für jeden Scheiß belohnt, verstehst du? Was die machen, ist nicht wirklich viel – ein geköpfter Soldat hier, ein paar erschossene Zeichner dort, in Tunesien Leichen am Strand, ein paar Bomben auf ein Museum und so. Nicht viel, verglichen mit dem, was Amerika damals in Vietnam gemacht hat. Trotzdem schaffen es diese Verrückten, dass alle vor ihnen Angst haben! Aber statt dass ihr Westler mal sagt, okay, das finden wir gefährlich, da schlagen wir mal ganz gepflegt zurück – nein! Dazu habt ihr ja nicht die Traute. Weil ihr ein paar dunkle Flecken in eurer Geschichte habt oder warum auch immer. Lächerlich! Jedenfalls starrt ihr auf diese Verrückten wie das Karnickel auf die Schlange, wie gelähmt. Ihr sitzt auf vollgeschissenen Hosen! Und weißt du was? Leute wie ich, die wollen euch genau so haben!«

Verrückte, die wahllos Leute umbringen und sich daran bereichern, dachte Schmitz. Genau so einer sitzt gerade neben mir. Aber das spreche ich jetzt nicht aus, vielen Dank auch!

Und wenn doch? Was würde Lepeneitis dann tun? Auf ihn schießen, wo er doch am Steuer saß? Vielleicht war das keine schlechte Idee: Den Wagen beschleunigen und bei einhundert Stundenkilometern sagen: »Waffe her, oder ich fahre uns zu Klump, mir ist alles egal!«

Schmitz verwarf den Gedanken so schnell, wie er ihm gekommen war. Der, dem wirklich alles egal war, saß nicht am Steuer, sondern hier neben ihm. Und wenn er auf einhundert Kilometer beschleunigen wollte, hätte er nicht die Hauptstraße nehmen dürfen. Hier konnte er froh sein, wenn er mal auf dreißig kam.

»Geradeaus gucken!«, zischte es neben ihm. »Wehe, du machst irgendwas! Nicht hinsehen!«

Schmitz hatte überhaupt nicht auf den Gegenverkehr geachtet. Jetzt erst bemerkte er den blau-silbernen Streifenwagen, genauer gesagt dessen Heckpartie, die eben vorbeirollte. Jetzt tauchte sie im Rückspiegel auf. Hielt der Polizeiwagen an, machte er Anstalten zu wenden? Nein, nichts davon, er fuhr weiter, gemächlich und unbeirrt. Verdammt noch mal, warum konnten das nicht Rieken und van Dieken gewesen sein? Schmitz wusste nicht so recht, was er sich von so einer Begegnung hätte erhoffen können, aber jede kleine Hoffnung war immer noch besser als gar keine.

Nicht mehr weit bis zum großen Bahnübergang, vor dem angeblich jeder Leeraner mehrere Jahre seines Lebens verbrachte. So sehr, wie er sich sonst immer erhoffte, die Schranken mögen gerade mal offen sein, wünschte sich Schmitz jetzt das Gegenteil. Und genau wie sonst wurde er enttäuscht. Die Sabotagebalken standen senkrecht. Freie Fahrt für den Fahrgast mit Pistole.

Und jetzt? Geradeaus lag die Fußgängerzone. Nach links zum Bahnhofskreisel, dann weiter zum Industriehafen? Ox hatte nur Hafen gesagt, nichts weiter – und auf diesem Weg kämen sie durch die Georgstraße, also an der Polizeiinspektion vorbei. Wie groß war die Chance, dass gerade dann ein Kollege herauskommen und ihn erkennen würde? Gering – zumal er in Leer noch recht neu war und ihn längst noch nicht alle Polizeimitarbeiter kannten, trotz seiner auffälligen Erscheinung.

Spontan ordnete er sich links ein, bog ab, umfuhr die Fußgängerzone. Dann wieder nach links, in die Friesenstraße. Und am Ende wieder links. Jetzt hielt er direkt auf die Brunnenstraße zu.

»Was machst du? Wohin fährst du?« Lepeneitis schien Verdacht zu schöpfen; so gut kannte natürlich auch er sich in Leer aus. »Warum fährst du hier entlang?«

»Sie sagten doch: zum Hafen.« Schmitz zuckte mit den breiten Schultern. »Hier geht es zum Hafen. Brunnenstraße, ein Stückchen Rathausstraße, dann Schmiedestraße, an der Großen Bleiche vorbei – schon sind wir da.«

»Falsche Seite!«, schimpfte Lepeneitis. »Wir müssen zur anderen Seite!«

»Ach so. Haben Sie nicht gesagt.« Schmitz riskierte einen treuherzigen Seitenblick; Lepeneitis schien zu kochen. »Aber kein Problem, dann fahren wir eben über die Rathausbrücke, okay?«

»Okay«, knurrte Lepeneitis. »Danach dann gleich rechts, verstanden?«

Schmitz nickte. Alles klar, dachte er, er will zur Reederei. *Eickhoff International Shipping*. Das passt.

Die Brunnenstraße war frei. Schmitz ließ die Reifen quietschen, als er vor dem *Tatort Taraxacum* in die Kurve ging. Sollte sich Stahnke nicht gerade hier aufhalten? Möglich, aber natürlich ließ er sich nicht blicken. Auch die Hoffnung, an der Großen Bleiche auf eine Gallimarkt-Absperrung zu treffen, zerschlug sich. Noch war die Strecke frei.

Der Oberkommissar folgte dem beschriebenen Kurs, erreichte die Neue Straße und schließlich die Rathausbrücke. Rechts, auf der anderen Seite des Hafenbeckens, konnte man schon die Reedereigebäude sehen. Bald …

»Scheiße«, fluchte Lepeneitis. »Verdammte Scheiße! Es ist weg!«

»Was ist weg?« Schmitz war verwirrt; Eickhoffs Reederei stand doch noch am selben Fleck wie immer, logischerweise. Wovon sprach der Litauer?

»Das Schiff!«, fauchte Lepeneitis. »Los, fahr weiter! Schnell!«

»Weiter? Aber wohin denn?«

»Zur Schleuse natürlich, du Blödmann!«

48.

Als das Handyklingeln ertönte, zuckte Stahnke zusammen; er hatte zunächst geglaubt, es sei das von Jaschinsky gewesen. Dann erst bemerkte er, dass es sein eigenes war.

»Ja?«

»Kramer hier. Gerade habe ich einen Anruf von Frau Baumann bekommen. Kollege Schmitz scheint in Gefahr zu sein.«

»Aylin Baumann?«, fragte Stahnke. Charlotte Blohm schreckte hoch.

»Nein, Antje Baumann. Haushälterin bei Karl-Friedrich Eickhoff.« Er berichtete in knappen Worten, was er erfahren hatte.

»Auf dem Nummernschild steht OX?« Er tauschte einen wissenden Blick mit der Buchhändlerin. »Oskars Lepeneitis also. Und wo will er mit Schmitz hin?«

»Das wusste sie auch nicht«, sagte Kramer. »Zu seiner Wohnung eher nicht. Die wird ja nach wie vor observiert, und da hat er sich seitdem nicht blicken lassen.«

»Zurück zum Tatort sicher auch nicht. Wäre außerdem ein Glücksfall, denn da bin ja ich.« Stahnke war nicht nach Scherzen zumute, und es irritierte ihn, dass Charlotte Blohm plötzlich grinste. »Wahrscheinlicher ist, dass er die Stadt verlassen will. Mit Schmitz als Geisel.«

»Also Großfahndung?«

»Ja, sofort. Ich komme, so schnell ich kann.« Er beendete das Gespräch.

»Ox hat eine Geisel«, stellte die Buchhändlerin fest. »In deren Haut möchte ich nicht stecken.«

Stahnke ließ das unkommentiert. »Ich muss los«, sagte er und erhob sich hastig. »Sie halten sich zu meiner Verfügung.«

»Jawohl.« Sie eilte hinter ihm die Treppe herunter. »Was werden Sie jetzt tun? Wie wollen Sie Ihrem Kollegen helfen?«

Wenn ich das wüsste, dachte Stahnke, als er die Treppenhaustür zum Laden aufstieß. Die kleine Praktikantin bediente gerade einen Kunden. Natürlich errötete sie wieder, als sie ihn sah. Gegen seinen Willen musste der Hauptkommissar grinsen. Los jetzt, rief er sich zur Ordnung und steuerte die Ladentür zur Rathausstraße an.

Draußen quietschten Reifen. Ein schlammbrauner Passat legte sich in die Kurve, eindeutig zu schnell. Welcher Idiot …, dachte Stahnke. Dann erkannte er Schmitz am Steuer. Der stoppelige Kugelkopf daneben musste Lepeneitis sein. Gab es das?

Er hörte Charlotte Blohms Atem hinter sich. »Haben Sie Ihr Motorrad hier?«, stieß er hervor.

»Ja«, bestätigte sie.

»Hinten vorm Tor?«

»Ja.«

»Dann nichts wie los.« Während Schmitz draußen die Gebäude umkurvte, rannte Stahnke geradewegs durchs Lokal, so schnell er konnte. Trotzdem überholte Charlotte Blohm ihn auf der Terrasse. Als er sich auf den Soziussitz schwang, lief der Motor schon.

»Festhalten«, sagte sie und gab Gas.

Wo denn, wollte er fragen, aber da riss es ihm schon den Kopf nach hinten.

Natürlich war Schmitz bereits an der Parkplatzausfahrt vorbei, aber an der nächsten Kreuzung hatten sie wieder Blickkontakt. Geradeaus fuhr er also; zur Autobahn ging es dort jedenfalls nicht. Wollte Lepeneitis sich doch nicht aus Leer absetzen? Jedenfalls noch nicht, mutmaßte Stahnke. Musste er vorher vielleicht etwas erledigen? Oder abholen?

Die Buchhändlerin bog in die Neue Straße ein, so schwungvoll, dass es Stahnke mulmig wurde angesichts der glatten Klinkerpflasterung. Die Maschine jedoch blieb unbeirrt in der Spur. Der Passat war wieder in Sicht. Aha, es ging über die Rathausbrücke. Also zur Reederei, zu *Eickhoff International Shipping*?

Nein, er bog nicht nach rechts ab; es ging weiter über die Nesse. Sollte er Charlotte Blohm auffordern, anzuhalten, um Verstärkung anzufordern? Dabei jedoch würden sie unweigerlich den Kontakt zum Fluchtwagen verlieren. Also nicht. Aber anrufen sollte er!

Der Motor brüllte auf. Die Fahrerin beugte sich über den Lenker.

Als Stahnke sein privates Handy aus der Tasche kramte, geriet das Motorrad ins Schlingern. »He, sitzen bleiben!«, schrie Charlotte Blohm von vorne. Ihre Stimme wurde vom Fahrtwind verweht, war aber verständlich. Wir tragen ja auch keine Helme, registrierte Stahnke. Fürs Telefonieren ganz praktisch, einerseits. Andererseits …

Kramer war sofort dran. Stahnke brüllte ins Handy, so gut es ging.

»Richtung Schleuse?«, vergewisserte sich Kramer.

»Ja, sieht so aus«, brüllte Stahnke. Dann ließ ihm eine Fahrbahnwelle das Mobiltelefon aus der Hand hüpfen. Weit hinter ihm schlitterte es über den Aspahlt.

»He, nicht so lästerlich fluchen!«, schrie Charlotte Blohm. »Es sind Damen anwesend!«

»Ach ja?«

Statt einer Erwiderung gab sie mehr Gas. Stahnke krallte sich am Gepäckträger fest. Die eingezäunten Spülfelder rechts flogen nur so vorbei. Stahnke kannte die Straße; hier galt Tempo siebzig. Weder Schmitz noch die Buchhändlerin hielten sich daran.

»Da ist ein Schiff in der Schleuse«, rief Charlotte Blohm.

»Und?« Stahnke tränten die Augen.

»Vielleicht geht die Brücke hoch, dann kommen die da nicht durch!«

Der schlammbraune Wagen passierte gerade das Schrottplatzgelände. Dahinter stieg die Straße in Richtung Brücke an. Noch waren die Schranken offen, tatsächlich aber begannen in diesem Moment die roten Warnlichter zu blinken. Seine Pilotin hatte recht, freute sich Stahnke. Gleich musste der Passat stoppen.

Nein, er tat es nicht. Schmitz gab Gas, ignorierte die Stoppzeichen und verlangsamte erst hinter der Brücke, im selben Moment, als sich die Schranken zu senken begannen. Verdammter Mist, jetzt wurden sie abgehängt!

»Schneller!«, schrie Stahnke. »Wir müssen da noch drüber!«

»Sowieso!«, rief die Buchhändlerin und beugte sich über den Lenker.

Die Schranken senkten sich weiter und weiter. Stahnke kauerte sich zusammen, so gut es ging. Und das alles ohne Helm, dachte er. Dann huschten zwei Schatten über seinen Kopf hinweg. Ohne dass es krachte.

Der Hauptkommissar war so erleichtert, dass er die anschließende Vollbremsung als selbstverständlich hinnahm. Wie Charlotte Blohm dabei das mit dem Heck ausbrechende Motorrad am Umstürzen hinderte, blieb ihm ein Rätsel.

Sie hielten direkt hinter dem schlammbraunen Passat, der nahe bei der Schleusenkammer abgestellt war. Das Tor im neuen Absperrzaun stand offen. Durch die Wagenfenster hindurch sah Stahnke, wie sein Kollege Schmitz auf das durchschleusende Schiff zu eilte, angetrieben von einer kleineren, kompakten Gestalt mit stoppeligem Kugelkopf. Vermutlich Oskars Lepeneitis, obwohl man sein Gesicht nicht sehen konnte. Eine Waffe sah man ebenfalls nicht, aber auch von deren Vorhandensein ging der Hauptkommissar aus.

Die Schleusenbrücke begann sich zu heben.

»Hierbleiben!«, schrie Stahnke die Buchhändlerin an. Dass das Schreien wegen des fehlenden Fahrtwindes nicht mehr nötig war, bemerkte er mit Verspätung. »Hierbleiben«, wiederholte er leiser. »Ich muss da runter. Könnte gefährlich werden.«

Charlotte Blohm nickte. Ihr war anzusehen, dass sie überhaupt nicht daran dachte, Folge zu leisten. Stahnke seufzte und lief los.

49.

Blinzelnd stolperte Oliver Eickhoff an Deck; so viel Helligkeit war er nach der langen Zeit unten gar nicht mehr gewohnt, und das, obwohl es Anfang Oktober war. Er brauchte ein paar Sekunden, um sich zu orientieren. Voraus lag die Schleusenbrücke, die sich schon zu heben begonnen hatte. Die beiden Schlepper hatten bereits abgelegt und warteten auf ihren Einsatz. An den Pollern unten standen Männer parat, um die Festmachertrossen der *Freundschaft* auf Kommando loszuwerfen. Es wurde höchste Zeit, wenn Oliver Eickhoff vor dem Auslaufen noch von Bord kommen wollte.

Als er wieder besser sehen konnte, trat er an die Reling.

Ja, da baumelte eine Jakobsleiter, wie vermutet. Jemand hatte Dennis Poppinga ermöglicht, an Bord zu kommen, und rechnete damit, dass der das Schiff vor dem Ablegen auch wieder verlassen würde. Dumm nur, dachte Oliver Eickhoff, dass die Leiter weiter vorne hing und er sich auf dem langgestreckten Achterdeck befand. Und dass das Seitendeck nicht durchgehend war. Zwei Leitern musste er bewältigen, um dorthin zu kommen, eine abwärts, eine aufwärts. Zwei weitere Möglichkeiten, entdeckt und aufgehalten zu werden.

Dass unten auf der Schleuse Aufregung aufkam, bemerkte er mit Verspätung. Da rannten Leute, da kamen zwei Männer näher, und da folgten noch zwei Gestalten. Der eine der beiden vorderen war ein Koloss, den anderen, der dahinter lief, kannte er. Oh nein, das war Ox!

Wenn es einen Menschen gab, vor dem er sich richtig fürchtete, denn war es dieser Ox. Klar, auch Dennis machte ihm Angst; überhaupt war er kein besonders mutiger Mensch. Aber er war sich seiner gesellschaftlichen Stellung und der Macht des Geldes seines Vaters sehr bewusst, und das reichte gewöhnlich, um jeden Anflug von Furcht in schnodderige Arroganz zu verwandeln. Auch wenn das zuletzt bei Dennis nicht geklappt hatte. Bei Ox jedoch klappte das nie. Oliver hatte von Anfang an gespürt, dass all das, was die Familie Eickhoff repräsentierte, dem Litauer keinen Pfifferling bedeutete. Dass ihn das von gar nichts abhalten würde. Und dass er zu den unglaublichsten Taten fähig war, einfach weil es in ihm nichts gab, das ihn davon abhalten konnte.

Das hatte Oliver Eickhoff nicht nur Angst gemacht, er hatte Ox dafür auch bewundert. Letztlich war es vor allen seine Nähe gewesen, die er in der Wohngemeinschaft in der Altstadt gesucht hatte. Dass er dabei auf Aylin gestoßen war, war ein angenehmer Nebeneffekt gewesen. Schade, dass sie nicht auf ihn abgefahren war. Aber dafür hatte es ja Dennis gegeben. Und Vaters Geld. Und den Alkohol.

Saublöd, dass er nicht gewusst hatte, dass Aylin seine Cousine war! Warum hatte Vater es ihm auch nicht früher erzählt? Erst vor ein paar Tagen, mit sehr ernster Miene. Aber da war die Sache ja schon gelaufen gewesen. Richtig, da hatte Dad ihm auch von einem Erpressungsversuch erzählt, eher beiläufig und ohne zu sagen, wer es war und worum es ging. Für Oliver konnte nur Aylin die Erpresserin gewesen sein, keine Frage, und das durfte natürlich nicht sein. Also hatte er ihr einen Denkzettel verpasst und auf Domian geschossen. Dass sie so in diese blöde Töle vernarrt war, kam ihm gerade recht. Eine Warnung musste wch tun! Eigentlich hätte damit alles erledigt sein müssen. Stattdessen war es erst richtig losgegangen.

Und jetzt näherte sich da unten also Ox, zusammen mit einem noch muskulöseren Mann. Was hatten die beiden vor? Wussten sie, dass Dennis auch hier war? Wollten sie ihn treffen? Oder hatten sie es auf ihn abgesehen? Hoffentlich, dachte Oliver Eickhoff, denn dann würden sie sich wenigstens für nichts anderes interessieren. Er nämlich musste jetzt endlich von Bord. Dorthin, wo die Neuankömmlinge waren.

Mit zitternden Knien stieg er die erste Leiter hinunter, überquerte das Seitendeck, bei jeder Tür befürchtend, dass sie aufplatzen und Dennis Poppinga ausspucken könnte. Jetzt die zweite Stahltreppe. Die Seile der Jakobsleiter konnte er schon sehen. Sie hatten zu zucken begonnen. Das bedeutete, dass jemand von unten an Bord kletterte. Heilige Scheiße!

Und da tauchte Dennis an Deck auf. Auf dem Rückweg vom Maschinenraum musste er einen anderen Weg genommen haben, konstatierte Oliver; klar, er wusste ja auch, wo die Leiter hing! Eickhoff junior drückte sich rücklings an die eiserne Wand. Aber Dennis Poppinga hatte keinen Blick für ihn übrig. Auch er hatte bemerkt, dass jemand gerade die Jakobsleiter hochkletterte. Er nahm seinen Rucksack ab, griff hinein und zückte eine Pistole.

Im selben Moment kam unten auf dem Schleusenweg Ox ins Blickfeld, rückwärts gehend, den Blick nach oben gerichtet. Wer immer sich da auf der Leiter befand, Ox war es nicht, stellte Oliver Eickhoff fest. Der Litauer bemerkte Dennis Poppinga sofort. Er hob seine Hand – die Waffe befand sich bereits darin.

»Was hast du da in dem Rucksack?«, rief Ox nach oben.

»Nichts, was dich etwas angeht«, schrie Poppinga zurück. »Was willst du überhaupt hier? Und was will der Typ da auf der Leiter?«

»Das geht dich nichts an.« Lepeneitis klang entschlossen. »Leg deine Waffe hin und wirf mir den Rucksack herunter. Jetzt gleich!«

»Vergiss es.« Dennis Poppinga hob seine Pistole und drückte ab.

Zwei Schüsse fielen praktisch gleichzeitig. Poppingas Projektil schlug in eine Betonplatte ein und ließ Splitter spritzen. Lepeneitis' Geschoss traf Dennis Poppinga in der rechten Schulter und riss ihn von den Füßen.

Ein Kopf erschien auf Deckshöhe, das Gesicht vor Anstrengung gerötet. Ein gewaltiges Schulterpaar folgte. War das nicht ein Polizist, einer aus dem Team von diesem Stahnke? Oliver Eickhoff war sich nicht sicher. Daher sah er lieber aus sicherer Entfernung zu, wie sich der schwere Mann an Deck quälte, blieb nicht nur an der rückwärtigen Wand, sondern ging noch in die Knie, um aus Ox' Schussfeld zu kommen. Sicher war sicher, auch wenn es weh tat.

Der schwere Mann warf ihm einen vernichtenden Blick zu, dann eilte er keuchend zu dem Verwundeten. Poppinga war bei Bewusstsein, und er blieb es auch, obwohl er markerschütternd schrie, als Schmitz ihm ein Päckchen Taschentücher auf seine blutende Wunde drückte. Er stammelte etwas, das Oliver Eickhoff nicht verstehen konnte. Auf allen vieren schlich er sich näher heran.

»Was sagen Sie?«, fragte der Oberkommissar nach.

»Bringen Sie mich von Bord!«, verlangte Poppinga mit verzerrter Stimme. »Wir müssen von Bord!«

»Warum? Keine Sorge, die laufen schon nicht aus«, beruhigte ihn Schmitz. »Nicht nach diesem Geballer, davon gehe ich aus.«

»Trotzdem!«, beharrte Poppinga. Seine nächsten Worte gingen in einem Stöhnen unter.

»Was ist?«, fragte Schmitz.

»Eine Bombe!«, schrie Poppinga. »An Bord ist eine Bombe!«

Oliver Eickhoff schwirrte der Kopf. Das alles war zu viel für ihn, war schon vor den Schüssen zu viel gewesen. Jetzt auch noch eine Bombe! Wann endlich kam sein Vater und machte all dem hier ein Ende?

In der nächsten Minute überschlugen sich die Ereignisse.

Wieder zuckten die Taue der Leiter; Ox sprang leichtfüßig an Deck und richtete seine Pistole, die er beim Klettern nicht aus der Hand gelassen hatte, sofort auf Poppinga und Schmitz. Oliver Eickhoff streifte er nur mit einem desinteressierten Blick.

Im selben Moment zuckte Blaulicht über die Szene. Ein Streifenwagen hielt diesseits der inzwischen weit geöffneten Schleusenbrücke; zwei Uniformierte stiegen aus. Von ihren Gesichtern konnte man aus der Distanz nur die grauen Bärte wahrnehmen.

»Den Rucksack her! Sofort!«, schnauzte Lepeneitis, während er sich in kurzen Abständen sichernd umschaute. Als Poppinga nicht reagierte, wiederholte er die Aufforderung an Schmitz: »Los! Den Rucksack!«

Der Oberkommissar schlenzte ihm das Ding mit dem Fuß zu. Als Lepeneitis sich danach bückte, begannen die Taue der Jakobsleiter ein drittes Mal zu zucken.

Lepeneitis riss den Reißverschluss des Rucksacks auf und drehte das Teil um. Ein paar Werkzeuge polterten an Deck, kleine und große Schraubenschlüssel und eine Zange. Das war alles. Der Litauer fluchte unverständlich und schleuderte den Rucksack von sich.

Ein Kopf mit weißblonder Stoppelfrisur erschien auf Deckshöhe. Oliver Eickhoff erkannte Hauptkommissar Stahnke sofort. Endlich! Der Kaufhauserbe jubelte innerlich. Bestimmt hatte sein Vater diesen Beamtenschädel geschickt, um die Sache hier zu bereinigen und seinem Sohn zu seinem Recht zu verhelfen. Wurde auch Zeit!

Lepeneitis hatte sich wieder Poppinga zugewandt, von dem er augenscheinlich immer noch etwas wollte, das der Rucksack nicht enthalten hatte. Er öffnete den Mund. Dass sein Blick dabei erneut auf Oliver Eickhoff fiel, geschah ganz beiläufig. Was er in dessen Miene sah, ließ ihn kurz erstarren und dann herumwirbeln. Lepeneitis erkannte den Hauptkommissar und reagierte blitzschnell.

Ebenso wie Schmitz. Als er sah, wie der Litauer seine Pistole auf Stahnke richtete, der seinerseits erst noch dabei war, seine Waffe zu ziehen, hatte er den großen Schraubenschlüssel bereits in der Hand. Er katapultierte sich aus der Hocke hoch wie ein Football-Spieler, hechtete seinen schweren Körper in Richtung Ox, erreichte ihn nicht ganz – und schlug ihm im Fallen mit dem Schlüssel die Pistole aus der Hand. Das Ding rutschte klappernd über das Deck und landete unerreichbar für alle hinter einer Taurolle.

Schmitz landete hart auf dem Stahlboden, rollte sich ab und krümmte sich dann zusammen. Die offenbar erwarteten Tritte aber blieben aus. Der Oberkommissar lugte zwischen seinen Unterarmen hervor. Oliver Eickhoff wunderte sich.

Warum griff Ox den Bullen denn nicht an? Die Situation war doch günstig, und die beiden Uniformierten waren noch weit entfernt.

Der Litauer aber hatte Stahnke als die größere Gefahr ausgemacht. Der Hauptkommissar hatte seine Dienstwaffe inzwischen gezogen und war im Begriff, sie in Anschlag zu bringen. Mit der anderen Hand musste er sich an der Jakobsleiter festhalten, um nicht abzustürzen. Sein Kopf war ungeschützt, und genau den visierte Ox jetzt an. Sein Tritt wird mörderisch ausfallen, dachte Eickhoff junior. Auch Schmitz kniff die Augen zusammen.

Dann war es, als hätte ein Vorschlaghammer den Litauer getroffen und mitten im Vorwärtsstürmen gestoppt. Das Bewegungsmoment hielt seinen Körper noch einen endlos erscheinenden Moment in der Senkrechten, ehe er zur Seite kippte und auf dem Rücken liegend zur Ruhe kam. Eine große rote Blüte breitete sich mitten auf seiner Brust aus.

Draußen, hinter dem Schutzzaun auf dem Kamm des Deiches, der die Schleusenkammer weiträumig umgab, stand Oberkommissar Nidal Ekinci und ließ langsam seine Waffe sinken.

50.

Als Malik endlich zu erzählen begann, beugten sich alle vor, so leise sprach der magere, braungebrannte Junge mit den großen, traurigen Augen. »Meine Eltern konnten nie richtig Deutsch«, sagte er. »Sie kamen beide als Flüchtlinge nach Deutschland, unabhängig voneinander, und hatten viele Jahre lang kein Bleiberecht. Sie wollten eigentlich nach Köln, weil man da unter lauter Muslimen wohnen kann, so hatten sie gehört. Aber man hat sie nach Ostfriesland geschickt. Hier haben sie sich kennengelernt. Sie haben sich hier nie wohlgefühlt. Und ich dann auch nicht.«

Er griff nach seinem Wasserglas, hob die Hand nicht weiter als nötig, hielt den Kopf bis auf wenige scheue Blicke gesenkt. »Mein Vater hatte nie Arbeit«, fuhr er fort. »Am Anfang ein paar Jobs, schwarz, aber er war wohl nicht sehr gut dabei. Bekam Staatsknete und hat geklaut. Mir hat er gesagt, das sei in Ordnung, die Ungläubigen zu belügen und zu bestehlen. Der Prediger hätte ihm das versichert.« Malik schluckte. »Also habe ich das auch so gemacht.«

»Und die Schule?«, fragte Nidal Ekinci.

»Abgebrochen«, flüsterte Malik. »Zweimal bin ich sitzen geblieben, auf der Realschule. Da musste ich hin, Vater wollte es so, er sagte, die Hauptschule wäre nicht gut genug für uns. Aber mein Deutsch hat nicht gereicht, haben wir zu Hause ja nie gesprochen. Und ich habe auch fast nie Hausaufgaben gemacht. Das war nicht leicht zu Hause.«

»Warum denn?« Sie hatten sich darauf geeinigt, dass nur Ekinci Fragen stellen sollte. Stahnke, Kramer und Schmitz saßen nur stumm dabei. Außerdem Charlotte Blohm. Niemand außer Stahnke wusste, warum sie als Außenstehende bei dieser Befragung anwesend war. Und Stahnke sagte nichts.

»Es war immer Streit«, sagte Malik. »Mutter wollte arbeiten gehen, aber Vater wollte das nicht. Sagte, das ginge gegen seine Ehre. Sie meinte, klauen gehen und sonst nichts tun sei erst recht ehrlos. Da hat er sie geschlagen. Immer wieder. Bei uns zu Hause war ständig Krieg.«

»Und dann?«

»Dann hätte ich ja zur Hauptschule gehen müssen, nach dem zweiten Sitzenbleiben auf Real. Wollte ich aber nicht, außerdem hätte Vater das nicht erlaubt. Also blieb nur BBS. Aber dann kam Herr al-Bashar.«

Jetzt blickte Malik auf und schaute in die Runde. Überall aufmerksame Mienen, keiner machte Anstalten zu fragen oder zu unterbrechen. Also fuhr er fort: »Herr al-Bashar predigt gelegentlich in der Moschee hier in Leer. Er hatte auch schon meinem Vater geholfen, als er wieder vor Gericht stand, kostenlos. Und mir dann auch.« Wieder ein Schluck Wasser. »Vor einem halben Jahr etwa, kurz vor den Zeugnissen, sprach er mich an, nach dem Freitagsgebet. Hat mich gefragt, was ich denn aus meinem Leben machen wollte. Und als ich keine Antwort hatte, hat er gesagt, dass er das verstehen könne, denn diese Gesellschaft, in der ich lebte, sei gar nicht für mich gedacht. All diese Regeln, diese Zwänge, die mit mir und meinem Glauben so wenig zu tun hätten. Und dann hat er mich gefragt, ob ich nicht an etwas Großem, an etwas Neuem beteiligt sein wollte. So kam das dann.«

Die anderen schwiegen, warteten. Jeder konnte die Lücken im Erzählten selber füllen. Sie alle hatten von solchen Schicksalen gehört oder gelesen. Hier nun saß so einer leibhaftig vor ihnen.

»Da hinzukommen sei ganz leicht, hat Herr al-Bashar gesagt. Ganz normal ausreisen in die Türkei, dann mit dem Bus so nahe wie möglich an die syrischen Grenze. Den Rest übernimmt das türkische Militär. So war es dann auch. Bloß die Ausreise aus Deutschland, die war dann doch ein Problem.«

»Inwiefern?«, fragte Ekinci.

»Ich wurde ja gesucht.« Malik lächelte verschämt. »War beim Einbrechen erwischt worden, und sie wussten, dass ich vorher schon ein Dutzend anderer Brüche gemacht hatte. Konnten mir das auch nachweisen. Also bin ich nicht zum Gerichtstermin gegangen.« Nachdenklich schüttelte er den Kopf. »Herr al-Bashar war böse mit mir. Er sagte, selbst bei einer Verurteilung hätte ich noch Monate Zeit bis zum

Haftantritt gehabt. Jetzt aber stand ich auf der Fahndungsliste. Also brauchte ich einen neuen Pass.«

»Von *Eickhoff International Shipping*?«

Marik nickte. »Die haben da so viele, da findet sich immer ein passender Ausweis.« Er lachte kurz und bitter. »Für die meisten Deutschen sehen ja Araber, Türken und Albaner sowieso alle gleich aus.«

Stahnke räusperte sich. Ansonsten blieb es still.

»Ich bekam also einen Pass, dafür musste ich meinen eigenen abgeben«, fuhr Mail fort. »Über die Grenze kam ich problemlos. Dann weiter nach Istanbul. Dort hat mich das Netzwerk übernommen.«

»Netzwerk?« Schmitz konnte sich nicht zurückhalten.

»Herr al-Bashar hatte mir eine Telefonnummer gegeben.« Malik hatte sich warm geredet und ließ sich nicht mehr aus dem Konzept bringen. »In Istanbul habe ich dort angerufen. Der Mann am anderen Ende konnte nur Türkisch; ich musste einen Eisverkäufer bitten, zu übersetzen. Der sagte mir dann, ich solle den Bus nehmen bis nach Konak, das ist eine Grenzstadt. Die Fahrt dauerte fast einen ganzen Tag. Dann musste ich noch einmal anrufen; diesmal hat ein Mitreisender übersetzt. Ich bekam eine Adresse, die lag mitten in einem Wohngebiet, dort sollte ich warten. Habe ich auch gemacht. Nach ein paar Minuten kam ein Mercedes. Ich stieg ein. Man brachte mich in ein Haus im nächsten Dorf. Es war ziemlich groß, mit einem Keller, der war voller Gepäck. Mein Rucksack kam auch dort hinein. In dem Haus waren etwa fünfzig Männer. Sie saßen oder lagen auf Matratzen und warteten. Türken, Ägypter, Tschetschenen, Franzosen, Deutsche. Es war wie beim Arbeitsamt, da, wo man warten muss, dass man aufgerufen wird.«

»Wie lange hast du gewartet?«, fragte Ekinci.

»Dort? Nur ein paar Tage, dann kam ein Bus und holte einige von uns ab, abends, auch mich. Außerhalb der Stadt mussten wir in einen Armee-Laster umsteigen. Der hat uns bis fünfzig Meter an die syrische Grenze herangefahren. Die Soldaten haben geguckt, ob auch keine Grenzkontrolleure in der Nähe sind, dann haben sie uns rausgelassen. Wir sind losgerannt, einfach so, über die Grenze nach Syrien. Dort haben wir wieder gewartet, bis ein paar Pick-ups kamen und uns mitgenommen haben.«

»Wohin?«

»Nach 'ayn Al'arab. Das ist eine syrische Stadt nahe der Grenze, die wird vom *IS* kontrolliert. Ich kam dort in ein Haus, das war so voll, dass einige draußen im Hof schlafen mussten. Da war eine Mauer drum. Australier, Belgier, Türken, Saudis, Russen, Franzosen. Pass und Handy musste ich abgeben.« Er nickte bestätigend: »Aus Sicherheitsgründen, hieß es. Mir war's egal, es war ja nicht mein Pass, und das Handy war geklaut. Von da ging es weiter in ein altes Fabrikgebäude außerhalb des Ortes. Dort waren wir dann an die achthundert, lauter Freiwillige aus dem Ausland. Ich schlief in einem Raum mit zwanzig anderen. Drei davon kamen aus Deutschland, aber ich kannte keinen.«

Die anderen schauten einander an. Ihre Gedanken standen ihnen in die Gesichter geschrieben. Achthundert Freiwillige, an nur einem einzigen Ort. Wohin sollte das noch führen?

»Was passierte dort mit euch?«, fragte Ekinci.

»Dort wurde über uns entschieden«, sagte Malik. »Was wir machen, wofür sie uns einsetzen. Bei einigen war das schnell klar. Die mit Kampferfahrung, zum Beispiel aus Tschetschenien, die sind gleich weitergeschickt worden, zu den kämpfenden Einheiten, die Ersatz brauchten. Andere wurden als Selbstmordattentäter eingeteilt. Auch welche, die erst nach mir kamen. Die konnten es gar nicht erwarten.« Seine Stimme brach, und er brauchte wieder einen Schluck Wasser.

»Wofür wurdest du eingeteilt?«, fragte Ekinci nach einer Weile.

Malik schüttelte den Kopf. »Sie wollten mich auch auf einen Selbstmordeinsatz schicken, mit Sprengstoffgürtel in einen Basar. Aber das wollte ich nicht. Ich habe ihnen gesagt, dass ich noch nicht so weit bin, und sie haben das akzeptiert. Aber als Kämpfer wollten sie mich auch nicht, jedenfalls zuerst.« Er breitete seine Arme aus, die aus kaum mehr bestanden als aus Haut und Knochen.

»Sie haben mich dann in ein anderes Zimmer gesteckt«, erzählte Malik weiter. »Da waren lauter Europäer drin, einige konnten auch Deutsch. Die haben dauernd vom Paradies geschwärmt. Sie stellten sich das mit viel Luxus vor, mit herrlichen Früchten, weichen Betten und schönen Frauen. Die völlige Glückseligkeit. Irgendwie war das schon ansteckend, und ich spürte manchmal den Wunsch, jetzt gleich zu sterben, um dahin zu kommen. Aber das hielt nie lange genug an, dass ich es auch umgesetzt hätte. Einmal lachte einer von den anderen und sagte, diese Schwärmerei vom Paradies, das klinge für ihn wie Reklame für ein Luxusbordell. Daran musste ich häufig denken. Ich hatte mir nämlich vorgenommen, niemals in ein Bordell zu gehen.«

Er schüttelte leicht den Kopf. »Der das gesagt hat, ist kurz darauf trotzdem gegangen. Riesenbombe in einem Lkw, in Bagdad, über vierzig Tote.«

»Du bist aber irgendwann doch zu den Kämpfern gekommen, stimmt's?«, fragte Ekinci. »Du bist ja von den Regierungstruppen gefangen genommen worden.«

»Ja, irgendwann. Wochen später. Zunächst haben sie mich zum Küchendienst abkommandiert.« Seine Stimme war kaum noch hörbar, so peinlich schien ihm das zu sein. »Zwischendurch haben sie mir dauernd Propagandavideos gezeigt. Filme, in denen Gefangene gedemütigt und getötet werden, geköpft, erdrosselt, verbrannt. Massenerschießungen. Syrische Soldaten mussten sich ihre eigenen Gräber schaufeln, dann wurden sie umgebracht. *Allahu akbar*! Allen Feinden solle es so ergehen, hieß es. Christen, Juden, Schiiten. Allen *murtads* und *kuffar*, also Abtrünnigen und Ungläubigen. Die ganze Welt war voller Feinde! Irgendwann habe ich mich gefragt, wer denn da noch übrig bleibt, wenn wir die alle töten.« Er schaute in die Runde. Keiner schien eine Antwort auf diese Frage zu haben.

»Ich habe mich immer wieder für den Kampf gemeldet«, fuhr Malik fort. »Aber nicht mehr, weil ich töten wollte. Sondern sterben. Mir schien das alles ein Wahnsinn zu sein, mit jedem Tag mehr, und das war für mich die beste Art, davor zu fliehen. Schließlich haben sie nachgegeben und mich zu einer kämpfenden Einheit geschickt, in den Nordirak.« Noch ein Schluck Wasser. »Drei Tage später blieb unser Pick-up liegen, die Iraker haben uns umzingelt und meine Kameraden erschossen. Ich wurde gefangen genommen. Wie sich herausstellte, konnte ich nicht einmal sterben, als ich die Chance dazu hatte. Ich habe mich in den Sand geworfen, auf den Bauch, und die Augen geschlossen, bis sie kamen und mich hochzerrten. Keinen einzigen Schuss hatte ich bis dahin abgegeben.«

»Dann haben sie dich nach Abu Ghraib gebracht?«, fragte Ekinci.

»Nein«, sagte Malik. »Nach Tadschi. Wie ich hörte, war es dort nicht ganz so schlimm, aber für mich schlimm genug. Es hat jedoch nicht lange gedauert, dann kam der Angriff, und wir wurden befreit. In dem Chaos, das danach herrschte, habe ich darauf geachtet, nicht wieder mit den *IS*-Leuten zu gehen. So bin ich an eine Gruppe von Schmugglern geraten, alles Leute, die nur noch weg wollten. Die waren nett, einer von denen hat mir sogar ein Handy geschenkt, als wir draußen waren. Eins mit Prepaid-Karte.«

»Wie bist du zurück nach Deutschland gekommen? Mit einem Flüchtlingsboot?«

Malik schüttelte den Kopf. »Dazu hätte ich ja erst nach Libyen müssen. Und die nötigen sechstausend Dollar hatte ich auch nicht. Die Schmuggler haben mich mitgenommen, bis dicht an die türkische Grenze. Die hatten ja Kontakte, kannten einen, der sie gefahren hat. Nicht weit von Dscharabulus haben sie mich abgesetzt, und ich bin zu Fuß zurück über die Grenze, genau so, wie ich gekommen war. Dann habe ich telefoniert.«

»Mit wem?«, fragte Ekinci.

»Mit Herrn al-Bashar«, antwortete Malik, als sei das eine Selbstverständlichkeit. »Er hat mir eine Herberge genannt, wo ich warten sollte. Die Leute da waren informiert, ich habe alles bekommen, was ich brauchte, ohne einen Cent zu zahlen. Irgendwann kam ein Brief mit Tickets und genauen Anweisungen. Und mit einem anderen Pass.« Er zuckte mit den mageren Schultern. »So kam ich wieder nach Leer.«

»Herr al-Bashar war nicht zufrieden mit dir?«

»Nein, das war er nicht. Trotzdem hat er mich zum Imam geschickt und zu Herrn Gajani, die sich um mich kümmern wollten. Vorher aber musste ich ihm schwören, kein Wort darüber zu sagen, wie ich nach Syrien und in den Irak gekommen war.« Er lächelte. »Herr al-Bashar hat nämlich zwei Gesichter.«

»Richtig. Und wir kennen jetzt beide.« Nidal Ekinci nickte, dann beugte er sich zu Malik und legte ihm seinen Arm um die Schulter. »Und dein wahres Gesicht kenne ich jetzt auch, lieber Malik. Ich werde dir das nie vergessen.«

»Das mit der Axt?« Malik lächelte scheu. »Herr al-Bashar hat Sie mit seiner Waffe bedroht, und ich dachte mir, das ist doch falsch. Sonst habe ich mir über richtig und falsch nie Gedanken gemacht, jedenfalls keine eigenen. Diesmal aber war das etwas anderes. Deshalb habe ich die Axt genommen und ihn mit dem Stiel …« Er verstummte.

»Ich verdanke dir mein Leben, Malik«, sagte Nidal Ekinci feierlich.

»Und ich wohl ebenfalls«, knurrte Stahnke. »Wenn Kollege Ekinci nicht zur Stelle gewesen wäre, als dieser litauische Ochse mich von der Bordwand kicken wollte – wer weiß, wo ich gelandet wäre! Die Schleusenkanten sind ziemlich hart.«

»Mit sehr viel Glück im Krankenhaus«, sagte Schmitz. »Von wegen gelandet, meine ich.« An Ekinci gewandt, fügte er hinzu: »Das war übrigens ein Meisterschuss. Auf die Entfernung und dann noch durch den Zaun – Respekt!«

Stahnkes neues Mobiltelefon klingelte. »Ja?« Alle Blicke hingen an seinem Gesicht, während er lauschte. Nur Malik schaute zu Boden.

Der Hauptkommissar beendete das Gespräch, ohne noch ein Wort gesagt zu haben. »Die Bombe an Bord wurde entschärft«, sagte er dann. »Und der Schwerverletzte kommt vermutlich durch.«

»Ox?«, fragte Schmitz. Stahnke nickte.

»Gott sei Dank!«, platzte Nidal Ekinci heraus. Er räusperte sich. »Versteht mich nicht falsch – aber das ist ein echtes Pfund für uns! Jetzt werden es die Eickhoffs nicht so leicht haben, sich aus allem herauszureden. Ganz egal, ob Lepeneitis nun auszusagen bereit ist oder nicht. Schon die Möglichkeit, dass er es tun könnte, gibt uns eine bessere Position.«

»Unsere Position ist sowieso ziemlich gut«, ergänzte Stahnke. »Dennis Poppinga redet. Wie ein Wasserfall, sagt Kramer. Er schreibt gerade das erste Vernehmungsprotokoll.«

»Poppinga redet?«, wunderte sich Schmitz. »Einfach so?«

»Natürlich nicht einfach so«, stellte Stahnke klar. »Kramer

hat einen Deal mit ihm gemacht, abgesegnet von Manninga und der Staatsanwaltschaft.«

»Was hat ihn das gekostet?«

»Ein paar Jährchen Knast weniger vielleicht.« Stahnke zuckte mit den Schultern. »Das fällt uns nicht schwer. Davon kommen bestimmt genügend zusammen.«

»Dann sollten wir uns jetzt mal die Brüder Eickhoff vornehmen«, schlug Ekinci vor. »Soll ich sie herzitieren?«

»Die sind schon hier«, sagte Stahnke. »Zetern mächtig rum, sie und ihr verbliebener Anwalt. Ich hab sie von Rieken und van Dieken abholen lassen.«

»Ehrlich? Von den niederen Chargen? Keine Chef-Behandlung? Das sind die Herren aber doch nicht gewohnt!« Schmitz' Muskelberge bebten vor kaum unterdrückter Schadenfreude.

»Apropos Anwalt«, fragte Ekinci. »Was wird mit Khalid al-Bashar?«

»Der Fall wurde abgetrennt«, erwiderte Stahnke. »Mit dem befasst sich jetzt das Bundeskriminalamt.«

Im Hinausgehen nickte er Charlotte Blohm zu; die nickte zurück, dann machte sie eine Geste in Richtung Malik. Anscheinend wollte sie bei ihm bleiben und sich um ihn kümmern.

Nidal Ekinci drehte sich in der Tür noch einmal um. »Das vergesse ich dir nie, Malik«, wiederholte er feierlich. »Wenn ich dir irgendwie helfen kann, wenn du irgendetwas brauchst – ich bin für dich da. Okay?«

Malik hob den Kopf. Er lächelte und nickte, und das sah ebenso feierlich aus.

51.

»Natürlich zeichnen wir diese Befragung auf.« Stahnke nickte zu Kramer hinüber, der das Aufnahmegerät einschaltete. »Erschienen ist Herr Karl-Friedrich Eickhoff, wohnhaft in Leer, nebst Rechtsanwalt Gernot Köchling, zugelassen am hiesigen Amtsgericht ...«

»Ja, ja, ja.« Köchling schüttelte unwillig den Kopf. »Laber, Rhabarber! Können Sie sich alles sparen. Mein Mandant wird hier und heute sowieso keine Aussage machen.«

»Ach nein? Herr Eickhoff, Vorsitzender und Sprachrohr der Leeraner Werbegemeinschaft, lässt sich den Mund verbieten? Da muss ich mich doch sehr wundern.«

Karl-Friedrich Eickhoff hatte sich gerade beruhigt; sein Gesicht war noch gerötet, so sehr hatte er sich aufgeregt über seine vorläufige Festnahme durch zwei schnöde Streifenpolizisten, die so überhaupt nicht willens gewesen waren, seiner herausgehobenen Position Rechnung zu tragen. Nicht einmal die Handschellen und den Griff auf den Kopf beim Einsteigen in den Polizeiwagen hatten die beiden ihm erspart. Danach war Eickhoff einem Infarkt nahe gewesen.

Jetzt explodierte er schon wieder. »Mir verbietet keiner den Mund, haben Sie verstanden? Und mich wird auch keiner mundtot machen, ganz egal, wie Sie das versuchen, Sie, Sie ... He, lassen Sie das! Finger weg!« Unwillig schüttelte er Köchlings Hand ab. »Was immer ich tue oder nicht tue, ist meine eigene Entscheidung. Merken Sie sich das!« Er lehnte sich zurück und verschränkte schnaufend die Arme.

Während Stahnke abwartete, ob da doch noch etwas kam, glaubte er die Hitzeabstrahlung seines Gegenübers über den Tisch hinweg zu spüren. »Na schön, wenn Sie mir nichts erzählen wollen, macht das auch nichts«, sagte er dann betont gleichmütig. »Das mit dem Erzählen übernehmen dann eben andere. Sie wissen ja, wer.«

Eickhoff schnaubte, blieb aber ansonsten stumm.

»War es das?«, ließ sich Köchling vernehmen. »Pulver schon verschossen? Dann wollen wir mal gehen. Unsere Zeit ist kostbar.« Er machte Anstalten, sich zu erheben.

Ganz langsam und bedächtig schüttelte Stahnke den Kopf. »Nein, das werden Sie nicht. Das heißt, Sie, Herr Köchling, natürlich gerne. Aber Herr Eickhoff bleibt. Er hat ja nachher einen Termin beim Haftrichter, und da soll er ja nicht sagen können, er hätte keine Gelegenheit bekommen, zu den gegen ihn erhobenen Anschuldigungen Stellung zu nehmen.«

»Was heißt hier ›gegen *ihn*‹?«, schnauzte Eickhoff. »Ich sitze doch hier, Mann!« Er zog seinen Arm weg, ehe Köchling beruhigend danach greifen konnte. Der Rechtsanwalt hatte sich entschieden, auf seinem Stuhl sitzen zu bleiben.

»Wir legen Ihnen zur Last, den Auftrag zur Ermordung des Frederik Jaschinsky erteilt zu haben«, begann Stahnke zu referieren. »Jaschinsky hatte auf seinem Handy das Video gefunden, das Ihren Sohn Oliver Eickhoff bei der Vergewaltigung seiner Cousine Aylin Baumann zeigt, der unehelichen Tochter Ihres Bruders Karl-Joseph Eickhoff. Das Verfahren gegen Ihren Sohn wurde abgetrennt. Oliver Eickhoff wird sich ebenfalls vor Gericht verantworten müssen.«

Köchling machte große Augen; von der Vergewaltigung hatte er offenbar noch nichts gewusst. Auf eine Reaktion des Kaufmanns wartete Stahnke vergebens. Also sprach er weiter: »Jaschinsky versuchte Sie zu erpressen, indem er mit der Veröffentlichung des Videos drohte. Sie kannten Jaschinsky nachweislich, da dieser zuvor gelegentlich Aufträge für Sie erledigt hat, ebenso wie sein früherer Mitbewohner Dennis Poppinga. Vielleicht waren Sie gerade deshalb nicht bereit, auf seine Geldforderung einzugehen? Weil Sie ihm nicht trauten?« Wieder blickte er den Kaufmann fragend an. Der aber schwieg. Auch Köchling zeigte diesmal keine Reaktion. Die Erpressung war ihm also wohl nicht neu.

»Stattdessen haben Sie Oskars Lepeneitis, genannt Ox, ebenfalls ein ehemaliges Mitglied der fraglichen Wohngemeinschaft, beauftragt, das Video zu beschaffen und Jaschinsky umzubringen. Dafür wollten Sie ihm zweihunderttausend Euro zahlen – einhunderttausend gleich, einhunderttausend anschließend. Zu der zweiten Zahlung aber kam es nicht, denn Lepeneitis wurde bei der Tat gestört und flüchtete ohne Festplatte und Handy über das Dach des Anbaus. Daher verweigerten Sie ihm die zweite Rate. Er war darüber mächtig sauer und wurde erneut bei Ihnen vorstellig. Wobei er auf meinen Kollegen Schmitz traf.«

Eickhoff saß bewegungslos da. Lediglich bei der Nennung der Summe, so war es Stahnke vorgekommen, hatte er zweimal geblinzelt. Zufall?

»Die erste Rate der Kopfprämie haben wir übrigens gefunden«, fuhr er fort. »Lepeneitis hatte das Geld in einer Kabine der *Freundschaft* versteckt, eines alten Schiffes, das Ihrem Bruder gehört. Aber das wissen Sie ja zur Genüge, nicht?«

Eickhoff blinzelte nicht. Er starrte stur über Stahnkes Schulter hinweg ins Leere.

»Dort hat Lepeneitis auch übernachtet, während er zur Fahndung ausgeschrieben war. Seinen Pkw hatte er mit einem Langzeitticket in einem Parkhaus deponiert und nur sein Motorrad benutzt. Cleverer Bursche, den Sie da engagiert haben, das muss ich sagen! So einer ist schon sein Geld wert, nicht wahr?« Dass er sich die mutmaßliche Gesamthöhe des Kopfgeldes bloß zusammengereimt hatte, nachdem sie die Hunderttausend gefunden hatten, verschwieg er wohlweislich.

Eickhoff kniff die Lippen zusammen. Seine Kiefer mahlten.

Sein Rechtsanwalt ergriff das Wort. »Das Geld auf dem Schiff kann dieser … wie war der Name? Lepeneitis? Der kann das Geld doch sonstwoher bekommen haben. Wie wollen Sie beweisen, dass es ausgerechnet von meinem Mandanten stammt? Die Geldscheine sind doch nicht einmal fortlaufend nummeriert!«

Stahnke schaute zu Kramer. Erlaubte sich der Oberkommissar tatsächlich ein leichtes Lächeln? Jedenfalls gaben Sie beide dem Anwalt etwas Zeit, um zu erkennen, welchen Bock er da eben geschossen hatte. Gab es eigentlich auch den Begriff *Mittäterwissen*?

»Das nehme ich jedenfalls an«, schob Köchling schwach und viel zu spät hinterher.

»Wir werden die Anklage entsprechend erweitern«, sagte Stahnke freundlich und nickte dem Rechtsanwalt zu. »Aber alles zu seiner Zeit. Ich bin ja noch lange nicht fertig.«

Eickhoff blieb angespannt. Jetzt fixierte er den Hauptkommissar. Vermutlich hatte er ihn bisher unterschätzt.

»Reden wir über Ihre Waffen«, sagte Stahnke im Plauderton. »Sie haben eine recht umfangreiche Sammlung, stimmt's? Lang- und Kurzwaffen. Klar, es gibt Waffennarren, mit denen können Sie nicht mithalten. Aber doch ein bemerkenswertes Arsenal.«

»Mein Mandant ist sowohl Jäger als auch Mitglied im Schützenverein.« Köchling hatte in seine Rolle zurückgefunden. »Beides dient sowohl seiner gesellschaftlichen Stellung als auch seinen privaten Interessen. Alle Waffen sind ordnungsgemäß registriert und werden vorschriftsmäßig aufbewahrt.«

»Sehr richtig, Herr Köchling. Geradezu vorbildlich. Deshalb haben wir ja auch recht schnell gefunden, wonach wir suchten.« Er nickte dem Anwalt und seinem Mandanten anerkennend zu.

»Was gefunden?«, blaffte Eickhoff. »Wonach gesucht? Kommen Sie endlich zum Punkt!« Wieder entzog er dem Anwalt seinen Arm.

Interessant, dachte Stahnke. So reagiert er also, wenn er sich wirklich unschuldig fühlt. »Gefunden haben wir eine Sportpistole vom Typ Walther-Manurhin Kaliber 22 LR, Kaliber 5,6 Millimeter. Wie sich herausstellte, handelt es sich um genau die Waffe, mit der auf den Hund namens Domian geschossen worden ist. Sie wissen schon, das ist der Hund, der eigentlich Ihrem Sohn gehört. Weil der aber nicht bereit war, sich darum zu kümmern, wurde das Tier von Ihrer Hausangestellten, Frau Antje Baumann, in Pflege genommen. Deren Tochter Aylin hat sich dann regelrecht in den Hund vernarrt.«

»Das soll die Waffe sein? *Meine* Walther?« Eickhoff hatte seine Zurückhaltung aufgegeben. »Was für ein Blödsinn ist das denn! Hören Sie mal, ich laufe doch nicht herum und schieße auf Hunde! Schon gar nicht auf Domian! Das käme mir nie in den Sinn.«

»Das glaube ich Ihnen gerne«, sagte Stahnke. »Ihre Fingerabdrücke sind auch nicht auf der Waffe drauf. Vor der letzten Benutzung war sie ja vorbildlich gereinigt.«

»Und wessen Abdrücke sind drauf?«, fragte Karl-Friedrich Eickhoff.

»Die Ihres Sohnes Oliver«, antwortete Stahnke. »Tja, die Logik dahinter haben wir auch nicht gleich verstanden. Warum schießt Ihr Sohn auf seinen eigenen Hund? Tatsächlich aber hat Oliver niemals eine Beziehung zu diesem Tier gehabt. Seit Domian bei Frau Baumann lebt, zahlt Ihr Sohn nicht einmal mehr die Hundesteuer, wussten Sie das?«

Eickhoff senior enthielt sich eines Kommentars. Stahnke bezweifelte, dass er seinen Sohn zum Steuerzahlen erzogen hatte.

»Was Oliver aber wusste, war, wie sehr Aylin an dem Tier hängt. Als er dann von dem Erpressungsversuch gehört hatte – und zwar von Ihnen, so viel hat er bereits ausgesagt – aber nicht wusste, wer der Erpresser war, ging er automatisch davon aus, dass es sich um Aylin handeln musste. Er beschloss, seiner Cousine einen Denkzettel zu verpassen, um sie von ihrem Vorhaben abzubringen. Wie es seinem Wesen entspricht, vermied er dabei die direkte Konfrontation, sondern fügte ihr einen seelischen Schmerz zu, indem er das Tier verletzte, das sie so liebt.«

»Nicht zu glauben!«, schnaufte Eickhoff. »Das ist idiotisch!«

»Da haben Sie recht«, sagte Stahnke. »Aber für die Erziehung Ihres Sohnes waren schließlich Sie zuständig.«

Das verschlug Eickhoff die Sprache. Köchling sprang ein. »Was halten Sie sich eigentlich so lange mit dieser Hundegeschichte auf? Gibt es denn nichts Wichtigeres? Auf Herrn Oliver Eickhoff ist doch ebenfalls geschossen worden! Darauf sollten Sie Ihr Augenmerk konzentrieren! Haben Sie denn diese Tatwaffe ebenfalls gefunden?«

»Nein«, musste Stahnke zugeben. »Aber wir arbeiten daran.«

»Wir arbeiten daran!«, äffte Köchling ihn nach. »Wir arbeiten daran! So reden Loser, das wissen wir doch! Sie haben nichts, geben Sie es zu. Sind Sie jetzt wenigstens fertig?«

»Keineswegs«, erwiderte Stahnke. »Jetzt, Herr Eickhoff, möchte ich auf Ihren Bruder Karl-Joseph zu sprechen kommen.«

»Ich bitte Sie, warum denn? Das hatten wir doch alles schon!« Köchling schlug seine Hände zusammen. »Außerdem bin ich, wie Sie wissen, ebenfalls der Rechtsvertreter von Herrn Karl-Joseph Eickhoff und kann es von daher gar nicht goutieren, wenn in dessen Abwesenheit hier über ihn geredet werden soll.«

»Wir können es kurz machen.« Stahnke ignorierte Köchlings Einwand. »Woher die große Rivalität zwischen Ihnen und Ihrem Bruder kommt, will ich gar nicht weiter erörtern, damit können sich Psychologen befassen. Tatsache ist, dass der jüngere Bruder schon des öfteren Sie, den älteren, überflügelt hat – nicht zuletzt, was seinerzeit die Gunst der Hausangestellten Antje Baumann anging. Auch geschäftlich und von der öffentlichen Würdigung her hat Ihr Bruder Sie manches Mal in den Schatten gestellt. Vermutlich sind Sie deshalb so scharf auf jede Funktion, durch die Sie sich in der Öffentlichkeit profilieren können.«

»Was erlauben Sie sich!«, schimpfte Karl-Friedrich Eickhoff los. »Dass ich damals scharf auf Antje gewesen wäre, ist doch nichts als ein Gerücht! Außerdem hat meine Frau damals doch noch gelebt.«

»Wie auch immer.« Stahnke klopfte mit dem Zeigefinger auf den Tisch. »In letzter Zeit ist ihr Bruder geschäftlich in eine Schieflage geraten – schwere Zeiten für Reeder, das wissen wir alle. Sie haben die Gelegenheit genutzt, um ihn aus allen gemeinsam betriebenen Unternehmungen herauszudrängen, wovon teilweise nur wenige Mitarbeiter wissen – und die Öffentlichkeit überhaupt nicht. Ihr Bruder brauchte dringend Geld, Sie haben es ihm gezahlt – für sein Tafelsilber, wie man so sagt. Das ist verbürgt. Schließlich hat sich ihr Bruder, verzweifelt, wie er war, in illegale Geschäfte verstrickt. Sie waren darüber stets informiert, nämlich über Ihren gemeinsamen Rechtsanwalt Khalid al-Bashar. Und als Ihr Bruder dann beschloss, alles auf eine Karte zu setzen und die *Emssturm* ins Mittelmeer zu beordern, da hielten Sie den Moment für den entscheidenden Schlag für gekommen. Sie erteilten Dennis Poppinga, von dem Sie wussten, dass er für Geld alles tut, den Auftrag, das Schiff in der Nordsee zu versenken. Was der auch prompt erledigte – durch eine Thermitbombe mit Zeitzünder.«

»Wie wollen Sie das beweisen?« Eickhoffs Stimme klang leise und kalt.

»Durch Dennis Poppingas Aussage«, erwiderte Stahnke.

Eickhoff grunzte verächtlich.

»Die Aussage eines Kriminellen!«, höhnte Köchling. »Das werden wir ja sehen, was die wert ist, verglichen mit dem Wort eines honorigen Kaufmanns.«

»Ein Detail gäbe es da noch«, sagte Stahnke. »Die Versicherungspolice für die *Emssturm* – eine stattliche, wie ich finde – lief auf Ihren Namen. Ihr Bruder wusste das; selbst hätte er gar nicht mehr das Geld dafür gehabt. Durch die Versenkung haben Sie also nicht nur ihm erheblich geschadet, sondern sich auch selbst bereichert.«

»Und?« Eickhoff blieb gelassen. »Profit ist nicht strafbar.«

»Mit der *Freundschaft* verhält es sich ebenso«, fuhr Stahnke fort. »Auch dieses Schiff ist auf Ihren Namen versichert, ebenfalls viel zu hoch. Und auch das wollten Sie versenken lassen, nachdem Sie feststellten, dass Ihr Bruder immer noch nicht aufgeben und einen allerletzten Versuch mit diesem Seelenverkäufer starten wollte.« Der Hauptkommissar beugte sich vor. »Wussten Sie eigentlich, dass sich Ihr Sohn an Bord befand, als die Bombe gezündet werden sollte?«

»An Bord? Oliver?« Jetzt wurde Eickhoff blass. »Davon wusste ich nichts! Das hat er mir nicht gesagt, dieser Hund!«

Diesmal erreichte Köchlings beruhigende Hand ihr Ziel. Eickhoff verstummte. Auch gut, dachte Stahnke. Was aufgenommen ist, ist aufgenommen. »Sie haben also weiterhin mit Poppinga kooperiert, obwohl der Ihren Sohn entführt und von Ihnen ein Lösegeld für ihn gefordert hatte?«, vergewisserte er sich. »So wichtig war es Ihnen, Ihrem Bruder den entscheidenden Schlag zu versetzen?«

Eickhoff schwieg.

»Kein Kommentar«, knurrte Köchling.

Stahnke schaute auf die Uhr. »Der Haftprüfungstermin ist in vierzig Minuten. Herr Eickhoff, muss ich Sie so lange in Arrest bringen lassen, oder habe ich Ihr Wort, dass Sie diesen Raum nicht verlassen?«

»Ich bleibe hier«, presste der Kaufmann hervor.

Stahnke nickte.

»Ich bin so lange draußen. Muss telefonieren.« Köchling verließ den Raum.

Stahnke ging hinter ihm her auf den Flur. Rieken und van Dieken standen dort beieinander, ins Gespräch vertieft.

»Habt ihr ein Auge auf ihn?« Mit dem Daumen wies Stahnke über seine Schulter auf Karl-Friedrich Eickhoff.

»Na klar«, sagte Rieken.

»Logo«, sagte van Dieken. Dann unterhielten sie sich weiter.

Der Hauptkommissar schlenderte in sein Büro. Auch Kramer telefonierte. Stahnke hätte jetzt gerne mit ihm gesprochen. Ein paar vertrauliche Worte gewechselt. Ein bisschen mit der Aufarbeitung begonnen – passiert war ja nun wirklich genug. Aber das ging jetzt nicht.

Sina fiel ihm ein. Wie oft hatte seine Freundin ihn in den letzten Tagen angerufen, wie oft hatte er sie vertröstet oder gleich weggedrückt? Oft genug, um ein schlechtes Gewissen zu haben. Stahnke holte erneut sein Handy hervor. Während er wählte, schlenderte er zum Fenster und schaute hinaus.

Mailbox. Mist. Tja, so fühlte sich das an.

War das da unten auf der Straße nicht Köchling? Klar; Stahnke erkannte ihn auch in der perspektivischen Verkürzung. Er telefonierte nicht mehr, sondern unterhielt sich mit einem anderen Mann. Einem größeren Mann, denn Köchling musste den Kopf in den Nacken legen. Darum war er wohl auch von oben so gut zu identifizieren.

Stahnke drehte sich um zu Kramer. Der telefonierte immer noch, und er machte nicht den Eindruck, als würde er so schnell damit aufhören.

Wieder ein Blick aus dem Fenster. Da war Köchling, jetzt wieder mit Handy am Ohr. Wo war der andere Mann? Nicht mehr in Sicht. Irgendwie war er Stahnke bekannt vorgekommen. Wer mochte das gewesen sein?

Jetzt klingelte sein eigenes Mobiltelefon. Stahnke zuckte zusammen. Dann nahm er den Anruf an. »Ja?«

»Selber ja.« Sina klang mürrisch. »Hast du dich doch noch bequemt, dich mal zu melden? Hoffentlich kostet dich das nicht zu viel von deiner kostbaren Zeit!«

Au weia! Stahnke suchte nach einer Antwort, die ihn die wenigstens Punkte kosten würde, und fand keine.

»Hallo?«

Draußen lief jemand über den Gang.

»Hallo? Bist du noch da?«

Schnelle, harte Schritte. Eine hochgewachsene Gestalt huschte vor der halb geöffneten Bürotür vorbei.

»Sag mal, willst du mich jetzt verarschen, oder was?«

Karl-Joseph Eickhoff! Jetzt dämmerte es Stahnke. Der war das da unten gewesen, der hatte sich mit Köchling unterhalten. Wohin wollte der jetzt?

Er hörte Rieken und van Dieken rufen, hörte eine aufgestoßene Tür gegen die Wand schlagen. Dann einen Schuss. Und noch einen.

»Stahnke?!«

»Ich ruf dich zurück«, krächzte er ins Telefon und drückte den Aus-Knopf, während er losrannte.

Im Vernehmungszimmer war schon alles vorbei. Karl-Friedrich Eickhoff lag rücklings auf dem Boden. Stahnke registrierte Einschüsse in Kopf und Brust; kein Zweifel, der Mann war tot.

Karl-Joseph Eickhoff stand wie betäubt daneben. Rieken hatte ihn entwaffnet, van Dieken legte ihm Handschellen an. Der Reeder leistete keinen Widerstand.

Kramer tauchte neben Stahnke auf wie aus dem Boden gewachsen. »Komm lieber mit«, sagte er und fasste ihn am Arm. »Der Arzt ist unterwegs, die Tatortsicherung auch. Lassen wir die Kollegen ihre Arbeit machen.«

Widerstandslos ließ Stahnke sich in sein Büro führen. Er

plumpste auf seinen Schreibtischstuhl, unfähig zu einem klaren Gedanken.

»Sieh es mal so«, sagte Kramer, »das wäre ein zäher Indizienprozess geworden. Aussage gegen Aussage, wer weiß, wie das ausgegangen wäre. Das Verfahren gegen Karl-Joseph Eickhoff wird im Vergleich dazu ein Kinderspiel.«

Hatte Kramer das wirklich gesagt? Stahnke traute seinen Ohren nicht. Er suchte nach einer scharfen Erwiderung, aber es fiel ihm nichts ein.

52.

»Na, Herr Hauptkommissar? Gar nichts zu tun heute?« Die Buchhändlerin winkte ihm fröhlich zu, als er den Laden betrat. Vermutlich hatte sie bald Feierabend. Er hatte schon gesehen, dass sie ihr Motorrad diesmal auf dem Bürgersteig vor dem Laden abgestellt hatte, was eigentlich nicht zulässig war. Bald würde es sowieso zu kühl zum Biken sein, denn der Oktober zeigte so langsam sein wahres Gesicht.

»Schön wär's.« Stahnke lächelte sie freundlich an. »Es gibt noch eine Menge aufzuarbeiten. So einfach wie im Fernsehen ist es im wirklichen Leben ja nicht. Von wegen, Täter tot und tschüss.« Das hätte er besser nicht gesagt. Schon hatte er wieder das Bild des erschossenen Kaufmanns vor Augen.

»Natürlich.« Charlotte Blohm zeigte professionelles Verständnis. »Aber eigentlich müsste doch alles klar sein, nach dem, was man so in der Zeitung liest, oder nicht?«

»Leider nur eigentlich.« Er seufzte. »Als unsere Waffentechnik festgestellt hat, dass die Waffe, mit der Karl-Friedrich Eickhoff getötet wurde, dieselbe ist, aus der auch der Schuss auf dessen Sohn Oliver abgegeben worden ist, da glaubten wir schon, das letzte Mosaiksteinchen gefunden zu haben. Klang so schön logisch: Der Reeder erfährt von der Vergewaltigung seiner Tochter, sinnt auf Rache, nimmt eine seiner Pistolen – er besitzt mehrere davon, genau wie sein Bruder – und schießt auf Oliver, wobei er ihn allerdings nicht tödlich trifft. Karl-Joseph Eickhoff aber bestreitet das. Es würde keinen Unterschied machen, denn er wird mit Sicherheit wegen Mordes verurteilt, da kommt es auf einen weiteren Mordversuch kaum an, zumal der auch als schwere Körperverletzung gewertet werden kann. Aber nein, er behauptet steif und fest, er sei es nicht gewesen. Und er hat zwei verdammt gute Argumente.«

»Dürfen Sie das eigentlich?«, fragte Charlotte Blohm. »Ich meine, einfach so Außenstehenden von Ihren Ermittlungen erzählen? Da gibt es doch sicher eine Geheimhaltungspflicht, oder?«

Stahnke grinste. »Im bisherigen Verlauf dieser Ermittlungen hatte ich nicht den Eindruck, vor Ihnen etwas geheim halten zu können.«

»Oh la la.« Sie schenkte ihm einen Augenaufschlag, der zu schön war, um ernst gemeint zu sein. Zum Glück, dachte er.

»Dann will ich es jetzt auch wissen«, sagte sie.

»Karl-Joseph Eickhoff behauptet steif und fest, von der Vergewaltigung seiner Tochter erst durch Rechtsanwalt Köchling erfahren zu haben«, erzählte Stahnke. »Also quasi unmittelbar vor der Tat. Dass seine Wut sich dann auf seinen Bruder entladen hat statt auf seinen Neffen, liegt wohl in der langjährigen Rivalität der beiden begründet – und darin, dass er inzwischen auch wusste, wie sein Bruder ihn geschäftlich ruinieren wollte. Jedenfalls hat er sich die Waffe geschnappt, die er ständig und rechtswidrig im Handschuhfach seines Wagens mit sich führte, ist in die Polizeiinspektion gestürmt und hat geschossen. Tja.« Der Hauptkommissar rieb sich die Stirn. »Der Wache am

Eingang hat er erzählt, er hätte einen Termin bei mir. Und weil die Kollegen ihn kannten, haben sie ihn einfach durchgelassen. Auch nicht gerade ein Ruhmesblatt.«

Die Buchhändlerin hatte interessiert gelauscht. »Und das zweite Argument?«, fragte sie.

»Das zweite? Ach so: Er kann nicht Motorrad fahren.«

»Sicher? Vielleicht sagt er das auch nur so.«

»Nein, er kann es wirklich nicht! Er wollte dreimal die Führerscheinprüfung für Motorräder machen, dreimal ist er durchgefallen. Das ist verbürgt!«

Ihr Lachen schallte ihm bis ins Café hinterher.

Er setzte sich an einen der Hochtische gegenüber der Theke und bestellte einen Kaffee. Er hatte gerade genippt, da wuchtete sich eine massige Gestalt auf den Stuhl gegenüber.

»Herr Christiansen.« Er nickte ihm zu. Lieber hätte er jetzt alleine gesessen und seinen Gedanken nachgehangen.

»Ich wollte Ihnen nur erzählen, dass es wunderbar läuft mit dem Jungen von gegenüber«, erzählte der Buchhändler und Gastronom. »Sie wissen schon, Ahmad Gajani, der Sohn vom Dönermann! Sie waren doch Zeuge, damals, als wir die Einstellung besprochen haben, sein Vater, der Imam, er und ich.« Er lachte: »Deswegen bin ich doch sogar als Mittäter in Verdacht geraten, nicht wahr? Jedenfalls würde mir das im Nachhinein logisch erscheinen.«

»Ach, wo denken Sie hin!«, wehrte Stahnke ab. Der Mann nahm sich ja sehr wichtig, dachte er. Von wegen verdächtig! Da hatte es ja wohl andere gegeben, auf die das eher zutraf.

»Ich wollte Sie noch etwas fragen.« Christiansen fixierte ihn, und Stahnke stellte fest, dass der Mann die gleiche Augenfarbe hatte wie er. Wasserblau, mit ein wenig Grau darin. Womit sich die Ähnlichkeit aber hoffentlich erschöpfte.

»Was denn?« Ihm schwante nichts Gutes. Irgendwie war ihm dieser Buchhändler nicht ganz geheuer.

»Wissen Sie eigentlich, dass ich auch selber schreibe?«, erkundigte sich Christiansen.

»Nein! Sagen Sie bloß.« Stahnke hatte es geahnt.

»Und zwar Krimis.« Der Buchhändler nickte; seine zotteligen Haare schlenkerten um sein rundliches Gesicht.

»Das ist ja spannend.« Auch das noch! Einer von diesen Pseudo-Schriftstellern, die über Sachen schrieben, von denen sie keine Ahnung hatten. Nämlich über Polizeiarbeit. *Seine* Arbeit. Aber eins war merkwürdig: Warum hatte er eigentlich noch nie einen Krimi von Christiansen in die Finger bekommen?

»Sie haben noch nie einen Krimi von mir in die Finger bekommen, weil ich natürlich unter anderem Namen schreibe«, sagte Christiansen. »Unter Pseudonym. Als Buchhändler bin ich ja quasi für alle Autoren da, verstehen Sie? Da möchte ich nicht als deren Konkurrent auftreten.«

Stahnke nickte, ohne richtig zu verstehen. Was hatte der Typ da gerade gesagt? Konnte der etwa seine Gedanken lesen?

»Und weil man als Krimi-Autor ja immer auf der Suche nach interessanten Themen ist, vor allem aber nach interessanten Figuren, wollte ich Sie fragen: Hätten Sie etwas dagegen, wenn ich demnächst über Sie schreibe? Also Sie und Ihre Fälle in meinen Büchern verwende? Das würde mir wirklich große Freude machen. Und ich könnte mir auch vorstellen, dass das bei den Lesern gut ankommt.«

»Äh … na schön, warum nicht. Wenn es Ihnen Spaß macht.« Stahnke schüttete seinen Kaffee hinunter. Zum Glück war der nicht mehr sehr heiß.

»Ach, das freut mich aber.« Christiansen strahlte. »Und es beruhigt mich auch. Denn, um ganz ehrlich zu sein, manchmal habe ich das Gefühl, als würde ich schon lange über Sie schreiben.«

Als der Buchhändler sich verabschiedete, nickte Stahnke

nur geistesabwesend. Als sein Blick sich wieder klärte, war Christiansen fort.

War er überhaupt da gewesen?

Kopfschüttelnd zahlte der Hauptkommissar, gab ein unverhältnismäßig hohes Trinkgeld und verließ das Lokal in Richtung Laden. Am Tresen stand die kleine Praktikantin, errötend wie gewöhnlich. Charlotte Blohm hatte schon Schluss. Sie stand draußen bei ihrem Motorrad und wäre vermutlich schon fort gewesen, wenn Lukas Dahlmann, der rothaarige Klamottenhändler aus der Brunnenstraße, sie nicht in ein Gespräch verwickelt hätte. Das konnte er gut, dafür war er bekannt.

»Na, Herr Hauptkommissar, fertig für heute mit der Mörderjagd?« Dahlmann wirkte sehr aufgeräumt. Offenbar war in letzter Zeit mehr los in seinem inzwischen renovierten Laden. Oder lag es daran, dass er sich künftig nicht mehr mit den Herren Eickhoff senior und junior auseinandersetzen musste? Wenn man bedachte, dass die beiden ihn und Christiansen am liebsten ganz oben auf die Verdächtigenliste hätten setzen lassen, konnte man das verstehen.

Charlotte Blohm stülpte sich den Helm über; wie es aussah, wollte sie endlich los.

»Dies ist also das Motorrad, mit dem Sie beide neulich von hier zur Schleuse gedonnert sind? Unglaublich! Ich meine, so eine schmale Maschine – und dann mit Ihnen hinten drauf …« Er zwinkerte Stahnke zu. Der zwinkerte nicht zurück. Solche Anspielungen mochte er nicht.

»Ging doch ganz gut, nicht wahr? Das Ding ist kräftiger, als man denkt.« Die Buchhändlerin zwinkerte ebenfalls. Jetzt tat es auch der Hauptkommissar.

»Sollte man gar nicht meinen! Hat die eigentlich noch einen Kickstarter? Darf ich mal versuchen, sie anzuwerfen? Ich hatte ja früher auch mal …« Schon hatte sich der Rothaarige an den Lenker gedrängt.

»Bitte schön, tun Sie, was Sie nicht lassen können«, seufzte Charlotte Blohm. »Ist aber gar nicht so einfach. Und vergessen Sie den Choke nicht!«

Dahlmann klappte den Kickstarter aus. Zweimal trat er erfolglos zu, beim dritten Mal sprang die Maschine donnernd an.

»Na bitte«, zollte Stahnke milden Beifall. »Besser spät als nie.«

»Ach, das hätte ich auch sofort geschafft«, brüstete sich der Klamottenhöker. »Wenn mir nur einer gesagt hätte, dass der Gasgriff hier auf der anderen Seite ist! Erst habe ich rechts gedreht, wie üblich, aber da passierte nichts. Als ich erst wusste, dass das Gas links ist, hat es sofort geklappt.« Er tippte sich mit zwei Fingern an die Stirn. »Denn mal schönen Feierabend allerseits! Bis die Tage!«

»Tschüss«, murmelte Stahnke. Er schaute zu Charlotte Blohm, die gerade ihren Helmverschluss arretierte; anscheinend hatte sie Dahlmanns Worte gar nicht mitbekommen.

Okay, dachte Stahnke. Charlotte, die Freundin von Aylin. Aylin, die Tochter von Reeder Eickhoff. Oliver, der Aylin vergewaltigt. Charlotte, die ihn daraufhin von Ahmad Gajani verprügeln lässt. Oliver, der trotzdem auf Aylins Hund schießt. Charlotte, die endgültig stocksauer ist. Die Pistole, die ständig im Handschuhfach von Aylins Vater liegt.

Warum aber hatte Charlotte Blohm den Vergewaltiger ihrer Freundin nur verletzt?

Die Buchhändlerin war mit dem Sitz ihres Jackenärmels anscheinend unzufrieden; sie zog den Manschetten-Reißverschluss auf, schob den Ärmel hoch und streckte den Arm aus. Das blaue Dämonenkopf-Tattoo befand sich plötzlich direkt vor Stahnkes Nase. Die Fratze ebenso wie das Spruchband darunter. Diesmal las er es.

Never go for the kill when you can go for the pain. Und ein Name darunter: *D'Hoffryn.*

Das letzte Puzzlestück, dachte Stahnke. Es steht direkt neben mir. Ich muss nur noch zugreifen.

Sein Handy klingelte. Automatisch zog er es hervor. Es war Sina. »Hast du gerade Zeit?«, fragte sie.

Charlotte Blohm grüßte und legte den ersten Gang ein.

»Aber natürlich habe ich Zeit«, sagte Stahnke herzlich. »Für dich doch immer, mein Schatz. Na ja, fast.«

Das Motorrad donnerte davon. Stahnke stimmte in Sinas herzhaftes Lachen ein.

ENDE

Bild: Jutta Gerdes

Peter Gerdes

geboren 1955 in Emden; Studium der Germanistik und Anglistik, anschließend als Redakteur und Lehrer tätig. Literarische Anfänge Ende der 70er Jahre; schreibt seit 1995 vor allem Kriminalliteratur. Mitglied im *Verband deutscher Schriftsteller (VS)* und im *Syndikat*, seit 1999 Leiter der *Ostfriesischen Krimitage*. Zusammen mit seiner Frau Heike betreibt er das *Tatort Taraxacum* in Leer. Bisher 13 Kriminalromane und zahlreiche Anthologieherausgaben und Kurzgeschichten. Im Leda-Verlag erschienen unter anderem *Ein anderes Blatt* und *Thors Hammer* als Doppelband, *Ebbe und Blut, Der Tod läuft mit, Fürchte die Dunkelheit, Solo für Sopran* (auch als Hörbuch erhältlich), *Sand und Asche, Wut und Wellen, Zorn und Zärtlichkeit, Der Fluch der goldenen Möwe, Langeooger Lügen* sowie *Der siebte Schlüssel*, dem die Jury des Literaturpreises *Das neue Buch* das Prädikat »Bemerkenswertes Buch« zuerkannte. Außerdem sind die Kurzgeschichtensammlungen *Stahnke und der Spökenkieker* und *Kurz und schmerzlos* lieferbar.